HEYNE <

SOPHIE BICHON

WIR SIND DAS *Feuer*

WILHELM HEYNE VERLAG
MÜNCHEN

Dieses Buch ist ein Werk der Fiktion. Jede Ähnlichkeit mit lebenden oder toten Personen sowie tatsächlich existierenden Einrichtungen oder Unternehmen ist rein zufällig und in keiner Weise beabsichtigt.

Sollte diese Publikation Links auf Webseiten Dritter enthalten, so übernehmen wir für deren Inhalte keine Haftung, da wir uns diese nicht zu eigen machen, sondern lediglich auf deren Stand zum Zeitpunkt der Erstveröffentlichung verweisen.

Verlagsgruppe Random House FSC® 0011967

Originalausgabe 03/2020
Copyright © 2020 dieser Ausgabe
by Wilhelm Heyne Verlag, München,
in der Verlagsgruppe Random House GmbH,
Neumarkter Str. 28, 81673 München
Printed in Germany
Redaktion: Steffi Korda, Büro für Kinder- & Erwachsenenliteratur, Hamburg
Umschlaggestaltung: ZERO Werbeagentur, München,
unter Verwendung von FinePic®, München
Satz: Leingärtner, Nabburg
Druck und Bindung: CPI books GmbH, Leck
ISBN: 978-3-453-42384-8

www.heyne.de

Für Giorgio,
eine der schönsten Seelen,
denen ich in meinem Leben begegnet bin.

Danke für deine Gutmütigkeit,
deinen unerschütterlichen Glauben an mich,
dein großes Herz. Und deine Liebe zur Literatur.
Ohne dich wäre ich nicht die Frau, die ich heute bin.

*Mancher Mensch hat ein großes Feuer in seiner Seele,
und niemand kommt, um sich daran zu wärmen.*

Vincent van Gogh

PLAYLIST

Ocean Eyes von Billie Eilish · *Spanish Sahara* von Foals · *Supermassive Black Hole* von Muse · *Peanut Dreams* von Grand National · *You would have to lose your Mind* von The Barr Brothers · *The Less I Know The Better* von Tame Impala · *On Melancholy Hill* von Gorrilaz · *Fine Corinthian Leather* von Charlie Hunter · *Consequence* von The Notwist · *Summer Years* von Death Cab for Cutie · *Wonderwall* von Oasis · *Obstacles* von Syd Matters · *Don't Call my Name* von Skinshape · *Untold* von RY X · *Come as You are* von Nirvana · *Shut me down* von Haute

VOR FÜNF JAHREN

Louisa

Dieser Tag hatte begonnen wie jeder andere. Der Morgen war sonnig gewesen, die Nacht war stürmisch. Ich erwartete nichts Besonderes. Vor allem nicht, als ich in der Dunkelheit mein Lieblingslied im Radio lauter drehte. Doch dann, als der Regen zunächst sanft, dann immer stärker auf das Autodach trommelte und gegen die Scheiben prasselte, passierte es: Ein Krachen – und meine Welt hielt den Atem an, war still und laut zugleich. Grelle Feuerflammen fraßen sich durch mein Leben, und das, was sie zurückließen, war schlimmer als Dantes Inferno.

Geschundenes Herz

1. KAPITEL

Louisa

Gedankenverloren rührte ich unablässig den cremigen Schaum mit dem Löffel von rechts nach links, während ich auf meinen Mitbewohner Aiden wartete, den ich gerade einmal seit 48 Stunden kannte. Die Septembersonne strahlte so hell durch die Fensterfront, dass ich den Staub in der Luft tanzen sah. In Zeitlupe ließ er sich auf den Schwarz-Weiß-Aufnahmen an den rot gestrichenen Wänden nieder. Diesem Moment in der kleinen Nische im Firefly wohnte etwas Magisches inne. Die Magie des Neubeginns? Vor mir auf dem dunklen Holztisch lag meine zerfledderte Ausgabe von *Alles Licht, das wir nicht sehen*. Tausend Mal gelesen. Ein halbes Tausend Mal aus Versehen geknickt. Und ein Viertel davon mit Gedanken am Rand beschriftet, die mir wichtig erschienen und keinen Aufschub duldeten. Daneben mein ledernes Notizbuch, in dem alle besonderen Augenblicke und Wörter ihren Platz fanden, um zu meinen kleinen und großen Geschichten zu werden.

Während ich weiter in meiner Tasse rührte, schwappte der Kaffee von Tassenrand zu Tassenrand. Da gab es diesen einen Gedanken, der sich in meinem Kopf festgesetzt hatte. Als würde er sich dadurch vertreiben lassen, schüttelte ich aus einem Impuls heraus meine Locken und ... griff ins Leere, jetzt, wo mich die Spitzen nur noch an den Schultern kitzelten.

»Hey, coole Haare! Gefällt mir!« Die Bedienung mit der bordeauxroten Schürze, die gerade an den Tisch gekommen war, platzierte den Schokoladenkuchen zwischen Roman und Kaffeetasse.

Meine Haare hatten die Farbe des Feuers, das mich vor zweitausend

Tagen fast von innen und beinahe auch von außen verbrannt hätte. Keine trendige Farbe. Ich zuckte abwesend mit den Schultern und hatte schon im nächsten Moment ein schlechtes Gewissen wegen dieser ablehnenden Geste. Ich blickte der Bedienung ins Gesicht, und sie lächelte mich aufrichtig an. Wahrscheinlich hatte sie es nur nett gemeint. Für einen kurzen Moment sah sie sich in Richtung Theke um, nur um sich wenig später in den grünen Sessel mir gegenüber fallen zu lassen. Ihre blonden Haare waren zu einem nachlässigen Dutt gebunden. Ein paar Strähnen fielen seitlich heraus, was das freche Funkeln in ihren grauen Augen unterstrich. In aller Seelenruhe griff sie nach meinem Buch und las den Klappentext, während sie an dem goldenen Ring in ihrer Nase spielte. »Ist das nicht ein bisschen düster?« Sie sah mich ehrlich interessiert an.

Ich zuckte unmerklich zusammen. Es war mir unangenehm, wenn mir fremde Menschen zu nahe kamen. Nicht körperlich, sondern emotional. Aber dieses Mädchen wirkte ... nett, auch wenn ich den Grund dafür nicht wirklich in Worte fassen konnte. Vielleicht war es die Selbstverständlichkeit, mit der sie sich einfach so zu mir gesetzt hatte. Ohne mich zu fragen. Normalerweise hätte mich das ungemein gestört, doch etwas an ihr erinnerte mich an meine Schwester Mel, die ich schon jetzt vermisste, obwohl ich durch meinen Umzug nach Redstone nun endlich wieder in ihrer Nähe war.

»Inwiefern?«, kam es mir über die Lippen, und ich blickte von ihr zu dem Buch, das sie noch immer in der Hand hielt.

»Zu viel klischeehaftes Nazi-Gruselkabinett? Du weißt schon...«, sagte sie und zuckte entschuldigend mit den Schultern.

»Weiß ich nicht«, sagte ich schlicht, noch immer etwas irritiert von ihrer Direktheit.

Dann begann sie von Romanen, von Geschichten über den Zweiten Weltkrieg und von Helden zu erzählen. Das weiß ich nur, weil ihr Mund sich durchgehend öffnete und dann wieder schloss. Denn ich zog mich mehr und mehr in mich zurück. Ich war die Protagonistin eines Films, in dem der Ton immer leiser gedreht wurde. Plötzlich war ich wieder vierzehn Jahre alt und hielt mir die Ohren zu, weil ich den Lärm da draußen nicht mehr ertrug – und meine eigenen Schreie.

Ein Fingerschnipsen direkt vor meinen Augen holte mich ins Hier und Jetzt zurück.

»Und? Was sagst du?«, fragte mich die Kellnerin, die ihre Ausführungen offensichtlich beendet hatte.

Was sagte ich wozu? Verständnislos blickte ich sie an. Mein rasendes Herz passte nicht zu der freudigen Erwartung in ihrem Gesicht.

»Na, wann kannst du anfangen?«

»Anfangen?«, echote ich, immer noch gefangen in meinen Gedanken.

»Na hier im Firefly! Du hattest schon diesen träumerischen Ausdruck auf deinem Gesicht, als du den Kaffee zum ersten Mal gerochen hast. Der ist hier natürlich ganz besonders fantastisch.« Sie zwinkerte und fragte erneut: »Und? Möchtest du jetzt gleich starten?«

Ich blickte in ihr erwartungsvolles Gesicht, und so langsam sickerte es zu mir durch: Sie hatte mir einen Job angeboten.

»Ähm ... ich soll hier arbeiten?«

»Jap! Du liebst es hier doch jetzt schon.«

Da lag sie gar nicht so falsch. Diese Wie-aus-einer-anderen-Zeit-Atmosphäre hatte mich sofort für sich eingenommen, und mein Erspartes würde auch nicht sonderlich lange reichen. Früher oder später müsste ich mich sowieso nach einem Job umsehen, um mein WG-Zimmer bei Aiden auch künftig bezahlen zu können. Ich hatte sowieso schon großes Glück gehabt, dass ich so kurzfristig noch etwas auf dem Campus gefunden hatte. Die meisten Zimmer waren seit Wochen vergeben. Aber was einen Job als Kellnerin anging: Wenn ich ehrlich war, dann hatte ich mir für den Anfang doch eher etwas ... nun ja, etwas Ruhigeres vorgestellt.

»Okay, wir brauchen hier echt dringend jemanden!« Sie beugte sich über den kleinen Tisch noch näher zu mir heran und senkte vertraulich die Stimme: »Hannah wurde nämlich vor ein paar Tagen gefeuert. Unser Chef hat sie hinten im Lager erwischt. Und zwar nicht mit irgendjemanden, sondern mit diesem neuen Dozenten für Literatur. Du kannst dir sicher vorstellen, was hier los war.« Sie verdrehte lachend die Augen.

Ich sah das Mädchen weiterhin verwundert an und wollte ihr Angebot schon ausschlagen, als ich mich an einen meiner Vorsätze erinnerte: Ich hatte mir fest vorgenommen, nicht mehr alles zu zerdenken. Ich wollte spontaner sein. Unwillkürlich griff ich an mein linkes Handgelenk, an dem gestern noch ein Armband mit bunten Perlen geleuchtet hatte. Sie hatten an mir geklebt wie letzte Erinnerungen. Aber ich war jetzt frei zu tun, was ich wollte.

Im Gegensatz zu Mel hatte ich vor fünf Jahren den Halt verloren. Egal, wie sehr ich strampelte, meine Zehenspitzen bekamen den Boden einfach nicht zu fassen. Ich merkte selbst, wie ich mich verändert hatte: Wie ich immer ernster, schweigsamer und verschlossener geworden war. Ich hatte mich immer weiter entfernt von der, die ich gewesen war.

»Okay«, sagte die Bedienung gedehnt, »ich muss dir etwas gestehen. Dein Mitbewohner, der rein zufällig mein bester Freund ist, hat mir erzählt, dass du hier auf ihn wartest und dass du dringend einen Job suchst. Eine Win-win-Situation also!«, fügte sie erwartungsvoll hinzu.

Ich seufzte. Die Kellnerin war dann also Trish, Aidens beste Freundin. Und plötzlich war ich mir sicher, dass mein Mitbewohner nicht mehr auftauchen würde. Offensichtlich hatte er mich hierher gelockt, um mir einen Job zu besorgen.

»Wieso wundert mich das jetzt gar nicht?«, murmelte ich vor mich hin.

»Glaub mir, so war er schon im Kindergarten. Seine Fürsorge hat...«, nachdenklich suchte Trish nach dem richtigen Wort, »etwas, sagen wir einmal, Übergriffiges.«

Ich nickte heftig und begann an meinen Fingern aufzuzählen: »In den vergangenen 24 Stunden hat er ungefragt meine Bücher ausgepackt und nach Farben sortiert ins Regal gestellt, mir Pizza mitgebracht und mir den Plan für die Mathekurse ausgedruckt.«

Trish lachte. »O Gott, das klingt wirklich zu hundert Prozent nach Aiden. Du Arme! Wenn man ihn nicht kennt, kann das ganz schön viel auf einmal sein. Aber man kann ihm nichts übel nehmen, weil ...«

»... er dieses süße Grinsen hat«, vervollständigte ich den Satz und versuchte mich an einem Lächeln.

Als wir wegen Aidens Eigenarten lachten, wurde mir bewusst, dass ich dieses Mädchen mochte. Sie war ehrlich. Und sie schien kein Problem mit meiner verschlossenen Art zu haben. Vielleicht war es jetzt an der Zeit, endlich über meinen Schatten zu springen. Nach Jahren, in denen ich stets geplant und immer *Nein* gesagt hatte, beschloss ich, spontan zu sein.

»Okay, ich mach es!«, sagte ich möglichst euphorisch. Auch wenn mir dabei etwas mulmig zumute war.

Das war einer dieser Wendepunkte. Ein Zwischendrin. Mein altes Leben haftete noch an mir, aber ab heute wollte ich nicht mehr die tragische Heldin, sondern die Erzählerin meiner Geschichte sein.

Im Minutentakt schwang die Tür auf und wieder zu. Immer begleitet von einem leisen Bimmeln und noch mehr Gästen. Trish brauchte so dringend Hilfe im Firefly, dass sie mich bat, gleich dazubleiben. Und noch einmal sprang ich über meinen Schatten. Ein *Game-of-Thrones*-Abend war Aidens Friedensangebot, als ich ihm mit einem Augenrollen schrieb, dass sein Plan aufgegangen war. Er versprach mir sogar, dass wir meine Lieblingsstaffel sehen würden – er wusste zum Glück noch nicht, dass das alle waren.

So verbrachte ich also die nächsten Stunden mit dem Balancieren von Tabletts und dem Aufnehmen von Bestellungen. Das Gute daran: Ich hatte ständig etwas zu tun und somit gar keine Zeit, mich erneut in

meinen Gedanken zu verlieren. Nur eine Nachricht meiner Schwester holte mich kurzzeitig in die Realität zurück. Neun Wörter:
Und du möchtest sie nicht doch noch kurz anrufen?
Da war sie wieder, die Frage, die mir Mel bereits vor wenigen Tagen gestellt hatte und deren Gewicht mich in den Sitz des kleinen Fiats gedrückt hatte, als ich vom Haus meiner großen Schwester Richtung Campus losgefahren war. Eine Antwort war ich ihr noch immer schuldig.

Mom, das war inzwischen ein Wort, das ich nicht einmal mehr denken wollte. Diese Nacht hatte unser aller Leben zerstört, aber ich war das Kind gewesen. *Ich* war die gewesen, die eine Mutter gebraucht hätte. Stattdessen hatte ich die Jahre damit verbracht, erwachsen zu sein.

Die gemütlich, aber chaotisch angeordneten Tische entpuppten sich als gefährliche Stolperfallen. Ohne den Plan des Cafés mit allen Tischen und Nummern über der Kasse wäre ich heillos überfordert gewesen. In den Atempausen erklärte Trish mir den Rest. Die Kaffeemaschine. Das Lager. Sie zeigte mir die Kommode neben der Theke, in der sich frische Tischdecken, Zuckerdosen und dunkelgrüne Karten stapelten. Danach führte sie mich in den hinteren Bereich, wo sich der kleine Mitarbeiterraum mit dem abgewetzten braunen Sofa befand. Direkt daneben war das Büro von Brian, dem das Firefly gehörte, ein riesiger Typ mittleren Alters mit kurzen, schwarzen Haaren und einem kleinen Wohlstandsbäuchlein. Durch die offene Tür nickte er mir nur abwesend zu, und Trish erwähnte, dass er ihr freie Hand ließ, wenn es um Personalfragen ging.

Als die Tür hinter dem letzten Gast ins Schloss fiel, drehten wir die Musik auf. Erst abends würde es hier weitergehen. Jetzt hieß es Einsammeln des dreckigen Geschirrs und Polieren der gespülten Gläser im Takt von *Supermassive Black Hole* von Muse. Währenddessen sog ich Trishs witzige Geschichten auf und lachte an den richtigen Stellen. Sie schaffte es, jede noch so kleine Banalität wie ein Abenteuer klingen zu lassen.

»Wie gefällt dir Redstone bis jetzt?«, wollte sie schließlich wissen, als wir uns mit zwei riesigen Kaffeebechern im Gilmore-Girls-Stil in die grünen Sessel fallen ließen.

Ich überlegte, wie ich es vermeiden konnte, etwas über mich als Menschen zu verraten. Trotzdem lächelte ich bei dieser Frage. Unwillkürlich musste ich an das Gefühl von Freiheit auf dem Highway denken: die Rocky Mountains im Rücken, die Sonne und den strahlend blauen Himmel vor mir. Meine Heimat Kalifornien war der bevölkerungsreichste Bundesstaat der USA. Hier in Montana hatte ich das Gefühl, endlich wieder richtig atmen zu können: Gerade einmal eine Million Einwohner zwischen Bergen, Flüssen und Seen. Zwischen endlosem Blau und unendlichen Weiten.

»Ich mag es«, sagte ich schlicht und ehrlich. Im Schneidersitz saß ich Trish gegenüber und leckte mir den Schaum von den Lippen. Der Kaffee war tatsächlich fantastisch.

Plötzlich befürchtete ich, dass sie nachhaken könnte. Fragen zu meinem Umzug. Meiner Heimat. Zu mir. Überall Risse und Splitter. Wo hätte ich da anfangen sollen? Ich hielt die Luft an.

»Lass dich von der Kleinstadtatmosphäre nicht täuschen«, meinte sie augenzwinkernd, und ich atmete erleichtert aus. »In Redstone gibt es so viele schöne Cafés und Bars. Einmal im Monat hat Aiden mit seiner Band *Goodbye April* in irgendeiner einen Auftritt, zu dem wir alle gehen. Irgendwas geht hier echt immer. Vor allem in den Wohnheimen steigt eigentlich jeden Tag irgendeine Party. Und dann gibt es noch die ganzen Clubs und Veranstaltungen auf dem Campus.« Trish schien kaum Luft holen zu müssen, denn sie redete schon weiter: »Aiden kennst du ja schon. Oh, und Paul musst du auch noch unbedingt kennenlernen. Wir drei waren in New Forreston zusammen auf der Highschool, und... eigentlich haben wir zusammen nur Mist gemacht.« Trish lachte und strich sich eine blonde Strähne aus dem Gesicht. »Wir wollten natürlich auf das gleiche College gehen, aber weil ich ein Jahr jünger bin, musste ich das letzte Jahr ohne meine Jungs verbringen. Und, glaub mir, das war auf jeden Fall nicht so lustig wie mit ihnen.«

Automatisch musste ich an Leah denken, meine eigentlich beste Freundin. Es gab Menschen, mit denen an der Seite einfach alles besser zu sein schien.

»Manchmal denke ich, dass die beiden das Negativ des jeweils anderen sind. Hell und Dunkel, wie zwei Schachfiguren. Aber ich bin echt froh, dass ich meine beiden Jungs hab. Sie sind wie zwei große Brüder, die mich beschützen.« Trish machte eine kurze Pause und zwinkerte mir zu. »Auch wenn ich das natürlich nicht nötig habe.«

»Das klingt schön«, murmelte ich und fuhr mir nachdenklich durch die Haare.

»Ist es auch«, sagte Trish mit einem breiten Lächeln. »Zum Glück sind sie einfach nur meine besten Freunde. Keine Ahnung, wie sie das machen, aber die zwei verdrehen hier echt allen den Kopf. Paul ist der Schlimmere. Wenn man mit ihm befreundet ist, dann tut er wirklich alles für einen, aber abgesehen davon, zieht er eine Spur aus gebrochenen Herzen hinter sich her, egal, wohin er geht.«

Nachdem sie einen Schluck von ihrem Kaffee genommen hatte, beugte Trish sich neugierig nach vorn. »Und bei dir? War es schwer für dich, so weit von zu Hause und deinen Freunden wegzuziehen?«

Ich öffnete den Mund und schloss ihn wieder. Schüttelte den Kopf.

Krieg dich wieder ein! Komm darüber hinweg! Willst du nicht langsam wieder normal werden? Das waren Sätze, die mich inzwischen übervorsichtig machten. Damit angefangen hatte ausgerechnet Leah.

Meine Freunde an der Highschool hatten nicht verstanden, dass das nichts war, worüber man einfach so hinwegkommen konnte. Als sie gemerkt hatten, dass ich nie mehr die Alte werden würde, schotteten sie sich von mir ab. Einer nach dem anderen. Irgendwann hatte nicht einmal mehr Leah angerufen. Und ich hatte mich zu sehr davor gefürchtet, mein Vertrauen erneut in andere Menschen zu setzen. Verliebt hatte ich mich auch nur ein einziges Mal. Aber im Nachhinein fragte ich mich, ob ich nicht einfach auf der Suche nach einer Ersatzfamilie gewesen war.

»Hey, Louisa, hast du mir zugehört?«

Schon wieder hatte ich mich in meinen Gedanken verloren, und als ich auf die Uhr sah, stellte ich erschrocken fest, wie spät es inzwischen schon geworden war.

»Sorry, aber ich muss los!«

Eilig packte ich meine Sachen zusammen, warf mir den Rucksack über die Schulter und winkte Trish im Gehen zu.

Gerade als ich durch die Tür wollte, prallte ich unerwartet mit jemandem zusammen.

Paul

Ich trat einen Schritt zurück und …

Heilige Scheiße! Für Sekunden sah ich nichts als erschrockene eisblaue Augen und dunkle Wimpern. Ich dachte an die Tiefe von Seen und Ozeanen.

Das Mädchen, das gerade gegen mich gerannt war, murmelte eine Entschuldigung, doch bevor ich etwas erwidern konnte, war sie schon weg. Ich sah nur noch wehende Locken, die die Farbe von Feuer hatten, und einen perfekten, runden Hintern. *Oh fuck!* Grinsend blickte ich ihr viel zu lange nach, als mich plötzlich ein nasses Geschirrtuch am Kopf traf.

Trish stand kopfschüttelnd vor mir, konnte sich das Lachen aber nur schwer verkneifen. »Hör auf, meine Kollegin mit deinen Blicken auszuziehen!«

»Deine Kollegin?« Normalerweise kannte ich alle, die im Firefly arbeiteten. Wenn Trish ihre Schichten hatte, hingen Aiden und ich ständig abends hier rum, manchmal kamen auch Isaac und Taylor mit. Aber meistens waren meine beiden Mitbewohner sowieso mit Kiffen oder einem ihrer Games beschäftigt.

»Jap, seit heute.« Erleichtert sah sie mich an und strich ihre Schürze glatt. »Jetzt muss ich endlich keine Doppelschichten mehr schieben!«

Ein unaufmerksamer Augenblick von Trish, und ich stürzte mich auf sie, hob sie hoch, bis sie quietschte und bettelte, dass ich sie gefälligst sofort runterlassen sollte. Seit Jahren unser Begrüßungsritual. Leider gehörten dazu auch ihre winzigen Fäuste, die ich aber nicht wirklich spürte.

»Wollen wir anfangen?«, fragte ich, als sie wieder sicheren Boden unter den Füßen hatte und mich atemlos anfunkelte.

Trish hatte Brian nach wochenlangen Überredungskünsten endlich davon überzeugen können, dass das Firefly neben der Website endlich auch auf Instagram und Facebook vertreten sein sollte. Und da sie wusste, wie froh ich über das zusätzliche Geld war, hatte sie mich als Fotografen vorgeschlagen. Ich scannte den Raum nach dem idealen Platz, nachdem Trish sich die Haare zurechtgezupft hatte. Beim Fotografieren kam es nicht nur auf den passenden Hintergrund an, das Wichtigste war immer das Licht. Und das gewisse Etwas. Etwas, das man nicht erwartete. Als ich die ideale Stelle vor einer der roten Wände gefunden hatte, forderte ich Trish auf, sich mit einem beladenen Tablett an einen der Tische zu stellen.

Schon nach den ersten Minuten raufte ich mir die Haare. »Summers, du siehst aus, als würdest du in einem Horrorfilm mitspielen!« Ich ließ mich entnervt in einen der grünen Sessel fallen, nachdem ich an der Theke zwei Bier geholt hatte, und machte uns beiden erst mal die beiden Flaschen auf. Jedes Mal, wenn Trish bemerkte, wie sich die Linse meiner Kamera auf sie richtete, wurde aus ihrem sonst so herzlichen Lachen eine Grimasse wie aus einer Stephen-King-Verfilmung. Die meisten Leute verkrampften, wenn sie möglichst natürlich wirken wollten. Und je mehr sie über ihre Pseudonatürlichkeit nachdachten, desto schlimmer wurde es.

»Bei deinem Charme, Berger, ist es kein Wunder, dass du keine Freundin hast!« Sie ließ sich neben mir in die Kissen fallen und schnappte sich ihr Bier.

Ich verdrehte die Augen. Das war kein Gespräch, das wir zum ersten Mal führten. »Ich bin Single«, sagte ich schließlich, »weil ich gerade echt genug zu tun habe. Meine Entscheidung!«

»Oder auch nur, weil du unausstehlich bist!« Trish lächelte.

»Verdammt, Summers«, knurrte ich genervt, »ich sage dir das jetzt noch ein einziges Mal, damit du mich endlich mit diesem scheiß Thema in Ruhe lässt: Ich. Will. Keine. Freundin. Ich habe keine Zeit für so etwas!«

»Komisch, denn ausreichend Zeit für deine vielen Sexabenteuer scheinst du zu haben!« Der blonde Zwerg wusste genau, wie mich dieses Thema nervte. Als müsste sie sich verkneifen, was sie gerade noch hatte sagen wollen, biss Trish sich auf die Unterlippe und hob beide Hände. »Frieden!«

Die beschissene Wahrheit war: Wenn man die Schuld und den Schmerz für etwas derart Schreckliches und Unverzeihliches mit sich herumschleppte, wie ich es seit Jahren tat, dann war man verdammt noch mal nicht unbedingt ein geeigneter Kandidat für eine Beziehung. Oder irgendeine Form von Nähe.

Eine halbe Stunde später stürzten Trish und ich uns in den zweiten Versuch. Ich schloss mein Handy an der Anlage an und spielte grinsend den Soundtrack von *High School Musical* ab – ein dunkles Kapitel aus Trishs Vergangenheit, an das sie ziemlich ungern erinnert wurde: Nach Schulschluss hatten Aiden und ich die Nachmittage bei ihr zu Hause verbracht, und sie hatte uns Tag für Tag gezwungen, uns ihre nachgeahmten Tänze im Stil von Troy und Gabriella anzusehen.

Lachend forderte ich Trish also auf, ihren Lieblingssong zu performen, und tatsächlich: Sie entspannte sich immer mehr.

Nach einer weiteren Stunde waren um die fünfzig Bilder dabei, die verdammt gut waren. Einige zeigten sie an der Kaffeemaschine, dann mit einem vollen Tablett in der Hand und noch eins, auf dem sie sich mit zwei Gästen an einem Tisch im hinteren Bereich unterhielt. Das helle Blond ihrer Haare hob sich auf den Bildern extrem von der dunklen Wand ab, was eine hammer Wirkung hatte.

Danach schlängelte ich mich durch den mittlerweile wieder gut gefüllten Raum nach hinten zu Brian, um ihm die Aufnahmen zu zeigen. Wir luden die Bilder auf seinen Rechner, suchten zusammen die besten aus, und ich versprach, ihm die bearbeiteten Fotos in der kommenden Woche vorbeizubringen.

Und als ich loszog, um mich mit meinem Bruder Luca zu treffen, dachte ich plötzlich an ein Paar Augen aus arktikblauem Eis.

2. KAPITEL

Louisa

»Sorry, dass ich zu spät bin. Ich zieh mich noch schnell um, dann können wir los!«, rief ich in die Wohnung, während ich meinen Schlüssel achtlos auf die Kommode im Flur schmiss.

Alles hier drin war winzig und beengt, aber ich mochte es, weil es mich an ein Haus am Waldrand und eine bessere Zeit erinnerte. Mein Zimmer lag am Ende des kleinen Flurs, links davon war Aidens Zimmer und rechts davon die Wohnküche, in der neben dem Esstisch sogar noch ein gemütliches Sofa Platz hatte.

Ich holte mir eine Coladose aus dem Kühlschrank und ließ mich in meinem Zimmer erschöpft auf mein Bett fallen. Noch in der ersten Nacht hatte ich es direkt unter das große Fenster an der Stirnseite des Raums geschoben, weil ich mir von dort einen guten Blick auf die Sterne erhoffte. Der Anblick beruhigte mich, wenn meine Gedanken zu stark kreisten. Und trotzdem hatte ich am Abend zuvor unter den Blicken eines kopfschüttelnden Aiden fünf verschiedene Lichterketten kreuz und quer an der Decke befestigt – mein eigener Sternenhimmel, falls der vor meinem Fenster nicht reichen sollte.

Außer dem Bett hatte ich für wenige Dollar auch den schmalen Schreibtisch, die dunkle Holzkommode mit den bunten Griffen an der gegenüberliegenden Wand und das Regal daneben ablösen können. Es standen immer noch jede Menge Kisten auf dem Boden, und mir fehlte ein weiteres Regal für all meine Bücher, die sich überall auf dem Boden stapelten, aber ein bisschen fühlte es sich schon wie ein Zuhause an.

»Hey!« Mit vor der Brust verschränkten Armen lehnte Aiden im

Türrahmen meines Zimmers. Ein kurzer Blick auf das Handtuch in seiner rechten Hand und die zerzausten blonden Haare, die sein weißes Shirt mit dem Berglöwen im runden Redstone-College-Logo volltropften, und mir entfuhr ein Seufzen. Hätte ich vorher gewusst, dass Aiden sich nach seiner Bandprobe so viel Zeit beim Duschen lassen würde, hätte ich mich weniger beeilt und wäre im Firefly nicht in diesen Kerl hineingerannt.

Es war nur ein flüchtiger Blick gewesen: auf ein markantes Kinn mit einem dunklen Bart, der mich für Sekunden an meiner Schläfe gekitzelt, ein Mund, der sich unwillkürlich zu einem Grinsen verzogen, und ein intensiver Blick aus braunen Augen, der mich einen Moment zu lange festgehalten hatte – genau wie die raue Hand, die mich vor dem Stolpern bewahrt hatte. Ich hatte gespürt, wie der Typ mir hinterhergesehen hatte. Und ich hatte es tatsächlich genossen.

»Wie war dein erster Arbeitstag?«, wollte Aiden mit einem selbstzufriedenen Grinsen wissen, während er sich die nassen Haare mit dem Handtuch trocken rubbelte. Seine blauen Augen blitzten.

»Ehrlich gesagt«, erwiderte ich und blickte ihn mit zusammengekniffenen Augen an, »wusste ich erst nicht, ob ich dir an die Gurgel gehen oder dankbar sein sollte.«

Aiden musterte mich skeptisch, doch das Grinsen auf seinen Lippen verrutschte kein Stück.

Ich beugte mich über eine der unausgepackten Kisten, die noch immer am Fußende meines Bettes standen, und wühlte nach meiner Spardose, um das großzügige Trinkgeld von heute darin zu verstauen. Aiden kommentierte mein Schweigen mit erhobener Augenbraue.

Als die Dose im Regal stand, erbarmte ich mich schließlich. »Aber…« Ich zog das Wort mit Absicht in die Länge und drehte mich wieder zu ihm um. »Ich habe beschlossen, dankbar zu sein, weil ich wirklich dringend einen Job gebraucht habe.«

»Hab ich doch gerne gemacht!« Zufrieden stieß Aiden sich vom

Türrahmen ab. »Du kannst mir später danken, Lou«, fügte er noch hinzu und steuerte sein Zimmer an.

»Bilde dir ja nichts darauf ein!«, rief ich ihm hinterher.

Aber er lachte nur.

»Was hältst du von dem hier?«, fragte Aiden mich eine Stunde später, als wir bei *Harper & Bishop* vor einem weiß lackierten Holzregal standen.

In einem seiner Räume verkaufte der Laden am Stadtrand gebrauchte Möbel. Und auch wenn ich seit heute einen Job hatte, wollte ich für ein neues Bücherregal nicht mehr Geld ausgeben als notwendig. Hier hinten standen Stühle, Regale, Tische und Kommoden wild durcheinander. Ich liebte gemütliches Chaos und trotzdem war ich bisher noch nicht fündig geworden.

»Hmm ... ich weiß nicht.« Ich legte den Kopf schräg und ging einmal um das Regal herum. »Das sieht so leblos aus!«

»Wie kann ein Regal leblos aussehen?«, fragte Aiden mich und schob die Hände in die Hosentaschen seiner schwarzen Jeans.

Ich zuckte mit den Schultern. »Na ja, so wie das hier eben!«

Aiden lachte. »Das besteht aus toten Bäumen! Natürlich sieht das nicht gerade lebendig aus.«

Und genau in dem Moment, in dem ich ansetzte, etwas zu erwidern, entdeckte ich aus dem Augenwinkel ein großes Holzregal in der Farbe von Kaffeebohnen und mit verschnörkelten Ornamenten an den Rändern der einzelnen Bretter. Zielstrebig lief ich darauf zu und bedeutete Aiden, mir zu folgen. »Das hier zum Beispiel sieht lebendig aus«, sagte ich zufrieden und strich mit beiden Händen liebevoll über die dunkle Holzmaserung.

»Ich weiß ja nicht«, murmelte Aiden und beäugte kritisch die teilweise abgebrochenen Kanten der Ornamente und die Risse im Holz.

Die Skepsis in seinen blauen Augen entlockte mir ein leises Lachen. »Das ist ein bisschen so wie mit Büchern«, erklärte ich, während Aiden einmal um das Regal herumging. Dann sah er mich abwartend an. »Ich liebe es, wenn man sieht, dass sie nicht nur gelesen, sondern auch geliebt wurden. Mit Knicken und Notizen am Rand. Das macht sie für mich erst lebendig und einzigartig«, fügte ich nachdenklich hinzu und strich ein weiteres Mal über das dunkle Holz. »Und so ist es auch bei Möbeln. Ich mag es, wenn sie alt und unperfekt sind. Jede Unregelmäßigkeit erzählt eine eigene Geschichte. Diese abgebrochene Ecke hier zum Beispiel«, ich beugte mich nach vorn und deutete auf eine Stelle am untersten Regalbrett, »vielleicht hat eine betrogene Ehefrau im Streit ihre Lieblingsvase nach ihrem Mann geworfen und —«

Unwillkürlich biss ich mir auf die Unterlippe. *Schweigen ist Gold*, sagt man. Und das hat seinen Grund, denn Reden ist gefährlich. Gerade waren mir Aiden gegenüber mehr Wörter über die Lippen gekommen als in den letzten 53 Stunden zusammen.

Er sah mich überrascht an, als spürte er, dass ich gerade fast meine selbst auferlegte Grenze überschritten hatte. Behutsam strich er dann über die abgebrochene Kante und lächelte mich an. »Du bist wirklich eine Träumerin, Lou. Aber auf eine gute Art.«

Du bist eine Träumerin, Louisa. Immer hast du den Kopf in den Wolken.

Und schon war da wieder dieses enge Band um meine Brust und machte mir das Atmen schwer. Ich war wie eine zerbrochene Vase, die man halbherzig zu kleben versucht hatte. Ich hatte erleben müssen, wie es war, sein Herz an die falschen Menschen zu hängen. Und seitdem verbarg ich meine Emotionen tief in meinem Innersten, wo mich nichts und niemand verletzten konnte. Instinktiv schien Aiden das zu spüren, denn er hatte meine persönliche Grenze in der kurzen Zeit, die wir uns kannten, bisher nicht überschritten – und das war ungewöhnlich, wo sie doch so extrem schnell erreicht war.

Ich wusste, dass Aiden Musik im Hauptfach studierte. Ich wusste, dass er zusammen mit seinem besten Freund nach Redstone gezogen war und dass Trish den beiden ein Jahr später gefolgt war. Ich wusste, dass er am liebsten Dr Pepper trank, seine Geschwister Ally, Andrew, Anthony und Alex hießen und er der Älteste war. Was Aiden über mich wusste? Dass ich keine Fragen mochte, *Game of Thrones* dafür umso mehr. Und dass ich ziemlich sarkastisch sein konnte. Sonst war da nichts.

»Lou?« Ein besorgter Ausdruck trat in Aidens Gesicht. Und für einen kurzen Moment lag seine Hand schwer auf meiner Schulter. »Sollen wir das Regal nehmen?«, fragte er.

Zwanzig Dollar stand auf dem kleinen handbeschrifteten Preisschild. Ich zwirbelte eine meiner Locken nachdenklich um den rechten Zeigefinger und nickte dann. Und war dankbar dafür, dass Aiden nicht wissen wollte, wieso ich gerade mal wieder so weggetreten gewesen war.

Auf der Rückfahrt sah ich immer wieder auf mein Handy. Schon wieder kreisten meine Gedanken um Mel.

Ich hasste Streit. Und vor allem hasste ich Streit mit meiner Schwester. Eigentlich war es gar keine richtige Auseinandersetzung, diese Funkstille fühlte sich trotzdem so an. Auch wenn wir so unterschiedlich waren wie Tag und Nacht, waren wir doch immer mehr gewesen als bloß Schwestern. Sie war immer auch meine beste Freundin gewesen, trotz oder gerade wegen der neun Jahre zwischen uns. Wir hatten über die gleichen Dinge gelacht, in denselben Momenten angefangen zu weinen und uns auch ohne Worte verstanden. Als ich acht gewesen war, hatten wir uns sogar unsere eigene Geheimsprache ausgedacht, eine Kombination aus Farben und Zahlen, die nur wir beide entziffern konnten.

Mehrere Minuten lang tat ich nichts anderes, als das Handy in meinen Händen anzustarren, während Aiden leise einen Song im Radio mitsang und dabei auf das Lenkrad trommelte.

Bin gut angekommen.

Ich wartete. Dann schrieb ich noch einmal.

Ist es okay, wenn ich das Auto nächste Woche vorbeibringe?
Das war meine Art zu sagen, dass ich sie liebte. Und dass mir mein überstürzter Aufbruch leidtat.

So viel Mel mir auch bedeutete, ich konnte nicht verstehen, dass sie den Kontakt zu Mom aufrechterhielt. In dem Moment, in dem ich durch die dünnen Wände gehört hatte, wie die beiden miteinander telefonierten, war bei mir eine Sicherung durchgebrannt. Es hatte sich angefühlt wie Verrat. Ich hatte Mel nach dem Schlüssel für ihren Fiat gefragt, meine wenigen Sachen und meine Lieblingsbücher auf die Rückbank geschmissen und war losgefahren. Eine Woche früher als geplant und ohne ein weiteres Wort.

Als wir vor dem Wohnheim parkten, vibrierte mein Handy. Endlich.
alles klar. ich hab dich lieb.
»Ich dich auch.«

Paul

Genervt blickte ich durch die Windschutzscheibe nach draußen. Natürlich hatte ich wieder so geparkt, dass mich vom Haus aus niemand sehen konnte. Hier nach zwei Stunden Fahrt herumzustehen war trotzdem unangenehm. Ich saß in meinem gebrauchten Pick-up, von dem der dunkelgrüne Lack abblätterte, sodass man den feinen Rost darunter erkennen konnte.

Mit dem Job in der Küche vom Luigi's, den Aiden mir besorgt hatte, und den ganzen Fotoaufträgen, die ich hier und da bekam, arbeitete ich neben dem Studium mehr für meinen Unterhalt als andere. Fast mein ganzes Geld hatte ich in diese Karre gesteckt.

Ich hatte den Pick-up absichtlich so weit wie möglich vom Haus entfernt abgestellt, denn eine Begegnung mit meinem Vater war wirklich das Letzte, was ich wollte. Vor allem nicht nach diesem beschissenen

Anruf vor zwei Tagen, der für meinen Geburtstag sowieso zu spät gekommen war.

Er war wieder ins Deutsche verfallen, wie immer, wenn er sich aufregte. »Hallo, Sohn!«, hatte er gesagt, als wäre die Tatsache des Sohn-Seins alles, was mich ausmachte. *Verdammt!* Was er mir zu sagen gehabt hatte, war das Gleiche wie sonst auch. Ob ich mit einem Jahr mehr Weisheit denn nun Vernunft angenommen hätte. Ob ich mein sinnloses Philosophiestudium jetzt endlich an den Nagel hängen würde, um meinen rechtmäßigen Platz bei *Berger Industries* einzunehmen. Dass ich doch nicht tatsächlich an meinen Erfolg glauben konnte. Jedes seiner Worte troff dabei vor Spott und Ablehnung, und mein Wunsch, auf irgendetwas einzuschlagen, war ins Unermessliche gestiegen.

Dabei wusste ich selbst nicht, ob es das Richtige war. Aber genau darum ging es doch: *Ich* musste einfach für mich herausfinden, wer ich war und was ich wollte. Dass ich von meinen Fotografien allein nicht leben konnte, war mir klar. Aber ich hatte etwas zu sagen. Keine Ahnung, ob das wirklich von Bedeutung war. Aber wenn ich mit meinen Bildern und den Gefühlen, die sie beim Betrachter im Idealfall auslösten, eine Handvoll Menschen zum Umdenken bringen konnte, dann war es mir das wert: mehr Weltoffenheit, mehr Toleranz, mehr Vertrauen, mehr Verzeihen. Ich war kein Optimist und kein Pessimist. Und auch wenn das wenig Sinn ergab, bewegte ich mich unablässig irgendwo zwischen Idealismus und Realismus.

Meine Mutter hingegen hatte es wenigstens geschafft, mir eine Karte zum zweiundzwanzigsten Geburtstag zu schicken. Höflich und distanziert. Nur zu gut sah ich sie vor mir, wie sie mit dem in perfekte Wellen gelegten Haar am Schreibtisch meines Vaters gesessen und die Zeilen verfasst hatte. Die Geburtstagswünsche lasen sich wie ein beschissenes Versicherungsschreiben: bedeutungsleere Floskeln, die nur aus irgendeinem lächerlichen Pflichtbewusstsein heraus niedergeschrieben worden waren.

Von der Seitenstraße aus hatte ich einen guten Blick auf das imposante Gebäude und das affige schmiedeeiserne Tor. Wer zum Teufel dachten sie, dass sie wären? Durch die Bäume mit den gefärbten Blättern konnte ich die rechte Fassade erkennen, deren helles Weiß in der Sonne glänzte. Um zu wissen, dass mein Zimmer in ein modern eingerichtetes Gästezimmer umfunktioniert worden war, musste ich das Haus nicht einmal betreten. Ich kannte noch jedes winzige Detail meines Elternhauses: die strahlenden Wände, den völlig lächerlichen Springbrunnen, in den ich im Suff einmal gepinkelt hatte. Die gestutzten Bäume und nicht zuletzt den Pool auf der Rückseite des Hauses, den wir nicht hatten benutzen dürfen. Weil das ja Dreck gemacht hätte. Eventuell. Und trotzdem hätte ich wetten können, dass genau in diesem Moment vereinzeltes Laub in dem so perfekten Blau trieb. In meiner Familie war der Schein von Perfektion schon immer das Wichtigste gewesen. Das Bröckeln unter der Oberfläche erkannte niemand. Aber hatte man es einmal wahrgenommen, dann sah man nichts anderes mehr.

Ein Klopfen an der Scheibe riss mich aus meinen Gedanken. Zwei Mal kurz. Zwei Mal lang. So wie früher.

Luca stöhnte. »Du parkst echt jedes Mal noch weiter weg vom Haus.«

Haus war wohl kaum die richtige Bezeichnung dafür. Villa traf es eher.

Ich beobachtete, wie Luca auf der Beifahrerseite einstieg. »Wie die Reise nach Jerusalem. Oder blinde Kuh. Oder …«

»Mann, du weißt, wieso«, murmelte ich.

Luca ließ sich in den Sitz fallen und legte seine Füße auf dem Armaturenbrett ab. Seine dunkelblonden Haare standen wieder in alle Richtungen ab, und er hatte dieses breite Lachen aufgesetzt, wegen dem er mit wirklich jeder Dummheit immer wieder durchkam.

»Ich hab's kapiert. Entspann dich, Kleiner.« Ich wuschelte ihm durch die Haare.

Inzwischen war Luca fünfzehn Jahre alt und verlor mit jedem Tag mehr von seinen kindlichen Zügen. »Klappe, Paul. Nenn mich nicht so. Nicht wegen lächerlichen fünf Zentimetern!«

»Ach, doch so klein?«

Wir schwiegen eine Sekunde. Dann fingen wir gleichzeitig an zu lachen.

»Ich habe deine dummen Witze vermisst«, sagte Luca anschließend. *Ich habe dich auch vermisst*, dachte ich. Doch ich sagte nichts.

»Und wie läuft es mit den Mädchen?«, fragte ich ihn, als ich den Wagen auf die gewohnte Strecke Richtung Lake Superior lenkte. Noch war es warm genug für unseren üblichen Ausflug.

»Ach, keine Ahnung … weiß auch nicht«, sagte Luca und blickte etwas unsicher aus dem Fenster, während er sich auf die Unterlippe biss.

Hm. Normalerweise beantwortete er diese Frage immer mit einem genervten Nein.

»Na, komm schon! Wer ist es?« Ich grinste und boxte ihm spielerisch gegen die Schulter.

Nur langsam ließ er sich erweichen. »Da gibt es echt jemanden. Und …«, er zögerte und lehnte sich plötzlich mit einem finsteren Ausdruck in den grünen Augen zurück, »sie wäre der absolute Albtraum unserer Eltern.«

Ich lachte laut auf. *Scheiße*, ich hatte eine ziemlich gute Vorstellung von dem, was Luca meinte.

Lorena und Richard Berger war niemand gut genug. Als ich meine Ex Heather das erste Mal mit nach Hause gebracht hatte, hatten die beiden anschließend wirklich alles versucht, um uns auseinanderzubringen. Und als es dann wirklich vorbei gewesen war, hatte mein Vater diesen verfluchten Blick aufgesetzt, den er in der Firma immer an den Tag legte, wenn sich ein Problem von allein löste. Bei der Erinnerung trat ich bei der nächsten Ampel heftiger auf die Bremse, als notwendig gewesen wäre. »Sie gefällt mir jetzt schon. Also, erzähl mir von ihr!«, forderte ich Luca auf und vertrieb damit die düsteren Gedanken.

Doch Luca, der sonst nur Streiche und andere Dummheiten im Kopf hatte, der alles weglachte und dem das meiste irgendwie egal zu sein schien, verknotete verlegen seine Hände und schwieg.

»Komm schon. Woher kennt ihr euch?«

»Aus der Highschool.«

Mit einer Hand fuhr ich mir grinsend über den Bart. Dass Luca auf einen Schlag so unruhig war und nicht wirklich mit der Sprache rausrücken wollte, brachte mich zum Schmunzeln.

»Also, eigentlich kennen wir uns aus der Theater-AG«, fügte er schließlich hinzu.

»Moment! Was zur Hölle machst ausgerechnet *du* in der Theater-AG?«

»Ähm, du erinnerst dich doch noch an die Sache mit Miss Johnson?«

Laut lachte ich auf und nickte. Wie sollte ich den Moment vergessen, als Luca mir nur widerwillig erzählt hatte, wie er im Biounterricht die DVD über Zellteilung durch einen Porno ausgetauscht hatte – wo auch immer er und sein bester Kumpel den aufgetrieben hatten.

»Und jetzt hat Rektor Baker mich deswegen dazu verdonnert, bis zur Aufführung des Wintermusicals in der Theater-AG mitzumachen«, erzählte Luca mit einem genervten Augenrollen.

»Und dieses Mädchen ist zufällig auch in dieser AG«, kombinierte ich.

»Genau!«, sagte Luca mit einem breiten Grinsen. »Aber eigentlich kenne ich sie nicht wirklich.«

»Und was weißt du über sie?«, fragte ich nach.

»Sie liebt schlechte Witze und lacht viel zu laut. Ich weiß, dass ihrer Mom ein Friseurladen am Stadtrand gehört, aber ich hab keine Ahnung, was mit ihrem Dad ist. Oder ob sie Geschwister hat. Und sie trägt immer eine schwarze Lederjacke mit Nieten. Wenn sie alt genug ist, dann will sie ein Piercing haben und Schauspielerin werden. Ihr großes Vorbild ist Jennifer Lawrence. Katie ist ...«, er zögerte und schien zu überlegen, »einfach cool. Es ist ihr egal, was andere über sie denken.« Für einen Moment verschwand das Grinsen aus Lucas

Gesicht und machte Platz für einen Ausdruck in seinen grünen Augen, den ich noch nie darin gesehen hatte.

»Hey, sie hat es dir echt angetan, was?«, hakte ich vorsichtig nach. Luca blinzelte und sah schnell wieder aus dem Fenster. »Ja, schon.«

Ein Murmeln und der Versuch eines schiefen Lachens. Gott, in dem Moment wusste ich mit Sicherheit, dass er sich verliebt hatte. Mein kleiner Bruder stand also zum ersten Mal auf ein Mädchen, das war eine echt große Sache. »Und? Hast du sie schon geküsst?«, durchbrach ich die Stille.

»Alter, Paul!« Luca fuhr mit einem Ruck herum und schien sich nicht entscheiden zu können, ob er rot werden oder mir eine reinhauen sollte.

Entschuldigend hob ich die rechte Hand und startete einen zweiten Versuch. »Weiß Katie, dass du sie magst?«

Widerwillig schüttelte er den Kopf.

Eigentlich war ich viel zu kaputt und damit der absolut letzte Mensch, der Luca Tipps in Liebesdingen geben sollte. Ich schluckte schwer. Aber er war meine Familie. »Okay«, sagte ich gedehnt und zögerte, »ich denke, dass du die Gelegenheit nutzen und Katie um ein Date bitten solltest. Ich meine, was hast du schon zu verlieren? Das Schlimmste, was passieren kann, ist, dass sie nicht auf dich steht, was natürlich echt scheiße wäre. Aber dann ist es letztendlich genauso, wie es jetzt ist. Wenn sie aber Ja sagt, dann ist das *deine* Chance, um ihr Herz zu erobern.«

Nachdenklich furchte Luca die Stirn.

»Und mach dir keine Gedanken wegen Mom und Dad«, fügte ich hinzu. »Es ist *dein* Leben, und *du* musst glücklich mit deinen Entscheidungen sein!«

»Alter, aber es wäre einfach *so* unendlich peinlich, wenn sie Nein sagen würde. Ich müsste ihr aus dem Weg gehen, bis ich meinen Abschluss habe!«

»Wer nichts wagt, der darf nichts hoffen«, zitierte ich augenzwinkernd Friedrich Schiller.

»O Gott, und wenn sie Ja sagt?«

Ich musste über Lucas panischen Gesichtsausdruck laut lachen. Er schien mehr Angst vor einem Date als vor einer Abfuhr zu haben.

Es war komisch, wie Erinnerungen manchmal zu verschwommenen Bildern wurden. Gefühle zu einem Abklatsch von dem, was sie einmal waren. Ich wusste, dass ich verliebt gewesen war, aber nur vage erinnerte ich mich daran, wie es war, sich so zu fühlen. Die Nervosität, noch bevor man sich seiner Gefühle bewusst war. Die Anspannung, die einen überkam, bevor man sie sah. Aber das war schon lange vorbei. Ich traf mich nur mit Frauen, die wussten, worauf sie sich bei mir einließen. Zumindest stellte ich immer von Anfang an klar, was sie von mir zu erwarten hatten. Was sie mit dieser Information anfingen, war letztendlich ihre Sache. Bei mir gab es keine Nähe, keine Dates und schon gar keine Gefühle. Das waren die verdammten Regeln seit diesem einen schrecklichen Tag, der mein Leben für immer verändert hatte. Ich war siebzehn gewesen und naiv, hatte noch an Liebe geglaubt – bis ich den Tod eines Menschen verschuldet hatte und Heather meine Gegenwart nicht mehr hatte ertragen können. Es war der Bruchteil einer Sekunde gewesen, in dem ich auf mein Bauchgefühl gehört und eine Entscheidung getroffen hatte – ganz offensichtlich die falsche.

»Kleiner, entspann dich! Wenn sie dir wichtig ist und sie dich auch mag, dann läuft der Rest von allein. Gib dir einfach Mühe, wenn du mit ihr zusammen bist.« Ich kam mir vor wie ein mieser Betrüger. Der verkorksteste Typ vom College gab Ratschläge in Sachen Liebe. Dass ich nicht lachte.

Luca schien über meine Worte nachzudenken. Und dann fragte er plötzlich mit einem ernsten Blick: »Was ist eigentlich mit dir?«

»Was soll mit mir sein? Willst *du* mir etwa Tipps geben?«, fragte ich sarkastisch. Und noch im selben Augenblick wusste ich, wie unfair es war, ihn so aufzuziehen. Sein Gesichtsausdruck verdunkelte sich, und er beschloss offensichtlich, nicht weiter nachzubohren. Gott, das war wirklich fies! Aber es gab Dinge, die mein kleiner Bruder echt nicht wissen musste. Zum Beispiel die Tatsache, dass ich zu irgendeinem beschissenen Zeitpunkt die falsche Abzweigung genommen hatte. Die Richtung Arschloch.

Kurz vor Redstone bog ich links ab. Das Blau des Sees glitzerte zwischen den Bäumen hindurch, und je näher wir an den Lake Superior heranfuhren, desto deutlicher sah man die Bergkette mit den schneebedeckten Spitzen im Sonnenlicht schimmern.

Ich parkte den Pick-up an unserem üblichen Platz unter den Tannen. »Wer zuerst da ist!«, rief ich noch im Wagen und drehte mich nicht um, als ich ausstieg und losrannte. Ich wusste, dass Luca mich innerhalb von Sekunden einholen würde.

Zurück auf dem Campus, ging ich nicht in die Wohnung, sondern schnappte mir sofort die Laufschuhe aus dem Wagen. Als ich mich in Bewegung setzte, ging es mir gleich besser – die zwei Stunden Autofahrt waren für mich ein lebensnotwendiger Abstand, um nicht auszurasten. Im Takt meines Herzens schlugen meine Füße auf den Asphalt. Meine Lungen füllten sich mit frischer Luft. Ein und aus. Je mehr meine Muskeln brannten, desto mehr schien meine Wut in sich zusammenzufallen. Dennoch hämmerte es unablässig in meinem Kopf.

Ich ließ den Campus auf geschlängelten Wegen hinter mir und lief weiter, bis ich den Wald erreichte und damit die Lichtung, die ich so liebte. In der Stille zwischen Himmel und Bäumen hatte ich heute zum ersten Mal das Gefühl, tatsächlich atmen zu können.

Als ich mich eine Stunde später auf mein ungemachtes Bett schmiss, schlichen sich jedoch erneut Erinnerungsfetzen vom Tag zuvor in meine Gedanken. Bei jedem Gespräch mit meinem Vater fühlte es sich an, als müsste ich durch einen winzigen Strohhalm atmen. Ja, ich war alles andere als perfekt, aber ich war bei Weitem keine *Schande für die Familie*.

Trotzdem hatte ich ein Menschenleben auf dem Gewissen und spürte diese Schuld jeden Tag und jeden Augenblick wie ein schweres Gewicht auf meinen Schultern.

3. KAPITEL

Louisa

Heute war der Herbst golden und der Himmel blau. Indian Summer in seinen schönsten Farben. Im Morgengrauen war ich eine Stunde laufen gewesen und hatte danach noch einmal meine Mathegrundlagen aufgefrischt. Ich fühlte mich erholt und bereit für einen Tag in meinem neuen Leben, als ich mich auf den Weg machte und mich nicht sattsehen konnte an den bunten Farben der Blätter.

Trish hatte angeboten, mich auf dem Campus herumzuführen und mir die wichtigsten Orte zu zeigen. Zwar hatte ich ihr gesagt, dass das nicht nötig sei, aber sie hatte sich beim besten Willen nicht davon abbringen lassen.

Auf dem Weg unterschrieb ich im Firefly bei Brian noch schnell meinen Vertrag und trug mich in den Schichtplan für Oktober ein. Den restlichen September sollte ich einfach die alten Schichten von Hannah übernehmen.

Ich sah Trish schon von Weitem unter der großen Eiche vor einem der Verwaltungsgebäude stehen. Dass ich mich dort für das Studium eingeschrieben hatte, schien eine halbe Ewigkeit her zu sein, dabei waren nicht einmal zwei Wochen vergangen.

Dankbar griff Trish nach dem zweiten Kaffeebecher, den ich in der Hand hielt. »Du bist ein Schatz, wundertollste, beste neue Frollegin!«

»Frollegin?« Skeptisch musterte ich sie von der Seite.

Trish zog eine Augenbraue hoch. »Na, Freunde. Kollegen. Zusammen Frollegen. Und wir, meine Süße, sind ab jetzt Frolleginnen.« Fröhlich hakte sie sich bei mir unter und zog mich mit sich.

Bei dem Gedanken, jemanden außer Mel an mich heranzulassen, spürte ich einen Moment lang wieder dieses enge Band um meine Brust, das mir die Luft abzuschnüren drohte. *Atme, Louisa! Atme!* Wenn ich nicht für immer allein sein wollte, musste ich meine Angst überwinden.

Der Campus war wirklich riesig, sogar noch größer als in meiner Vorstellung. Die Wohnheimgebäude im Süden der Anlage nahmen nur rund ein Viertel der Fläche ein. Am nächsten lagen die Verwaltungsgebäude, und auf einer kleinen Anhöhe begannen dann die einzelnen Fakultäten und die Bibliothek. Überall, wo keine Gebäude standen, saßen Studenten im Gras oder unter den Blätterdächern der Bäume und genossen die letzten wärmenden Sonnenstrahlen des Jahres. Ein warmes Gefühl breitete sich in mir aus, weil das viele Grün mich an meine Kindheit und das Haus am Waldrand erinnerte. Ich hatte im Wald nie etwas Bedrohliches, sondern immer etwas Behütendes gesehen. Egal, was passierte – zwischen Sonne und Bäumen fand ich immer wieder zu mir.

»Hab ich dir schon erzählt, dass ich nur studiere, weil ich nicht weiß, was ich sonst machen soll?«, sagte Trish aus dem Nichts heraus. Sie hatte sich für Literatur im Hauptfach entschieden.

Ich schwieg und dachte über ihre Worte nach. Ich war mir manchmal selbst nicht so sicher, ob mein Fach wirklich das war, was ich wollte. Ich mochte keine Überraschungen, vor allem keine bösen. Deswegen hatte ich mich für Mathematik entschieden: das Jonglieren mit Zahlen, feste Regeln und Strukturen und die Sicherheit, dass es keine Überraschungen gab. Etwas, worauf ich mich verlassen konnte. Ich hatte mich bewusst gegen Literaturwissenschaften entschieden, denn Literatur war mein Zufluchtsort, wenn die Welt um mich zu zerbrechen drohte.

Am meisten mochte ich Liebesromane, weil an die Liebe zu glauben alles irgendwie ein bisschen besser machte. Ich hatte *Ein ganzes halbes Jahr* erst mit einem Lächeln und dann mit viel Tränen verschlungen, hatte mich mit Claire und Jamie in allen Büchern der *Highland-Saga* verloren, war in *Wasser für die Elefanten* in das letzte Jahrhundert gereist. Mit Hazel und Gus in *Das Schicksal ist ein mieser Verräter* hatte ich die erste Liebe erlebt und in *Die Frau des Zeitreisenden* zusammen mit Clare zutiefst gelitten. Um mein kaputtes Herz zu erreichen, brauchte ich Tragik und Leid, sonst nahm ich den Protagonisten ihre Gefühle nicht ab. Ich wollte von schmerzhaftem Verlangen und bittersüßer Liebe lesen, von Drama und Melancholie. Die schönsten Wörter, die mir dabei begegneten, die außergewöhnlichsten Sätze, über die ich stolperte, schrieb ich auf und bewahrte sie in meinem Notizbuch auf, das ich immer bei mir trug. Ein so wichtiger Teil meines Lebens sollte nur mir allein gehören.

»Tun wir das nicht alle irgendwie? So als Aufschub vor dem richtigen Leben?«, antwortete ich Trish schließlich.

Paul

Aiden?

Die Antwort kam sofort.

Ja?

Wie ist sie? Also deine neue Mitbewohnerin?

Sie ist echt heiß.

Uuuund?

Sie liebt Star Wars und Game of Thrones!!!!!

Jackpot, Bro!

Grinsend legte ich mein Handy beiseite.

Aiden war mein bester Freund, und er hatte die schlimmste Zeit meines Lebens mit mir durchgestanden. Auch als ich den Blick in den Spiegel nicht mehr hatte ertragen können, war er regelmäßig bei mir aufgetaucht und hatte versucht, mich aufzubauen – und ich war in dieser Zeit nicht gerade umgänglich gewesen. Genau genommen war ich ein ziemliches Arschloch gewesen. Aber manchmal fragte ich mich, ob Aiden es mit seiner Selbstlosigkeit nicht übertrieb. Vor drei Jahren hatte es dieses eine Mädchen gegeben, das ihm das Herz gebrochen hatte. Und auch im vergangenen Jahr hatten Trish und ich immer wieder mit ansehen müssen, wie eine Frau nach der anderen ihn ausgenutzt hatte. Aiden war für sie nur ein One-Night-Stand, dabei hatte er sich dahingehend schon mindestens so ausgiebig ausgetobt wie ich und sehnte sich im Gegensatz zu mir inzwischen nach etwas Festem. Auch wenn es nicht unbedingt die beste Idee wäre: Sollte sich da etwas zwischen Aiden und seiner Mitbewohnerin entwickeln, würde ich mich wirklich für ihn freuen.

Bei mir war es genau das Gegenteil: Ich hatte absolut nichts gegen One-Night-Stands, wollte auch gar nicht mehr als Sex ohne jegliche Verpflichtung. Mein verdammtes Problem bestand eher darin, den Frauen danach begreiflich zu machen, dass ich nicht der Kerl für Dates war und sich die ganze Sache nicht wiederholen würde. Aber irgendwie schien keine von ihnen zu kapieren, dass sie mich nicht wieder ganz machen konnten. Keine Ahnung, wieso Frauen immer dachten, sie könnten mich ändern, *verdammt*, vielleicht sogar retten.

Ich war kaputt. Und das würde sich niemals ändern.

Louisa

Mit *Die Frau des Zeitreisenden* auf den Knien lehnte ich mich gegen die raue Rinde der Eiche. Nach drei Stunden Erkundungstour hatte ich Trish zum Beginn ihrer Schicht ins Firefly begleitet. Danach war ich ziellos umhergelaufen und hatte alles in mich aufgenommen. Früher hätte ich den Moment genutzt, um mich mit Leah über die Erlebnisse der letzten Tage auszutauschen. Doch ihr war alles zu kompliziert geworden. Und so hatten wir aufgehört, miteinander zu sprechen. Bei der Zeugnisübergabe hatte ich sie das letzte Mal gesehen. Ihr reumütiges *Alles Gute* war da bereits zu spät gekommen.

In der Sonne zu lesen erschien mir das Beste, was ich mit dem angefangenen Tag tun konnte. Meinem Stundenplan würde ich heute Abend den letzten Feinschliff verpassen, bevor es nach dem Wochenende mit den Vorlesungen losging.

Auch dieses Buch war voller Markierungen. Für mich existierten nur zwei Arten von Menschen: die Kritzler und die Nicht-Kritzler. Ich bekannte mich schuldig. Mel aber war bekennende Verehrerin jungfräulicher Bücher, was ich nicht verstehen konnte. Ich blätterte das Buch an der Stelle auf, an der ich das letzte Mal aufgehört hatte. In der Ferne hörte ich das Plätschern eines Brunnens, das sich mit den Stimmen um mich herum vermischte. Die Herbstsonne strahlte durch das Blätterdach und kitzelte mein Gesicht, meine Gedanken aber waren schon längst bei Henry und Clare.

Eine Stunde später schlug ich seufzend das Buch zu und ließ die letzten Worte nachklingen. Ich dachte an Mel, ihren Verlobten Robbie und den Blick, mit dem er sie ansah. Officer Brown war Beschützer durch und durch.

Fröstelnd zog ich meinen schwarzen Wollschal aus meinem Rucksack, den ich für den Fall der Fälle eingepackt hatte. Ich stand auf und sammelte meine restlichen Sachen ein, um mich auf den Weg zurück ins Wohnheim zu machen. Da sah ich ...

Paul

... den perfektesten Hintern der Welt in einer knallengen Jeans. Klein und rund. Ich sog scharf die Luft ein, und auch wenn ich keiner war, der Frauen so offensichtlich anstarrte, konnte ich nicht wegsehen. *Oh shit!*

Langsam ließ ich meinen Blick nach oben wandern und sah orangefarbene Locken, die in der Sonne glänzten.

Moment! Das war das Mädchen mit den Eisaugen, das im Firefly in mich hineingerannt war. Gerade beugte sie sich über ihre Sachen, um etwas aus ihrem Rucksack zu kramen und präsentierte mir ihren Po dabei wirklich offensichtlich. Fast hätte man meinen können, dass es Absicht war. Ob gewollt oder nicht, ich grinste und genoss die Aussicht in vollen Zügen.

Eigentlich war ich schon ziemlich spät dran, aber meine Füße schienen von selbst zu entscheiden, und bewegten sich auf sie zu. Sie richtete sich gedankenverloren auf und blickte in meine Richtung. Über die Entfernung hinweg sah sie mir plötzlich direkt in die Augen. *Scheiße!* Während der restlichen zehn Meter zwischen uns ließ ihr intensiver Blick mich kein einziges Mal los. Sie stand da, als würde sie auf mich warten, während die Sonne sie wie ein Heiligenschein umgab. Mein Blick fiel auf das Buch in ihrer Hand.

»So so. *Die Frau des Zeitreisenden* also«, begrüßte ich sie.

Fragend sah sie mich an. Ihr Eisaugenblick bohrte sich in meinen. Sie war offenbar keine, die blinzelte und wegsah.

»Es gibt da doch diesen Spruch: Zeig mir, was du liest, und ich sage dir, wer du bist«, sagte ich.

Ich hatte wirklich keine Ahnung, ob es diesen Spruch wirklich gab. Aber das Glück schien auf meiner Seite zu sein. Ihre grellen Locken wirkten im Licht der Sonne, als wären sie aus Feuer. Sie zwirbelte eine Strähne nachdenklich um ihren rechten Zeigefinger und strich sie sich dann langsam hinters Ohr. »Und wer bin ich?«

Das würde ich zu gerne wissen. Allein durch den Unterton in ihrer Stimme forderte sie mich mit diesem Satz heraus. Süß und klug zugleich.

»Hey, das ist nicht fair. Ich kenne nur ein einziges Buch, das du liest.«

Das Buch wanderte von einer Hand in die andere, während sie mich weiterhin unbeirrt ansah. »Ist das ein Anmachspruch?« Aus diesen Wahnsinnsaugen sah sie mich misstrauisch an. Unwillkürlich musste ich lachen. Sie ging mir gerade mal bis zur Nasenspitze, streckte mir aber ihr Kinn kampflustig entgegen. Das süße Ding!

»Wieso denn nicht? Ihr sucht doch alle euren Mr. Darcy.«

Spöttisch zog sie eine ihrer dunklen Brauen nach oben. Der Kontrast zu ihren grellen Locken gefiel mir. »Ach ja?«

Ich ging noch einen Schritt auf sie zu. Dabei fiel mir auf, dass ihre Nase und die Wangen von winzigen Sommersprossen übersät waren. Ihre Augen standen ein bisschen zu weit auseinander, verliehen ihr aber mit der kleinen Nase und dem sinnlichen Mund etwas, dem man sich kaum entziehen konnte. Sie war keine klassische Schönheit und trotzdem faszinierend und schön auf ihre Art.

»Es ist nicht immer Darcy, manchmal ist es auch Bingley!« Ihre Augen funkelten belustigt.

»Du stehst also auf die guten Jungs?«, fragte ich und war in dem Moment verflucht froh, dass Trish mich stundenlang über *Stolz und Vorurteil* zugetextet hatte.

Ihre vollen Lippen verzogen sich zu einem Grinsen: »Ich steh auf Männer.«

Heilige Scheiße. Sie war gut.

Louisa

O Gott, was war da gerade in mich gefahren? Aber dann sah ich das anerkennende Blitzen in seinen dunklen Augen, als er einen weiteren Schritt in meine Richtung machte. Langsam stieß ich die Luft aus, die ich unbemerkt angehalten hatte. Während ich mein Buch nun endgültig in meinem Rucksack verstaute und meine Finger plötzlich

Schwierigkeiten mit dem Reißverschluss zu haben schienen, ließ ich mir die Locken vor das Gesicht fallen, um ihn mustern zu können.

Ich spürte seinen Blick, und auch als ich mir den Riemen über die linke Schulter schob, taxierte er mich noch. Seine Augen waren eine Mischung aus Bernstein und Braun, wie ich jetzt erkannte. Wie flüssiges Karamell. Sie hinterließen eine Gänsehaut auf meinem ganzen Körper. Es war nicht zu leugnen, dass er wirklich attraktiv war. Groß und breit gebaut. Hohe Wangenknochen und ein ausgeprägtes, markantes Kinn, bedeckt von einem dunklen Bart, was ihm etwas Düsteres verlieh, ganz im Gegensatz zu der strahlenden und warmen Farbe seiner Augen.

»Du siehst nicht aus, als wärst du einer von den Guten.« Schon wieder war mein Mund schneller gewesen als meine Gedanken. In mir war eine Nervosität, die ich mir nicht erklären konnte.

Sein Lachen war rau und laut. Und es klang irgendwie ehrlich. Sofort entspannte ich mich etwas. Dieser Typ war keiner, bei dem sich die Mundwinkel beim Lachen nur minimal nach oben zogen. Sein ganzer Mund lachte mit. So sehr, dass ich seine Zähne blitzen sah und das Vibrieren seiner Brust beinahe spüren konnte. Das war jemand, der aus ganzem Herzen lachte. Und trotzdem war ich misstrauisch.

»Ach ja, und wieso das?« Amüsiert kniff er die Augen zusammen.

Ich biss mir auf die Unterlippe, um mir das Grinsen zu verkneifen. »Hmm ...« Ich begann an meinen Fingern aufzuzählen: »Du hast diesen Look. Verwaschene Jeans, dunkles Shirt. Bist trainiert, machst eindeutig viel Sport.«

Unwillkürlich wanderte mein Blick weiter nach unten an die Stelle, an der sein graues Shirt sich über seine Bauchmuskeln spannte. Als er sich mit der linken Hand das dunkle Haar, das ihm immer wieder in die Stirn fiel, aus dem Gesicht strich, sah ich auf der Innenseite seines Oberarmes die verschlungenen Linien eines Tattoos aufblitzen. Es wand sich in immer größeren Wellen nach oben, bis es schließlich vom Grau seines Shirts verschluckt wurde.

Der selbstvergessene Ausdruck in seinem Gesicht, mit dem er mich bedachte, sagte mir, dass er sehr wohl bemerkt hatte, wie ich ihn taxiert hatte.

»Du bist tätowiert. Du trägst zwar keine Lederjacke, aber du hast doch sicher ein Motorrad«, sagte ich spöttisch.

»In der Werkstatt«, sagte er und verschränkte die Arme vor der Brust. Er sah mich an, als würde er überlegen. »Ich spiele übrigens Gitarre, wenn auch nicht wahnsinnig gut.« Schon wieder dieses tiefe Lachen, das mir die Wirbelsäule hinauf und wieder hinunterkroch.

Mit gespielter Verzweiflung stemmte ich die Hände in die Hüfte. »Und lass mich raten: Du hast eine tragische Vergangenheit. Etwas Schlimmes, das die Frau, die du geliebt hast, dir angetan hat…« Ich legte eine Kunstpause ein: »Und deshalb kommt keine Frau mehr an dich und dein geschundenes Herz heran!«

O mein Gott, ich hatte gerade tatsächlich das Wort geschunden benutzt.

Sein Schweigen deutete ich triumphierend als Zustimmung, trotzdem wollte ein Teil von mir nur noch wegrennen. Der andere war einfach nur neugierig. »Sorry, aber damit ist es offiziell: Vor mir steht das leibhaftige Bad-Boy-Klischee!«, legte ich nach.

Für einen kurzen Moment hatte ich das Gefühl, ein Schatten würde über sein Gesicht huschen. Aber als ich noch einmal hinsah, kräuselten sich seine Lippen schon wieder zu diesem ganz speziellen Lachen. »Wer sagt das?«

»Jemand, der verdammt viele Liebesromane gelesen hat!«

»Und wenn ich dir sagen würde, dass ich mich da auch ziemlich gut auskenne…«

»…würde ich dir nicht glauben.«

»Hmm.« Er betrachtete mich. »Aber wer will schon einer von den Guten sein?«

Paul

Der Satz blieb in der Luft hängen. Statt mir zu antworten, sah sie mich einfach nur unergründlich an, und ich hätte zu gern gewusst, was sie dachte. Sie sagte nichts mehr, befeuchtete lediglich mit der Zungenspitze die Lippen. Ich wollte gerade noch etwas hinzufügen, etwas besonders Geistreiches oder extrem Lustiges, da drehte sie sich schon um.

»Also, man sieht sich!«

Ihre Feuerlocken verschwanden zwischen Studenten und Bäumen. Ich lachte in mich hinein, warf mir meinen Hoodie über die Schulter und machte mich auf den Weg zu Aiden.

Sie hatte mich zum Lachen gebracht, mich gereizt mit der Härte in ihren Augen, hinter der doch etwas sein musste. Gleichzeitig weckte sie in mir den Wunsch, sie zu beschützen. Und trotzdem, mit ihrer letzten Frage hätte sie mich beinahe aus der Fassung gebracht. *Du hast eine tragische Vergangenheit.* Da war zwar ihr Lachen gewesen, aber in dem Moment hatte es geklungen, als würde sie plötzlich alles über mich wissen. Die Bilder waren sofort vor meinem inneren Auge erschienen. Wie wir uns angeschrien hatten. Was ich Heather an den Kopf geworfen hatte. Draußen der peitschende Wind, die Bäume, die sich unter seinem Gewicht bogen, und dann die plötzliche Stille. Und schließlich meine Angst. Schnell schob ich diese Gedanken wieder in die hinterste Ecke meines Verstandes.

Es hatte schon viele Frauen gegeben, aber seit Heather nie länger als eine Nacht. Ich war immer ehrlich und fair, aber ich hatte trotzdem meinen Spaß. Das Bedürfnis nach mehr war nie da gewesen. Dieses Mädchen mit den Eisaugen und Sommersprossen jedoch hatte definitiv nicht nur ein hübsches Gesicht. In ihren Augen lag eine Ernsthaftigkeit und tief dahinter ein Schmerz und etwas Verlorenes. Verbarg sich hinter ihren grell gefärbten Haaren und dem ironischen Zug um ihre Lippen eine dunkle Geschichte so wie ich unter der schwarzen Tinte meines ersten Tattoos, das die Scheißnarbe auf meinem linken Oberarm verstecken sollte? Eine Narbe, die mich immer an die schlimmste Nacht meines Lebens erinnern würde?

Das, was ich für einen Augenblick glaubte, gesehen zu haben, konnte ich nachempfinden. Und trotzdem sollte ich sie mir schnell wieder aus dem Kopf schlagen.

»Alter, ich warte hier schon 'ne halbe Stunde!«

War ja klar. Aiden war wieder einmal genervt, dabei sollte er mich inzwischen besser kennen. Ich berührte mit meiner Faust seine.

»Ich dachte, ihr Deutschen wärt immer überpünktlich. Davon merke ich bei dir nichts, Mann!«, fügte er mit einem Grinsen hinzu.

»Und ich dachte immer, ihr Amis würdet nur Fast Food essen und wärt alle übergewichtig. Aber sieh dich an, Cassel«, sagte ich trocken und steckte mir eine Zigarette an. »Außerdem bin ich hier geboren worden, vergiss das nicht!« Ich lachte, als wir die Cafeteria ansteuerten. »Sorry, aber ich hab gerade ein Mädchen aus Feuer kennengelernt.«

Aiden verdrehte nur die Augen und fuhr sich lachend durch die Haare. »Die Arme! Warst du bei ihr auch so dramatisch?«

Ich zuckte die Schultern. »Künstlerseele eben ...«

»Wer ist sie?«

Verdammt! Ich wusste nicht, wie sie hieß.

Louisa

Die meisten sahen das, was ich sie sehen lassen wollte: Möglichst wenig von mir selbst. Doch dieser Typ hatte mir nicht in die Augen gesehen. Nein, er hatte *mich* gesehen. Noch nie war mir jemand mit einem so entwaffnenden Lachen und gleichzeitig wütenden Sturm in den Augen begegnet, auch wenn ich diesen nur für einen kurzen Moment gesehen zu haben glaubte.

Ich hatte das getan, was ich schon als Kind gemacht hatte, wenn ich mich fürchtete: Ich war weggelaufen.

Abends schrieb ich *Geschundenes Herz* in mein Notizbuch auf die Liste schönster Wörter und Sätze.

Hoffnungsschimmer

4. KAPITEL

Louisa

Der Bass wummerte in meinen Ohren, vibrierte in meiner Brust und brachte die Luft um mich herum zum Tanzen. Ich wischte mir mit dem Handrücken über die Stirn. Obwohl ich mich nicht bewegte, benetzte schon jetzt ein leichter Schweißfilm meinen Körper.

Als Aiden von einer kleinen Hausparty bei seinem Kumpel Luke gesprochen hatte, hatte ich etwas Ruhigeres im Kopf gehabt als das hier. Die wenigen Zimmer waren zum Bersten voll. So viele Menschen. Schulter an Schulter. Körper an Körper. Und der Rhythmus der Musik pochte durch die Menge hindurch, um von den Wänden widerzuhallen. Alles war Licht und Geräusche, schummrig und flackernd. Alles verzögert. Der schwere, benebelnde Geruch nach Gras lag in der Luft. Und überall herrschte das dunkle Rot und senffarbene Gelb des RSC vor.

Trish sah wirklich fantastisch aus in ihrem engen, dunkelgrünen Kleid. Ich selbst hatte mich für eine einfache, dunkelblaue Jeans und meine weißen Lieblingssneaker entschieden. Das dunkelrote Crop Top ging auf Trishs Kappe. Sie hatte es geschafft, es irgendwo aus der hintersten Ecke meiner Kommode herauszufischen und es mir anschließend begeistert vor die Nase zu halten. Zu viel nackte Haut für meinen Geschmack, aber wegen der unglaublichen Hitze hier drinnen war ich jetzt doch froh über den knappen Stoff unter meinem Hoodie.

Aiden verschwand mit einer dunkelhaarigen Schönheit am Arm in der Menge, während ich mich noch unschlüssig umsah.

»Ich besorg uns mal ein paar Drinks, Süße.«

Ich wollte gerade einwerfen, dass ich keinen Alkohol trank, als ich das Vibrieren meines Handys in der Hosentasche spürte. »Moment, geh du schon mal vor.«

Und schon verschwand Trish ebenfalls.

Ich sah Mels Namen aufleuchten und musste lächeln. Unsere Funkstille, so kurz sie auch gewesen sein mochte, war endgültig vorbei. Meine große Schwester wünschte sich vermutlich, dass ich so viele unvergessliche Erfahrungen wie möglich am College machte. Ich erinnerte mich noch zu gut an die verwackelten Aufnahmen, die eine betrunkene und fast nackte Mel an einer provisorischen Stange in ihrem Wohnheim zeigten. Dummerweise waren die Fotos schneller in Umlauf gekommen, als sie für möglich gehalten hatte. Aber Mel hatte den Kopf in den Nacken geworfen und schallend gelacht. »Man lebt doch nur einmal, oder? Du hast nur dieses eine wilde und kostbare Leben, und ich bereue überhaupt rein gar nichts!«, hatte sie schulterzuckend gemeint, als sie Jahre später bei der Erinnerung an den Abend ihren dicken Bauch liebevoll getätschelt hatte.

Wahrscheinlich war genau das der Grund für ihre Nachricht. Sie wollte mich daran erinnern, heute Abend so viel Blödsinn anzustellen, wie ich nur konnte. Ich wusste manchmal nicht, wie es hatte passieren können, dass diese Person inzwischen eine verlobte Lehrerin und Mutter einer einjährigen Tochter war.

Ich klickte auf das Symbol des Messengers. Doch im nächsten Moment, als die getippten Buchstaben und Wörter sich zu ganzen Sätzen zusammensetzten, sackte mir das Herz in die Hose, und ich spürte, wie Taubheit sich in mir ausbreitete. Ich versuchte mich zu beruhigen, die Sache nicht an mich heranzulassen. Das alles ging mich nichts mehr an! Doch die Gefühle, die langsam in mir hochstiegen, straften meine eigenen Gedanken Lügen. Wie ein kleines Kind versuchte ich davonzulaufen, aber egal, wie sehr ich rannte, es war nie schnell genug. Ich wurde jedes Mal eingeholt.

mom ist wieder im krankenhaus. vielleicht meldest du dich mal kurz bei ihr?! hab dich lieb

Etwas, das ich nicht wissen und lesen wollte. Spätestens als sie die goldene Kette mit dem kleinen Herzanhänger verkauft hatte, war etwas in mir zersprungen. Sie hatte für diese scheiß Sucht doch sowieso schon alles versetzt gehabt, was mir etwas bedeutet hatte. Und diese Kette? Es war das Letzte gewesen, das mir von Dad geblieben war.

Mehrere Sekunden lang starrte ich auf das leuchtende Display, bis es von selbst wieder erlosch. Und selbst dann stand ich noch so da. Wie in Trance. Eingeholt.

Trish bemerkte ich erst, als sie direkt vor mir stand.

»Da bist du ja. Ich dachte schon, ich würde dich gar nicht mehr finden. Die haben im Bad doch tatsächlich die komplette Badewanne mit Bowle gefüllt, wie in so einem lächerlichen Collegefilm!«

Mein Lächeln fühlte sich an wie eine Grimasse. »Na ja, ich hoffe mal, dass sie die vorher wenigstens sauber gemacht haben.«

Nachdenklich beäugte Trish die beiden roten Becher in ihrer Hand. »Jetzt, wo du es sagst…« Eine Sekunde lang musterte sie noch skeptisch die schwappende Flüssigkeit, dann legte sie den Kopf in den Nacken, kippte alles auf einmal hinunter und hielt mir den zweiten Becher auffordernd hin.

Ich schluckte, denn ich hatte noch nie Alkohol getrunken. Niemals. Trotzdem griff ich zögernd nach dem Becher, um es Trish gleichzutun. Das hier war schließlich meine erste Collegeparty, und die würde ich mir von meinem alten Leben nicht versauen lassen! Jetzt war die perfekte Zeit, um unvernünftig zu sein. Sollte Alkohol nicht beim Vergessen helfen? Perfekt.

Die Flüssigkeit brannte wie Feuer in meiner Kehle. Ich musste husten. Für den Moment tat es seinen Zweck, aber bei dem Geschmack verzog ich angewidert das Gesicht.

»Braves Mädchen. Du bist eine wahre Freundin. Und jetzt, wo du ausgetrunken hast, können wir endlich tanzen.«

Mit geröteten Wangen und zerzausten Haaren tauchte Aiden plötzlich neben uns auf und reichte mir einen frisch gefüllten Becher, während ich versuchte, Trish zu folgen, die ihre Erzählung mit ausufernden Gesten untermalte. Ich lachte gekünstelt.

Wie in ein Stroboskoplicht getaucht, zog der restliche Abend in flackernden Bildern an mir vorbei. Die Nachricht von Mel geriet in immer weitere Ferne, und die Vorfreude, die ich beim Betreten der Wohnung gehabt hatte, kam Schluck für Schluck wieder zurück. Mit dem Lachen konnte ich gar nicht mehr aufhören. Und als Bowie gegen halb zwei ebenfalls auftauchte, freute ich mich wahnsinnig, endlich Trishs Freundin kennenzulernen. Zusammen mit ihr verlief ich mich auf der Suche nach der Toilette und landete ausgerechnet in dem Zimmer, in dem Gastgeber Luke sich gerade mit zwei Mädchen vergnügte. Das fanden wir natürlich wahnsinnig lustig, vor allem weil wir beiden wahrscheinlich erschrockener aussahen als die drei. Luke grinste über das ganze Gesicht.

Irgendwann verlor ich meine Schuhe, was mir aber völlig egal war. Und als Aiden vorschlug, zu tanzen, stolperte ich ihm begeistert hinterher und bewegte mich ausgelassen im Rhythmus der Musik.

Fünf Lieder später und völlig außer Atem bahnte ich mir den Weg durch den stickigen Raum Richtung Balkon, um frische Luft zu schnappen. Das hier war eine Louisa-Version, die ich gern hatte, dachte ich. Eine, die immer Realität sein sollte. Für einen kurzen Moment schwankte der Boden unter meinen Füßen, doch nur so lange, bis ich aus Versehen jemanden anrempelte und ins Stolpern geriet. *O Mist!* Ich blinzelte verwirrt und versuchte wieder klar zu sehen. Dabei blickte ich geradewegs in zwei Augen aus Bernstein, von denen ich mir insgeheim gewünscht hatte, ihnen hier zu begegnen.

Mein Herz setzte einen Schlag aus. »Du schon wieder, Bad Boy.«

Paul

Ja, ich schon wieder. Ich war wegen einer viel zu langen Schicht im Luigi's erst später als geplant bei Luke angekommen. Ich hatte dieses süße Ding nicht aus den Augen gelassen, seit ich sie in diesen verflucht engen Jeans und dem knappen Top, das zu viel erahnen ließ, in der Menge gesehen hatte. Aber ich würde einen Teufel tun und das zugeben. Nichts davon! Ich hatte heute keine Lust, jemanden flachzulegen. Aber seit unserem kurzen Gespräch ging mir das Feuermädchen nicht mehr aus dem Kopf.

Fast konnte man meinen, sie würde sich bei jeder unserer Begegnungen in Szene setzen, weil sie wusste, wie verrückt mich das machte. Aber das war natürlich Blödsinn.

Meine Füße hatten wie irre gekribbelt, und ich hatte mich zusammenreißen müssen, um nicht sofort zu ihr zu gehen. Einmal hatte sie ihr Handy aus der Hosentasche gezogen. Es schien wichtig gewesen zu sein, so wie sie minutenlang auf den Bildschirm gestarrt hatte.

Barfuß stand sie jetzt vor mir, die orangefarbenen Haare zerzaust vom Tanzen und die Wangen leicht gerötet. Sie war noch schöner als bei unserer ersten Begegnung. Ich wünschte, ich hätte meine Kamera dabeigehabt. Ich hätte sie genauso fotografiert: losgelöst, sorglos und frei, eine Momentaufnahme mit diesem Funkeln in den Augen, während das nebelige, orangefarbene Licht sie leuchten ließ. Und wenn sie den Kopf in den Nacken legte und lachte, konnte ich keine Sekunde lang wegsehen.

Die Wahrheit war, und das würde ich vor Aiden oder Trish niemals laut aussprechen: Ich hatte *ständig* an sie denken müssen. Ich wollte wissen, wer sie war. Sie hatte es geschafft, mich für mehrere Atemzüge völlig aus der Bahn zu werfen. Und nun stand ich da und zermarterte mir das Hirn, was ich ihr Schlagfertiges entgegenschleudern konnte.

»Du schon wieder, Mädchen, das auf Männer steht.«

Okay, besonders schlagfertig war das jetzt nicht gerade gewesen.

Sie kam einen Schritt auf mich zu, und ohne Vorwarnung klammerte sie sich an meinen Unterarmen fest, wobei sie ihre Nägel in meine Haut bohrte. Wie viel hatte sie eigentlich getrunken? Ich schüttelte den Kopf. Es gab ziemlich viele Kerle, die ihren Zustand nur zu gerne ausgenutzt hätten.

»Und? Bist du ein Mann?« Ein unergründliches Lächeln umspielte ihre vollen Lippen.

Unsere Blicke trafen sich, als ich ihr Kinn leicht anhob. »Wie viel hast du getrunken?«

Sie blinzelte verwirrt. Dann bohrte sich ihr Blick in meinen. Sie öffnete und schloss ihren Mund wieder und sah mich schließlich nachdenklich an. »Weißt du, du bist wie der böse Wolf aus dem Märchen. Ich weiß genau, dass du nicht gut für mich bist. Ich seh es dir an. Aber ...«

Sie lallte, also hatte sie definitiv zu viel getrunken. Mit einem schnellen Griff nahm ich ihr den vollen Pappbecher aus der Hand. Ich sollte ihr wohl besser einen mit Wasser bringen.

»... das hier ist überhaupt gar nicht gut«, murmelte sie. Bekräftigend schüttelte sie ihren Kopf, sodass ihre Locken wild herumwirbelten.

Ich hatte wirklich absolut keine Ahnung, wovon sie da sprach. Als ihre Lippen sich ein Stück teilten, war es mir mit einem Schlag auch egal, was mich angesichts ihres Zustands wohl doch zu einem riesigen Arsch machte. Wie von selbst schob sich meine Hand an ihren unteren Rücken, um ihr Halt zu geben. Der Stoff ihres ohnehin schon kurzen Tops war ein Stück verrutscht, und ich konnte ihre erhitzte Haut nur zu deutlich spüren. Leicht strich ich ihr über den Rücken, und als sich eine Gänsehaut auf ihrer Haut ausbreitete, bescherte mir das ein selbstzufriedenes Grinsen.

Ich zog sie enger an mich heran. Ihre Augen weiteten sich dabei und schienen noch viel größer zu sein als sonst. Dieses Mal erinnerten sie mich nicht an Eis. Sie waren blau wie der Himmel oder das Meer. Inzwischen berührten sich unsere Nasenspitzen, und ich spürte ihren warmen Atem auf meinen Lippen. Die Musik wurde langsamer, und wir begannen uns im Takt zu bewegen, wobei ihre Hüften immer wieder meine berührten. Ich konnte nichts tun, schon wieder blickte ich auf ihre vollen Lippen, die im flackernden Licht glänzten.

Hier stand ich, in meiner Hose regte sich eindeutig etwas, und ihren großen Augen nach zu urteilen, hatte sie das auch schon längst bemerkt. In diesem Moment konnte ich nur daran denken, wie sehr ich sie küssen wollte. Und ja, mehr als das. Ich wollte mehr spüren.

Als wüsste sie genau, was sich in meinem Kopf abspielte, stellte sie sich auf ihre Zehenspitzen. Schon wieder kam sie mir so nah, dass ihre Lippen fast meine berührten, und ich musste hart schlucken. *Verdammt*, wieso machte es mir dieses Mädchen, das ich doch gar nicht kannte, so schwer! Sanft schob ich sie ein Stück von mir weg, wenn auch ein unbedeutendes Stück.

»Wenn ich dich küsse, dann sollst du es mindestens so sehr wollen wie ich.« Keine Ahnung, woher das kam. Aber dieses Mal war etwas anders. Sanft strich ich ihr eine Locke aus der Stirn. »Und dabei nüchtern sein«, fügte ich leise hinzu.

Sie sah mich schweigend an und seufzte, als ich erneut Abstand zwischen uns brachte. Ich zwang mich, tief durchzuatmen, und hielt ihr auffordernd meine Hand hin. Ich musste hier raus, frische Luft atmen, bevor ich etwas Dummes tat. »Komm!«, sagte ich.

Sie zögerte, betrachtete mich mit gerunzelter Stirn. Und dann lag ihre Hand in meiner.

Louisa

Atmend, aber nicht existierend. Ich funktionierte seit fünf Jahren, weil man das eben tat. Heute aber fühlte ich mich lebendig. Als ich die Tür hinter mir schloss, vermischte sich das Wummern des Basses mit den anderen Geräuschen aus der Wohnung zu einem angenehmen Hintergrundsummen. Die Nacht war schwarz und die Luft kalt, der Wind streichelte mein erhitztes Gesicht. Für einen kurzen Augenblick wusste ich nicht mehr, wieso ich eigentlich nach draußen gegangen war.

Wieso hatte ich mich auf den Balkon schleppen lassen? Wieso lief ich irgendeinem Typen hinterher? Unbewusst berührte ich mit den Fingerspitzen meine Lippen, auf denen ich immer noch das Kitzeln seines warmen Atems spüren konnte. Was war das gerade eben gewesen?

Ich lehnte mich gegen das kühle Glas in meinem Rücken und betrachtete ihn. Er hatte sich auf den Boden gesetzt und blies, als hätte er alle Zeit der Welt, den Rauch seiner Zigarette mit geschlossenen Augen in die Luft. Seine dunklen Haare fielen ihm wie bei unserer ersten Begegnung in die Stirn. Sein Bart war dichter geworden und verlieh ihm gemeinsam mit der schwarzen Lederjacke und der Zigarette im Mund etwas Verwegenes.

Als er seine Augen nach einem weiteren Zug plötzlich öffnete, sah er mich mit einem Blick an, den ich nicht deuten konnte. Trotzdem oder gerade deswegen stieß ich mich von der Tür ab und setzte mich neben ihn. »Bekomme ich auch eine?«, fragte ich herausfordernd.

Er zögerte, griff dann aber mit der linken Hand in seine Jackentasche und holte eine Schachtel Kippen heraus. Seine Stimme klang rau, als er schließlich sagte: »Du rauchst?«

»Manchmal.«

Durch meine Locken, die in meiner vorgebeugten Haltung leicht nach vorn fielen, sah ich, wie ich eindringlich gemustert wurde. Irgendwie nachdenklich. Den Rauch meiner Zigarette blies ich Richtung Unendlichkeit, ihr Glühen der größte Kontrast zur Kälte dieser Nacht.

»Machst du das immer so?«

Ich betrachtete die Sterne über uns. Ich tastete den Himmel mit meinen Augen ab, bis ich gefunden hatte, was ich suchte: den Polarstern, der hellste der Sterne, die ich jetzt Stück für Stück ausmachte. Als ich endlich den kleinen Wagen entdeckt hatte, entschlüpfte mir ein Seufzen, und ich musste lächeln.

»Was?«, fragte er mich mit zusammengekniffenen Augen.

Ich sah ihn an und war ehrlich: »Unschuldige Mädchen mit Beinahe-Küssen verrückt machen?«

Er drückte seine Zigarette am Geländer aus und sah mich mit diesem unverschämten Grinsen an. »So so, ein Beinahe-Kuss, der dich verrückt gemacht hat, war das also? Und unschuldig bist du sicher nicht, Eiskönigin.«

Ich verdrehte die Augen. Er hatte das gehört, was er hatte hören wollen. »Eiskönigin? Das klingt nicht wie ein Kompliment.«

»Du wirkst nicht wie jemand, der Komplimente braucht.« Sein Blick war undurchdringlich.

Keine Ahnung, was er dachte. Unser erneutes Schweigen war weder angenehm noch unangenehm. Eins, bei dem man nicht ganz genau wusste, worauf es hinauslaufen sollte und bei dem man irgendwann ein bisschen nervös wurde. Als ich zu frösteln begann, zog er wortlos seine Lederjacke aus und legte sie mir um die Schultern. *Gibt mir seine Lederjacke, weil mir kalt ist,* fügte ich in Gedanken meiner Klischee-Liste hinzu. Dieses Mal aber auf der Good-Guy-Spalte. Ich musste mir ein Grinsen verkneifen.

»Hey«, fing er nach einer Weile an. Er knetete seine Hände im Schoß und schien nicht so recht zu wissen, was er sagen wollte. »Ich bin keiner, der einfach Beinahe-Küsse an außergewöhnliche Mädchen verteilt, aber ...«, er zögerte, »ehrlich gesagt, habe ich wirklich keine Ahnung, was ich dir da gerade sagen will ...«

An außergewöhnliche Mädchen, hallte es in meinem Kopf nach.

»Glaubst du an Schicksal?«, unterbrach ich ihn.

»Klar«, sagte er schlicht. »Und du?«

»Die Antwort wird dir nicht gefallen, glaube ich.« Ein Grinsen stahl sich auf meine Lippen. »Also nein, tue ich nicht. Kein Schicksal.«

»Was? Du willst mich verarschen!« Er lächelte mich an, während er sich nachdenklich durch den Bart strich. »Die Expertin für Liebesromane glaubt nicht an Schicksal?«

»Schockiert dich das jetzt?«

Sein Lachen wurde breiter, und ich entdeckte seine Grübchen. »Jap! Aber an was glaubst du dann?«

»Na, an einen guten Plan eben«, erklärte ich. »Und an freie Entscheidungen. Daran, dass es allein in unserer Hand liegt, Glück und Zufriedenheit in unserem Leben zu finden. Und all die furchtbaren Dinge passieren eben, weil etwas nicht nach diesem Plan läuft. Nicht, weil es unbedingt so sein muss. Von Schicksal zu sprechen ist für mich nur eine wirklich miese Ausrede, um die Verantwortung abzugeben und nicht zu sich und seinen Taten stehen zu müssen. Schicksal bedeutet nur, dass man es sich wahnsinnig leicht macht.«

Er legte seine Fingerspitzen unter dem Kinn zusammen und sah mich erst schweigend an, bevor er mich fragte, ob ich Pessimistin wäre.

Wohl eher jemand, der weiß, wie das Leben läuft. Jemand, der schlechte Erfahrungen gemacht hat.

»Ich nenne das Realismus«, erwiderte ich. »Und die Liebe ist doch auch so. Menschen verlieben und entlieben sich, verbringen einen Teil ihres Lebens zusammen und reden davon, dass es für immer ist. Und trotzdem betrügen sie sich. Und am Ende kommen Sprüche wie *Wir waren halt nicht füreinander bestimmt* oder *Das mit uns sollte wohl einfach nicht sein*«. Ich drückte meine Zigarette aus und warf sie in den leeren Becher, den Paul mir hinhielt. »Anstatt sich hinzusetzen und daran zu arbeiten, sich einen Plan B zu überlegen. So flüchtet nur jeder vor seiner Verantwortung.«

Wieso um Gottes willen erzählte ich ihm das alles? Vielleicht, weil er mein wahres Ich hervorkitzelte. Meine forsche und direkte Seite. Eine Version von mir, die ich längst verloren geglaubt hatte.

»Ich glaube eher, dass das ein Problem unserer Generation ist. Alles schnell, schnell und sich auf gar keinen Fall festlegen. Wobei das natürlich auch seine Vorteile hat.« Er zwinkerte mir zu, bevor er weitersprach. Bei diesen Worten spürte ich sofort wieder seine warme Hand an meinem Rücken und das Kitzeln seines Atems auf meinem Mund. Ich biss mir auf die Lippen, um nichts Dummes zu sagen, aber da fuhr er schon fort: »Das hat aber nichts mit Schicksal zu tun. Das gibt's nämlich. Es passieren zu viele Dinge, die sich nicht erklären lassen. Zu große Zufälle, bei der keine Wissenschaft der Welt eine Erklärung finden kann. Und es ist doch gerade dieses *Wir sind füreinander gemacht*, was uns an die Liebe glauben lässt. Denn wenn man das nicht ist, dann kann auch kein Plan, egal, wie gut er ist, daran etwas ändern, oder?«

»Generation Y rennt ihrem eigenen Atem hinterher«, murmelte ich. Obwohl ich es anders sah, musste ich mir eingestehen, dass seine Worte etwas Wahres hatten.

Er taxierte mich amüsiert, und wie schon bei unserer ersten Begegnung bescherte mir der Blick aus diesen dunklen Augen überall eine Gänsehaut.

»Vielleicht liegt die Wahrheit ja irgendwo dazwischen. Irgendwo zwischen Schicksal und Plan«, warf ich ein. Ich hatte einen trockenen Mund, und mein Herz raste.

»Oder aber das Leben ist das, was passiert, während wir fleißig Pläne schmieden!«, zitierte er nun John Lennon.

Der Moment hatte etwas Friedliches an sich, und ich vergaß dabei fast, dass ich so eigentlich gar nicht mehr war.

»Cinderella?«

»Hmm?«

Er lehnte sich zu mir, und mit ihm kam der Duft von Wald und etwas Vertrautem, das ich nicht zuordnen konnte. Für ein paar Wimpernschläge schloss ich die Augen.

»Du hast keine Schuhe an.«

»Ich weiß.« Erst jetzt spürte ich, wie kalt mir hier draußen trotz der

Lederjacke war. Wie viel hatte ich eigentlich intus? Drei, vier Becher Bowle?

»Du solltest nach Hause gehen. Du hast zu viel getrunken«, sagte er in diesem Moment.

Und er hatte recht.

Paul

Es wurde echt Zeit, dass ich Cinderella loswurde. Je schneller, desto besser. Ich war keiner, der betrunkene Mädchen aufriss. Aber ich war erregt, am meisten von den klugen Dingen, die sie sagte. Es wunderte mich, dass dieses Mal kein schlagfertiger oder ironischer Spruch über ihre vollen Lippen kam, als ich anbot, sie nach Hause zu bringen. Sie strich sich nur in aller Seelenruhe ihre grellen Locken hinter die Ohren und brachte schließlich voller Ernsthaftigkeit ein festes *Okay* hervor. Das war alles. Als sie aufstand, hielt sie sich wieder an meinem Arm fest. Sie war betrunken, und doch strahlte dieses Mädchen ein Selbstbewusstsein und eine Würde aus, die bei anderen niemals zur Situation gepasst hätten. Sie war taff und irgendwo dahinter doch verletzlich.

»Bringst du jetzt zu Ende, was du angefangen hast?«, flüsterte sie in die Nacht.

Wir standen in der Kälte, sahen uns an. Nein, wir *starrten* uns an. Ihre Hände waren gegen meine Brust gelehnt, und die Stellen, an denen ihre Fingerspitzen mich berührten, brannten wie Feuer. Ich war nervös, was ich bei Frauen verdammt noch mal nie war. Und zeitgleich, was überhaupt keinen Sinn ergab, selbstsicher, weil ich mit eigenen Augen sah, welche Wirkung ich auf sie hatte. Ich hielt sie fest, strich langsam über ihre Arme, hinauf zu ihren Schultern, ihrem Hals, bis ich schließlich ihr Gesicht in meinen Händen hielt.

Sie hatte selbstbewusst geklungen bei diesem Satz, und irgendwie machte mich das an, dass sie wusste, was sie wollte. Nur ein Satz, aber wie sie die Buchstaben mit ihren Lippen formte, wie ihre Zungenspitze vorwitzig ihre Zähne berührt hatte, machte mich verrückt. Und ihre Stimme hatte plötzlich viel dunkler geklungen.

Resigniert seufzte ich auf: Ich konnte mich nicht länger zurückhalten. Wollte ich jetzt auch nicht mehr! Kein Mensch konnte von mir erwarten, dass ich vernünftig war. Nicht, wenn *dieses* Mädchen mit mir über Schicksal sprach, über Wünsche und Träume. Immer schwang diese leichte Ironie in jedem Satz mit. Sie war *anders*.

Ganz langsam strich ich mit meinen Lippen über ihre und biss dann sanft in ihre Unterlippe. Sie stöhnte. Und dieses Geräusch fuhr mir durch den ganzen Körper. Gott, dabei hatte ich sie ja noch nicht einmal wirklich geküsst.

Louisa

Die Luft auf dem kleinen Balkon vibrierte im Takt unseres leisen Atems. Wie ich da vor ihm stand mit seinen großen Händen an meinen Wangen, spürte ich, dass Moleküle zwischen uns zu tanzen begannen. Wäre ich nüchtern gewesen, hätte mir das wahrscheinlich Angst gemacht. Ich wäre nervös gewesen. Aber jetzt waren da nur Neugierde und ein Kribbeln auf der Haut.

Ich kannte nicht einmal seinen Namen, und doch hatte ich das Gefühl zu wissen, wer er war. Ich nahm die Hände von seiner Brust und vergrub sie in seinen dunklen Haaren. Etwas, das ich vom ersten Moment an hatte tun wollen.

Ich war mutig in dieser Nacht, fühlte mich wild und frei. Deshalb stellte ich mich auf meine Zehenspitzen und küsste ihn.

Paul

Und dann brachte ich sie nach Hause, trug sie zuerst sogar, weil sie ihre Schuhe verloren hatte. Ich hätte sie weiterküssen wollen in dieser sternenklaren Nacht. Das Mädchen, dessen Namen ich jetzt kannte. Louisa. Ein geflüstertes Wort in der Dunkelheit.

Irgendetwas hatte sie an diesem Abend aufgewühlt, das wurde mir bewusst, als ich sie auf dem Nachhauseweg ansah. Ihre Locken bewegten sich im Wind, und meine Jacke, die ich ihr geliehen hatte, rutschte ihr immer wieder von den Schultern. Sie war kein Mädchen, das sich einfach so betrank. Doch ich ahnte, dass es keinen Sinn hatte, sie ausgerechnet jetzt danach zu fragen. Dabei hätte ich wirklich *alles* wissen wollen.

»Hier wohne ich«, sagte sie und zeigte auf das Wohnheim, das ich nur allzu gut kannte. »Kommst du noch mit hoch?«, fragte sie, noch immer mit diesem Blick in den Augen. Und mit einem Unterton in der Stimme, der mir gefiel. Ich wollte *Nein* sagen, tat es aber nicht. Stattdessen legte ich meine Hand behutsam auf ihren unteren Rücken und betrat mit ihr das Gebäude.

Als wir den Flur im dritten Stock entlangliefen, hatte ich schon ein ziemlich ungutes Gefühl. Und als sie dann vor der letzten Tür auf der rechten Seite stehen blieb, wurde meine Befürchtung bestätigt. *Verdammt!* Louisa, das Mädchen aus Feuer, war nicht irgendjemand. Sie war Aidens neue Mitbewohnerin und damit absolut tabu für mich.

5. KAPITEL

Paul

In der magischen Stunde zwischen Dunkelheit und Morgengrauen hatte ich begonnen, Louisas Sommersprossen zu zählen, während das erste Licht des neuen Tages ihre grellen Haare leuchten ließ. Sie war so verdammt schnell in meinen Armen eingeschlafen, dass ich sie nur noch ins Bett hatte legen können. Und da saß ich nun neben ihr, betrachtete dieses außergewöhnliche Mädchen, das selbst beim Schlafen noch Stärke ausstrahlte, bis ich die flüsternden Stimmen im Flur hörte, aufstand und die Tür leise hinter mir schloss.

»Was zur Hölle machst *du* denn hier?«, fuhr Aiden mich irritiert an, als er mich in Louisas Türrahmen stehen sah.

Auch Trish und Bowie, die gerade noch miteinander gesprochen hatte, drehten sich überrascht zu mir um.

»Ich hab Louisa nach Hause gebracht«, sagte ich ehrlich.

Doch Aiden funkelte mich wütend an. »Du meinst, du hast sie gevögelt?«

Nein, das habe ich mir nur ungefähr tausend Mal vorgestellt.

»Alter, was ist los mit dir, Cassel?«, fuhr ich Aiden genervt an. »Deine Mitbewohnerin war mega dicht, und ich hab sie deswegen nach Hause gebracht. Du warst ja nicht da. Ein Danke würd's auch tun!« Und obwohl ich die Wahrheit sagte, kam das verflucht nahe an eine Lüge heran.

»Scheiße, Mann, woher hätte ich wissen sollen, wer sie ist?«, schob ich etwas ruhiger hinterher, als ich Aidens zu Fäusten geballte Hände sah. *Don't fuck the company* hatten wir mit Handschlag vor unserem ersten Term vereinbart. Und bis jetzt hatte ich mich daran gehalten.

»Leute, jetzt kommt mal wieder runter«, unterbrach Bowie uns und warf Aiden und mir einen genervten Blick zu.

Ich machte einen Schritt auf meinen besten Freund zu, als der schon die Hand hob. »Sorry, Mann.«

»Wie geht's Lou eigentlich?«, fragte Trish besorgt, während sie Jacke und Tasche achtlos auf den Boden fallen ließ. »Irgendwie fühle ich mich richtig schuldig, weil ich ihr einen Drink nach dem nächsten in die Hand gedrückt hab.«

Ich zuckte mit den Schultern und steuerte Aidens Zimmer an. »Ich denke, ihr geht's gut. Sie liegt im Bett und schläft. Ich hab ihr noch ein Glas Wasser hingestellt.«

Trish ließ sich erleichtert neben mir auf das Sofa fallen, Bowie setzte sich auf ihren Schoß. Aiden holte die Gitarre und setzte sich gegenüber auf den Boden. Er begann einen Song zu spielen, den ich nicht kannte, einen, der mit seinen leisen Tönen perfekt zu dieser friedlichen Stimmung hier drinnen und der langsam aufgehenden Sonne da draußen passte. Er sang mit dieser krassen, dunklen Stimme, die einen immer wieder überraschte, da alles andere an ihm so verdammt hell war: die Haare, die Haut, die Augen.

»Irgendwie hab ich mir das Kennenlernen mit deiner neuen Mitbewohnerin anders vorgestellt, Cassel.«

Bowie beugte sich lachend zu mir rüber, sodass die bunten Armreife an ihren Handgelenken klimperten. »Also, so wie du aussiehst, war das nicht das schlechteste Kennenlernen aller Zeiten.«

Unwillkürlich stahl sich ein leichtes Lächeln auf meine Lippen, während Aiden mir einen fragenden Blick zuwarf.

»Klappe, Bowie. Ehrlich!« Mein Herz stolperte, doch sie lachte nur weiter und der blonde Zwerg mit ihr. Dafür, dass ihre Eltern sie nach ihrem Lieblingsmusiker David Bowie benannt hatten, ihr im Gegensatz zu Aiden aber wirklich jedes musikalische Talent fehlte, hatte sie eine echt verdammt große Klappe. Aber sie war niedlich mit den schwarzen, kinnlangen Haaren und dem Pony, der ihr immer wieder in die mandelförmigen Augen fiel. Außerdem feierte ich ihre Sucht nach Statement-Shirts. *My Mommy told me not to talk to Liars, Sexists, Homophobes and Nazis* stand heute auf ihrem Oberteil. Das Wichtigste aber war: Sie machte Trish glücklich.

Keine Ahnung, was da heute Abend passiert war, aber meine Gedanken spielten *Pingpong*. Louisa hatte mich einfach geküsst, ihre kleinen Hände in meinen Haaren vergraben. Und verdammt, das war nichts, worüber ich jetzt reden wollte. Schon gar nicht vor Aiden.

Je später es wurde, desto mehr verstummten unsere leisen Worte. Aiden und ich wechselten uns ab, füllten die Stille mit unserer eigenen Musik, während die Sonne Stunde um Stunde heller schien. Schließlich war Bowie die Erste, die einschlief, ihre Hand in der von Trish. Wir anderen waren immer noch viel zu wach und aufgedreht, sahen uns zuerst den neuesten *Star Wars* auf Netflix an und begannen dann mit einer düsteren Serie, die Taylor mir letzte Woche empfohlen hatte.

Als ich plötzlich Geräusche aus der Küche hörte, stand ich auf und murmelte was von *etwas zu trinken holen* in Aidens und Trishs Richtung.

Ich wusste gar nicht, was ich sagen sollte, wusste nicht, wieso ich überhaupt aufgestanden war und jetzt hier stand. Ich wollte Louisa berühren, sie in den Arm nehmen. Fragen, ob es ihr besser ging. Nachsehen, ob sie immer noch so blass im Gesicht war. Doch ich streckte nur meine Hand aus, ließ sie aber gleich wieder sinken.

»Hey.«

Louisa

Das Vibrieren dieser dunklen Stimme direkt hinter mir. Rauer als noch vor wenigen Stunden. Die dampfende Tasse mit beiden Händen fest umklammert, drehte ich mich langsam um und wappnete mich. Zwar

war ich in seinen Armen eingeschlafen, dann aber von einem meiner Albträume hochgeschreckt.

Er betrachtete mich nachdenklich und fuhr sich durch den Bart. »Ist alles okay bei dir?«

Ich nickte. Was hätte ich auch sagen sollen? Dass Mel mir, bevor ich ihn geküsst hatte, geschrieben hatte, dass meine Mutter im Krankenhaus lag? Dass ich mich unter anderem deshalb betrunken hatte? Dass ich Mels Nachricht ignoriert hatte? Sollte ich ihm etwa erzählen, was für ein schrecklicher Mensch ich war? Sollte ich ihm noch einmal erklären, dass ich nicht an Schicksal glaubte, weil das bedeuten würde, dass ich niemals vor meinem davonlaufen könnte? Und wie ernüchternd das wäre.

Die zerbrochenen Flaschen und das Glas, die den Boden des Wohnzimmers bedeckten. Du bist und bleibst der größte Fehler meines Lebens, Louisa! Die zerbrochene Flasche, die mich an der Stirn trifft.

Und trotzdem hatte ein Teil von mir jedes Mal Angst um sie, obwohl wir seit über einem Jahr kein Wort miteinander gewechselt hatten. Obwohl ihre flache Hand jedes Mal einen rötlichen Abdruck in meinem Gesicht hinterlassen hatte, wenn ich ihre Flaschen wieder einmal versteckt hatte.

Mein schnell schlagendes Herz dröhnte mir in den Ohren. Ich atmete tief ein und hielt mich mit einer Hand am Türrahmen fest.

»Wegen heute Nacht, also …« Er zögerte und betrachtete mich stirnrunzelnd. »Es wäre echt verdammt cool, wenn Trish und Aiden nichts von diesem Kuss erfahren würden.«

Verwirrt sah ich ihn an. Während ich mich ihm vorhin noch so nah gefühlt hatte, schien in seinem Gesichtsausdruck jetzt absolut keine Emotion zu sein. Die Wärme in seinen Augen war verschwunden.

Und da ratterte es in meinem Kopf, ein Puzzleteil fügte sich ins nächste. Plötzlich begriff ich, und mir wurde heiß. »Du bist Paul, oder?«, flüsterte ich. Der beste Freund von Aiden und Trish. Deswegen war er immer noch hier in der Wohnung.

Und schon wieder nur ein knappes Nicken und sonst keine Reaktion. Keine Regung in seinem Gesicht, schon gar nicht in seinen Augen, dabei wussten wir beide, wieso er mich noch nach oben begleitet hatte.

Ich konnte nicht fassen, was er da von mir verlangte. Wir waren erwachsen, und er benahm sich völlig kindisch. Und auch wenn dieser Abend größtenteils ein einziger Albtraum für mich gewesen war, so war dieser Moment mit Paul... Es war ja nicht so, dass ich etwas von ihm erwartete.

»Kein Sorge, werden sie nicht«, war also alles, was ich sagte.

»Danke«, sagte er. Sah mich unschlüssig an, und ich fragte mich, was er jetzt noch von mir wollte. In dieser besonderen Nacht auf diesem Balkon hatte ich ihn gewollt. Mehr als alles andere. Ich hatte mir eingebildet, dass da etwas zwischen uns gewesen war. Aber letzte Nacht war ich mir auch sicher gewesen, dass ich endlich meine eigene Geschichte würde schreiben können, stattdessen fühlte ich mich jetzt wie der Cliffhanger einer Netflix-Serie. Und dann war da noch diese Vorahnung, dass Paul mich wie ein Sturm mit sich reißen würde.

Ich straffte die Schultern, hob den Blick und sah ihn fest an. »Kein Problem.«

6. KAPITEL

Paul

Das Mehl an meinen Händen hinterließ am Abend nach Lukes Party überall pudrige Spuren, als ich die hölzerne Pizzaschaufel zur Seite legte und nach der Wasserflasche auf der Ablage tastete. Das ganze Wasser trank ich auf einmal und füllte die Flasche anschließend sofort wieder auf, weil mein Kater mich verdammt fest im Griff hatte.

Aiden hatte im Luigi's zwei Monate vor mir an der Bar angefangen und mir dann den Job in der Küche besorgt. Und hier hinten neben der Hitze des Holzofens zu stehen, Teig zu kneten und zu dünnen Pizzen zu formen war neben dem Fotografieren der allerbeste Job. Ich fand es wahnsinnig befriedigend anzupacken und etwas mit den Händen zu tun. Genau wie das Joggen war diese körperliche Arbeit der ideale Ausgleich zu den Philosophie-Vorlesungen.

Außerdem war das hier der perfekte Ort, wenn sich diese Was-wäre-gewesen-wenn-Fragen erneut in meinem Kopf türmten und mich in den Wahnsinn trieben. Denn Giovanni sang die Lieder aus dem alten, wackeligen Radio so verflucht laut mit, dass ich meine eigenen Gedanken stundenlang nicht mehr hören konnte.

»Gott, ich kann *echt* keine Pizza mehr essen«, stöhnte Aiden genervt, als ich am Ende unserer Schicht mit zwei Tellern aus der Küche kam und diese zwischen uns auf der Bar abstellte.

Ich seufzte. »Wenn wir an unseren freien Tagen wenigstens mal keine Pizza holen, sondern einfach etwas kochen würden oder so«, gab ich ihm recht und setzte mich auf einen der Hocker ihm gegenüber. Ich war meistens zu faul zum Kochen, und bei Aiden war es ein Wunder, wenn er die Küche bei dem verzweifelten Versuch, Essen zu machen, nicht in Brand steckte.

»Hey, vielleicht ist Lou ja eine mega gute Köchin«, warf Aiden begeistert ein. »Ich kann sie bestimmt dazu überreden, mal für uns zu kochen.« Ein verschmitztes Grinsen stahl sich in sein Gesicht.

»Irgendwie habe ich da so ein Gefühl, dass das nicht so leicht werden dürfte«, murmelte ich. Louisa wirkte auf mich nicht wie jemand, der sich zu Dingen überreden ließ. Eher wie jemand, der Entscheidungen ganz bewusst traf.

»Vielleicht hast du recht«, überlegte Aiden und rieb sich nachdenklich über das Kinn. »Aber vielleicht kann ich sie mit den Zugangsdaten zu all meinen Streaming-Diensten bestechen!«

»Okay, das mit dem Essen muss dir echt viel wert sein.« Ich lachte. »Und sonst? Wie war deine erste Uniwoche?«

»Die Seminare waren richtig cool, aber mit der *Storylines* sieht's gerade echt mies aus. Die meisten von uns haben im letzten Term ihren Abschluss gemacht, und jetzt sind wir in der Redaktion nur noch fünf Leute«, erzählte Aiden und fuhr sich frustriert durch die blonden Haare. »Fünf Leute, von denen drei Seniors sind«, fügte er schlecht gelaunt hinzu. »Und jetzt bin ich für diesen Term auch noch Chefredakteur, und wenn es scheiße läuft, fällt das am Ende halt alles auf mich zurück.«

»O Mann, das tut mir leid.« Ich wusste, wie wichtig ihm die Arbeit bei der Collegezeitung war. Zwar war die Musik Aidens große Leidenschaft, aber er war einer dieser Menschen, die auch noch einen Plan B und C hatten. Und sollte Ersteres nichts werden, könnte er immer noch für eine Zeitung mit einem eigenen Musikressort schreiben.

»Du hast nicht zufällig eine gute Idee für eine Titelstory? Wir brauchen etwas, das die Freshmen dazu bringt, bei uns mitmachen zu wollen.«

»Wie wäre es mit einer Interviewreihe mit Abgängern vom RSC, die sich nach ihrem Studium in eher ungewöhnlichen Bereichen selbstständig gemacht haben?«, überlegte ich laut und strich mir dabei nachdenklich durch den Bart. »Man könnte aus einer gesellschaftskritischen Perspektive an das Thema herangehen. Einfach hinterfragen, mit welchen überholten Idealen wir tagtäglich konfrontiert werden. Erinnerst du dich zum Beispiel noch an Blake Sawyer?«

»Hat der nicht seinen Abschluss gemacht, als wir gerade angefangen haben?«, fragte Aiden.

»Genau.« Ich nickte. »Der hat doch dieses Hilfsprojekt gestartet und anfangs niemanden gefunden, der investieren würde. Also hat er alles selbst gemacht, und jetzt reißen sich alle um ihn. Das Geld ist natürlich längst wieder drin. Und ich meine, so viel älter als wir ist Blake auch nicht.«

»Keine schlechte Idee, Berger«, sagte Aiden gedehnt. »Man müsste es natürlich richtig aufziehen, aber das könnte echt etwas werden. Das wäre aber auf jeden Fall eher etwas für eine spätere Ausgabe, für diesen Monat ist das zu knapp.«

In der nächsten halben Stunde war Aiden mit funkelnden Augen völlig in seinem Element und konkretisierte meine Idee. Für diese Titelstory bot ich ihm an, Porträtaufnahmen zu schießen und so einen Beitrag zu Aidens Herzensprojekt beizusteuern.

Er war der Einzige, der tatsächlich alles über mich wusste, jedes winzige Detail – nicht einmal Trish hatte ich erzählt, was genau ich getan hatte und wieso Heather sich letztendlich von mir getrennt hatte. Nur Aiden ahnte, dass ich immer noch das verdammte Entsetzen in ihrem Blick und das Blut in ihren langen, blonden Haaren sah, sobald ich die Augen schloss. Wieso saß ich also hier und stellte Aiden nicht einfach diese eine Frage, die mir die ganze Zeit durch den Kopf geisterte: *Sag mal, geht es Louisa inzwischen besser?*

Louisa

Zwei Tage lang verlor ich mich in Gedanken, Ängsten und Gefühlen. Und in mir.

Am ersten Abend nach der Party hatte Aiden nach seiner Schicht im Luigi's an meine Zimmertür geklopft und mich gefragt, ob ich Lust auf einen *Herr-der-Ringe*-Marathon hätte. Ich hatte murmelnd abgelehnt und mich abwechselnd unter meiner Bettdecke verkrochen und die leuchtenden Lichterketten über mir angestarrt. Die Sorge in seinen sonst belustigt funkelnden Augen konnte Aiden zwar nicht ganz verstecken, aber abgesehen davon, ließ er mich in Ruhe, wofür ich wirklich dankbar war.

Ich hatte versucht, *Der große Gatsby*, eines meiner Lieblingsbücher, zu lesen, aber nicht einmal Jay Gatsby hatte es geschafft, etwas an meiner Stimmung zu ändern, sodass ich nach gerade einmal zwanzig Seiten aufgegeben hatte. Trishs Nachrichten hatte ich auch nur kurz beantwortet, weil ich mir sicher gewesen war, dass sie sonst vor meiner Zimmertür aufgetaucht wäre.

Und dann rief Mel an.

»Ich kann das einfach nicht mehr!«, brach es zusammen mit den Tränen aus mir heraus, noch bevor sie etwas sagen konnte.

Ich weinte und weinte, als wären es all die Tränen, die ich jahrelang zurückgehalten hatte. Und Mel flüsterte minutenlang nur beruhigende Sätze in den Hörer, die ich sofort wieder vergaß. Ich sah sie vor mir, wie sie in der Küche saß, die langen, braunen Locken zu einem unordentlichen Dutt gebunden, Mary auf dem Schoß.

Mein Herz schlug schnell und schwer in meiner Brust, trotzdem atmete ich schließlich erleichtert aus. Mel war stark auf eine andere Art als ich, und ich war froh, dass sie mich die werden ließ, die ich sein wollte.

»Weißt du, perfekte Familien gibt es nicht«, sagte Mel zum Abschied, kurz bevor wir auflegten, »Letztendlich kommt jeder aus einer mehr oder weniger kaputten Familie, aber das ist nicht das, was uns ausmacht. In *dir* drin ist all das, was dich zu dem Menschen macht, der du bist. Und außerdem«, fügte sie nach einer kurzen Pause hinzu, »sind Robbie, Mary und wir zwei eine Familie. Wenn auch keine konventionelle.«

»Wann ist meine große Schwester nur so klug geworden?«, schmunzelte ich.

»Ganz ehrlich? Ich habe absolut keine Ahnung.« Ich bildete mir ein, durch das Telefon Mels Grinsen zu hören.

Hoffnungsschimmer schrieb ich abends mit meiner Schrift, die genauso viele Ecken und Kanten hatte wie ich selbst, in mein ledernes Notizbuch. Ein schönes Wort voller weicher Laute und eines der Gefühle, die Mels Anruf in meinem Bauch hinterlassen hatte. Gerade als ich eine Seite umblättern wollte, stutzte ich, denn dieser Eintrag stammte nicht von mir. Geschwungene Linien, fast ein kleines Kunstwerk aus feinen Buchstaben, denen ich mit den Fingerspitzen langsam folgte. *BeinaheKuss* hatte jemand dorthin geschrieben.

Jemand, mit Augen wie flüssiges Karamell.

Momentaufnahme

7. KAPITEL

Louisa

Eine Woche später glänzten die unbeschriebenen Tafeln und die Holzverstäfelung der Wände im Licht der Morgensonne. Ich war zu früh, wie eigentlich immer. Bis auf das Mädchen mit der dunkel schimmernden Haut, das sich gerade hinter mich gesetzt hatte, war der Hörsaal noch komplett leer. Sie hatte mich angelächelt, doch ich hatte mich sofort wieder über die raschelnden Seiten von *Der große Gatsby* gebeugt. Eine zweite Chance für den schillernden Millionär Jay Gatsby und seinen Fall. Ein undurchdringlicher Vorhang aus Locken vor meinem Gesicht. Es fiel mir schon schwer genug, Trish und Aiden in mein Leben zu lassen, unverfänglicher Small Talk stand also definitiv nicht auf dem Programm. Ich sprach sowieso lieber nur das aus, was tatsächlich von Bedeutung war. Zwar wollte ich meine eigene Geschichte erzählen, Zeit musste ich mir dafür aber auch geben.

Erst in fünfzehn Minuten würde die *Elementary Real Analysis* Vorlesung bei Professor Warren losgehen. Danach hatte ich noch einen *Probability-Theory*-Kurs und eine Vorlesung in *Introduction to Abstract Algebra*. Die Woche hatte zwar erst angefangen, doch schon jetzt stapelten sich auf meinem Schreibtisch die Übungsblätter, die wir in den verschiedenen Kursen wöchentlich bearbeiten und abgeben mussten. Und auch wenn ich die letzten Tage von morgens bis abends in Hörsälen verbracht hatte und meine rechte Hand abends vom Schreiben wehtat: Das alles fühlte sich unfassbar richtig an. Viel zu lange hatte ich mich nach etwas Verlässlichem gesehnt. Lächelnd strich ich über mein linkes Handgelenk und dachte an die fehlenden bunten Perlen. Ich war freier als noch vor zwei Wochen.

Eine kurze Berührung an meiner Schulter riss mich aus meinen Gedanken. Mit von Kälte geröteten Wangen und einem zufriedenen Lächeln stand Trish vor mir. Nur eine einzige blonde Haarsträhne hatte sich aus der dunkelroten Mütze gelöst. »Guten Morgen, Süße!« Sie platzierte einen dampfenden Kaffeebecher vor mir.

»O Gott, danke«, seufzte ich. Heute Morgen hatte ich so früh die WG verlassen, dass es im Firefly noch dunkel gewesen war. »Danke!«, wiederholte ich.

»Glaub mir, dich zwei Wochen lang zu kennen reicht, um zu wissen, dass du morgens ohne Kaffee nicht überlebensfähig bist.«

»Moment mal.« Misstrauisch beäugte ich Trish. »Deine Fakultät ist ganz woanders. Was machst du hier?«

»Darf ich dir als Freundin denn keinen Gefallen tun?« Trish lächelte mich unschuldig an, doch ich musterte sie aus zusammengekniffenen Augen. »Okay.« Trish zögerte. »Also, Aiden –«

»Ach, komm schon«, unterbrach ich sie und dachte an die Umstände, durch die ich an meinen Job im Firefly gekommen war. »Was will Aiden denn jetzt schon wieder? Es ist ja nicht so, als würde ich im Zimmer neben ihm wohnen, wo er jederzeit mit mir sprechen könnte!«

Trish streckte mir die Zunge raus. »Ich soll dich noch einmal an die Sache mit der *Storylines* erinnern. Wortwörtlich hat er gesagt: *Sie würde mir armen Chefredakteur den verdammten Arsch retten, wenn sie wenigstens ein Mal im Monat irgendetwas schreiben könnte.* Und er hat gesagt, ich soll dich so lange mit Kaffee bestechen, bis du Ja sagst und damit *seine Existenz* rettest.«

Wenn ich schrieb, dann gab ich dabei so viel von meinem Innersten preis – ich konnte mir kaum etwas Intimeres vorstellen. Unter gar keinen Umständen würde ich Fremden einen derart intensiven Blick auf meine Seele gewähren, und egal, was Aiden sagte oder tat, meine Antwort würde *Nein* bleiben.

»Und du machst das, weil?«, hakte ich nach.

»Weil Bowie und ich im Dezember unseren Jahrestag feiern und ich von Aiden im Gegenzug den Schlüssel für das Luigi's bekomme. Stell dir das mal vor: Ein ganzes Restaurant für uns allein, *la dolce vita* im Winter, romantische Musik...« Mit einem verträumten Ausdruck in den Augen strahlte Trish mich an.

»Ihr seid doch alle verrückt«, murmelte ich.

Als ich meinen Kugelschreiber nach ihr schmiss, rannte Trish kreischend und mit erhobenen Händen die Stufen nach unten, warf mir im Gehen aber noch eine Kusshand zu. Kopfschüttelnd sah ich diesem Mädchen, das schon fast so etwas wie eine Freundin war, hinterher. Und trotz aller Vorsicht lächelte ich dabei.

Paul

Zwischen *Perspektiven der Naturphilosophie* und *Philosophie der Neuzeit* wehte etwas Orangefarbenes durch mein Sichtfeld, doch Louisa ging mir aus dem Weg. Wenn wir uns auf dem Campus doch einmal begegnet waren, dann hatte sie schnell in eine andere Richtung gesehen, und dass sie mich tatsächlich jedes Mal übersah, bezweifelte ich. Ihre Locken verschwanden immer so plötzlich, es hätte jedes Mal auch Einbildung sein können.

Als ich Louisa darum gebeten hatte, die Sache mit dem Kuss für sich zu behalten, hatte ich definitiv nicht gemeint, dass wir uns aus dem Weg gehen sollten. Ich hatte nur nicht gewollt, dass Aiden das in den falschen Hals bekam. Wieso ich ihr doch hinterhersah? Weil sie diesen süßen, runden Hintern hatte. Aber vor allem, weil Louisa außergewöhnlich war und so voller Gegensätze. Und weil ich ihre Geschichte erfahren wollte.

Die Uni hatte nicht einmal richtig angefangen, doch meine Tage platzten schon jetzt aus allen Nähten. Wenn ich meine Zeit nicht in Hörsälen oder der Bibliothek verbrachte, dann arbeitete ich. Wie oft hatte ich meine Eltern und ihren beschissenen Reichtum schon verflucht, während ich das Geld für die Miete mühsam zusammenkratzen musste! Hätte ich auf das Auto verzichtet, wäre es einfacher gewesen. Aber ich wollte mir die Möglichkeit, Luca so oft zu sehen, wie ich wollte, auf gar keinen Fall nehmen lassen.

Noch fünf Minuten, bis die nächste Vorlesung begann. Unter dem eisblauen Himmel suchte ich in meinem Rucksack meine Zigaretten, als mein Handy in meiner Hosentasche vibrierte.

filmabend heute bei aiden in der wg?

Als würde Trish meine Gedanken lesen.

jo, ich schau mal

Ok, und bring bier mit!

Trish schrieb immer noch. Und ich wartete.

Lou ist übrigens auch dabei. Ich dachte, das interessiert dich vielleicht :)

Ich schob das Handy zurück in meine Jeans und zündete mir mit einem Grinsen meine Zigarette an.

Das änderte natürlich alles.

8. KAPITEL

Louisa

Nach nur zwei Wochen auf dem Campus war mir bewusst, wie grundverschieden wir vier waren: der Lustige, der Verwegene, die Überdrehte. Und ich, die Verlorene auf der Suche.

Frustriert klickte ich mich durch mein Netflix-Konto und fand nichts, das uns allen gefallen könnte. Keinen Film und keine Serie. Nachdem ich mich auch noch durch die Neuerscheinungen gearbeitet hatte, legte ich die Fernbedienung zur Seite. Trish und Aiden hatten es sich leicht gemacht, indem sie Paul und mich etwas aussuchen ließen, während sie selbst nichts weiter taten, als zum Chinesen in der Stadt zu fahren und unsere Bestellung abzuholen.

»Jetzt bin ich neugierig. Was schaut sich das Mädchen, das nur Liebesromane liest, aber nicht an Schicksal glaubt, für Serien an?«, fragte Paul plötzlich.

Seltsamerweise hatte ich bei dieser Frage das Gefühl, mich auf gefährliches Terrain zu begeben. So, als wüsste dieser Typ sowieso schon zu viel über die, die ich war. *Du siehst nicht mich, du siehst dich in mir*, dachte ich. Und ich wollte wissen, was genau es war, das sich für ihn in mir spiegelte.

»Paul Berger«, gab ich zurück, »bist du etwa bereit, meine ultimativen Sieben zu hören?«

Ein spöttisches Lächeln umspielte seine Lippen, als er sich auf dem Sofa mit verschränkten Armen entspannt zurücklehnte. »Louisa Davis, für *dich* bin ich immer bereit!«

Er sagte das auf diese ganz bestimmte Art. Die, bei der ich wieder das Kratzen seines Bartes auf meinen Wangen und seinen warmen Atem auf meinen Lippen spüren konnte. Ich blinzelte und strich meine Locken langsam hinter die Ohren, um sie in meinem Nacken zu verknoten. Dann erzählte ich, mein Kinn auf verschränkten Fingern.

Ich konnte es mir schwer erklären, aber ich redete und redete und redete. Von Magie und Drachen, Liebe und Hass, Mördern und Detektiven. Vampiren, Hexen und Dämonen. Und von Satz zu Satz zogen sich Pauls Mundwinkel in die Höhe, bis ich wieder diese Grübchen sah.

Ich erzählte ihm, dass *Game of Thrones* meine absolute Lieblingsserie war, auch wenn es irgendwie nicht mehr dasselbe war, wenn man wusste, was passieren würde. Und ich redete lauter und bestimmter, als ich meinen Wunsch äußerte, die Serie hätte mit der *Schlacht um Winterfell* ihr wahres Ende gefunden. Ich erzählte von *Vampire Diaries* und Delena, deren Liebesgeschichte die herzzerreißendste einer wunderbaren mystischen und spannenden Serie war. Von *Riverdale* mit den schlechten Dialogen und unlogischen Handlungssträngen, das ich mir dennoch Folge für Folge ansah. Und *Chilling Adventures of Sabrina*, auch wenn mir die Serie um die junge Hexe fast schon zu unheimlich war. *Black Mirror*, das mit seinen Zukunftsvisionen so düster war und so ehrlich und echt auf eine unfassbar beängstigende Art. *Supernatural* durfte natürlich nicht fehlen, weil ich alle Serien liebte, die auf diese Weise dunkel und voller Geschichten und Legenden waren. Ich erzählte Paul, wie sehr ich *Gilmore Girls* liebte, auch wenn es überhaupt nicht zu dem Rest passte. Einfach weil es wie nach Hause kommen war und ich eines Tages jedes Buch lesen wollte, dass Rory innerhalb der sieben Staffeln gelesen hatte. Und zum Schluss *Queer Eye,* weil Jonathan, Antoni, Bobby, Karamo und Tan mehr Liebe auf Netflix und in die Welt brachten als jede andere Serie.

Als keine Worte mehr meinen Mund verließen, war da wieder dieses sexy Lachen, das mir schon bei unserer ersten Begegnung aufgefallen war. Pauls Mund zog sich in die Breite, bis ich seine Zähne im letzten Sonnenlicht des Tages blitzen sah. Die kleinen Lachfältchen um seine

Augen breiteten sich fächerförmig aus, und der tiefe Bass seiner Stimme schien aus tiefstem Herzen zu kommen. In meinem Bauch kitzelte es, und ich musste plötzlich mitlachen, auch wenn ich gar nicht wusste, wieso. Den Bauch hielt ich mir, bis der Schluckauf kam und wieder aufhörte.

»Das waren nicht deine ultimativen sieben, Louisa«, sagte Paul plötzlich rau.

Verwirrt sah ich ihn an und ertrank für die Flüchtigkeit eines Augenblicks in seinem Blick.

»Das waren acht Serien!« Und schon wieder erklang dieses tiefe Lachen.

Mein Mund war plötzlich trocken. »Ich ... Kann es sein, dass ich gerade ausgelacht werde?«, fragte ich gespielt entsetzt und verschränkte die Arme vor der Brust.

Doch statt mir zu antworten, verteilte Paul nur in aller Ruhe das Besteck und unsere Getränke auf dem winzigen Tischchen vor uns. »Vielleicht«, sagte er schließlich langsam. »Du bist der mit Abstand seltsamste Mensch, den ich kenne!« Schon wieder schaffte er es, etwas durch die Wärme seiner Stimme wie ein Kompliment klingen zu lassen, das eindeutig keines war. »Ich will damit nur sagen: Du bist mir ein Rätsel, Louisa!«

Paul

Eines, das ich gerne lösen würde, obwohl ich der verflucht ungeduldigste Mensch aller Zeiten war, wenn es nicht gerade um das perfekte Foto ging. Herausforderung lag in Louisas Blick, und ihre Augen funkelten belustigt. Sie widmete sich wieder ihrem Netflix-Konto.

Kaum genug Zeit für mich, sie heimlich anzusehen, da drehte sie sich auch schon wieder um, dieses Mal völlig ernst. »Und was willst du wissen?«

Überrascht blickte ich sie an und verlor mich für Sekunden in den eisigen Ozeanen ihrer Augen. *Verdammt*, damit hatte ich jetzt nicht gerechnet.

Louisa biss sich auf die Unterlippe. Mit einem Blick, als würde sie die Frage am liebsten sofort zurücknehmen.

»Ist es egal, was ich wissen möchte?«

Sie legte den Kopf schräg. »Jeder hat Geheimnisse, oder?«

Ich nickte. Wer sollte das besser wissen als ich.

»Dann biete ich dir an, dass du im Tausch gegen meine Fragen Antworten von mir bekommst. Jeder darf drei Fragen stellen. Mehr nicht.«

Inzwischen berührte mein Knie ihres. Und würde ich ihren Haarknoten lösen wollen, ich müsste meinen Arm nicht einmal ganz ausstrecken. Doch ich unterdrückte den Impuls.

»Deal«, flüsterte sie, und ihre vollen Lippen formten sich zu einem leichten Lächeln.

»Deal«, raunte ich.

Shit. Die Sache war die, dass ich Louisa die bedeutenden Fragen stellen wollte. Die schwerwiegenden. Woher dieser ironische Zug auf ihren Lippen kam. Was sie darunter versteckte. Wovor sie davonlief. Welches Feuer in ihr brannte. Aber zeitgleich wollte ich im Moment nichts mehr, als dass sie sich mit mir wohlfühlte.

Mehrere Sekunden schwiegen wir, bis ich mit einem Grinsen die erste Frage stellte: »Erdnussbutter mit oder ohne Butter?«

Ungläubig und irgendwie auch erleichtert sah Louisa mich an, füllte den Raum schlagartig mit diesem hellen Lachen, das viel zu weich für sie wirkte. »Ist das dein Ernst, Paul? Du hättest mich einfach *alles* fragen können.«

»Also, in meinen Augen ist das eine äußerst lebenswichtige Frage«, warf ich ein. »Stell dir vor, du stehst eines Tages hungrig vor meiner Tür, weil euer Kühlschrank leer ist, und brauchst dringend ein leckeres Brot mit Erdnussbutter. Dann sollte es doch auch das perfekte Erdnussbutterbrot sein, oder?«

»Sehr realistisch, Paul. So wird es natürlich auf jeden Fall passieren!« Im nächsten Moment legte Louisa die Fingerspitzen an ihre Lippen und schien ernsthaft nachzudenken. »Definitiv ohne Butter! Erdnussbutter ist neben Pizza das beste Essen der Welt. Das muss pur genossen werden, also ganz sicher ohne Butter!« Sie trank einen Schluck von ihrem Eistee und grinste mich an. »Wärst du lieber blind oder taub?«

Das war verdammt einfach, und ich antwortete, ohne weiter darüber nachzudenken: »Lieber taub. Könnte ich nichts mehr sehen, würde ich die ganzen genialen Motive für meine Fotos verpassen, die man sonst so schnell übersieht. Ich liebe dieses Spiel von Licht und Schatten, all die Farben und ihre Facetten. Und vor allem die Suche nach dem Unperfekten im Perfekten ... wenn das irgendwie Sinn macht.«

Sie beugte sich zu mir in ihrem übergroßen Band-Shirt und sah verdammt süß dabei aus. »Das klingt richtig schön. Ehrlich. Wie bist du zum Fotografieren gekommen?«

Mein Körper spannte sich an. »Doppelte Fragen gibt es nicht«, erwiderte ich schroffer als beabsichtigt. Verdammt, noch im selben Moment merkte ich, wie hart ich reagiert hatte. Aber das war wirklich kein Thema, über das ich jetzt sprechen wollte.

Louisa sagte zwar nichts, aber in ihren leuchtenden blauen Augen war für Sekunden ein Schatten, und ich wollte nicht der Grund dafür sein, weil ich plötzlich so abweisend reagierte.

»Mit fünfzehn habe ich im Dachboden meiner Eltern eine alte Polaroidkamera in einer der Kisten gefunden und angefangen, mit der herumzuknipsen«, schob ich also doch hinterher.

Lange und unergründlich sah Louisa mich an. »Und das Besondere daran war, dass du für jedes Bild nur eine einzige Chance hattest?«

Überrascht betrachtete ich sie und nickte anschließend. »Ja, nur eine Chance, um einen besonderen Moment so wahrheitsgetreu wie möglich einzufangen.«

Louisa

Es war nicht viel, was Paul da sagte, aber es berührte mich. Vielleicht weil ich merkte, dass ihm das gerade aus irgendeinem Grund nicht leichtgefallen war. Und seine Offenheit überraschte mich, da ich doch kaum etwas von mir selbst preisgab.

Während seine Worte noch immer in mir nachhallten, stellte er mir die nächste Frage: »Stell dir vor, du könntest in die Welt eines Buches deiner Wahl springen. In welcher Geschichte würdest du landen?«

Ich zögerte, konnte diesen Kerl einfach nur ansehen. Vielleicht hatte es gar nicht am Alkohol gelegen, dass ich in dieser einen Nacht eine Version meiner selbst gewesen war, die ich verloren glaubte. Womöglich machte es Paul mir einfach nur leichter als jeder andere, *Ich* zu sein.

»Ich glaube, ich würde nach Narnia gehen«, überlegte ich laut. »Als Kind hab ich mich immer in meinem Kleiderschrank versteckt. Ich dachte, wenn ich nur lange genug warten würde, dann würde ich auch in einer magischen Welt landen. Narnia ist ein Stück Kindheit voller Magie und Geheimnisse und, wenn ich schon einmal da wäre, würde ich Aslan fragen, ob –« Ich stockte. Die Stelle, an der Pauls Hand warm mein Knie berührte, kribbelte und jagte eine Gänsehaut durch meinen Körper.

Mit einem rätselhaften Lächeln auf den Lippen lehnte er sich zu mir rüber und strich mir langsam eine Locke hinters Ohr, die sich aus meinem Knoten gelöst zu haben schien. Ich blinzelte. Und in der nächsten Sekunde lehnte Paul wieder lässig an der Sofakante und sah mich mit einem Blick an, den ich nicht verstand.

Ich räusperte mich. »Hör auf, mich abzulenken!«

»Ich lenke dich ab?«

Dieses verdammte Grinsen! Aber ich verdrehte nur genervt die Augen und ignorierte ihn. »Welche Bedeutung hat das Tattoo auf deinem Arm?«

»Wie kommst du darauf, dass es eine Bedeutung haben könnte?«
»Instinkt, schätze ich.« Mit vor der Brust verschränkten Armen funkelte ich Paul an. »Außerdem gibt es immer irgendeine Geschichte!«

Paul

Ich begann zögerlich, Louisa nur einen Teil der Geschichte zu erzählen. So viel Wahrheit wie möglich, so viel Lüge wie nötig. Ich verlor kein Wort über die Nacht, über die versteckte Narbe, erst recht keins über Heather. »Letztendlich geht es um das richtige Maß an Erinnern und Vergessen«, sagte ich zum Schluss, als ich Aiden und Trish zurückkommen hörte. Erleichtert atmete ich auf. Die beiden hätten sich wirklich keinen besseren Zeitpunkt aussuchen können.

Louisa

Der Ton war aus, doch ich saß hier. Manchmal war ein Teil von mir einfach weg, weil ich zu viel grübelte und mich beim Denken in mir selbst verlor.

Wir saßen in Aidens Zimmer um den kleinen Tisch auf dem Boden. Ich schob mein Gemüse von einem Tellerrand zum anderen. Immer wieder hin und her. Wieso hatte Paul mich angelogen, und was hatte es mit der schwarzen Tinte auf seiner Haut auf sich?

Sein Mund lachte, nachdem Trish irgendetwas Witziges gesagt haben musste. Anschließend fuhren Aidens Hände in hektischen Bewegungen durch die Luft, und Trish antwortete mit einem Kopfschütteln. Als würden sie Pingpong spielen, warfen sie sich die Bälle zu. Nur hatte ich keine Ahnung, um was es ging, weil ich vor wenigen Minuten ausgestiegen war. Nicht umsonst hatte Dad mich *sein Wolkenmädchen* genannt, weil ich mit dem Kopf immer ganz woanders war.

Ein Fingerschnipsen vor meinem Gesicht und drei erwartungsvolle Mienen, die mich ansahen, brachten mich zurück ins Hier und Jetzt.

»Und? Kommst du mit?«

Wohin jetzt?

»Du musst in diesem Jahr echt unbedingt dabei sein!« Aiden nickte bekräftigend und schob sich eine volle Gabel in den Mund. »Es wird verdammt legendär, und ich bin mir sicher, du würdest es bereuen, wenn du auf dem Campus bleibst oder zu deiner Familie fährst, wo wahrscheinlich sowieso nichts Spannendes passieren wird.«

»Würdest du«, stimmte Paul augenzwinkernd zu, »weil wir dir danach nämlich all die guten Geschichten erzählen würden.«

»Außerdem«, warf Trish gespielt verzweifelt ein, »kannst du mich unmöglich allein mit diesen Verrückten fahren lassen.« Mit ihrer Gabel deutete sie auf Aiden und Paul. »Bowie schließe ich da übrigens mit ein. Die macht auch immer bei jedem Scheiß von euch beiden mit!«

Die drei sprachen so schnell und durcheinander, ich brauchte fünf Anläufe, um herauszufinden, worum es eigentlich ging. Um Thanksgiving herum fuhren sie anscheinend seit zwei Jahren zu einer Hütte in der Nähe und verbrachten dort ein langes Wochenende mit ausgeschalteten Handys, bevor knapp einen Monat später die Midterms beginnen würden. Trish erzählte von knisterndem Lagerfeuer und Marshmallows, Aiden von dem Knarzen des Holzfußbodens, nackt geführten Schneeballschlachten und sinnlosen Trinkspielen. Und Paul lächelte einfach so sehr, dass ich seine Grübchen sah.

Plötzlich war es ganz still, und die drei sahen mich erwartungsvoll an. Und wie so vieles, was in den letzten Tagen geschehen war, konnte ich es mir einfach nicht erklären, aber ich sagte zu.

Wir entschieden uns am Ende für einen Independent-Film, dessen Beschreibung völlig wirr klang, und ich war mir ziemlich sicher, dass die Protagonistin am Ende entweder sich selbst oder jemand anderen umbrachte. Während die Jungs das Sofa direkt vor den Fernseher schoben und den Film starteten, half Trish mir, das dreckige Geschirr in die Küche zu bringen.

Mit routinierten Bewegungen befüllte sie eine große Schale mit Mais und stellte diese in die Mikrowelle.

»Sag mal«, fragte sie, während das Popcorn mit leisen Geräuschen gegen den Schüsselrand zu ploppen begann, »was ist das eigentlich zwischen dir und Paul?«

Verständnislos sah ich Trish an. »Wieso? Was soll da sein?«

»Ach, komm schon, Süße. Irgendetwas liegt da doch in der Luft.«

Ich schüttelte bedächtig den Kopf. »Du irrst dich«, sagte ich bestimmt.

»Ach ja?« Sie zog ihre rechte Augenbraue in die Höhe. »Und was ist mit eurer heißen Knutscherei auf Lukes Party? Ich hab euch zwei gesehen, und es sah so aus, als wärt ihr kurz davor gewesen, es einfach direkt da draußen zu treiben!«

Ich spürte überdeutlich, wie mir bei der Erinnerung ungewollt die Hitze ins Gesicht schoss.

»Keine Sorge, von mir erfährt niemand was«, fügte Trish etwas leiser hinzu.

»Du weißt doch, wie betrunken ich gewesen bin. Das hat also echt nichts zu bedeuten«, wehrte ich ab.

Skeptisch musterte Trish mich und schwieg.

»Und selbst wenn ...«, versuchte ich noch etwas hinzuzufügen.

Doch der Satz blieb in der Luft hängen, als die Mikrowelle mit einem schrillen Piepsen ausging. *Und selbst wenn*, vervollständigte ich den Satz in Gedanken, *wäre es nicht mehr als Sex*. Ich hatte mich noch nie verliebt und wollte es auch in Zukunft nicht tun. Denn Lieben bedeutete immer, einen Teil von sich zu verschenken. Und ich war schon ein Puzzle ohne Teile. Bedeutungsloser Sex war da etwas anderes. Außerdem wollte Paul nicht einmal, dass irgendjemand von dem *Kuss* erfuhr.

Während des ganzen Films spürte ich überdeutlich, wie eng es zu viert auf Aidens Sofa war. Mein Knie berührte das von Paul, meine Schulter seinen Oberarm, meine Fußsohle fast seine. *Irgendetwas liegt da doch in der Luft.* Trishs Worte hallten in mir nach, als ich aus den Augenwinkeln bemerkte, wie Paul immer wieder leicht den Kopf drehte und mich ansah. Bei jeder seiner kleinen Bewegungen glaubte ich das Kitzeln seines Bartes an meiner Schläfe zu spüren und versuchte, mich auf das Flackern des Fernsehers vor mir zu konzentrieren. Meine Hände lagen nutzlos in meinem Schoß, weil ich nicht wusste, wohin sonst mit ihnen.

Dann flimmerte plötzlich nackte Haut über den Bildschirm. Auf noch mehr nackter Haut. Ich sah Küsse und Zungen und Hände, die überall waren. Unruhig rutschte ich auf meinem Platz hin und her, weil mir mit einem Schlag heiß war, und selbst die Hände in meinem Schoß mir seltsam dazuliegen schienen. Weder nach vorn, noch zur Seite wollte ich sehen. Auch als sich einzelne Strähnen aus meinem Haarknoten lösten, widerstand ich dem Impuls, sie mit den Fingern wieder nach hinten zu streichen.

Aber als ich spürte, dass Pauls Blick erneut auf mir ruhte, gab ich auf und drehte mich doch zur Seite. Ohne den Blickkontakt ein einziges Mal zu unterbrechen, schob er seine Hand langsam über meine. Zentimeter für Zentimeter. Ich blinzelte, bewegte mich aber kein Stück. Sekunden vergingen, in denen mein Herz wild schlug. Haut auf Haut.

Paul begann mit seinem Daumen kleine Kreise auf meinen Handrücken zu zeichnen, während wir uns immer noch ansahen. Nein, *anstarrten*. Es vergingen mehrere Herzschläge, und ich lehnte mich mit einem letzten Blick wieder zurück, seine rauen Finger immer noch auf meinen. Ein Kribbeln auf meinem ganzen Körper. Ich dachte an Bernstein, spürte mein Herz überdeutlich schlagen, Feuer auf meiner Haut.

Ich ließ meine Hand so lange unter Pauls liegen, bis Trish eine Stunde später das Licht anschaltete.

Fernweh

9. KAPITEL

Louisa

Am Montag war es Aiden persönlich gewesen, der mir den Kaffee mit seinem frechen Grinsen bis in den Hörsaal brachte. Ich hatte das ganze Wochenende im Firefly gearbeitet, der dampfende Kaffeebecher war also deutlich weniger beeindruckend als noch die Woche zuvor.

Am Mittwoch bestand ich darauf, diese lächerlichen Bestechungsversuche zu beenden, und heute früh hatten wir zusammen die Wohnung verlassen und den Kaffee auf dem Weg hierher getrunken.

Die Vorstellung, mit jemandem zusammenwohnen zu müssen, den ich nicht kannte, hatte vor dem Einzug echtes Unbehagen in mir hervorgerufen. Doch dass ich jetzt einen Mitbewohner hatte, in dessen Gegenwart ich mich wohlfühlte, war ein sehr ungewohntes, aber schönes Gefühl.

Und seit dem Gespräch mit Mel bemühte ich mich, sie wieder mehr an meinem Leben teilhaben zu lassen. Statt der wenigen sporadischen Nachrichten, die ich vereinzelt geschickt hatte, hatte ich ihr am Tag zuvor am Telefon von den endlosen Übungsblättern für Analysis, dem spontanen Filmabend und dem geplanten Wochenendtrip an Thanksgiving erzählt. Sogar Robbie war kurz am Telefon gewesen, und zusammen hatten sie kichernd von den Plänen für die Hochzeit nächstes Jahr im Sommer berichtet. Vor wenigen Wochen hatte Mel mich sogar gefragt, ob ich ihre Trauzeugin sein wollte. Dankbar war ich ihr um den Hals gefallen und hatte Mary vor Freude durch die Luft gewirbelt. Bei dem Gedanken an diesen Moment spürte ich sofort wieder das Lächeln auf meinem Gesicht.

Als ich nach der Vorlesung meine Sachen zusammenpackte und in den eisigen Wind nach draußen trat, musste ich zweimal hinsehen: Paul lehnte rauchend an dem Geländer der Treppe, die ich gerade nach unten lief, und beobachtete gelangweilt die Studenten, die an ihm vorbeieilten. So als wäre es das Selbstverständlichste der Welt, mittags vor dem Mathegebäude herumzuhängen. Als er sich umsah und mich schließlich bemerkte, breitete sich dieses schiefe Grinsen auf seinem Gesicht aus, er warf sich seinen Rucksack lässig über die Schulter und drückte seine Zigarette am Geländer aus.

»Hast du Lust auf einen Ausflug?«, fragte er statt einer Begrüßung, als ich vor ihm zum Stehen kam. Federleicht berührten seine Fingerspitzen meine und waren dann wieder weg.

Ich fragte mich, was er von mir wollte. Erst erwiderte er meinen Kuss, dann machte er plötzlich ein Geheimnis daraus. Und jetzt stand er vor mir, als wäre nichts Besonderes dabei. Erneut beschlich mich die Ahnung, dass unter seinem Lächeln etwas viel Düstereres sein musste. Dabei hatte ich selbst schon mit genug Dunkelheit zu kämpfen.

»Wieso habe ich das Gefühl, dass das eigentlich gar keine Frage ist?«, erwiderte ich und musterte ihn skeptisch.

Er lachte sein raues Lachen und sah mich mit diesem Blitzen in den Augen an. »Du schuldest mir was, Louisa. Nicht nur die Antwort auf eine Frage, sondern auch, weil ich dich nach Hause gebracht habe, als du betrunken warst!«

Touché!

»Außerdem«, fügte er hinzu, noch bevor ich etwas sagen konnte, »will ich das schon mit dir machen, seit wir das erste Mal miteinander gesprochen haben. Und ich finde, meine Geduld sollte belohnt werden.«

»Du weißt schon, dass das jetzt irgendwie ein bisschen gruselig klingt?« Frierend schlang ich den Wollschal enger um mich und atmete tief durch.

Pauls Blick war absolut ernst. »Ich finde, das klingt nach einem Abenteuer, Louisa.«

»Okay«, sagte ich schließlich gedehnt, »aber nur, wenn du mich auf deinem Motorrad mitnimmst, Bad Boy.«

Wie so oft in Pauls Gegenwart war mein Mund schneller gewesen als meine Gedanken. Und die mahnende Stimme in meinem Kopf, die mich an all die Kurse, die ich verpassen würde, zu erinnern versuchte, stellte ich auf stumm. Einfach so. Ohne zu wissen, wieso.

»Euer Wunsch ist mir Befehl, Mylady«, sagte Paul in einer tiefen Verbeugung und bot mir anschließend den Arm an.

In bunte Farbtupfen getaucht und mit Streifen blauen Himmels dazwischen, zog die Welt auf beiden Seiten der Straße an uns vorbei. Ich klammerte mich zwar wie verrückt an Paul und würde unter gar keinen Umständen loslassen, aber ich war viel zu fasziniert von diesem Gefühl der Freiheit, als dass ich hätte Angst haben können. Der Wind zerrte an meiner Jacke, an meinen Oberschenkeln spürte ich jede Veränderung der Straße, und unter meinen Handflächen spannte sich Pauls Körper bei jeder Kurve an. Ich ließ meinen Blick über die Berge in der Ferne und die vereinzelten Bäume am Straßenrand wandern, die immer dichter nebeneinanderstanden, bis wir schließlich durch einen Wald fuhren, der das meiste Sonnenlicht schluckte. Und als Paul auf dem leeren Highway plötzlich beschleunigte und ich mit geschlossenen Augen kreischte, spürte ich nur das Vibrieren seines Lachens unter den Fingerspitzen.

Als ich mit Mels Fiat und dröhnender Musik den Highway entlanggefahren war, war das definitiv ein anderer Weg gewesen. Genauso, als ich bei *Harper & Bishop* ein Bücherregal ausgesucht hatte. Wohin fuhren wir also, wenn nicht ins Zentrum von Redstone? Ganze zwei Mal hatte ich den Versuch unternommen herauszufinden, was Paul vorhatte. Doch der hatte mir natürlich nicht den kleinsten Hinweis gegeben. Die

Neugierde brannte mir unter der Haut, aber ich würde nicht noch ein drittes Mal nachfragen. Seit fast fünf Jahren kontrollierte und plante ich alles bis in das kleinste Detail, und dennoch saß ich auf diesem Motorrad mit einem Mann, den ich kaum kannte, und hatte absolut keine Ahnung, wie lange ich mein Gesicht noch den leisen Sonnenstrahlen entgegenstrecken würde.

Seltsamerweise fühlte sich das gar nicht so schlecht an.

»Wir sind gleich da!«, schrie Paul in diesem Moment gegen den Wind an, ganz so, als hätte er meine Ungeduld gespürt.

Wie ein Schwamm sog ich all die Eindrücke um mich herum auf, während Paul mir zwischendurch immer wieder Anweisungen gab, wohin wir laufen mussten. Abbiegen an dem winzigen Starbucks an der Ecke, in dem er mir ohne zu fragen einen großen Cappuccino bestellte und in die Hand drückte. Geradeaus mitten durch die gehetzten Menschen hindurch, aber mit Blick auf die schemenhaften Berge über den Häuserdächern. Leicht links in eine ruhigere Straße mit kleinen Cafés und Bars. Rechts ein Kontrast zwischen alten Häusern und in Neonfarben leuchtenden Reklametafeln.

Bis jetzt wusste ich nicht, ob es die richtige Entscheidung gewesen war, fast zweitausend Meilen entfernt von zu Hause auf ein kleines staatliches College zu gehen – aber Montana war auf so viele verschiedene Arten anders als Kalifornien! Und diese unendliche Weite zwischen den Rocky Mountains im Westen und den Great Plains war mir als der beste Ort für eine Flucht erschienen. Das einzige Zugeständnis, die einzige Verbindung, die ich zu meinem alten Leben nicht gekappt hatte, war die Entscheidung, nicht nur in den gleichen Bundesstaat, sondern in die gleiche Stadt wie meine große Schwester zu ziehen.

Die Straßen wurden schmaler und ruhiger, der Helm in meiner rechten Hand schwerer, als Paul vor einem Laden am Ende der Straße endlich stehen blieb. Er strich sich die vom Helm zerzausten Haare aus der Stirn und drehte sich mit einem schiefen Lächeln zu mir um: »Wir sind da.«

The Book Nook stand über der schmalen Eingangstür. Die geschwungene Schrift hatte dieselbe Farbe wie die dunkelgrünen Fensterrahmen. Mit einem leisen Bimmeln öffnete Paul sie und gab den Blick auf Tausend Bücher in Regalen und unsortierten Stapeln auf dem Boden frei.

»Du bist fast eine Stunde lang mit mir durch die Gegend gefahren, um mir eine Buchhandlung zu zeigen?«, fragte ich ungläubig, sog aber gleichzeitig begierig diesen einzigartigen Geruch nach bedruckten Seiten und Staub ein. Ich hatte mit vielem gerechnet, aber sicher nicht hiermit. Und obwohl ich Unordnung nicht ausstehen konnte, passte hier alles zusammen, weil da etwas Magisches in der Luft lag.

Durch die kleinen Fenster fiel kaum Tageslicht in das Ladeninnere, das von vielen überhaupt nicht zusammenpassenden Lampen in allen Größen und Formen beleuchtet wurde. Hinter dem Holztresen mit der altmodischen Kasse stand niemand, nur ein älterer Mann mit weißem Bart blätterte auf der gegenüberliegenden Seite in einem Buch.

»Das ist keine normale Buchhandlung«, war vorerst die einzige Antwort, die ich erhielt, während Paul sich seine Lederjacke über die Schulter warf. Er bewegte sich selbstsicher durch den Laden, schien genau zu wissen, wo sich was befand. Das war auf jeden Fall nicht sein erster Besuch hier, und unwillkürlich stellte ich mir die Frage, was Paul wohl für Bücher las.

Ich ließ meinen Blick noch einmal durch den Raum schweifen, und tatsächlich stach mir dabei etwas ins Auge, das mir zunächst nicht aufgefallen war. Hier gab es weder eine Wand, die für Bestseller reserviert war, noch eine Aufteilung in die üblichen Genres. Stattdessen las ich auf den handgeschriebenen Schildern über den Holzregalen Dinge wie *Familiengeheimnisse*, *Gefährlich & blutrünstig*, *Gänsehaut und Horror*, *Unerwartete Wendungen* oder *Lügen und Verrat*.

»Hier widmet sich jedes Stockwerk mehr oder weniger einem Thema statt klassischen Genres«, unterbrach Paul da schon mit einem Blitzen in den Augen meine Gedanken. »Hier unten beispielsweise«, mit einer ausladenden Geste zeigte er um sich, »befinden wir uns in dem Bereich für *Spannung und Geheimnisse*. Hier stehen nicht nur Krimis und Thriller, sondern auch alles andere, was beim Lesen irgendwie mit Nervenkitzel verbunden ist. Wenn du die Treppe nach unten gehst, findest du *Das queere Beet*. Trish meinte mal, dass es da eine mega gute Auswahl geben würde. Im zweiten Stock ist das Thema *Fremde Welten*. Das sind natürlich Fantasy, Science-Fiction, Märchen, aber auch Romane, die in anderen Ländern spielen oder in irgendeiner Weise exotische Schauplätze behandeln. Es gibt dort zum Beispiel aber auch ein Regal mit Biografien zu Leuten, die alternative Lebensstile leben und von diesen erzählen, was in gewisser Weise ja auch *fremde Welten* sind. Und ganz oben stehen alle Bücher zu den *Fragen des Lebens*. Das sind Sachbücher, Ratgeber, philosophische Texte, aber auch einfach Romane, die sich in irgendeiner Form mit dem Leben, dem Tod und dem Sinn unseres Daseins beschäftigen. Ach ja, und es gibt auch keine eigene Abteilung für Kinder- und Jugendbücher, die stehen einfach immer dort, wo es thematisch passt. Aber das Beste ist«, Paul grinste mich an und sah mir dabei etwas zu lange in die Augen, »im ersten Stock gibt es nur Bücher, die mit Liebe, Gefühlen und Romantik zu tun haben«.

»Wow«, entfuhr es mir ehrfürchtig, und ich drehte mich im Kreis, um auch ja kein Detail zu verpassen. Die außergewöhnlichen Beschriftungen passten perfekt in das Bild des im Laden herrschenden gemütlichen Chaos, in dem alles so willkürlich zusammengewürfelt und gleichzeitig doch beabsichtigt schien. Noch einmal drehte ich mich um die eigene Achse, während Paul bereits zwei Stufen auf einmal nehmend die schmale Wendeltreppe nach oben rannte.

Plötzlich hielt er an und beugte sich über das Geländer zu mir herunter. »Verdammt, Louisa, worauf wartest du?«, rief er lachend.

»Oben wartet die wahrscheinlich größte Sammlung an Liebesromanen auf dich, die du je gesehen hast!«

Das rüttelte mich auf. Hatte Paul mich etwa nach meiner Vorlesung abgefangen und hierher gebracht, damit ich mir Bücher ansehen konnte? In mir breitete sich Verwirrung aus und ein Gefühl, das ich nicht verstand. Und ich war mir nicht sicher, ob Paul mich auslachte oder mit mir lachte, als ich ihm so schnell wie möglich hinterherrannte.

Eigentlich haben Blicke kein Gewicht, doch Pauls ruhte schwer auf mir, während ich mich von Regal zu Regal bewegte und über Buchrücken strich. Vor jedem einzelnen blieb ich stehen und las die Empfehlungskärtchen und faszinierenden Regalbeschreibungen: *Liebe, die nicht sein darf*; *Liebe, die dem Tod geweiht ist*; *Romantik & Kitsch fürs Herz*; *Über die erste große Liebe*; *Klassiker, die es immer noch wert sind*. Ich griff nach einem Buch aus dem vollgestopften Regal *Schicksale und schicksalshafte Begegnungen* und wollte mich mit diesem vor dem Regal auf den Boden sinken lassen, doch Paul nahm meine Hand und zog mich mit sich. Seine Finger schlossen sich um meine. »Ich muss dir noch etwas zeigen«, erklärte er, und ich folgte ihm die schmale Wendeltreppe weiter nach oben bis zu den *Fragen des Lebens*. Wieder vorbei an endlosen Reihen bunter Buchrücken, über die ich gedankenversunken mit meinen Fingerspitzen strich. Sie alle fühlten sich anders an, waren unterschiedlich hoch und verschieden breit.

Plötzlich blieb Paul stehen, drehte sich mit diesem speziellen Lächeln zu mir um und trat zur Seite.

Und wieder kam nur ein leises *Wow* über meine Lippen, als ich mich umblickte. Als hätte dieser besondere Ort mich meiner Worte, die ich sonst so liebte, beraubt. In diesem letzten Stockwerk war nur die eine Hälfte des Raumes voller Bücherregale. An den Wänden der anderen Seite hingen gerahmte Zitate und Illustrationen zu verschiedenen Büchern in allen Größen und Farben, während der Boden darunter mit Sitzsäcken und bunt gemusterten Kissen ausgelegt war. Zwei lederne

Ohrensessel standen mitten im Raum, und auch hier stapelten sich Bücher auf dem Boden. Wir waren allein, und es fühlte sich mehr nach Wohnzimmer als nach Buchladen an.

Während Paul ganz selbstverständlich einen der beiden Sessel ansteuerte, ließ ich mich ihm gegenüber auf die zahlreichen Kissen sinken, die Knie angezogen. Für einen Moment sah ich ihn direkt an und merkte, wie er mich nachdenklich musterte. Doch schon im nächsten Augenblick schlug er das Buch in seinem Schoß auf und lehnte sich zurück. Und ich tat es ihm gleich.

Paul

Die beiden schemenhaften Gesichter, die sich auf dem Cover zwischen Louisas Händen ansahen, leuchteten beinahe im selben grellen Ton wie ihre Locken, die ihr beim Lesen unbemerkt immer wieder ins Gesicht fielen. Wie ein Rahmen für ihre blauen Augen. *Zwei an einem Tag* stand auf dem Umschlag. Während sie las, seufzte sie, runzelte die Stirn, lächelte und blickte dann wieder ernst auf die Seiten hinab. Völlig versunken. Und als sie sich beim Umblättern auf ihre vollen Lippen biss, kam das schlechte Gewissen wegen der Richtung, die meine Gedanken gerade einschlugen.

Die Wut in Aidens Augen, als er davon ausgegangen war, dass ich Louisa abgeschleppt hatte, hatte mir bewusst gemacht, *wie* verdammt ernst ihm unsere Vereinbarung war. Ich hatte absolut keine Lust, die Freundschaft zu meinem besten Kumpel wegen einer Frau zu gefährden. Fernhalten konnte ich mich von Louisa aber auch nicht.

»Ist das Buch gut?«, durchbrach ich nicht nur die Stille, sondern auch meine eigenen Gedanken.

Louisa sah mit einem Ausdruck im Gesicht von dem Roman auf, der mir sagte, dass sie mehrere Sekunden lang immer noch zwischen den

Buchdeckeln in ihren Händen gefangen war. »Es ist tragisch«, sagte sie schließlich und sah dabei in die Ferne. Alles, was ich für einen Moment sah, waren ihre Locken und der Schwung ihrer Wangenknochen.

Dieser Satz war so verdammt typisch für sie, weil ihre Antworten nie zu meinen Fragen passten und gleichzeitig trotzdem perfekt waren.

»Es geht um zwei Menschen, die sich lieben, aber ein Leben lang den richtigen Moment verpassen«, fügte Louisa nachdenklich hinzu. Dann strich sie über den Buchdeckel.

»Nimmst du es?«, wollte ich wissen.

»Auf jeden Fall!« Vorsichtig klappte Louisa das Buch wieder zu. »Und du? Zeig mir, was du liest, und ich sage dir, wer du bist«, meinte sie mit diesem ironischen Zug um die Lippen.

Als ich grinsend die *Kritik der reinen Vernunft* in die Höhe hielt, zog Louisa überrascht ihre Augenbrauen zusammen: »Du liest Kant im Original?«

»Tue ich«, sagte ich. »Und weißt du jetzt, wer ich bin?«, ging ich auf das Spiel ein.

»Das ist nicht fair. Ich kenne nur ein einziges Buch, das du liest«, zitierte Louisa mich und reckte das Kinn nach vorn, die Augenbrauen spöttisch in die Höhe gezogen.

Verdammt, dieses Mädchen hatte Feuer!

»Ich muss die Grundzüge von Kants Erkenntnistheorie für nächste Woche noch mal durchgehen. Und auf Deutsch fällt mir das bei diesen Texten einfach leichter. Da habe ich mehr das Gefühl, ein besseres und intensiveres Verständnis aufbringen zu können.«

Verwirrung zeichnete sich auf Louisas Gesicht ab.

»Mein Dad ist Deutscher, ist aber hier, seit er drei Jahre alt war«, erklärte ich. »Meine Mom ist Amerikanerin. Ich bin also mit beiden Sprachen aufgewachsen, deswegen hab ich keinen Akzent.«

»Welche Sprache magst du lieber?«, fragte Louisa atemlos und stützte das Kinn auf ihre verschränkten Hände.

»Deutsch klingt verdammt hart und ist so krass geregelt und strukturiert. Aber gleichzeitig finde ich auch, dass es die poetischere Sprache ist. Und es gibt echt viele schöne Wörter, die nur das Deutsche hat.«

Der Blick ihrer Wahnsinnsaugen war auf einen Schlag hellwach, ein leichtes Lächeln lag auf ihren Lippen. »Was ist dein Lieblingswort?«

»Fernweh«, sagte ich sofort und ohne weiter darüber nachzudenken.

»Das klingt schön«, sagte Louisa und probierte den Klang immer wieder auf den Lippen. Sie lehnte sich in meine Richtung und bemerkte dabei gar nicht, dass der Stapel Bücher neben ihr umfiel. »Was heißt das übersetzt?« Plötzlich war da eine Ungeduld in Louisas Stimme, die ich so nicht von ihr kannte, wo sie doch sonst immer alles so bedacht zu tun schien. Ihre Begeisterung berührte mich auf eine fast schmerzhafte Art.

»Das ist das Beste daran«, erwiderte ich grinsend und legte das Buch, das ich immer noch in den Händen hielt, zur Seite. »Es gibt keine Übersetzung.«

»Dann erklär mir, was es bedeutet«, forderte sie mich ungeduldig auf. Ihr Blick war völlig ernst.

»Es beschreibt ein Gefühl, dass einen überkommt, wenn man gerade eigentlich ganz woanders sein möchte, als man ist. Irgendwo, wo es warm ist und sonnig und in jedem Fall viel besser als der Ort, an dem man gerade ist.« Leider kannte ich dieses Gefühl nur zu gut – der Wunsch, seinen Scheiß einfach zusammenzupacken und zu verschwinden.

»Das klingt gleichzeitig schön und auch traurig«, sagte Louisa leise und blickte mich gedankenverloren an, »und mir gefällt, dass es einzigartig ist.«

So wie du, Feuermädchen.

»Sag es noch mal!«, bat sie mich schließlich leise, und ich tat ihr den Gefallen. Mehrmals versuchte sie das Wort richtig auszusprechen, stolperte immer wieder über das R, und jedes Mal sah sie noch süßer dabei aus.

»Ich glaube, ich kenne dieses Gefühl«, sagte sie schließlich nachdenklich. »Ich denke, das ist der Grund, wieso ich hier in Montana bin.«

Louisa

O Gott, wieso sagte ich so etwas zu ihm?!

Wenn Paul so weitermacht, liest er dich irgendwann wie das Buch in seinen Händen. Und dann ist es nur eine Frage der Zeit, bis er merkt, wie zerbrochen du wirklich bist, Louisa!

Doch Paul hakte nicht nach, und erleichtert stieß ich die Luft aus, die ich für mehrere Sekunden unbewusst angehalten hatte.

»Und was ist *dein* Lieblingswort?«, fragte Paul mich, während er sich durch den Bart fuhr. Sein Blick war intensiv, die Frage klang ehrlich.

»In diesem Moment ist es Fernweh«, sagte ich wahrheitsgetreu, weil ich eigentlich keines hatte. Weil mein Lieblingswort immer das war, das ich gerade neu für mich entdeckt hatte.

Pauls Lieblingswort berührte mich. Diese Art Schmerz, weil man gerne an einem anderen Ort wäre. Ohne weiter darüber nachzudenken, zog ich mein Notizbuch aus meiner Tasche, fuhr andächtig über den ledernen Einband und schlug dann die aktuelle Seite auf.

»Kannst du mir das buchstabieren?«, bat ich Paul, der mich interessiert beobachtete und dann nickte. F-E-R-N-W-E-H. Meine Hand mit dem Stift folgte dem dunklen Bass seiner Stimme, Buchstabe für Buchstabe übertrug ich in mein Notizbuch.

Paul lachte leise dieses raue Lachen, bei dem man seine Grübchen sah, und in diesem Moment verrutschte sein Shirt am Bauch. Scharf sog ich Luft ein und biss mir dann auf die Unterlippe. Ich hatte gedacht, das Tattoo auf Pauls Oberarm wäre das einzige, aber jetzt sah ich, wie sich weitere dunkle Linien auf seinen Bauchmuskeln abzeichneten. Es war lächerlich, wie mich dieser Anblick aus dem Konzept brachte. Und wie anziehend ich ihn fand. Unwillkürlich hatte ich Mels Stimme im Kopf: *Manchmal muss man Dinge einfach ausvögeln!* Und gerade wünschte ich mir, das hätte ich nach diesem Kuss getan.

»Tsundoko«, sagte ich schnell und schüttelte mit meinen Locken meine Gedanken weg.

Verständnislos sah Paul mich an, immer noch diese fächerförmigen Lachfältchen um die Augen.

»Eines meiner Lieblingswörter«, fügte ich also hinzu. »Tsundoko ist Japanisch und beschreibt die Angewohnheit, ständig neue Bücher zu kaufen, diese dann aber nicht zu lesen.«

Auf der Rückfahrt hing ich meinen großen und kleinen Gedanken nach. Und auch auf dem Weg ins Wohnheim war da dieses Schweigen zwischen Paul und mir. Aber es war ein angenehmes. Eins, bei dem man wusste, dass der andere nicht erwartete, dass man etwas sagte. Eins, das nicht wie Stille ist, sondern wie Ruhe.

Bevor ich schließlich die Wohnungstür aufstieß, drehte ich mich noch einmal zu Paul um. Dieses Mal würde ich ihn nicht darum bitten, mich nach drinnen zu begleiten. Und trotzdem gab es da noch eine Sache, die ich wissen wollte.

»Sag mal«, fing ich an und drehte den Schlüsselbund in meinen Händen, »wieso haben wir heute Mittag eigentlich fast doppelt so lange gebraucht wie auf dem Rückweg?«

Sekunden vergingen, seine raue Hand für den Bruchteil einer Sekunde an meiner Wange. »Du hast dich so süß an mir festgeklammert, Feuermädchen. Ich wollte noch ein bisschen länger deine Hände auf mir spüren.«

Mit diesen Worten drehte Paul sich um und ging Richtung Aufzug. Und mir fiel auf, dass ich den ganzen Tag lang keinen einzigen Gedanken an das Feuer verschwendet hatte, das so unablässig in mir brannte.

10. KAPITEL

Paul

Es war die Magie der aufgehenden Sonne, die mich so früh am Morgen nach draußen trieb. Raus in die Natur.

Die ganze verdammte Nacht lang hatte ich wach gelegen, mich von einer Seite auf die andere gewälzt, weil die Stimmen in meinem Kopf in manchen Nächten lauter waren als in anderen.

Dass durch den menschlichen Körper fünf bis sechs Liter Blut flossen, hatte ich immer wieder gedacht. Und dass es an diesem schrecklichen Tag mit dem draußen wütenden Sturm nach so viel mehr ausgesehen hatte. Die Erinnerungen und Bilder in meinem Kopf waren noch genauso leuchtend und real wie in dem Moment, in dem es passiert war. Und leider war ich mir absolut sicher, dass ich den Kontrast aus ohrenbetäubender Stille, lautlosen Tränen und markerschütternden Schreien niemals vergessen würde.

Doch hier auf dieser Lichtung mit dem langsam durch das bunte Blätterdach sickernden Sonnenlicht erschienen mir meine Gedanken und Taten für einen Augenblick weniger erdrückend. Weniger präsent. Als würde der neu anbrechende Tag nicht nur die Dunkelheit der Nacht, sondern auch meine verdammten Dämonen vertreiben.

In dem sanften Licht sah alles auch ohne Bearbeitung so aus, als wäre es aus der Zeit gefallen. Eine Magie, die nur ich sah, für die Ewigkeit eingefangen durch die Linse meiner Kamera. Und verdammt, von Foto zu Foto wurde etwas ruhiger in mir. Die Details eines umgefallenen Baumstammes und seiner regelmäßigen Ringe. Absichtlich gegen das

Licht fotografiert. Knipsen. Atmen. Der Ausblick über Redstone im orangefarbenen Licht der aufgehenden Sonne.

Knipsen. Atmen.

Ein Teppich aus bunten Blättern.

Knipsen. Atmen.

Inmitten der Lichtung legte ich mich schließlich auf den Rücken und betrachtete die herbstlichen Bäume um mich herum, die ihre Äste dem Himmel und der Unendlichkeit dahinter entgegenstreckten. Aus meiner Perspektive liefen sie spitz zusammen, und ich kam nicht umhin, mich zu fragen, wohin sie wohl zeigten. Senkrecht hielt ich meine Kamera nach oben, drückte einem Impuls folgend auf den Auslöser. Und als ich genau in diesem Moment einen Vogel durch das Blau in der Mitte fliegen sah, war das wie die Antwort auf eine Frage, die ich mich nicht getraut hatte zu stellen. Ja, irgendwo gab es Freiheit. Echte, pure Freiheit.

Als ich zwei Stunden später die Tür zum Firefly aufstieß, sah ich Aiden an der Theke sitzen, vor sich einen Stapel dicht beschriebener Seiten und einen großen Becher Kaffee. Nachdenklich runzelte er die Stirn, während Louisa leise mit ihm sprach, das Kinn auf die Hände gestützt.

»Was hältst du davon, wenn du den Satz ungefähr so umstellst: *She wore her scars like wings!*«, sagte sie gerade, als ich zu ihnen stieß und mich gegen die Theke lehnte.

Ich hatte Louisa nicht mehr gesehen, seit ich sie vor einer Woche zurück in ihr Wohnheim gebracht hatte. Unauffällig ließ ich meinen Blick über sie gleiten. Sie trug wieder eine dieser verflucht engen Jeans, deren Anblick mich schon beim ersten Mal verrückt gemacht hatte.

Ich räusperte mich: »Hey, Mann!« Mit meiner Faust stieß ich gegen die von Aiden.

Mein Blick streifte wieder Louisa. Irgendwie erwartungsvoll sah sie mich an, die Lippen leicht geöffnet, eine einzelne Strähne ihrer Feuerlocken war aus ihren zusammengebundenen Haaren herausgerutscht.

Zum ersten Mal fiel mir das dunkle Braun auf, in dem ihre Locken am Ansatz nachwuchsen. Und in diesem Moment machte dieser kleine Makel Louisa für mich noch schöner. Ich musste den Impuls unterdrücken, mich über die Theke zu beugen und ihr die Haare nach hinten zu streichen.

Die Ozeane ihrer Augen waren riesig. In ihnen war wieder der versteckte Schmerz, ein Spiegel meiner selbst.

Louisa ging mir zu nah. Kroch mir unter die Haut. Plötzlich waren da diese Bilder in meinem Kopf: Ich über ihr. In ihr. Wir, beide nackt. Dieses *Kopfkino* war reinste Folter – aber mit Sicherheit ein Wort, das ihr gefallen würde…

Stopp. Ich musste aufhören. Ich konnte auf diesem Campus so ziemlich jede Frau flachlegen, die ich wollte. Aber verdammt noch mal nicht Aidens Mitbewohnerin!

Bevor ich Louisa also noch länger anstarrte und mich in dem Blau ihrer Augen verlor, nickte ich ihr knapp zu und wandte mich dann wieder meinem besten Freund zu. Louisa hob zwar überrascht die dunklen Augenbrauen, aber ich hatte echt keinen Bock, dass Aiden Wind davon bekam, welcher Film sich da gerade in meinem Kopf abspielte. Oder dass ich wusste, wie sich ihre Zunge anfühlte.

»Die neuen Songs für euren Gig im Heaven?«, wollte ich wissen und deutete auf die Blätter vor Aiden.

»Yes!«, Aiden drehte sich mit einem Blitzen in den hellen Augen zu mir. »Eigentlich wollte Ally auch endlich mal wieder kommen. Aber sie hat leider nicht frei bekommen.«

»Vielleicht beim nächsten Mal, Mann.«

Ich mochte Aidens Schwester. Sie war ein Stille-Wasser-sind-tief-Mensch. Die Ruhige, die, wenn sie etwas sagte, den Nagel auf den Kopf traf. Während die Zwillinge Anthony und Andrew fast zehn Jahre jünger waren als Aiden, war sie nach dem Tod seiner Mom mit einem Altersunterschied von gerade einmal zwei Jahren seine wohl größte

Stütze gewesen. Aiden war das Bindeglied seiner eigenen Familie gewesen, der Kleber, der alles zusammengehalten hatte, während sein Dad wegen seiner drei Jobs kaum mehr zu Hause gewesen war. Statt zu trauern, hatte er all die Krankenhausrechnungen seiner Frau, die schon längst dem Krebs zum Opfer gefallen war, abbezahlen müssen. Oft dachte ich, dass Aiden es deshalb so gewohnt war, sich um andere zu kümmern. Auch wenn Trish und ich versucht hatten, auf unsere Weise für ihn da zu sein – diese selbstlose Fürsorge steckte ganz tief in Aiden. Und ich bewunderte ihn dafür, dass er die Sonne in sich nie verloren hatte.

Aiden runzelte die Stirn. »Was machst du hier eigentlich?« Er lachte. »Du bist doch sonst nicht so früh wach!«

»Vielleicht wird in diesem Term ja alles anders, und ich gehe ab jetzt auch in die Kurse am Vormittag?«, erwiderte ich und sah ihn ernst an. Und dann fingen wir im selben Moment an zu lachen. Ich hob beide Hände. »Okay, du hast recht. Das wird nie passieren. Ich wollte Brian nur schnell die bearbeiteten Fotos vorbeibringen«, erklärte ich. »Ich brauche ein Ersatzteil für mein Motorrad, und da ist das zusätzliche Geld ganz gut.«

»Das heißt, du musst gleich weiter?«

Ein Blick auf Louisa, die begonnen hatte, die Tische zu wischen. Wie sie sich gedankenverloren auf die Unterlippe biss.

»Ja, ich treff mich gleich noch mit Luke.«

In diesem Moment vibrierte mein Handy, und dankbar für die Ablenkung zog ich es aus der Tasche meiner Lederjacke. Drehte mich zur Seite.

ich habs getan!

Luca. Unwillkürlich musste ich an seinen panischen Gesichtsausdruck denken, als ich die Sache mit dem Date vorgeschlagen hatte. Aber diese Nachricht bedeutete wohl, dass er Katie endlich gefragt hatte. Ich hoffte bloß, er würde niemals die gleichen Fehler machen wie ich.

bin verdammt stolz auf dich, kleiner.
nenn mich nicht so!!!!!
Ein Lächeln breitete sich auf meinem Gesicht aus, als ich noch einmal tippte.
erzähl schon, luca skywalker. was hat sie gesagt?
alter, würd ich dir schreiben, wenn sie nein gesagt hätte?
na das hoffe ich doch :)
Luca schrieb, war dann wieder offline, schrieb wieder. Sogar beim Schreiben musste ich ihm alles aus der Nase ziehen.
und jetzt?, wollte ich wissen.
wir treffen uns am freitag. Ich hab ihr gesagt, es wird eine überraschung
und was ist die überraschung?
genau DAS ist ja das scheiß problem ...
Ich ruf dich später an, ok?

Louisa

Kühle Luft strich durch die geöffneten Fenster über meine nackten Unterarme, während die bis zum Anschlag aufgedrehte Musik den kleinen Wagen zum Vibrieren brachte. Muse. *Undisclosed Desires.* Ich sang so laut mit, wie ich nur konnte, während um mich herum auf dem Highway nichts als Wälder und Bäume in allen Farben an mir vorbeizogen. Dieses Mal schimmerten die Rocky Mountains in der Sonne vor mir statt in meinem Rücken. Aber dieses Mal besuchte ich Mel auch, statt zu fliehen.

Fast die ganze Nacht hatte ich in meinem von Lichterketten erhellten Zimmer wach gelegen, zwischen meinen Händen die schwach beleuchteten Seiten von *Zwei an einem Tag*. Ich war in Emmas und Dexters Geschichte gefangen gewesen, irgendwo zwischen herzzerreißender Traurigkeit und dem Hoffnungsschimmer, der in jedem Kapitel mitschwang.

Und als ich die einzelne Träne, die mir nach dem letzten Satz über die Wange gerollt war, schließlich wegwischte, hatte es bereits zu dämmern begonnen.

Heute Morgen war ich deshalb wirklich dankbar, dass Aiden mir im Firefly Gesellschaft leistete, während ich der ersten Flut von Studenten, die schon so früh ihre ersten Vorlesungen hatten, einen Kaffee nach dem anderen machte. Als es gegen zehn Uhr langsam etwas ruhiger wurde, nutzte Aiden die Momente, um mir seine neuen Songtexte für einen der kommenden Gigs vorzulesen. Er fragte mich nach meiner Meinung zu einzelnen Formulierungen. Die Leichtigkeit, mit der er mit Wörtern umging und diese mit verschiedenen Melodien zum Leben erweckte, war faszinierend.

Auch Paul war kurz da, weil er etwas mit Brian besprechen wollte, und nickte mir nur kurz zu, sah über mich hinweg. Vor einer Woche hatten wir unsere liebsten Wörter miteinander geteilt, und jetzt war wieder nichts als Abweisung in seinem Blick. Dass er so tat, als hätten wir letzten Montag nicht den ganzen Tag zusammen verbracht, machte mir viel mehr aus, als es sollte. Und während er sich mit Aiden unterhielt und dabei immer wieder laut auflachte, wischte ich saubere Tische sauber, damit meine Hände etwas zu tun hatten.

Du hast dich so süß an mir festgeklammert, Feuermädchen. Ich wollte noch ein bisschen länger deine Hände auf mir spüren.

Wenn wir beide in einem Raum waren, knisterte die Luft, dessen war ich mir nur zu deutlich bewusst, auch wenn ich es nicht wahrhaben wollte. Aber ich fragte mich, welches Spiel er mit mir spielte. Und letztendlich war es wohl nur eine Frage der Zeit, bis ich mich dabei verbrennen würde.

Als Aiden sich am Ende meiner Schicht schließlich auf den Weg in die Bibliothek machte, beschloss ich spontan, Mel endlich ihren Wagen zurückzubringen, da meine Kurse für heute ausfielen. Die kurze Autofahrt bot mir außerdem die Gelegenheit, für einige Augenblicke ich selbst zu sein und weniger stark, als alle immer annahmen und von mir erwarteten.

Wenn ich beim Fahren nicht so laut sang, wie ich konnte, fing ich automatisch an, darüber nachzudenken, welche Konsequenzen es hatte, am falschen Tag am falschen Ort in einem Auto zu sitzen. Und ich sah mich neben Dad knien, wie ich ohne Unterlass an seiner Schulter rüttelte, während er wie eine schlaffe Puppe in seinem Gurt hing.

Doch das strahlende Blau über mir erinnerte mich daran, dass, egal, wie beengt mir die Welt in vielen Augenblicken erschien, egal, wie erdrückend mir Vergangenes vorkommen mochte, über mir immer noch so unendlich viel Himmel war.

Bei dem Anblick von Mel und Mary, die bei dem Geräusch des Motors auf die Veranda des hübschen, gelben Hauses im Kolonialstil traten, spürte ich, wie etwas in mir an den richtigen Platz rückte. Wie etwas einrastete.

Die dunklen Locken fielen Mel bis zur Taille, und ihre hellen Augen lachten noch mehr als ihr Mund, als ich auf die beiden zuging. Sobald Mary mich sah, tapste sie mit winzigen, wackeligen Schritten auf mich zu. Auf ihrem hellblauen Pulli prangte ein großer Pinguin, ihr Lieblingstier, seit Mel und ich zusammen mit ihr *Frozen* angesehen hatten. Die Haargummis um die abstehenden blonden Zöpfe hatten exakt den gleichen Farbton. »Lulu«, quietschte sie und streckte ihre Ärmchen nach mir aus, als ich vor ihr in die Hocke ging.

»Hey, Babygirl«, sagte ich mit einem Lächeln, hob meine Nichte hoch und strich ihr über die Wange. Ganz kurz war da das schlechte Gewissen, weil ich mich nicht von ihr verabschiedet hatte. Von uns allen konnte die Kleine doch am allerwenigsten für all das, was geschehen war.

Ihre Augen leuchteten in genau demselben Grün wie dem ihres Dads, aber das breite Lachen hatte sie definitiv von ihrer Mom. Es war mir egal, dass ihre Hände klebrig waren, als Mary mit ihren winzigen Fingern immer wieder versuchte, an den Spitzen meiner Locken zu ziehen.

Und für ein paar Wimpernschläge vergrub ich meine Nase an der weichen Kuhle an ihrem Hals. Dieser Geruch nach Baby und Mels Pfirsichwaschmittel – das war für mich Familie. Und dieses kleine Mädchen für mich der lebende Beweis, dass das Leben weiterging. Mein Lichtblick. Trotzdem waberte an manchen Tagen diese dunkle Ahnung in mir, dass meine Schwester mit Robbie und Mary inzwischen ihre eigene Familie hatte. Eine, in der kein Platz mehr für mich war.

»Hey, lasst mich auch mitmachen!« Ein Murmeln. Und plötzlich waren da Mels Arme um mich und Mary, die zwischen uns gefangen war, gluckste unverständlich vor sich hin.

In den nächsten fünf Minuten unterbrach keiner von uns diese gedankenlose Stille, weil es sich einfach so richtig anfühlte.

Ich liebte das Haus, in das Mel und Robbie ein halbes Jahr vor Marys Geburt eingezogen waren: die knarzenden Dielen und die winzigen und verwinkelten Räume, in denen Robbie noch mehr wie ein Riese wirkte, das gemütliche Chaos, die Fotos in den bunten Bilderrahmen an der Treppe und die ganzen selbstgebastelten Sachen, die Mel regelmäßig von ihren Schülern geschenkt bekam und dann als Dekoration in allen Ecken des Hauses verteilte. Und ich liebte es, dass es hier immer nach Kuchen roch und Mel mindestens so viele Bücher herumstehen hatte wie ich.

Sie machte heiße Schokolade mit Marshmallows für uns. Die weißen für sie und die rosafarbenen für mich. So wie früher. Mit den dampfenden Bechern in den Händen setzten wir uns auf dem großen Sofa mit den vielen Kissen einander gegenüber. Fußsohle an Fußsohle. Ich zeigte Mel auf meinem Handy Fotos von meinem Zimmer und der restlichen Wohnung. Beantwortete ihre Fragen zu meinen Kursen, dem Job im Firefly und den Büchern, die ich zuletzt gelesen hatte. Und auch wenn ich ihr nicht alles bis ins kleinste Detail erzählte, fiel es mir bei ihr im Gegensatz zu allen anderen Menschen so viel leichter.

»Sind die Typen am RSC so heiß, wie man sich erzählt?«, wollte Mel mit einem Grinsen wissen, während sie ihre Locken zu einem Knoten zusammenband, weil Mary nicht aufhörte, ihre kleinen Hände in ihnen zu vergraben. »Wobei die Frauen auch ziemlich heiß sein sollen«, fügte sie mit einem Augenzwinkern hinzu.

»O Gott, Mel, du bist echt unmöglich«, sagte ich mit einem Augenrollen und schob mir einen Löffel mit Marshmallows in den Mund. Und doch... Für ein paar Wimpernschläge war in meinen Gedanken dieses tiefe Lachen, das Kratzen von Bartstoppeln an meiner Schläfe und ein intensiver Blick aus dunklen Augen, der auf den Grund meiner Seele zu schauen schien. Mich zu verstehen schien.

Er zieht eine Spur aus gebrochenen Herzen hinter sich her, egal, wohin er geht.

Das hatte Trish über Paul gesagt. Es sollte mir egal sein. Und trotzdem dachte ich mit einem seltsamen Gefühl an sein Lächeln, als er heute Morgen sein Handy aus seiner Jacke gezogen hatte. Für einen Moment war der Sturm in seinen Augen verschwunden gewesen. Wer auch immer also die Frau war, die ihm geschrieben hatte – sie schien ihm etwas zu bedeuten.

»Also, an deiner Stelle würde ich mich ja von Zeit zu Zeit in der Nähe des Footballfeldes herumtreiben und nicht in deinen langweiligen Mathevorlesungen«, unterbrach Mel meine Gedanken und nippte zufrieden an ihrer Schokolade.

Sie war meine Sonne mit ihrer fröhlichen Art und ihrem immerwährenden Lächeln, welches auch jetzt ihre Lippen umspielte. Manchmal dachte ich, dass ich in all meiner Ernsthaftigkeit ihr Negativ war, aber von außen betrachtet, waren wir uns so ähnlich! Ich, die jüngere Version meiner Schwester: die gleichen braunen, schweren Locken, wenn ich meine nicht abgeschnitten und gefärbt hätte, die gleichen blauen Augen, die ein bisschen zu weit auseinanderstanden. Wobei ihre mehr ins Graue gingen, genau wie bei Dad. Die Sommersprossen, deren Zahl mit jedem Jahr weiter anwuchs. Sogar den leichten Knick am rechten Zeigefinger hatten wir beide. Dad hatte uns seine Zwillingsmädchen genannt. Und ich hatte das geliebt, weil mir die Vorstellung dieser engen Verbundenheit gefallen hatte.

»Ähm ... wäre es als große Schwester nicht eher deine Aufgabe, dafür zu sorgen, dass ich mein Studium ernst nehme, statt mich auf dumme Ideen zu bringen?«, erwiderte ich schließlich.

»Schatz, du bist so vernünftig, das reicht für uns beide zusammen«, warf Mel ein. »Außerdem besteht mein Leben gerade zum größten Teil aus Spucke und noch viel ekligeren Sachen. Also musst du jetzt doppelt die Sau rauslassen!«

Mel bezeichnete ihre Zeit am College immer wieder als eine der besten ihres Lebens und wünschte sich, dass es mir ähnlich gehen würde. Doch für mich war es eher Mittel zum Zweck, ein Neuanfang. Ich erwartete keine lebensverändernde Erfahrung, wollte einfach nur herausfinden, wie mein Weg in dieser Welt aussehen sollte.

»Als ich auf dem College war ...«, fing Mel mit einem schelmischen Ausdruck in den hellen Augen an zu sprechen.

»... warst du eins dieser Mädchen, vor denen Mütter ihre Söhne gewarnt haben«, vervollständigte ich den Satz mit einem wissenden Lachen und setzte mir Mary, die zu mir rüberrobbte, auf den Schoß. In gleichmäßigen Bewegungen fuhr ich ihr mit meinen Fingern durch die Haare und begann ihre gelösten Zöpfe neu zu ordnen.

Mel runzelte die Stirn, grinste dann aber. »Na, zum Glück ist Robbie einer der Kerle gewesen, vor denen Väter ihre Töchter gewarnt haben. Ich finde, das ist ein guter Ausgleich.«

»Tu deiner Tochter einen Gefallen, und geh nicht ins Detail«, lachte ich und nickte in Marys Richtung, der ich gerade einen Haargummi um den zweiten Zopf zog, um ihr anschließend einen Kuss auf den Haaransatz zu drücken. »Es reicht schon, dass *ich* mich an Dinge erinnern kann, die ich lieber vergessen würde.«

Robbie war der große Bruder, den ich nie gehabt hatte. Er war ganz harte Schale, weicher Kern. Ein Mensch kleiner Worte, aber großer Gesten. Und es war das Größte für mich gewesen, in den Ferien bei ihm im Streifenwagen mitfahren zu dürfen. Mit dem Wind in den Haaren hatte ich mir ausgemalt, Wonder Woman und Captain Marvel in einem zu sein. Eine echte Kämpferin, der niemand etwas anhaben konnte.

»Ich ...« Zögernd hielt ich inne und strich mir meine Locken auf beiden Seiten nach hinten. »Mein Mitbewohner hat nächstes Wochenende mit seiner Band einen Gig. Ich hab versprochen zu kommen. Vielleicht möchtest du ja mit?«, fragte ich, einem Impuls folgend.

Überrascht sah Mel mich an, die Augenbrauen leicht angehoben. Weil ich freiwillig ausging? Oder ihr mit dieser Frage die Möglichkeit bot, Teil meines neuen Lebens zu sein?

Ich schluckte. »Natürlich nur, wenn das mit Mary kein Problem ist und Robbie auf sie aufpassen kann«, schob ich schnell hinterher.

Einen Augenblick betrachtete Mel mich nachdenklich, doch dann zog sie mich schon an sich. »Ja, wahnsinnig gerne!«, murmelte sie in mein Haar.

»Aber die Klamotten bleiben an!«, fügte ich hinzu, als ich mich schließlich von ihr löste. »Nicht, dass du in alte Muster verfällst.«

»Was denkst du von mir?«

»Nur das Beste, Schwesterherz!«

Wäre Mel ein Wort, dann hieße sie *Ukiyo*. Es war nicht nur die sanfte Melodie, sondern vor allem die Bedeutung des japanischen Wortes, das sie so treffend beschreiben würde. Es hieß, im Moment zu leben.

Paul

Luca hob schon nach dem ersten Klingeln ab. Er klang so atemlos, wie ich mich fühlte.

Seit ich Louisa heute Morgen im Firefly gesehen hatte, schlich sie durch meine Gedanken, immer diesen einen Moment vor Augen, in dem sie sich unbewusst auf die Lippe biss, während sie mein Lieblingswort mit sanften Strichen in ihr Notizbuch schrieb. Und dann war da noch die Tatsache, dass sie mich an dem Abend von Lukes Party so selbstverständlich geküsst hatte. Diese Mischung aus Selbstbewusstsein und Verletzlichkeit in ihrem Blick war etwas, das mich völlig aus dem Konzept brachte, weil ich sonst der war, der den Ton angab. Verdammt. Ich rieb mir über mein Gesicht, genervt von meinen eigenen Gedanken.

»Katie hat also Ja gesagt?«, fragte ich Luca schließlich statt einer Begrüßung, während ich die Wohnungstür aufschloss. Ich gab Isaac ein Zeichen mit der Hand, dass ich noch einen Moment brauchen würde. Wir wollten uns mit Aiden vor dem Proberaum treffen und dann zusammen mit den Jungs alles für den Abend des nächsten Tages vorbereiten. Wir würden zusammen an den Lake Superior fahren, um dort eines der letzten Feuer dieses Jahres zu machen.

»Jap«, sagte er, und ich konnte Lucas Grinsen bis hierher hören. Ich wartete, ob er noch etwas hinzufügen würde. Doch es kam nichts. Und ich verdrehte mit einem Lachen die Augen.

»Okay, hör mal«, meinte ich, während ich mir die Schuhe abstreifte und mir ein Glas Wasser aus der Küche holte, »wenn ich dir helfen soll, dann musst du mir schon ein bisschen entgegenkommen und dir nicht alles aus der Nase ziehen lassen. Sonst wird das nämlich nichts, Mann.«

»Weiß ich doch.« Ein Zögern. Ein Schweigen. »Es ist nur ...«

... dass du verdammt verknallt bist, vervollständigte ich den Satz in Gedanken. Ich wollte der große Bruder sein, den Luca verdient hatte. Eine Konstante. Ein Fels in der Brandung. Auch wenn ich mir mit

meinen Ratschlägen immer noch vorkam wie ein mieser Betrüger, konnte ich trotzdem versuchen, ihm zu helfen – auf meine eigene verkorkste Art.

»Ihr trefft euch also am Freitag?«, startete ich einen neuen Versuch, um meinen kleinen Bruder aus der Reserve zu locken. Endlich in meinem Zimmer machte ich den Lautsprecher an meinem Handy an, um mich nebenbei umziehen zu können.

»Mhmm«, murmelte Luca in den Hörer. Im Hintergrund war das leise Plätschern von Wasser zu hören, und ich wusste sofort, dass Luca wieder auf dem breiten Fensterbrett in meinem alten Zimmer saß. Die Fenster weit geöffnet mit Blick auf die großzügige Auffahrt mit diesem völlig lächerlichen Springbrunnen in der Mitte. Kurz bevor ich ausgezogen war, hatte ich Luca diese Nische gezeigt, weil das schlechte Gewissen, ihn mit unseren Eltern allein zu lassen, mich beinahe erdrückt hatte. Ich wollte ihm einen Rückzugsort geben. Nach jener schrecklichen Nacht hatte ich oft schlaflos an diesem Fenster gestanden. Hatte heimlich geraucht. Durch den günstigen Winkel und die Baumwipfel geschützt vor neugierigen Blicken, aber perfekt, um selbst alles im Blick zu haben. Und jede einzelne von diesen Nächten, wenn ich an all das Blut dachte, war mir schlecht geworden bei dem Gedanken, dass mein Vater mich freigekauft hatte. Die Schuld war geblieben.

Ich merkte, wie ich meine Hände bei der kurzen Erinnerung zu Fäusten geballt hatte, und versuchte mich zu entspannen. Scheiße.

»Wie wäre es«, sagte ich schließlich, »wenn ihr in diesen Burgerladen am Stadtrand geht? Die haben echt die besten Burger überhaupt, und Mom und Dad und ihre komischen Freunde würden dort niemals auch nur einen Fuß reinsetzen.«

»Ich weiß nicht, Paul. Es sollte schon etwas …« Luca schien nachzudenken. »Etwas Beeindruckenderes sein.«

Ich seufzte. Vielleicht hätte ich doch Trish um Hilfe bitten sollen? Ich hatte wirklich absolut keine Ahnung, was ich Luca noch vorschlagen sollte. Und ich kam mir sowieso schon vor wie ein Heuchler. Jemand wie ich, der einen Scheiß auf Nähe gab.

»Entspann dich, Kleiner. Letztendlich ist es doch egal, was genau ihr macht. Es geht darum, dass Katie sich bei dir wohlfühlt. Und das wird sie, wenn du dir Mühe gibst. Stell ihr Fragen, unterhalte dich mit ihr, der Rest kommt dann von ganz allein.«

Schweigen.

»Also eine Sache wäre da noch.«

»Und zwar?«, wollte ich wissen.

»Ähm ... die Sache ist die ...« Ich bemerkte an dem leisen Rauschen in der Leitung, dass Luca unruhig hin und her rutschte. »Katie ist schon siebzehn. Und ich will echt auf gar keinen Fall, dass sie irgendwie checkt, dass das mein erstes Date ist.«

Gerade hatte ich mir ein frisches Shirt über den Kopf ziehen wollen, hielt jetzt aber unwillkürlich in meinen Bewegungen inne. »Alter, Moment!« Anerkennend pfiff ich durch die Zähne. Mein kleiner Bruder war also nicht nur zum ersten Mal verliebt, dieses Mädchen war sogar zwei Jahre älter als er? Jetzt verstand ich langsam, wieso Luca aus diesem Date so eine große Sache machte – unabhängig davon natürlich, dass er auf sie stand.

Zum Glück konnte er das breite Grinsen in meinem Gesicht nicht sehen, als ich den Lautsprecher wieder ausschaltete und mich mit dem Handy in der Hand auf mein Bett fallen ließ. »Okay, weißt du was? Ich werde mir was richtig Geiles überlegen, mit dem du Katie so richtig megamäßig beeindrucken kannst!«, versprach ich. Jedes einzelne Wort war mein absoluter Ernst.

»Danke. Und dann wäre da noch etwas ...« Luca zögerte, und leider ahnte ich schon, was gleich kommen würde. »Dad würde gerne –«

»Nein!«, unterbrach ich ihn grob und wechselte ins Deutsche, weil ich keine Lust hatte, dass Isaac irgendetwas von diesem Gespräch mitbekam. »Wenn er mit mir sprechen will, dann soll er mich gefälligst selbst anrufen, um mir was auch immer zu sagen.« Ich spürte, wie die Wut in meinem Bauch anwuchs und zerstörerisch durch meinen Körper jagte. Verdammt, eigentlich sollte es mich gar nicht überraschen, dass mein Vater meinen kleinen Bruder mal wieder instrumentalisierte, um mich dahin zu bringen, wo er mich haben wollte. Er wusste genau, wie viel Luca mir bedeutete und dass ich ihm zuliebe letztendlich einknicken würde.

Im Gegensatz zu Dad war es Grandpa immer so wichtig gewesen, dass ich in meinem Leben das tat, was mich glücklich machte! Und für ihn und mich würde ich genau das herausfinden. Vor seinem Tod hatte er mir gegenüber mehrmals betont, dass es mein gutes Recht wäre, auf meinen Platz bei *Berger Industries* zu verzichten. Er musste eine Ahnung gehabt haben. Das Geld in dem Treuhandfond, auf den ich seit meinem 21. Geburtstag zugreifen konnte, deckte meine Studiengebühren fast bis auf den letzten Dollar – eine wahnsinnige Erleichterung, auch wenn ich nebenbei trotzdem arbeiten musste.

»Dad will nur ...«

»Ich will echt nicht mit dir streiten«, sagte ich möglichst ruhig. »Aber ich will das nicht hören. Wenn er mir etwas zu sagen hat, dann soll er das gefälligst selbst tun und mich anrufen. Oder mir eine scheiß Brieftaube schicken, mir egal. Aber ganz sicher nicht dich dafür benutzen.«

Als Isaac und ich uns schließlich unsere Sachen schnappten und uns auf den Weg machten, blieb ich aus Gewohnheit kurz vor dem Schwarzen Brett im Eingangsbereich des Wohnheims stehen. Für Halloween war noch nichts geplant, und ich wollte schauen, ob hier irgendetwas dabei war. Vielleicht eine Party in einem der Verbindungshäuser.

Und da blieb mein Blick an einem der bunten Flyer hängen. Das war absolut genial! Ich hatte das perfekte Date für Luca und Katie gefunden. Grinsend holte ich mein Handy heraus und schickte meinem Bruder ein Foto.

Psithurism

11. KAPITEL

Louisa

Die Silhouette der Berge und Bäume schimmerte dunkel, doch das knisternde Feuer zwischen uns erhellte die Nacht.

Während Trish und ich im Firefly alle Reste in Tüten gepackt hatten und damit für Essen gesorgt war, hatten die Jungs am Tag zuvor schon die meisten Sachen an den Lake Superior gebracht. Um die Feuerstelle waren vereinzelte Baumstämme gerollt, damit die Leute sich setzen konnten. Sogar Fackeln hatte jemand auftreiben können. In regelmäßigen Abständen beleuchteten sie den Weg zur Feuerstelle und schließlich zum Wasser, tauchten das Ufer in ein sanftes Licht.

Ich kuschelte mich enger in meinen schwarzen Hoodie, hielt den wärmenden Flammen mein Gesicht entgegen. Und als Aiden und Paul die ersten Seiten an ihren Gitarren zupften, während das Feuer in unserer Mitte knackte und knisterte und das leise Gelächter der anderen die Nacht erfüllte, konnte ich mich der ungeahnten Perfektion dieses Moments nicht entziehen. Genau das hier – die Unendlichkeit des Himmels über mir, die Erde unter mir, das Rauschen der Blätter, das Gefühl hier draußen, das Gefühl, Teil eines Ganzen zu sein – war so viel besser als jede College-Party. *Psithurism*, schoss es mir da mit einem Lächeln durch den Kopf. Eines meiner Lieblingswörter. Das Geräusch des Windes, wenn er durch die Bäume jagt.

Trish legte den Arm um mich. Heute trug sie ihre Haare offen, war ungeschminkt. Sie lachte, und ich fand sie noch tausend Mal hübscher als sonst. Auf der anderen Seite hatte Bowie den Kopf an ihre Schulter gelehnt und unterhielt sich mit einem von Pauls Mitbewohnern. Isaac.

Ein stiller Typ mit blonden Locken und einer runden Brille, der einen ganz eigenen, aber interessanten Sinn für Humor zu haben schien.

Als schließlich die ersten sanften Takte von *Wonderwall* erklangen, stupste Aiden mich an und zwinkerte mir zu. Und ich musste unwillkürlich grinsen. Vor Kurzem hatte ich ihm erzählt, dass ich dieses Lied von Oasis liebte und gleichzeitig genervt davon war, wie es missbraucht wurde, um Herzen zu erobern und anschließend zu brechen.

»Sing mit!«, raunte er mir zu, und auch wenn ich lachend den Kopf schüttelte, wusste ich doch, dass ich es am Ende tun würde.

Gegenüber von mir zog Paul, während er leise Gitarre spielte, an dem Joint, den ihm das braunhaarige Mädchen neben ihm an die Lippen hielt. Wir hatten immer noch nicht miteinander gesprochen. Auch auf der Fahrt hierher hatte er mich weitestgehend ignoriert. Und jetzt sah ich diese Grübchen, als er Aiden über das Feuer hinweg zulachte. Belustigt blitzende Augen, die im Schein des Feuers glänzten.

Und dann fingen sie gleichzeitig an zu singen. Aidens dunkle Singstimme vermischte sich perfekt mit der rauen von Paul. Eine Stimme, die für Gänsehaut auf meinem Körper sorgte. Die Melodie verwob sich mit dem leisen Knacken des Feuers und dem tiefen Lachen von den Jungs von Aidens Band, die etwas abseits am Wasser standen. Und nach und nach sangen fast alle mit, die um das Feuer saßen.

Paul begann den Rhythmus auf seiner Gitarre mitzuklopfen, während er weiterhin gleichzeitig die Hauptmelodie spielte. Er hatte seinen Bart gestutzt, was seine markanten Gesichtszüge nur noch mehr betonte. Und die Grübchen, wenn er lachte. Über seiner Schulter hing seine Polaroid-Kamera, und ich fragte mich, welche Momente dieses Abends er damit bereits eingefangen hatte. Und als das Mädchen neben ihm ihre Hand selbstverständlich auf seinen Oberschenkel gleiten ließ, sich an ihn lehnte, um ihm etwas ins Ohr zu flüstern, sah ich weg und begann zu singen, um etwas zu tun zu haben. Ich wollte das nicht sehen. Wollte das stechende Gefühl ignorieren. *Spielt verdammt gut Gitarre und sieht viel zu gut dabei aus*, fügte ich meiner imaginären Liste in der Bad-Boy-Spalte hinzu.

Ich wusste, dass ich Paul zu oft und zu offensichtlich ansah, nein, wahrscheinlich anstarrte. Aber ich kam nicht umhin, mich immer wieder zu fragen, wieso da diese Dunkelheit in ihm war, wieso in ihm dieser Sturm zu wüten schien. Schon Mark Twain hatte gesagt, dass jeder Mensch wie ein Mond wäre, da er eine dunkle Seite hätte, die er niemandem zeigen würde. Und noch nie hatte ich diesen Satz treffender gefunden. Wie aber passten all das Düstere in Paul und seine aufmerksame Art zusammen? Auf der einen Seite war da dieses Lachen, das aus tiefstem Herzen zu kommen schien. Er schien fürsorglich zu sein, loyal, intelligent und wahnsinnig reflektiert. Und dann war er wieder impulsiv, handelte aus dem Moment heraus. Sein Verhalten war widersprüchlich. Zeitweise benahm er sich wie ein Arsch, und doch fühlte ich mich wahnsinnig zu ihm hingezogen. So viel mehr, als gut für mich war.

»Siehst du den Typen da vorn am Wasser? Der starrt dich schon die ganze Zeit an«, flüsterte Trish mir plötzlich ins Ohr und riss mich damit aus meinen Gedanken, die sich für einen Moment immer noch um diesen Kerl mit den Bernsteinaugen drehten. Schließlich sah ich aber auf und folgte Trishs Blick. Erwischte den Typen dabei, wie er mich unverhohlen musterte. Doch statt meinem Blick auszuweichen, grinste er mich an und prostete mir mit seinem roten Becher zu.

»Wow! Gute Wahl, Lou.« Bowie setzte sich begeistert auf und lehnte sich, begleitet von dem Klimpern ihrer Armreifen, zu mir. »Das ist der neue Gitarrist von *Goodbye April*, spielt bei den Redstone-Lions und ist, wenn du mich fragst, ein echtes Schnittchen!«

Objektiv betrachtet, war er wirklich attraktiv. Groß mit breiten Schultern. Die Muskeln zeichneten sich unter dem roten Lions-Hoodie ab. Kurze braune Haare und eine Haut, die fast so dunkel schimmerte wie die Nacht um uns herum. Und trotzdem wanderte meine Aufmerksamkeit wieder zurück zu Paul, der dem Kichern seiner

Begleitung nach zu urteilen gerade etwas wahnsinnig Witziges gesagt haben musste.

Mist. Sollten die beiden doch zusammen verschwinden. *Reiß dich zusammen, Louisa, was ist los mit dir?*

In dem Moment pfiff Trish durch die Zähne und stieß mir aufgeregt in die Seite. »Und das Schnittchen ist gerade so was von dabei, zu uns rüberzukommen!« Ein Wimpernschlag, und Bowie und Trish waren kichernd in der Menge verschwunden. Auch die anderen waren nach und nach aufgestanden. Und ich war plötzlich allein auf dem Baumstamm am Feuer.

»Hey!« Eine angenehm tiefe Stimme und das gleiche Grinsen wie gerade eben. Ich bemühte mich um ein Lächeln, als er sich neben mich setzte. »Hi!«, sagte ich.

Er hatte einen zweiten Becher dabei, den er mir anbot, doch bei dem Gedanken an Lukes Party schüttelte ich entschuldigend den Kopf. »Bist du neu am RSC? Ich hab dich hier noch nie gesehen«, wollte er wissen. Ein abwartendes Lächeln.

»Ja, ich bin in das freie Zimmer bei Aiden eingezogen«, erklärte ich. Etwas, das Landon, wie er sich vorgestellt hatte, früher oder später sowieso erfahren würde. Nichts, das irgendetwas über mich verraten würde.

Schon nach wenigen Minuten fiel die Anspannung von mir ab, die Angst, dass ich ungewollte Fragen beantworten musste. Denn Landon schien es zu lieben, sich selbst reden zu hören. Alles, was ich tun musste, war, ab und zu zu nicken. Manchmal einen Satz einzuwerfen. Doch ich fühlte mich alles andere als wohl in dieser Situation. Landon erzählte mir bis ins kleinste Detail vom phänomenalen Sieg der Lions beim letzten Spiel. Und rückte dabei immer näher an mich heran. Er tat es nicht einmal auf eine wahnsinnig aufdringliche Art, aber es war offensichtlich, was er wollte. Und es war nicht das Gleiche, was ich im Sinn hatte. Ich atmete tief ein und aus. Murmelte eine Entschuldigung, rappelte mich auf und stolperte davon. Gespielt zielstrebig, aber ohne Ziel.

Paul

»Yeah!«, brüllte Aiden und schlug begeistert bei mir ein, als der weiße Ball in einem der Becher vor Luke und Taylor landete.

Wir hatten am Kiesufer des Lake Superior provisorisch ein Bier-Pong-Feld aufgebaut und die beiden waren verdammt kurz davor zu verlieren.

Ich strich mir die Haare, die mir beim Werfen in die Stirn gefallen waren, nach hinten und grinste Aiden an. »Ich glaub, die Getränke for free bei deinem nächsten Gig sind uns sicher, Mann!«

»Kommt mal wieder runter«, rief Taylor. Seinem grimmigen Blick nach zu urteilen war er hier ein genauso schlechter Verlierer wie bei den Games, die wir zusammen an der Konsole in der WG zockten. Die braunen Augen sprühten Funken.

»Wir sind noch nicht fertig, Berger!«, stimmte Luke ihm zu. Konzentriert rieb er sich über die kurzen, schwarzen Haare und setzte mit gefurchter Stirn zu einem Wurf an. Und landete tatsächlich einen Treffer. Mist! Ohne zu zögern, schnappte ich mir den roten Becher und leerte ihn in einem Zug.

Ein plötzliches Knacken von Holz. Und ich registrierte, dass Olivia, die uns bis jetzt zugesehen hatte, aufgestanden war und die Feuerstelle ansteuerte. Vor ein paar Wochen waren wir nach einer Party zusammen im Bett gelandet und hatten wirklich eine verdammt gute Nacht zusammen gehabt. Das war es aber auch gewesen. Etwas, das ich Olivia von Anfang an gesagt hatte: Bei mir bekam sie nicht mehr als Spaß und einen wahnsinnig guten Orgasmus. Und so niedlich sie auch aussah mit den braunen, langen Haaren und hellen Augen – das verfluchte Problem war: Seit dieser Nacht hängte sie sich an mich ran, ganz egal, wo wir uns über den Weg liefen. Sie schien einfach nicht zu kapieren, dass zwischen uns nichts mehr passieren würde. Und ich war seitdem wirklich nicht besonders nett zu ihr gewesen. Dass sie ausgerechnet die kleine

Schwester von einem der Kerle aus Aidens Band war, machte die Sache nicht unbedingt einfacher. Eine Tatsache, die ich leider erst danach erfahren hatte, sonst hätte ich mir das vorher ganz sicher noch einmal durch den Kopf gehen lassen.

»Fuck, was hast du getan, dass die Kleine so auf dich abfährt, Berger?« Luke pfiff durch die Zähne und sah Olivia grinsend hinterher.

Ich aber schüttelte seufzend den Kopf. Seit dem Tag, an dem Louisa im Firefly in mich hineingerannt war, hatte ich keine Frau mehr mit nach Hause genommen – und an Angeboten und Gelegenheiten hatte es ganz sicher nicht gemangelt. Ich hatte einfach keine Lust gehabt, hatte am Ende doch wieder an die unfassbare Intensität ihrer eisblauen Augen denken müssen.

Und auch wenn wir heute kein Wort miteinander gesprochen hatten – seit Louisa zusammen mit Aiden, Trish und Bowie in meinen Pick-Up gestiegen war, um hierher zu fahren, spürte ich ihre Blicke auf mir ruhen. Und mit einem selbstzufriedenen Grinsen musste ich mir eingestehen, dass mir die, mit denen sie Olivia bedacht hatte, als sie ihre Hand auf meinen Oberschenkel gelegt hatte, besonders gut gefallen hatten.

Inzwischen aber hatte ich ihre Feuerlocken seit mindestens einer Stunde nicht mehr gesehen. Bei dem Gedanken daran, wie betrunken sie das letzte Mal gewesen war, zog sich etwas in mir zusammen. Ich versuchte wirklich, mir nichts zu denken, wurde aber von Sekunde zu Sekunde unruhiger. Verdammt, ich musste irgendetwas machen!

Und da dämmerte es mir: Ich machte mir Sorgen um dieses Mädchen aus Feuer.

Scheinbar hatte Aiden bei seinem letzten Wurf die Linie übertreten, und jetzt diskutierten Taylor, Luke und er, ob der Punkt zählen sollte oder nicht. Nur mit halbem Ohr hörte ich ihnen zu, während ich mich umschaute – und Bowie auf einem der Baumstämme am Feuer sitzen sah. In der einen Hand eine Zigarette, in der anderen einen Bier, lachend über etwas, das Isaac gesagt hatte. Mein Mitbewohner würde zwar einen Teufel tun und es zugeben, aber ich war mir ziemlich sicher, dass er auf sie stand. Hoffnungslos.

Den Protest der Jungs ignorierend schnappte ich mir einen der vollen Becher und bahnte mir einen Weg durch die Leute, die in Grüppchen zusammenstanden und sich zu der Musik aus den kleinen provisorischen Lautsprechern bewegten.

»Hast du Louisa irgendwo gesehen?«

Ein Blick in Bowies mandelförmige Augen und das Blitzen darin und ich wusste sofort, was sie dachte. »Nein«, sagte sie mit einem Grinsen. »Aber hier sind ein paar Leute verschwunden.« Sie wackelte mit den Augenbrauen, die beinahe unter den schwarzen Spitzen ihres Ponys verschwanden. Und tatsächlich: Zwei Typen aus Aidens Band und noch ein paar andere standen weder hier am Feuer, vorn am Wasser, noch hinten, wo wir unsere Autos geparkt hatten.

»Vielleicht ist sie ja mit diesem Kerl abgezogen?«, fügte Bowie hinzu und zog eine halbe Ewigkeit lang an ihrer Zigarette. »Liam? Lincoln? Landon? Du weißt schon, dieser Typ, der seit drei Monaten Lead Gitarrist bei Aiden ist?«

Fuck. Als hätte ich nicht selbst bemerkt, wie dieser Typ an ihren Lippen gehangen hatte. Wie er sie angesehen hatte. Ich fuhr mir durch den Bart, drehte dann auf dem Absatz um. Ohne ein weiteres Wort.

Eine Momentaufnahme schoss mir durch den Kopf. Wie Louisa sich auf ihre Zehenspitzen gestellt hatte. Ein Blick aus ihren blauen Augen, der mich völlig fertig gemacht hatte. Eine geflüsterte Frage. *Bringst du jetzt du Ende, was du angefangen hast?* Wehe, eines dieser Arschlöcher hatte auch nur versucht, sie anzufassen!

»Paul, das war ein Witz!«, rief Bowie mir hinterher, doch ich ballte nur die Hände zu Fäusten und fragte mich, wieso ich plötzlich so verflucht wütend war.

Was zum Teufel ist mit dir los, Paul?

Ich hörte das Klimpern ihrer Armreifen, als ich auch an Trish, die mir entgegenkam, wortlos vorbeirauschte. Ich schob mich an den Leuten vorbei, lief gefühlt Tausend Umwege, weil wirklich jeder im Weg zu stehen schien. Langsam wurden die Grüppchen weniger. Die Musik leiser. Und die Nacht um mich herum lauter. Für einen Moment blieb ich stehen und hob meinen Blick Richtung Himmel. Suchte das helle Licht des Polarsterns. Tastete das Firmament mit meinen Augen Stück für Stück ab, bis ich den kleinen Wagen gefunden hatte. So, wie Louisa es mir gezeigt hatte.

Und da glaubte ich zu wissen, wo ich sie suchen musste. Ich hoffte, sie war allein.

Louisa

Plötzlich war mir alles zu viel geworden. Der Lärm. Die Leute, von denen ich die meisten nicht kannte. Der Alkohol, den ich dieses Mal nicht trinken wollte. Landon. Für einen Moment hatte ich wieder dieses enge Band um meine Brust gespürt, das mir die Luft zum Atmen abzuschnüren drohte. Hatte mich nach dem beruhigenden Anblick der Sterne gesehnt.

Also lief ich ziellos am Ufer des Lake Superior entlang, bis es um mich herum dunkel genug war, um deren Funkeln über mir ausmachen zu können. Hinter zwei großen Tannen fast verborgen entdeckte ich einen breiten Holzsteg, der mehrere Meter in den See hineinführte. Ich lief bis ans Ende. Setzte mich auf das Holz und ließ mich nach hinten fallen, die Augen weit geöffnet. Die unebene Maserung unter meinen Händen. Atmete tief ein und aus.

Vereinzelt trug der Wind die Stimmen der anderen zu mir herüber, genauso wie das leise und beständige Knistern des Feuers. Ich hörte Trishs Lachen und Aidens Anfeuerungsrufe, fühlte mich allein und gleichzeitig auch nicht. Ich schloss für einen Moment die Augen, sog den Moment so tief in mich auf, wie es ging, bevor ich begann, die Sterne am Himmel zu zählen und die Namen, die ich kannte, stumm mitzusprechen.

Während meine Gedanken wie der Wind von hier nach da trieben, verlor ich jegliches Zeitgefühl. Ich wusste nicht, wie lang ich schon hier lag, als sich die Holzlatten unter mir plötzlich bewegten.

Schritte kamen neben mir zum Stehen. Und wegen des Kribbelns, das sich auf meiner ganzen Haut ausbreitete, wusste ich sofort, wer da stand.

»Ich habe dich gesucht.«

Vier Wörter, die in mir nachhallten. *Ich. Habe. Dich. Gesucht.* Seine Stimme, dunkler als die Nacht.

»Ich dachte, du sprichst nicht mehr mit mir?«, sagte ich. Und ich wusste selbst nicht, ob das ernst gemeint war oder vielleicht doch ein halber Witz. Meine Augen waren wieder geschlossen, aber ich bildete mir ein zu spüren, wie Paul mich ansah. Die Schritte kamen noch näher, dann setzte er sich neben mir auf den Steg. Das Feuerzeug klickte. Und die Erinnerung an eine andere Nacht kam schlagartig zurück, in der wir uns auch Himmel und Sterne geteilt hatten.

»Warst nicht du die, die gesagt hat, dass ich ein Bad Boy bin, Feuermädchen?« Pauls Stimme war so rau. So ernst. Und doch hörte ich das Grinsen darin.

»Stimmt.« Gegen meinen Willen musste ich lächeln. »Im Gegensatz zu den Typen aus den Büchern und Filmen habe ich aber mitbekommen, dass du tatsächlich Sport machst. Deine Muskeln sind also definitiv nicht nur dafür da, um die Frauen dazu zu bringen, dir wirklich alles zu verzeihen.«

Nicht zum ersten Mal fragte ich mich, wieso es bei Paul so leicht zu sein schien, meine Gedanken auszusprechen.

Als ich meine Augen schließlich öffnete, stellte ich fest, dass ich recht gehabt hatte: Er sah mich unverwandt an, während dieses unverschämte Grinsen seine Lippen umspielte. »Aber«, sagte er schließlich beiläufig und nahm einen Zug von seiner Zigarette, »wie ich das mitbekommen habe, hast du ja einen guten Ersatz für mich gefunden!«

Mit einem Mal schlug mir das Herz schneller in der Brust. Und ich setzte mich ruckartig auf. »Pass auf, Paul Berger, ich könnte noch denken, dass du eifersüchtig bist.« Ich reckte mein Kinn nach vorn und hob fragend eine Augenbraue. Sah das Blitzen in seinen Bernsteinaugen und wusste doch, was ich insgeheim hören wollte.

Paul rieb sich über den Bart und blickte mir einen Wimpernschlag zu lang in die Augen. »Die bösen Jungs sind nicht eifersüchtig, Louisa!«, sagte er schließlich. Dann lehnte er sich zu mir und senkte die Stimme: »Ich meinte natürlich Männer. Du stehst ja nicht auf Jungs.«

»Gut aufgepasst«, erwiderte ich zufrieden. Mir gefiel, dass er sich an dieses Spiel erinnerte.

Stille breitete sich zwischen uns aus. Eine, die sich nach ungesagten Worten anfühlte. Und ich überlegte fieberhaft, *was* ich sagen konnte, während ich Pauls Zigarette beim Verglühen zusah.

»Was für ein Tattoo hast du da eigentlich am Bauch?«...

Paul

... wollte Louisa plötzlich wissen.

»Einen Löwen«, sagte ich und betrachtete den Schwung ihrer Wangen, bis Louisa sich schließlich vom Anblick des Wassers löste, um stattdessen mich anzusehen. Gedankenverloren und trotzdem völlig da. »Kann ich es sehen?«

Es war so verdammt süß, wie Louisas Bedachtheit dieser fordernden Seite wich, wenn sie neugierig war. Als würde sie für einen Moment die

Mauer vergessen, die sie so offensichtlich und gleichzeitig verzweifelt aufrecht erhalten wollte. Aber tat ich nicht dasselbe, um mein dunkelstes Geheimnis vor der Welt zu verstecken?

Ein Nicken. Langsam und ohne ihren Blick loszulassen zog ich meine Jacke aus und schob mein Shirt so weit nach oben, dass der dunkle Löwenkopf auf der rechten Seite meines Bauches sichtbar wurde. Ein kühler Lufthauch umstrich meine nackte Haut. Louisa verfolgte jede meiner Bewegungen mit einer Intensität, die mir erst vor Augen führte, dass ich meine Tätowierungen noch nie jemandem so bewusst gezeigt hatte. Nicht auf diese Art.

»Darf ich?«, fragte sie und streckte zögernd ihre Hand aus. Wartete meine Antwort gar nicht ab, da trafen ihre Fingerspitzen schon auf meine Haut, die wie Feuer zu brennen begann. Scharf sog ich Luft ein. Schluckte.

Und da war es wieder: das Kopfkino. Louisa begann bei der dunklen Schattierung der Mähne, folgte mit ihren Fingerspitzenden schwarzen und grauen Linien quälend langsam weiter nach unten bis zu meinem Bauchnabel, wo sich das weit aufgerissene Maul mit den scharfen Zähnen befand. Ich erinnerte mich an den Schmerz der Nadeln, als wäre es gestern gewesen. Ein Schmerz, der meine beschissenen Gedanken für wenige Stunden überlagert hatte.

Am Bund meiner Jeans angekommen verharrten Louisas Finger, und der Blick, den sie mir zuwarf, sprach Bände. Ich sollte sie einfach packen und an mich ziehen. Sollte auf alles andere scheißen. Sie taxierte mich, befeuchtete ihre Lippen mit der Zungenspitze. Wir starrten uns an und spielten unser Spiel. Und ich fragte mich, ob ihr überhaupt klar war, dass wir es spielten. Mein Puls raste. Und ich war mir verdammt sicher, dass es ihr genauso ging.

Sie durchbrach als Erste die angespannte Stille zwischen uns. Ihre Stimme war belegt. Ein viel dunklerer Farbklang als sonst. »Hat es eine Bedeutung?«

»Hört mich brüllen«, sagte ich statt einer Antwort den Spruch von Haus Lannister. Und verflucht, ich musste gestehen, dass mir der Hauch von Enttäuschung in Louisas Augen gefiel, als ich meine Jacke wieder anzog und mir noch eine Zigarette anzündete.

»Moment.« Louisa legte den Kopf schief und musterte mich aus zusammengekniffenen Augen. »Du hast ein Game-of-Thrones-Tattoo zu deinem Lieblingshaus?«

Ich lachte bei der Mischung aus Skepsis und Begeisterung in Louisas Gesicht und lehnte mich auf einen Arm gestützt entspannt zurück, blies den Rauch meiner Zigarette in die Nacht. Dann sagte ich ihr die Wahrheit: »Nein. Aber ich dachte, wenn ich das sage, würde dich das mehr beeindrucken.«

Gott, *natürlich* wollte ich sie beeindrucken.

Erst sah Louisa mich einfach nur an, dann verzogen sich ihre Lippen zu einem feinen Lächeln, bis sie richtig zu lachen begann. Und da fiel mir erst auf, dass ich sie bisher kaum hatte lachen hören. Ich mochte den Klang, hell und weich. Ihr Lachen war der größte Kontrast zu der harten Schale, die sie andere sehen lassen wollte. Und noch mehr berührte mich dabei das Strahlen ihrer Ozeanaugen, deren Blick mit einem Mal komplett offen wirkte. Als könnte ich plötzlich auf deren tiefen Grund sehen. Das silbrige Licht des Mondes ließ das Orange ihrer Locken leuchten, während eine Hälfte ihres Gesichts im Schatten verschwand. Doch ich sah ihre vollen Lippen, das Muttermal an ihrem rechten Mundwinkel und das Blitzen ihrer Augen, als sie meinen Blick einfing. Instinktiv griff ich nach meiner Polaroid-Kamera und schoss ein Foto, bevor Louisa protestieren konnte. Eine Momentaufnahme für die Ewigkeit.

Ich zog den Abzug aus der Kamera und legte ihn vor mich auf das Holz. Wartete, bis die Konturen sich abzuzeichnen begannen und das Foto scharf wurde.

»Ich mag dein Lachen, Feuermädchen«, raunte ich und gab Louisa das Foto, das sie genauso zeigte, wie ich sie sah. »Du solltest es öfter tun.«

Nachdenklich strich sie über das Foto und schob es anschließend in die Hosentasche ihrer Jeans. Schloss für einen Moment die Augen. »Danke«, flüsterte sie. Mich beschlich das Gefühl, dass sie mehr meinte als nur dieses Bild – aber vielleicht war es auch nur das, was ich denken wollte.

»Erzählst du mir jetzt auch noch die wahre Bedeutung, Bad Boy?« Wieder dieser spöttische Zug um ihre vollen Lippen. Es gefiel mir, dass sie in meiner Gegenwart kein Blatt vor den Mund nahm.

Ich lachte. »Du bist ganz schön neugierig, Louisa.«

Nachdenklich sah sie mich aus diesen blauen Augen an, legte dann den Kopf schief. »Tyrion Lannister hat gesagt: *Nichts auf der Welt ist mächtiger als eine gute Geschichte. Nichts kann sie aufhalten, kein Feind vermag sie zu besiegen*«, war ihre Antwort. »Und die meisten Tattoos erzählen eine Geschichte.«

Als sie mich das letzte Mal nach der Bedeutung einer meiner Tätowierungen gefragt hatte, war die Stimmung gekippt. Aber dieses Mal war es anders. Das Tattoo war anders. Und vor allem ging es bei dem Löwen nicht um den größten Fehler meines Lebens. Nicht um eine scheiß Narbe, die ich am liebsten vergessen würde.

Also erzählte ich, ließ sie dabei nicht aus den Augen. »Es war eine der zwölf Aufgaben von Herkules, den Nemeischen Löwen zu töten, eine menschenfressende Bestie. Und kennst du die Geschichte von Androklus? Er war ein entlaufener Sklave, der einem Löwen einen Dorn aus seiner Pfote gezogen hat. Als er zur Strafe für seine Flucht dem Tier zum Fraß vorgeworfen werden sollte, weigerte der Löwe sich aus Dankbarkeit, ihn zu töten. Oh, und das wird dir gefallen«, lächelnd hielt ich inne und genoss den Anblick von Louisa, die mich aufmerksam ansah, »seit dem 17. Jahrhundert gibt es zwei Sternenbilder. Den kleinen und den großen Löwen, wobei man sich da nicht ganz sicher ist, ob einer der beiden nicht eine Inkarnation des Nemeischen Löwen ist.«

»Wow. Das waren viele Geschichten«, meinte Louisa. Sie beugte sich vor, nahm in aller Ruhe ohne zu fragen einen Zug von meiner Zigarette. Ein Glühen in der Nacht. Leuchtend blaue Augen aus Eis. »Und wie passt das alles zusammen?«

»Mir gefällt die Vorstellung, dass er in so vielen Kulturen und Zeiten diese Stellung als König der Tiere innehatte. Dass der Löwe auf irgendeine Art immer symbolisch aufgeladen war. Er steht auf so viele verschiedene Arten für Stolz, Mut und Stärke. Dinge, die ich wichtig finde.«

»Es hat etwas von Ewigkeit. Etwas Überdauerndes«, stimmte Louisa mir gedankenverloren zu.

Louisa

Paul hatte recht: Ich war neugieriger, als gut für mich war – zumindest in seiner Gegenwart. Wenn er mich aus seinen Bernsteinaugen ansah, war die Neugier größer als meine Angst davor, dass er mir die falschen Fragen stellen könnte.

»Hmm ... müsste ich mich für ein mythologisches Tier entscheiden, dann wäre es ein Phönix.« Ich biss mir instinktiv auf die Lippen, als mir bewusst wurde, was ich da unter Pauls intensivem Blick von mir preisgab. Und doch war mein Mund schneller in dieser Nacht: »Am Ende seines Lebenszyklus verbrennt er und wird aus seiner Asche wiedergeboren.«

»Es würde zu dir passen«, sagte Paul. Und für einen Augenblick war da die Berührung seiner rauen Finger, als er mir eine meiner Locken nach hinten strich. Mit ihm kam der Geruch nach Wald, etwas Holzigem, nach etwas Vertrautem – nach Paul.

»Moment...« Er hielt inne. »Hat nicht Dumbledore einen Phönix?« Amüsiert musterte ich ihn, deutete schließlich eine Verbeugung an. »Wow. Ein Harry-Potter-Verweis. So erobert man das Herz einer Frau.«

O Gott, hatte ich das gerade wirklich gesagt? Ich klang wie aus einem anderen Jahrhundert.

»Mir würden da noch einige andere Wege einfallen.« Der Blick aus seinen dunklen Augen war eindeutig zweideutig. Und immer noch lag eine Spur der Wärme seiner Hand an meiner Wange.

»Mein kleiner Bruder ist zum ersten Mal verliebt«, sagte Paul plötzlich und ließ seinen Blick über den See schweifen. Der Wind trug das Gelächter der anderen zu uns, den Geruch nach Feuer und Holz. Ein Unterton schwang in diesem Satz mit, den ich nicht einordnen konnte. »Er ist ein bisschen verzweifelt, weil er nicht genau weiß, wie er *ihr Herz erobern soll.* Okay, verdammt, eigentlich ist Luca völlig am Durchdrehen.« Er lachte dieses entwaffnende Lachen. Das mit den Grübchen und den feinen Lachfältchen um seine Bernsteinaugen.

Die Vorstellung von Paul und seinem kleinen Bruder gefiel mir.

»Also, wenn ich nicht mehr weiterweiß, dann sage ich ihm, dass er sich an dich wenden soll!« Er zwinkerte mir zu, doch das erste Mal heute wich ich seinem Blick aus. Zwar verschlang ich einen Liebesroman nach dem anderen, aber die Wahrheit war, dass ich absolut keine Ahnung hatte, wie es war, sich zu verlieben. Wenn man ein großes Loch im Herzen hatte, dann musste man es wohl mit irgendetwas füllen. Und ich hatte versucht, meins mit Liebe zu füllen. Hatte meinen Wunsch nach einer Ersatzfamilie mit Gefühlen verwechselt.

»Es ist so schön zu sehen, dass zumindest er noch daran glaubt«, fügte Paul hinzu. Leiser dieses Mal.

»Ich dachte, du wärst von uns beiden derjenige, der an Schicksal glaubt. Dass genau dieses *Wir sind füreinander gemacht* das ist, was uns an die Liebe und Beziehungen glauben lässt, um daran zu arbeiten.«

»Ich glaube auch nach wie vor daran.« Zögernd rieb er sich über den Bart. »Aber nicht für mich.« Ein verbittertes Lachen. Er sah mich an, seine Augen dunkel und ernst, als hätten sie Dinge gesehen, die sie nicht hätten sehen sollen.

»Das glaube ich nicht«, sagte ich ehrlich. Ich schüttelte den Kopf, spürte meine Locken im Wind. Und ich dachte an die Geschichten, die man sich auf dem Campus erzählte. Über Pauls Sexabenteuer. Dachte an das Mädchen, das sich am Feuer so an ihn rangemacht hatte.

»Ich würde wirklich alles tun, um Luca glücklich zu sehen.«

»Das kann ich gut verstehen«, sagte ich und dieses Mal war ich diejenige, die ihren Blick über den See und die Berge dahinter schweifen ließ. »So geht es mir mit meiner Schwester.« Ich lächelte, »Sie heißt Mel. Ich glaube, du würdest sie mögen. Trish erinnert mich ein bisschen an sie.«

Er lächelte verschmitzt. »Dann bestimmt.«

»Aber inzwischen ist es anders als früher«, gab ich mit einer Offenheit zu, die mich selbst erschreckte.

Und Paul sah mich interessiert an. »Wieso? Was hat sich verändert?«

»Naja ... es ist kompliziert.«

Seine Lippen verzogen sich zu einem schiefen Grinsen, und er nickte unbestimmt in die Richtung, in der das Feuer brannte. »Keiner vermisst uns, Louisa«, erklärte er. »Wir haben also Zeit.«

Mein Herz begann schneller zu schlagen. Irgendwann hatten all meine Gefühle keine Worte mehr gefunden, waren herabgesunken, hatten am Grund meiner Seele gelegen. Bis jetzt.

Paul sah mich einfach nur an. Abwartend. Drehte sich so, dass er mir direkt gegenüber saß. Seine Knie an meinen.

»Mel und ich sind immer beste Freundinnen gewesen. Aber sie ist neun Jahre vor mir ausgezogen und sie hat keine Ahnung, wie schlimm es gewesen ist, mit Mom allein zu sein. Wie ich jeden einzelnen Tag versucht habe zusammenzuhalten, was noch da gewesen ist. Das ist die einzige Sache, die ich ihr vorwerfe: Dass sie mich mit ihr allein gelassen hat.« Meine Stimme wurde immer leiser, als all diese jahrelang ungesagten Dinge unaufhaltsam aus mir herausströmten. »Dass ich erwachsen sein musste, obwohl es dafür viel zu früh gewesen ist. Jetzt gibt es diese Tage, da habe ich so Angst, auch noch Mel zu verlieren. Dass es am Ende vielleicht doch meine Schuld gewesen ist, dass meine Mutter so geworden ist. Und das nach allem, was ich schon verloren habe. Ich will das nicht«, gab ich voller Gewissensbisse zu und kam für einen Moment ins Stocken, »aber manchmal denke ich, dass sie jetzt endlich ihre perfekte kleine Familie hat. Sie und Robbie werden im Sommer heiraten, und ihre Tochter ist wirklich der süßeste kleine Mensch, den ich kenne. Manchmal fühle ich mich dort so überflüssig. Mel war für mich einer der Gründe, nach Redstone zu ziehen, und jetzt frage ich mich, ob ich am Ende nicht das fünfte Rad am Wagen bin.«

O Gott, wieso erzähle ich ihm das alles?

Die letzte Silbe meiner Worte klang nach und da setzte mein Herz einen Schlag aus. Und noch einen. Mein Mund war einfach übergelaufen, hatte all die ungesagten Dinge herausströmen lassen. Noch nie zuvor hatte ich einem anderen Menschen gegenüber diese Gedanken ausgesprochen. Nie etwas Derartiges preisgegeben.

Alles in mir schrie danach, aufzuspringen und davonzulaufen, damit Paul nicht die richtigen Risse und Splitter in mir sah.

Doch dann hob ich meinen Blick. Und es war das erste Mal in meinem Leben, dass jemand nicht mit Mitleid reagierte. Paul sah mich einfach an, so wie er mich seit dem ersten Mal ansah. Und da lag noch etwas anderes in seinem Blick. Etwas Warmes, Bernsteinfarbenes. Verständnis.

»Luca ist auch so etwas wie meine ganze Familie«, gab Paul zu.

»Man kann sich seine Familie nicht aussuchen, aber man kann für das kämpfen, was einem am Herzen liegt.«

»Ich hab keine Ahnung, was genau zwischen euch passiert ist.« Ich sah die Neugier in seinen Augen, als er sich nachdenklich über den Bart strich, und doch drängte er mich nicht. »Aber letztendlich gibt es nur eine Frage, die du für dich beantworten musst.«

»Und die wäre?«, fragte ich, auch wenn das in meinen Ohren viel zu einfach klang, wo ich mich doch selbst wie eine Frage ohne Antwort fühlte.

»Kannst du ihr verzeihen, dass sie dich allein gelassen hat?«

Ich schwieg. Hörte in mich hinein. »Das habe ich längst«, sagte ich schließlich leise. Und es stimmte: Mel hatte ihr Möglichstes getan, um irgendwie große Schwester, Mutter und beste Freundin in einem zu sein. Trotz der Jahre zwischen uns hatte ich ihr damit viel abverlangt, und wenn ich ehrlich zu mir selbst war, hatte Mel mir nie das Gefühl gegeben, ihr nicht unendlich wichtig zu sein.

Paul lächelte mich an. »Dann ist es jetzt an dir, ihr zu vertrauen.«

Louisa

»Ist das jetzt unser Ding?«, fragte ich schließlich in die Stille hinein.

»Wir haben ein Ding?«, fragte Paul mich. Und als wäre es selbstverständlich, legte er plötzlich den Arm um mich, zog mich in einer fließenden Bewegung näher zu sich heran. Trotz des Stoffes meines Hoodies spürte ich überdeutlich, wie seine Hand an meinem Rücken lag. Das Kitzeln seines Bartes an meiner Schläfe und mein Kopf genau in der Kuhle an seinem Hals. An meinem Oberarm, wo seine Finger kleine Kreise auf meine Haut zeichnete, sprühten Funken. Meine Gedanken überschlugen sich, und jeder Zentimeter meines Körpers, der seinen berührte, brannte wie Feuer.

»Ja. Nächte mit unseren Worten zu füllen«, erklärte ich flüsternd und dachte an den Abend, als wir auf diesem Balkon gesessen hatten, seine Lederjacke auf meinen nackten Schultern. Dieses Mal war ich vollkommen nüchtern. Und trotzdem fühlte ich mich mutig in seiner Gegenwart. Wild und frei.

»Na ja ... die Nacht gehört ja auch den Poeten«, sagte Paul und strich sich die braunen Haare, die ihm immer wieder in die Stirn fielen, aus dem Gesicht. »Und den Wahnsinnigen«, fügte er grinsend hinzu.

»Und was bist du?«, wollte ich wissen. Beim Sprechen streiften meine Lippen die Haut an seinem Hals, und ich spürte, wie Pauls Körper sich für einen Moment anspannte.

»Vielleicht beides.« Er sah mich an mit diesem dunklen Blick, der mich wissen ließ, dass ich verloren war. Egal, wie sehr ich mir über sein widersprüchliches Verhalten den Kopf zerbrach, da war etwas an ihm, dem ich mich nicht entziehen konnte.

Das Leben war etwas, das einfach passierte. Es ließ sich nicht in vorgefertigte Konzepte pressen oder vorausplanen, wie ich es seit fünf Jahren getan hatte. Ich sollte aufhören nachzudenken und einfach springen. Die Wahrheit war: Es hatte an dem Abend nicht am Alkohol gelegen oder an den Umständen, das wurde mir immer deutlicher bewusst – es lag an ihm, an seinem unverschämten Grinsen und ehrlichen Lachen. An diesen Gesprächen. Bei ihm war ich nicht anders, ich war die Version meiner selbst, die ich eigentlich immer gewesen war. Frech und fordernd. Es war nichts Falsches daran, wenn ich mit ihm schlafen würde. Und ich war es so leid, mir ständig Gedanken um alles machen zu müssen.

Und als würde Paul instinktiv ahnen, was in mir vorging, wurden seine Kreise immer größer, jagten Adrenalin durch meinen Körper. Langsam fuhr er meinen Arm nach oben, streifte federleicht die Haut meines Halses, meines Kinns und fuhr mit dem Daumen seiner linken Hand schließlich die Konturen meiner Lippen nach, bis ich das Seufzen nicht mehr unterdrücken konnte.

Und als ich aufsah, traf das Verlangen in Pauls Blick mich mit voller Wucht.

»Was ist, wenn ich dir sage, dass ich so betrunken gewesen bin letztes Mal, dass ich vergessen habe, wie es ist, dich zu küssen?«, flüsterte ich mutig.

Wir beide wussten, dass das eine verdammt schlechte Lüge war. Und ich hielt den Atem an, wollte seine Reaktion abschätzen. Das hier schien unvermeidbar. Ich war der Minuspol, er der Pluspol. Und alles, was zwischen uns stand, war letztendlich nur eine Frage der Zeit.

Ohne weiter darüber nachzudenken, löste ich mich von Paul, nur um mich in einer fließenden Bewegung auf seinen Schoß zu setzen, seine großen Hände an meine Hüften zu schieben, die mich sofort noch enger an ihn drückten. »Und was ist, wenn ich dir sage«, wisperte ich, bevor mich der Mut verlassen konnte, »dass ich heute Nacht nüchtern bin und mich garantiert erinnern werde.«

Paul sah mich einfach nur an, ließ seinen Blick langsam über mein Gesicht gleiten, als würde er sich jeden Zentimeter einprägen wollen. »Sag so etwas nicht, Louisa!«, knurrte er schließlich, und der tiefe Klang seiner Stimme fuhr mir durch den ganzen Körper. »Du hast absolut keine Ahnung, wer ich wirklich bin.« Sein Blick war dunkel und ernst. Und auch wenn ich das Gefühl hatte, ihn zu kennen, hatte er recht: Ich wusste nicht, woher diese Dunkelheit in ihm herrührte. Aber in mir selbst war zu viel kaputt, als dass mir das hätte Angst machen können. Und es änderte nichts daran, was ich in diesem Moment mit absoluter Sicherheit wollte.

Seine Bernsteinaugen waren viel zu nah. Viel zu dunkel. Der Sturm darin viel zu gefährlich. Seine Mundwinkel zuckten, als seine Lippen fast meine berührten. Und sein Blick hielt mich noch fester als sein Griff an meinen Hüften, während ich mit meinen Lippen über seine strich.

Ein Beinahe-Kuss.

Atemlos dachte ich, dass Paul so war wie ich: Wir beide versuchten krampfhaft, unsere Gefühle zu verstecken – jeder auf seine eigene Art.

Aber wir vergaßen dabei, dass unsere Augen sprechen konnten. Und seine sagten mir in diesem Moment, dass er mich ebenso sehr wollte wie ich ihn.

Paul stöhnte auf. Ein dunkler Ton, der in mir nachhallte. Sein Blick hielt mich fest, als ich meine Hände auf seinen Oberkörper legte. Als ich die Hitze seiner Haut durch sein Shirt spürte, die Härte seiner Erektion durch den Stoff meiner Jeans. Ich schluckte.

»Verdammt, Louisa. Ich muss dich ständig ansehen.« Er klang gequält. Und ich vergaß eine Sekunde lang zu atmen.

»Und wieso ist das schlimm?«, fragte ich herausfordernd.

»Weil du mich verrückt machst.« Seine Stimme war noch rauer, noch dunkler. »Wie soll ich mich bitte konzentrieren, wenn du diese schlauen Sachen sagst. Wenn du dir beim Nachdenken dauernd auf die Unterlippe beißt? Wenn du dir deine Locken immer in dieser speziellen Bewegung aus dem Gesicht streichst? Du musst damit aufhören...« Pauls heißer Atem strich über mein Gesicht, sein Bart kitzelte mich an den Wangen. »Es ist schlimm, weil ich dich dann will, Louisa!«, wisperte er mir ins Ohr. »Und weil du mir das verdammte Gefühl gibst, mich nicht im Griff zu haben«, fügte er atemlos hinzu, während er mit dem Daumen seiner rechten Hand erneut die Konturen meiner Lippen nachzeichnete.

»Versuchungen sollte man nachgeben. Wer weiß, ob sie wiederkommen«, raunte ich.

Pauls Hände strichen mir über Wangen, Hals, über Schultern und Taille bis zu meinen Hüften, wo sie für ein paar atemlose Sekunden liegen blieben. Spuren aus Feuer blieben auf meinem Körper zurück.

»Es ist echt unglaublich heiß, wenn du Oscar Wilde zitierst«, murmelte Paul mit einem Knurren, und im nächsten Moment packte er mich so fest, dass ich für den Bruchteil einer Sekunde aufschrie, während ich meine Beine instinktiv um seine Hüften schlang.

Dann trafen seine Lippen auf meine. Endlich. Und für einen Moment stand alles still. Ich hatte das Gefühl zu brennen. Und die Welt brannte mit uns. Instinktiv öffnete ich meine Lippen und stöhnte auf, als ich Pauls Zunge spürte. Wie sie erst quälend langsam über meine pochenden Lippen strich, bevor er mit ihr meine liebkoste und den Kuss intensivierte. Und ich vergaß für den Moment, wie man atmete. Konnte nur fühlen, nur spüren: Paul festen Griff um meine Hüften, meinen elektrisierten Körper. Meine Hände vergruben sich in seinen dunklen Haaren.

Dieser Kuss war wild und hemmungslos, und ich genoss es, dass Paul mich nicht behandelte, als wäre ich aus Glas.

Ich entlockte ihm ein dunkles Stöhnen, als ich ihm auf seine Unterlippe biss, nur um meine Zunge Sekunden später wieder in seinen Mund gleiten zu lassen.

»Verdammt, Louisa…«, murmelte er, als er sich für Sekunden von mir löste und mein Gesicht in seine großen Hände nahm. Unser schneller Atem traf aufeinander, brachte die Luft zwischen uns zum Tanzen. Und dann ließ er seine Lippen erneut auf meine sinken. Dieses Mal war er sanft. Auskostend. Federleicht.

Seufzend bewegte ich mich auf ihm. Und als ich aufstöhnte und ihn mit beiden Händen näher zu mir zog, spürte ich das leise Vibrieren seines Lachens an meinen Lippen.

Paul

Louisa drängte sich gegen mich, fuhr mit ihren kühlen Händen unter mein Shirt, während ich eine Hand in die Hosentaschen ihrer Jeans schob, sie packte und so eng an mich zog, wie es nur ging. Die andere Hand ließ ich unter ihren Hoodie gleiten, fuhr die erhitzte Haut ihrer Wirbelsäule mit den Fingern nach oben und wieder nach unten. Ich war erregt von der Selbstverständlichkeit, mit der Louisa sich auf mich gesetzt hatte. Von ihrem Lachen. Ihrer Tiefsinnigkeit. Ein Blick in ihre lustverhangenen Augen und auf ihre geschwollenen Lippen – Ich war hoffnungslos verloren. Ich wollte sehen, wie sie sich fallen ließ. Dass ich der Grund dafür sein konnte. Und es verlangte mir all meine Selbstbeherrschung ab, nicht zu weit zu gehen, auch wenn ich nicht verstand, wieso mich ausgerechnet bei diesem Feuermädchen etwas zurückhielt.

Und dann holte mich Aidens lautes Lachen in der Ferne mit einem Schlag zurück in die Realität.

Das Hier und Jetzt. Ich durfte das nicht tun. Nicht Louisa. O Gott, Scheiße, wieso fühlte sich das dann so verdammt gut an? Ihre Lippen an meinen, ihre Hände auf mir.

Je mehr ich versuchte, mich von ihr fernzuhalten, desto schlimmer wurde es. Desto unausweichlicher. Ich war der Bumerang, der, egal, wie weit er flog, immer wieder auf ihren Lippen endete. Mit meinen Händen an ihren Hüften. Und ich war mir sicher, dass Louisa keines dieser Mädchen war, die nach einer Nacht auf die verrückte Idee kamen, dass sie all das Kaputte in mir irgendwie wieder ganz machen konnten.

Wenn ich ehrlich zu mir selbst war, ging es in diesem einen Moment überhaupt nicht um Aiden. Es ging eigentlich nicht darum, dass wir nichts mit Mitbewohnern und Freunden anfingen. Im Endeffekt war ich das Arschloch, das flachlegte, wen es wollte, oder? Und wenn es darauf ankam, nahm ich mir das, worauf ich Lust hatte.

Doch hinter Louisas Ernsthaftigkeit, hinter dem ironischen Zug um ihre vollen Lippen, hinter dem entschlossen vorgereckten Kinn und diesen tiefblauen Seen ihrer Augen – hinter alldem lag ein Schmerz, den ich selbst nur zu gut nachempfinden konnte. Und das Verlorene, das sie mich bisher nur in wenigen Augenblicken hatte sehen lassen, berührte gegen meinen Willen etwas in mir. Verdammte Scheiße! Zum allerersten Mal in meinem Leben befürchtete ich, jemanden mit einem One-Night-Stand zu verletzen.

»Das hier ist eine beschissene Idee«, sagte ich gepresst. Und ich merkte selbst, wie bescheuert ich klang, wie kalt meine Stimme, als ich Louisa von meinem Schoß hob.

Sie sagte nichts. Da waren keine Wörter, nur die schwarze Nacht und ihr fragender Blick aus geweiteten Augen, der sich in meinen bohrte. Unaufhaltsam.

In diesem Moment waren Welten zwischen uns. Ich verhielt mich wie ein riesiges Arschloch. Deshalb stand ich auf und ging, ohne mich ein einziges Mal nach ihr umzudrehen.

Lieber hielt Louisa mich für einen noch größeren Arsch, als ich tatsächlich war, als dass sie irgendwann doch die furchtbare Wahrheit über mich erfuhr und ich sie mit mir riss.

12. KAPITEL

Louisa

Note für Note flog *Summer Years* von Death Cab for Cutie am Morgen nach dem Feuer durch das winzige Badezimmer, strömte durch das weit geöffnete Fenster schließlich hinaus in die Welt. Mit einem Handtuch um die Schultern saß ich auf den Fliesen und kämmte meine Locken, während ich im Takt der Musik mitwippte. Neben mir Kaffee und Frühstück aus dem Firefly. Beides hatte Trish auf dem Weg hierher für uns mitgebracht.

»Sag mal«, aus zusammengekniffenen Augen musterte ich Trish im Spiegel, wie sie hinter mir die orangefarbene Farbe mit einem konzentrierten Ausdruck in den grauen Augen umrührte, »hast du das überhaupt schon mal gemacht?«

»Nein.« Sie grinste. In diesem Moment landete ohne Vorwarnung der erste Klecks Farbe auf meinem dunkelbraunen Ansatz.

Erschrocken schrie ich auf. »Du weißt schon, dass gerade die Möglichkeit besteht, dass ich dich für immer hassen könnte?«, sagte ich mit einem kritischen Blick auf Trish.

Die blonden Haare waren zu einem Knoten zusammengebunden, dazu trug sie eines von Aidens Shirts. An ihr wirkte es riesig. Ob zu seinem Glück oder Unglück – mein Mitbewohner war schon in seiner ersten Vorlesung und wusste nicht, dass Trish seine Klamotten ungefragt nutzte, um ihre eigenen nicht mit der grellen Farbe zu versauen. Sie hatte nicht einmal den Versuch unternommen, ihm eine Nachricht zu schreiben.

»Das glaube ich nicht, Lou!«, erwiderte Trish lächelnd, während sie mit einem dünnen Kamm einzelne Strähnen meiner Locken abtrennte und die Farbe vorsichtig darauf verteilte, sich mit dem Pinsel langsam nach hinten durcharbeitete.

Bisher hatte ich meine Haare immer selbst in Feuerfarben nachgefärbt. Es war etwas Persönliches. Etwas Intimes. Etwas, das nur mir allein gehörte. Und doch fühlte es sich in diesem Moment richtig an, Trishs Angebot mir zu helfen, angenommen zu haben. Sie hatte es längst geschafft, sich in mein Herz zu schleichen. So wie Leah früher.

Einen Moment beobachtete ich noch, wie Trish mit routinierten Bewegungen Strähne für Strähne bearbeitete, bevor ich in gespielter Empörung die Arme vor der Brust verschränkte. »Trish Summers, du hast mich angelogen«, warf ich ihr mit hochgezogenen Augenbrauen vor. »Du machst das nicht zum ersten Mal, oder?«

»Erwischt.« Ein breites Grinsen. »Ich wollte nur wissen, wie sehr du mir wirklich vertraust.«

Ich verdrehte die Augen, wenn auch mit einem Lächeln. Und als ich wieder in den Spiegel sah, warf Trish mir lachend eine Kusshand zu. Ich fing sie mit der rechten Hand auf, drückte sie mir in einer dramatischen Geste an die Brust.

Das hier war etwas, das ich eigentlich nur von Mel kannte. Dieses Lachen, diese Albernheiten, diese Unbeschwertheit.

Trish kicherte immer noch, und in der Stille zwischen den Sekunden veränderte sich etwas in der Art, wie ich sie sah. Und das war der Moment, in dem ich beschloss, ihr alles zu erzählen.

Zunächst kamen mir die Worte nur zögerlich über die Lippen, aber Trish hörte mir wirklich zu. Ließ mir Zeit, die richtigen Sätze zu finden. Und als die ganze Farbe auf meinem Ansatz verteilt war, stellte sie erst den Timer auf ihrem Handy richtig ein und setzte sich dann ebenfalls auf den Boden mir gegenüber, den Rücken an die Duschwand gelehnt, einen Kaffee zwischen den Händen.

Ich erzählte ihr, was nach diesem ersten Kuss auf dem Balkon passiert war. Von all den Blicken, wenn wir uns auf dem Campus oder in der WG über den Weg liefen. Dem Kribbeln auf meiner Haut. Von den Worten zwischen uns. Ich erzählte ihr von *Zwei an einem Tag*. Von diesem zweiten ersten Kuss, als die Welt um mich für einen Moment still gestanden hatte. Ich glaubte immer noch seine fordernden Lippen zu spüren, den festen Griff seiner Hände um meine Hüften. Sein Körper an meinem, mein Herz an seinem.

Trish sah nicht überrascht aus. Kein Stück. Und doch in gewisser Weise verwundert.

»Es war …«, begann ich erneut und senkte für einen Augenblick den Blick, grinste Trish dann an. »Wahrscheinlich sind die meisten Geschichten wahr. Paul weiß definitiv sehr genau, was er tut.« Doch schon im nächsten Moment wurde ich wieder ernst. Die Erinnerung, wie er mich ohne Vorwarnung von seinem Schoß gehoben hatte, drängte sich in mein Bewusstsein, sein Gesicht eine einzige Maske aus Kälte und Abweisung. »Er hat mich sitzen lassen, Trish. Einfach so und ohne Erklärung. In dem einen Moment küssen wir uns, und im nächsten steht er auf und geht. Und als wäre das nicht schon demütigend genug, habe ich nur noch mitbekommen, wie er Aiden danach seine Autoschlüssel in die Hand gedrückt hat und dann mit diesem Mädchen abgezogen ist. Und wir wissen alle ganz genau, dass sie ihn nicht bloß zurück zum Campus gefahren hat. So, wie sie sich schon den ganzen Abend an ihn rangeschmissen hat …« Bei dem Gedanken daran, wie sie mit Paul schlief, zog sich etwas in mir zusammen. Kalt wie Eis, klirrend wie Glas. Ich schluckte. »Ich …« Ich hielt inne und geriet ins Stocken, weil mir das Folgende so schwerfiel wie nichts zuvor. »Du hattest recht. Zwischen Paul und mir, da ist etwas.«

»Scheiße«, sagte Trish.

»Scheiße«, echote ich. Und wir lachten beide.

»Scheiße, Lou«, wiederholte Trish und sah mich mit einem Mal ernst an. »Jeder anderen würde ich sagen, dass sie die Finger von dem

Mistkerl lassen soll, bevor ihr das Herz gebrochen wird. Weil es das ist, was Typen wie Paul nun mal mit Frauen tun. Er gehört niemandem. Manchmal denke ich, Paul gehört nicht einmal sich selbst. Aber«, nachdenklich legte sie den Kopf schief und sah mich an, »nicht bei dir.«

»Wieso?« Zwei Silben. Eine Frage. Und doch so viel mehr.

Ein sanftes Lächeln. Ihre Hand an meiner. »Ich kenne Paul echt schon ewig. Aber so wie dich hat er echt noch nie jemanden angesehen!«

Ohne dass ich es wollte, stolperte mein Herz über diesen letzten Satz. Mein dummes, verräterisches Herz.

»Nein, ich ...« Ich schüttelte den Kopf und wusste doch nicht, was ich sagen wollte. Ich stützte mein Kinn auf meine verschränkten Finger und startete einen zweiten Versuch: »Ich hab wirklich keine Ahnung, was das zwischen Paul und mir ist. Und ob da überhaupt etwas ist. Es ist ja nicht einmal so, dass wir befreundet sind.« Für einen Moment schloss ich die Augen und dachte an den Sturm, der in ihm zu wüten schien. An dieses entwaffnende Lachen. Daran, wie frei ich mich in seiner Gegenwart fühlte. Wie ich bei ihm war: frech, fordernd, mehr ich selbst als irgendwo sonst.

Ich schluckte. »Ich habe Paul Dinge erzählt, die ich noch nie laut ausgesprochen habe, weil ich bei ihm das Gefühl habe, sie das erste Mal sagen zu können. Bei ihm ist es, als könnte wirklich nichts, das ich sage oder tue, die Art, wie er mich sieht, irgendwie ändern. Wenn wir zusammen sind, dann ist da ... etwas.«

Etwas, klang es in meinem Kopf nach. Je mehr Zeit wir miteinander verbrachten, desto bewusster wurde mir, dass das zwischen uns über sexuelle Anziehung hinausging, mehr war als der Wunsch, jeden Zentimeter von ihm zu spüren. Und gerade das war das Fatale, weil ich mein Herz an niemanden verlieren durfte. Ich würde es nicht verkraften, jemanden zu verlieren. Nicht mehr.

Prüfend sah Trish mich an, und als ich erneut zu sprechen ansetzte, spürte ich wieder dieses stechende Gefühl. Eine Tatsache, die ich mit aller Macht zu ignorieren versuchte. »Wenn wir allein sind, dann … Du weißt, wie Paul sein kann. Aber er hat mich darum gebeten, diesen ersten Kuss geheim zu halten. Hat ein Geheimnis daraus gemacht, wenn wir uns gesehen oder etwas unternommen haben. Ich weiß nie, was mich bei ihm erwartet. Im einen Moment ist er so … Er flirtet mit mir, ist aufmerksam und charmant. Und im nächsten ist er kalt und abweisend. Und auf so einen Scheiß habe ich einfach keine Lust. Ich bin nicht das Spielzeug von irgendjemandem.«

»Paul kann echt ein riesiges Arschloch sein, das will ich gar nicht bestreiten«, meinte Trish, während sie nachdenklich mit dem goldenen Ring in ihrer Nase spielte. »In der Zehnten wurde er für eine Woche vom Unterricht suspendiert. Er hat sich geprügelt und dem anderen Typen dabei die Nase gebrochen. Okay, unter anderem die Nase gebrochen. Aiden musste ihn zusammen mit zwei anderen von David runterziehen … Und natürlich hat Paul sich geweigert zu erzählen, wie es überhaupt dazu gekommen ist. Er hat sich uns gegenüber super abweisend verhalten. Sogar Aiden und ich haben wirklich überhaupt nichts aus ihm rausbekommen. Und David hat behauptet, dass Paul einfach grundlos auf ihn losgegangen wäre, als er gerade seine Bücher aus dem Spind geholt hat.«

Unwillkürlich fragte ich mich, wieso Trish mir das erzählte, schließlich ließ es Paul wirklich nicht im besten Licht dastehen.

»Als wir nach unserem Abschluss auf einer Party waren, war Paul irgendwann so betrunken, dass er endlich mit der Sprache rausgerückt ist. Als ich gemerkt habe, dass ich auf Frauen stehe, habe ich nie ein Geheimnis daraus gemacht. Ich habe mich nie geoutet, weil ich nicht eingesehen habe, dass ich so ein doofes Ereignis aus meiner sexuellen Orientierung machen muss, während niemand nachfragt, wenn man hetero ist. Und homophobe Arschlöcher gibt es eh überall, da musste ich einfach drüberstehen. Ich hatte in der Highschool einfach irgendwann eine Freundin. Punkt.« Für einen Augenblick holte Trish tief Luft und sprach dann weiter. »Jedenfalls hat David vor Paul scheinbar gesagt, dass es besser wäre, wenn Menschen wie ich sterben würden und ...«

Auch wenn sie es nicht aussprach, merkte ich an Trishs angespannter Körperhaltung, dass es ihr nicht leichtfiel, mir das zu erzählen. Und obwohl meine Haare und das Handtuch um meine Schultern voller Farbe waren und ich Aidens Shirt gleich ruinieren würde, nahm ich Trish in den Arm. Ich verstand nur zu gut, wie es sich anfühlte, für lange Zeit ungesagte Worte auszusprechen.

»Paul wollte mich auf seine Art beschützen, damit ich so etwas niemals selbst hören muss«, erklärte Trish, als sie sich schließlich mit einem dankbaren Lächeln von mir löste. »Was ich damit sagen will, ist, dass Paul manchmal echt ein Arsch ist, aber ein ganz schön toller.« Sie lächelte mich an. »Okay, oft ist er wirklich einfach nur ein Vollidiot, aber oft steckt auch mehr dahinter. Pass auf dein Herz auf, Lou, aber versuche herauszufinden, was dieses Mal dahintersteckt.«

Ich dachte über Trishs Worte nach. Vielleicht verhielt er sich mir gegenüber einfach nur wie ein Arschloch, wurde den Gerüchten gerecht, die über ihn kursierten. Vielleicht aber steckte hinter alledem auch eine Geschichte.

In diesem Moment fasste ich den Entschluss, dass ich Paul darauf ansprechen würde. Irgendwie sprühten Funken zwischen uns, und ich war dieses Hin und Her leid. Und ich war es leid, mir Gedanken wegen eines Kerls machen zu müssen. Ich war kein Spielzeug. Ich war kein Geheimnis. Und schon gar nicht war ich eine dieser Frauen. Das hier war keine schlecht verfilmte Liebesgeschichte, in dem das Good Girl den verkorksten Bad Boy vor seiner dunklen Seite rettete. Ich war mindestens genauso kaputt wie Paul.

Eine letzte Nachkommastelle, ein letztes Mal das Kratzen der Kreide auf der grünen Tafel und Professor Brown, ein hagerer Mittfünfziger mit einer runden Brille auf der Nase, drehte der Tafel mit einem zufriedenen Lächeln den Rücken zu.

In der letzten Reihe des Hörsaals legte ich den Stift mit einem Seufzen zur Seite und knetete meine rechte Hand. Freitags in *Elementary Linear Algebra* schrieb Professor Brown mit solch einer Begeisterung und vor allem unmenschlicher Geschwindigkeit – ich kam nicht nur schwer mit, am Ende der neunzig Minuten konnte ich außerdem meine Hand kaum mehr spüren.

Taschen und Rucksäcke wurden gepackt. Um mich knarzten die Stühle, Tuscheln und verwirrte Blicke, weil das Tempo bereits jetzt ordentlich anzog.

Ich wusste nicht, woran es lag, aber ich hatte ein natürliches Gespür für Zahlen, betrachtete sie wie alte Freunde. Mathematik war wie Schwimmen oder Fahrradfahren: Einmal das System begriffen, wusste man instinktiv, was zu tun war, und wie bei einem Puzzle fügte sich ganz natürlich eines zum anderen.

Und trotzdem war ich heute in all meinen Kursen nur halb bei der Sache gewesen. Meine Gedanken spielten Pingpong. Hin und her und unaufhaltsam.

Ich ließ mir Zeit dabei, Block und Stifte in meine Tasche zu packen, während die anderen in Grüppchen aus dem Hörsaal heraus in die nächsten Kurse stürmten. Ich hatte es nicht eilig. Immer wieder ging mir das letzte Gespräch mit Paul durch den Kopf. Wie ich mit dem Geständnis in Bezug auf Mel zum ersten Mal seit Jahren etwas wirklich Bedeutendes von mir und meinen Gefühlen preisgegeben hatte. Das Gefühl meiner Finger auf seiner tätowierten Haut. Die Intensität seines Blicks, kurz bevor wir uns geküsst hatten. Wie sich Pauls Körper unter meinen Händen schließlich mit einem Mal angespannt hatte. Und dazwischen immer wieder Trishs Worte: *Versuche herauszufinden, was dieses Mal dahintersteckt!*

Gerade wollte ich mir durch meine Locken fahren, doch ich bekam meine Spitzen nicht zu fassen und griff ins Leere. Nach dem Färben hatte Trish darauf bestanden, mir die Haare zu einer komplizierten Flechtfrisur aufzutürmen. Unzählige orangefarbene Zöpfe wanden sich nun um meinen Kopf. Unwillkürlich hatte ich ein Bild im Kopf, wie Paul jeden einzelnen davon lösen würde.

Und als ich schließlich den Saal verließ, begriff ich auf einen Schlag eine Sache: Paul war zwar der Sturm – aber nicht einer, vor dem man davonrannte, sondern einer, dem man hinterherjagte.

Paul

wenn du dich während des films nur ein einziges mal blicken lässt, bring ich dich um!

und was, wenn ich mir den film gern ansehen würde, kleiner? ;), provozierte ich Luca mit einem Grinsen. Er war wieder mal mürrisch mir gegenüber. Und das, obwohl letztendlich ich die rettende Idee für sein Date gehabt hatte, als ich diesen Flyer am schwarzen Brett entdeckt hatte.

Solange es warm genug dafür war, organisierten die Literaturstudenten jeden letzten Freitag im Monat ein Open-Air-Kino auf einer der Wiesen auf dem Campus. Getränke und Popcorn gab es auf Spendenbasis. Dass Trish und Bowie dort letztes Jahr ihr erstes Date gehabt hatten, deutete ich als gutes Zeichen. Und wie der Zufall es wollte, lief heute *Passengers* mit Jennifer Lawrence – Katies großes Vorbild, wie Luca mir erzählt hatte.

... und solltest du mich vor ihr kleiner nennen, bring ich dich noch mal um!

du weißt schon, dass man nur einmal sterben kann?

ich finde einen weg, paul!

Laut lachend, griff ich nach dem Rucksack, der vom Beifahrersitz gerutscht war, und schob ihn mir über die rechte Schulter.

leider glaube ich dir das, bruderherz. wie kommt ihr her?, wollte ich wissen. Ich hätte meine Schicht im Luigi's tauschen und den beiden anbieten können, sie mit dem Auto abzuholen. Aber mir war klar, wie uncool Luca das finden würde. Okay, gemeinsam mit dem Mädchen, auf das man stand, vom großen Bruder zu seinem ersten Date gefahren zu werden, war so oder so verflucht uncool. Nicht nur in Lucas Augen.
katie fährt
Anerkennend pfiff ich durch die Zähne.
zwei jahre älter und eigenes auto? mann, sie gefällt mir immer besser.
FUCK, schrieb Luca da plötzlich unvermittelt.
???
mann, scheiße, und worüber soll ich denn bitte mit ihr reden????
wer sagt, dass ihr reden müsst? :)
PAUL! VERDAMMTE SCHEISSE!
Lachend fuhr ich mir über den Bart und begann erneut zu tippen.
kein grund mich anzuschreien, kleiner!
ICH SCHREIE NICHT!
für mich fühlen sich großbuchstaben immer nach anschreien an.
Seufzend lehnte ich mich zurück. In dieser Hinsicht war ich ihm sicher keine große Hilfe. Ich wusste, wie man jemanden flachlegte. Wie ich eine Frau um den Verstand brachte. Aber der Tag, an dem Heather mich endgültig verlassen hatte, hatte mir deutlich vor Augen geführt, was für eine Art Mensch ich im Grunde war. In ihrem Blick hatte ich Angst und Schuldzuweisung gesehen. Und sie hatte recht: Es konnte schreckliche Konsequenzen haben, wenn mir jemand etwas bedeutete. *Zu viel* bedeutete. Es machte mich impulsiv, und letztendlich hätte Heather auf eine viel schlimmere Art verletzt werden können. Luca hatte den wahren Grund unserer Trennung niemals erfahren, dafür hatten mein Vater und sein Geld gesorgt. Mitunter deshalb verabscheute ich diesen sinnlosen Reichtum: Weil man sich damit sogar seine Freiheit erkaufen konnte – unabhängig davon, ob man tatsächlich schuldig war oder nicht.

Aber für Luca war ich kein schlechter Mensch. Ich war einfach sein großer Bruder. Also gab ich mir verdammt noch mal Mühe.
stell dir einfach vor, du würdest mit mir reden, schlug ich vor.
mann, willst du mich verarschen?
damit du mich ein drittes mal umbringen kannst? niemals! was ich damit sagen will ist: du bist echt witzig! deine sprüche sind fast so gut wie meine. wenn du du selbst bist, dann bin ich mir sicher, dass katie gar nicht anders kann, als sich in dich zu verlieben.

Plötzlich war da dieser seltsame Drang in mir, Louisa davon zu erzählen. Davon, wie Luca sich fast in die Hose machte, und wie sehr ich ihm wünschte, dass dieses Mädchen so sehr auf ihn stand wie er auf sie. Dass es zumindest für ihn ein Happy End geben würde.

Meine Finger schwebten bereits über ihrer Nummer. Doch letztendlich rieb ich mir nur genervt über den Bart und schnaubte: keine Nähe. Eine meiner Regeln. Also riss ich stattdessen schwungvoll die Tür meines Pick-ups auf und steuerte die Eingangstür vom Luigi's an. Teig kneten. Etwas mit den Händen machen. Giovannis ohrenbetäubender Gesang, der jeden einzelnen Gedanken zum Schweigen bringen konnte. Das war genau das, was ich in diesem Moment dringend brauchte. Alles war besser, als ständig an diesen verletzten Ausdruck in Louisas geweiteten blauen Augen zu denken, in dem Moment, in dem ich gegangen war. Der Geschmack ihrer Lippen hatte mich auf Schritt und Tritt verfolgt.

Eigentlich war sie bloß eins von vielen Mädchen, das ich ins Bett hatte bekommen wollen. Das war es zumindest, was ich mir einzureden versuchte.

13. KAPITEL

Louisa

Am späten Nachmittag tauchten die letzten Sonnenstrahlen des Tages das Firefly und seine roten Wände in ein warmes Licht, während feiner Staub in der Luft tanzte. Ich nickte Brian durch seine offene Bürotür zu und band mir im Mitarbeiterraum meine Schürze um. Ich ließ meinen Blick über die Gäste schweifen, wie von selbst wanderte er dann zu meinem Lieblingsplatz an der Fensterfront, an dem ich an meinem zweiten Tag auf dem Campus stundenlang in *Alles Licht, das wir nicht sehen* gelesen hatte. Das Mädchen, das heute dort saß, zog ebenfalls ein Buch aus ihrer Tasche und begann darin zu blättern. Es war *Der Hobbit*, und mit einem Lächeln gab ich noch einen weiteren großzügigen Löffel des cremigen Milchschaums auf ihren Latte Macchiato, bevor ich ihn an ihren Tisch brachte. Da war immer dieses Kribbeln auf meiner Haut, wenn ich Menschen mit einem Buch in den Händen sah, welches ich selbst gelesen und vor allem abgöttisch geliebt hatte. Und ich dachte mir, dass so ein Leben als Hobbit mir gefallen würde, mit Freunden wie Sam, Merry und Pippin und mindestens sechs Mahlzeiten am Tag.

Ich verteilte die restlichen Bestellungen an den wenigen Tischen, die momentan belegt waren. Ich hatte den Job hier nicht nur wegen des Geldes angenommen, sondern weil ich mir selbst etwas beweisen wollte. Weil mein Umzug nach Redstone für mich auch bedeutete, zu einer Version von mir zurückzufinden, die ich vor fünf Jahren verloren hatte – die aber definitiv noch in mir war. Um meine Vergangenheit abzulegen wie ein altes Kleidungsstück, das einem nicht mehr gefiel. Aber niemals hätte ich damit gerechnet, dass mir die Arbeit im Firefly tatsächlich Spaß machen würde. Es war nicht nur diese magische Atmosphäre, sondern auch Trishs fröhliche Art, die mich jedes Mal ansteckte und dafür sorgte, dass mein Job sich nicht nach Arbeit anfühlte. Zu Madison, Claire und Liam, die hier ebenfalls arbeiteten, hatte ich nicht diese Art von Verbindung. Sie gaben sich zwar Mühe, doch ich war noch nicht so weit, so viele Menschen in mein Leben und letztendlich in mein Herz zu lassen.

Gerade, als ich mit meiner ersten Runde fertig war, kam Trish von einem Klingeln und einem Schwall kalter Luft begleitet zur Tür herein. Wie immer zu spät. Die Jacke nur halb zugeknöpft, die Wangen gerötet.

»Bowie?«, fragte ich und lachte bei dem Anblick ihrer offenen, zerzausten Haare in mich hinein.

»Bowie!«, bestätigte sie mit einem breiten Grinsen auf den Lippen und in den grauen Augen. Und dann schlich sie sich an Brians offener Bürotür vorbei.

Im Minutentakt schwang die Tür in den nächsten Stunden auf und wieder zu. Immer begleitet vom leisen Bimmeln. Nahezu alle Tische waren belegt, und trotzdem strömten auf der Suche nach einem freien Platz nach Ende des Open-Air-Kinos weiterhin Leute in das Firefly. Trish und ich waren durchgehend in Bewegung, redeten außer kurzen Anweisungen und Bitten kaum miteinander. Zum Glück hatte wenigstens die Küche bereits geschlossen, sodass ich mich ganz auf das Balancieren meines vollen Tabletts konzentrieren konnte. Und währenddessen wirbelte eine Mischung aus leiser Musik, wilden Diskussionen über den Film und lautem Gelächter durch die Luft.

»… so wahnsinnig viel Talent! Ich meine, sie hat sogar schon einen Oscar, was ich wirklich krass finde. Und dann ist sie auch noch echt jung. Und trotzdem wirkt sie total sympathisch und null abgehoben!«, meinte das schwarzhaarige Mädchen mit den blau gefärbten Spitzen, vor der ich gerade eine Tasse Cappuccino platzierte, begeistert zu ihrer Begleitung. Sie schien ein großer Jennifer-Lawrence-Fan zu sein und war mir schon vorher aufgefallen – es lag an diesem wachsamen Blick, der eine unglaubliche Ruhe ausstrahlte. Sie schien genau dort zu sein, wo sie hingehörte. Und obwohl sie ein paar Jahre jünger sein musste als ich, konnte ich nicht anders, als sie ein kleines bisschen zu beneiden: Denn während ich mich noch fragte, wann genau ich mich verloren hatte, schien sie ganz genau zu wissen, wer sie war.

Als ich schließlich auch dem Jungen neben ihr sein Getränk hingestellt hatte, sah er für einen Moment auf: ein Blick aus strahlend grünen Augen. Dazwischen winzige braune Flecken. »Danke!«, sagte er mit einem frechen Grinsen und strich sich die zerzausten dunkelblonden Haare nach hinten. Um am RSC zu studieren, war er zu jung. Vielleicht besuchte er jemanden auf dem Campus?

Auf dem Weg zurück zur Theke sah ich aus dem Augenwinkel schließlich, wie er dem Mädchen neben sich eine Hand auf den Oberschenkel legte. Vorsichtig und doch selbstverständlich. Und ich war mir sicher, dass ich vor ein paar Jahren sicher auch auf diesen Kerl gestanden hätte. Bei den beiden schien es so leicht zu sein. So unkompliziert. Sie sahen nach *To all the Boys I loved before* oder *Love, Simon* aus: Nach in der Länge eines Films leicht zu behebenden Problemen, nach Sehnsucht und nach erster großer Liebe. Und doch: Um zu bemerken, dass sie dabei waren, sich Hals über Kopf ineinander zu verlieben, hätte ich nicht einen einzigen meiner Liebesromane lesen müssen.

Nachdem sich das Firefly von dem plötzlichen Ansturm erholt hatte und die ersten Gäste bereits wieder gegangen waren, räumte ich an der Bar das schmutzige Geschirr auf. Gerade machte ich die Spülmaschine an, als der süße Typ mit den grünen Augen sich vor mir an der Theke aufbaute und mich nach zwei Cola fragte. Ich stellte ihm zwei Flaschen mit bunten Strohhalmen darin hin.

»Hey mein Süßer«, meinte Trish plötzlich, die mit zwei Kisten mit gekühlten Getränken aus dem Lager kam. »Deine Kleine gefällt mir.«

Er grinste erst schief, sah Trish dann aber finster an. »Okay, was hat Paul dir erzählt?«

Paul? Verwirrt sah ich zwischen den beiden hin und her.

Trish hob beide Hände. »Erstens bin ich die große Schwester, die du nie hattest und habe ein Recht darauf, *alles* zu erfahren. Und zweitens war aus Paul wirklich rein gar nichts herauszubekommen. Du weißt, wie verdammt stur er sein kann. Ich hab einfach Augen im Kopf.« Trish holte zwei Muffins aus der Glasvitrine, legte sie zusammen mit zwei Servietten auf einen Teller und schob sie ihm zu. »Und weil das mit euch so offensichtlich ein Date ist, gibt's die aufs Haus, Luca.«

Bei dem Klang seines Namens fügte sich plötzlich ein Puzzleteil ins nächste. Luca, Pauls kleiner Bruder? Natürlich. Dann war das Mädchen mit den schwarzen Haaren sicher Katie. Jetzt fielen mir auch die Ähnlichkeiten auf: der Schwung der Nase, das markante Kinn und das Funkeln in den Augen. Und wieso mir dieses schiefe Grinsen vom ersten Moment an so vertraut erschienen war. Er war süß, und im Gegensatz zu Paul umgaben ihn keine düsteren Schatten. Wie eine hellere Version.

Unverständlich murmelte Luca etwas. Er fuhr sich durch die Haare, die im Gegensatz zu denen von Paul leicht gewellt waren. Und ich wusste nicht, ob es an der leichten Röte lag, die sich auf seinen Wangen ausbreitete, seiner Ähnlichkeit zu Paul oder daran, dass ich ihn einfach niedlich fand – aber ich wollte ihn unbedingt vor Trishs Kommentaren retten. Also beugte ich mich vor. »Hey«, ich lächelte, »ich bin Louisa.«

Erleichtert sah er mich an. Seine Mundwinkel zuckten. »Luca«, sagte er knapp. »Bist du auch mit Paul befreundet?«

»Ähm ...« Ich zögerte. Dachte an all das, was zwischen uns stand. »Ja«, sagte ich schließlich trotzdem.

»Aha«. Das Grün bohrte sich in mein Blau. Und der Blick, mit dem er mich bedachte, wirkte, als wäre er plötzlich fünf Jahre älter. Und als würde er nur zu gut wissen, auf welche Art ich Paul kannte.

»Ich wohne mit Aiden zusammen«, erklärte ich deshalb schnell.

Da schaltete Trish sich wieder ein. »Ach so, und Luca?«

»Yes?«

»In der Nähe vom Eingang ist so eine Nische in der Wand. Die eignet sich super zum Rumknutschen!«

Luca verdrehte die Augen. »Scheiße, was ist eigentlich los mit Paul und dir?« Er schnappte sich Cola und Muffins und drehte sich auf halbem Weg noch einmal zu Trish um. »Mann, manchmal kann ich euch beide echt nicht ausstehen!«

»Das stimmt nicht!« Trish schüttelte lachend den Kopf und streckte ihm die Zunge raus.

Ein Blick zu mir. »Ansonsten ... Louisa kennt sicher noch nicht alle Geschichten von dir, Patricia!«

»O Gott, er weiß genau, wie sehr ich diesen Namen hasse«, beschwerte Trish sich an mich gewandt. Nachdenklich sah sie ihm hinterher – Pauls kleinem Bruder.

»Du bist aber auch fies, *Patricia*«, sagte ich mit einem leisen Grinsen zu Trish, als Luca sich wieder neben seinem Date auf das Sofa fallen ließ. »Der Arme!«

»Ach was«, winkte Trish lachend ab, »ich kannte Luca schon, als er noch Windeln getragen hat.«

»Das ist vielleicht noch so eine Sache, die du während dieser ganzen Date-Geschichte hier nicht unbedingt erwähnen solltest«, warf ich ein, während ich eine meiner gelösten Locken in langsamen Bewegungen wieder auf meinem Kopf befestigte. »Ich würde übrigens gern auf die Sache mit den Geschichten zurückkommen«, erinnerte ich an Lucas Kommentar. Ich wollte nicht an Paul denken, und eine von Trishs Stories war jetzt die beste Ablenkung.

Und wie immer, wenn sie zu erzählen begann, schaffte sie es, jede noch so kleine Banalität nach einem lebensverändernden Abenteuer klingen zu lassen. Das Grau ihrer Augen blitzte, während sie ihre

Erzählung mit großen Gesten unterstrich. Doch plötzlich wurde Trishs Stimme immer leiser, vermischte sich mit Gesprächen und vereinzeltem Lachen, das durch den Raum flog.

Es war verrückt, wie ich Pauls Präsenz zu spüren schien, noch bevor ich ihn tatsächlich sah. Und wie von selbst folgte mein Blick seinen selbstsicheren Schritten durch das Firefly. Neben dem Tisch von Luca und Katie blieb er stehen, die Hände in den Hosentaschen. Diese Grübchen, als er lächelte! Er boxte Luca spielerisch in die Seite und unterhielt sich kurz mit Katie. Und je länger ich ihnen zusah, desto mehr berührte der Anblick des liebevollen Umgangs zwischen Paul und Luca etwas in mir. Vielleicht weil sie mich in gewisser Weise an Mel und mich erinnerten. Paul sah aus wie der Kerl, den ich inzwischen kannte, und gleichzeitig doch völlig anders. Die Augen waren heller, das Tosen darin klarer. Als würde Lucas Anwesenheit das Dunkle in Paul schlucken. Nur das Lachen war gleich.

»Lou?« Trish sah mich fragend an, und ich fühlte mich ertappt, als sie meinem Blick folgte. Eine Entschuldigung lag mir auf der Zunge, weil ich ihr nicht zugehört hatte. Doch dann bemerkte ich im Augenwinkel, wie Paul zielstrebig auf uns zukam. Sich das dunkle Haar in dieser für ihn typischen Geste aus der Stirn strich. In einer fließenden Bewegung ließ er sich auf einen der Hocker fallen, umarmte Trish über die Theke hinweg mit seinem schiefen Grinsen, »Hey, Zwerg!«, und ich floh nach hinten ins Lager, murmelte etwas von *Getränke holen gehen*. Die perfekte Ausrede. Denn am Lake Superior hatte sich etwas zwischen Paul und mir verschoben – zumindest in meiner Welt. Und ich war noch nicht bereit, Feuer und Sturm aufeinanderprallen zu lassen.

Paul

Shit. Beinahe hätte ich zu Luca vor Katie »Kleiner« gesagt.

Seinem finsteren Blick nach zu urteilen, hatte er das bemerkt, sie zu meinem Glück aber nicht.

Auch wenn ich kurz mit den beiden geredet hatte, beobachtete ich sie verstohlen von der Bar aus. Möglichst unauffällig, hoffte ich. In gewisser Weise erinnerte Katie mich an Louisa. Kein Mädchen aus Feuer, eines aus Glas. Nicht zerbrechlich. Sondern unnachgiebig, auf so eine ganz spezielle Art elegant, nicht einschüchternd. Ein Mädchen aus Obsidian. Und ja, ich musste gestehen, dass ich Luca verstand: Sie saß da auf diesem grünen Sofa mit ihren siebzehn Jahren, als würde ihr die verfluchte Welt schon jetzt gehören. Und ja, ihr kaufte ich absolut ab, dass es ihr scheißegal war, was andere über sie dachten. Ein düsteres Schneewittchen in schwarzer Lederjacke: Dunkel umrandete Augen mit einem aufmerksamen Blick, dem nichts zu entgehen schien.

Ich glaubte nicht, dass Katie bemerkte, wie nervös Luca immer noch war. Er überspielte es richtig gut mit seinem schiefen Grinsen und dem frechen Funkeln in den grünen Augen. Mit seinen Witzen und Sprüchen. Und wie er sie immer wieder zum Lachen brachte! Aber, verdammt, ich kannte meinen kleinen Bruder besser als jeder andere.

»So laut, wie du den Film kommentiert hast, ist es ein Wunder, dass wir ihn zu Ende sehen durften und nicht vom Platz gejagt wurden«, hörte ich Luca mit einem verschmitzten Ausdruck im Gesicht zu Katie sagen. Genau diese eine Sekunde Stille zwischen zwei Songs. Jetzt legte er ganz selbstverständlich den Arm um sie, um sie näher an sich heranzuziehen. Anerkennend zwinkerte ich ihm zu. Dafür, dass er sich zuerst so angestellt hatte, machte er seine Sache wirklich ausgesprochen gut. Seine Blicke sprachen Bände, und ich war mir sicher, dass es Katie nicht anders ging, so wie sie sich gegen ihn lehnte und ihn ansah. Lucas erster Kuss würde nicht mehr lange auf sich warten lassen. Und es war an der Zeit, dass ich hier möglichst bald verschwand. Schließlich wollte ich ein guter großer Bruder sein und ihm nicht die Tour vermasseln.

Ich schnappte mir also meine Jacke, wuschelte Trish durch ihre Haare und verließ das Firefly.

Kaum hatte ich den ersten Zug meiner Zigarette genommen, ging plötzlich die Tür auf, die ich gerade noch hinter mir geschlossen hatte. Da stand ausgerechnet Louisa und sah mich direkt an. Ihr Blick bohrte sich in meinen. Unaufhaltsam. Zwei blaue Ozeane, das letzte Mal zuerst so offen und dann so verletzt. Und doch konnte ich ihren Blick in diesem Moment nicht deuten. So hatte sie mich noch nie angesehen: tiefes Blau und nicht die geringste Ahnung, was dahinter lag. Am liebsten würde ich die unzähligen kleinen Zöpfe, zu denen ihre Locken heute geflochten waren, nach und nach lösen und meine Hände anschließend in den Feuerlocken vergraben. Louisa an mich ziehen und ihr jede einzelne Geschichte erzählen, die ich kannte, nur um Begeisterung in ihren Augen zu sehen.

Schnell wandte ich mich wieder ab. Verlor mich in der Unendlichkeit des Himmels statt in ihrem Blick. Das, was am Lake Superior passiert war, durfte sich aus so vielen Gründen nicht wiederholen – doch in Louisas Gegenwart traute ich meiner Selbstbeherrschung und vor allem mir selbst kein Stück über den Weg.

Und nicht zum ersten Mal fragte ich mich, was zur Hölle mit mir los war. Das hier musste aufhören. Endgültig.

Louisa

Rauchend lehnte Paul an der Wand neben dem Eingang. Halb im Lichtkegel der Laterne, halb im Schatten. Eine Hand in die Hosentasche seiner Jeans geschoben. Seine Jacke lag neben ihm auf der Bank, und so sah ich wieder die verschlungenen Linien, die sich um seinen Oberarm bis unter sein schwarzes Shirt wandten – mehr konnte ich immer noch nicht erkennen.

»Geh schon«, hatte Trish eben noch gemurmelt und zur Tür genickt, durch die Paul verschwunden war. »Ich komm hier schon klar«, hatte sie schnell hinterher geschoben, während sie die dreckigen Tassen in die kleine Spülmaschine unter der Theke geräumt hatte. Das hier war nicht der ideale Ort und schon gar nicht der perfekte Zeitpunkt, das war mir bewusst. Aber beides zusammen war eine Gleichung, die im Leben nur selten aufging. Also hatte ich zögerlich die Schleife meiner Schürze gelöst.

Draußen streichelte die kühle Luft mein erhitztes Gesicht, und der Himmel leuchtete in allen Schattierungen von Blau.

Mit einem tiefen Seufzen lehnte ich mich neben ihn an die Wand, die Beine überkreuzt. Ich wartete. Auf eine Eingebung. Auf die Erinnerung an das, was ich ihm hatte sagen wollen. Die Luft war wie elektrisch geladen, und das Herz schlug mir mit einem Mal bis zum Hals, jagte Adrenalin durch meinen ganzen Körper. Meine Haut stand unter Strom, und jeder einzelne Atemzug schien sich in Minuten zu verwandeln.

Versuch herauszufinden, was dieses Mal dahintersteckt!

Ich schluckte. Plötzlich war ich mir absolut sicher, dass, was auch immer ich gleich aussprechen würde, alles verändern würde: eine durch meine eigenen Worte erschaffene Zäsur.

Doch als ich schließlich glaubte, den Mut gefasst zu haben, kam Paul mir zuvor. »Du siehst heute wunderschön aus, Louisa«, sagte er, ohne mich anzusehen. Den Blick hielt er fest auf den Himmel gerichtet und auf den Punkt, an dem die Sonne hinter den Bergen verschwunden war.

Aber ich sah *ihn* an: die breiten Schultern und die glühende Zigarette zwischen den Fingern. Seine markanten Gesichtszüge mit dem ausgeprägten Kinn und dunklem Bart. Er strahlte jetzt im Gegensatz zu vorhin im Inneren des Cafés etwas Düsteres aus, schien angespannt zu sein. So als wäre da etwas in Paul, das kurz vor der Explosion stand.

Du siehst heute wunderschön aus, Louisa!

Damit hatte ich nicht gerechnet. Nicht mit diesem Satz und nicht mit der Ernsthaftigkeit, mit der er dabei jedes einzelne Wort betonte. Als hätten diese sechs Wörter eine tiefere Bedeutung, die sich mir entzog, ihm aber erschloss. Und während Paul seine Zigarette an der Hauswand ausdrückte, spürte ich trotz meines rasenden Herzens, wie sich tief in meinem Bauch zuerst Ungeduld, dann leise ein anderes Gefühl ausbreitete. Mir war selbst nicht klar, was ich erwartet hatte. Theoretisch schuldete Paul mir überhaupt nichts, auch keine Erklärung. Und doch versetzte mir der erneute Gedanke an Olivia und ihn einen Stich. Übelkeit stieg in mir hoch bei der Vorstellung von ihm in ihr noch am gleichen Abend, an dem ich fast selbst mit ihm geschlafen hätte – als wäre ich nur ein krankes Vorspiel gewesen. Und da begriff ich: Dieses andere Gefühl tief in mir war ... Wut.

»Ist das dein Ernst? Das ist alles, was du mir zu sagen hast?«, brach es da schon unaufhaltsam aus mir heraus. Tief atmete ich ein und aus, versuchte ruhig zu bleiben. Konzentrierte mich auf das Gefühl der grob verputzten Wand unter meinen Fingerspitzen. Auf die Gruppe kichernder Mädchen, die gerade das Firefly verließen.

Finde heraus, ob er einfach nur ein Arschloch ist oder es eine Geschichte gibt, ermahnte ich mich selbst. Doch als würde dieses brennende Gefühl statt Blut durch meine Venen fließen, breitete es sich immer weiter in mir aus, als Paul sich mit einem schiefen Grinsen zu mir drehte. So als wäre zwischen uns alles wie immer. Und für einen Moment erlaubte ich mir doch, mich in seinen Bernsteinaugen zu verlieren.

»Es ist nur das, was ich denke«, sagte Paul und machte einen Schritt auf mich zu. Einen zweiten. Und noch einen. Und seine Hände fanden automatisch ihren Weg an meine Taille, lagen dort. Warm und schwer und genau richtig. Zogen mich mit einem festen Griff gegen seine Brust. »Der Anblick dieser Zöpfe bringt mich auf dumme Ideen, Feuermädchen«, wisperte er an meinem Ohr. Bei dem Gefühl seines heißen

Atems, der erst über die Haut meines Gesichts und dann meine Lippen strich, musste ich an einen Beinahe-Kuss denken, der ein richtiger geworden war. An mein aussetzendes Herz. Und ich dachte gleichzeitig daran, wie er nur Minuten später eine andere mit nach Hause genommen hatte. Wie er mich hatte sitzen lassen. Wie dieser Kerl aus allem, was mich betraf, ein scheiß Geheimnis machte.

»Nenn mich nicht so, Paul!«, erwiderte ich ungehalten und schob seine Hände von mir, stolperte einen Schritt zurück in die Leere hinter mir.

Er musterte mich mit einem Ausdruck in den Augen, der beinahe schon verzweifelt wirkte. Und als hätte er einen Schalter umgelegt, verzogen sich seine Lippen plötzlich zu einem spöttischen Lächeln. »Sonst schien es dir gefallen zu haben, wenn ich dich so genannt habe, Louisa«, sagte er langsam und verschränkte die Arme vor der Brust.

Einen Wimpernschlag lang starrte ich ihn einfach nur ungläubig an. Woher nahm dieser Kerl sich das Recht heraus, mit mir umzuspringen, wie es ihm gerade in den Kram passte? Das war der Moment, in dem das Feuer in mir mich endgültig überrollte. »Was willst du eigentlich von mir?«, zischte ich wütend. Der ungewohnt harte Klang meiner eigenen Stimme vertrieb die Leere in meinem Kopf, und ich fand all die Sätze wieder, die ich Paul nur zu gern entgegenschleudern wollte. Dabei wollte ich nicht wütend sein, weil mit Wut auch immer das Verletzlichsein einherging. Dass jemand einem zu viel bedeutete. Gleichgültigkeit war das, was ich fühlen wollte.

Ich machte noch einen Schritt zurück und gab Paul gar keine Gelegenheit mir zu antworten, weil mein Mund dabei war einfach überzulaufen: »Ich würde wirklich gern wissen, was eigentlich dein scheiß Problem ist!«, sagte ich viel zu laut. »Du flirtest mit mir, du küsst mich, du sagst mir, dass du mit mir schlafen willst. Du suchst ständig meine Nähe, läufst mir auf dem Campus ständig *zufällig* über den Weg. Die Sache mit der Buchhandlung. Und dann machst du da so ein bescheuertes

Geheimnis draus. Was ist so schlimm daran, dass wir Zeit miteinander verbringen? Schämst du dich aus irgendeinem Grund für mich? Aber das Schlimmste ist, dass du erst mit mir rummachst, mir sagst, dass du mich willst«, meine Stimme schraubte sich unaufhaltsam immer weiter nach oben, während Pauls Gesichtsausdruck sich immer mehr verfinsterte, »und dann lässt du mich ohne Erklärung sitzen, und nur ein paar Minuten später ziehst du los und schleppst jemanden ab. Vor meinen Augen. Hättest du nicht wenigstens bis zum nächsten Tag warten können, bis du die Nächste vögelst? Das hat einfach etwas mit Respekt zu tun. Hast du deinen Schwanz echt so wenig im Griff?«

Finster sah Paul mich an, eine tiefe Falte zwischen den Augenbrauen. Er baute sich mit einem Knurren vor mir auf, den ganzen Körper angespannt, die Hände zu Fäusten geballt. »Meinst du den Scheiß gerade echt ernst, Louisa? Wer hat mir auf Lukes Party denn plötzlich die Zunge in den Hals gesteckt? Wer hat mich nachts gefragt, ob ich mit nach oben kommen will? Wer hat sich am Lake Superior einfach auf meinen Schoß gesetzt und mir etwas von *Versuchungen sollte man nachgeben* erzählt? *Du* bist doch die, die sich die ganze Zeit an mich ranschmeißt und nicht kapieren will, dass ich verflucht noch mal vögeln kann, wen ich will! Ich habe meinen Schwanz im Griff, aber du dich scheinbar nicht!«

Fassungslos starrte ich Paul an, vergaß für den Bruchteil einer Sekunde, wie man richtig atmete. Obwohl das, was er da sagte, nicht einmal unbedingt falsch war, war es doch nicht die ganze Wahrheit. Er machte es sich leicht, indem er es so hindrehte, wie es ihm passte.

Wir starrten uns wütend an. Ich verschränkte die Arme vor der Brust: ein Schutzschild vor seinen Worten.

»Und du denkst, das ist alles, worum es geht? Wer sich besser im Griff hat?« Laut lachte ich auf und schüttelte ungläubig den Kopf. »Was ist mit unseren Gesprächen? Ich habe dir Sachen anvertraut. Wichtige Sachen. Und ich bin mir sicher, dass du mir auch Dinge erzählt hast, die sonst kaum jemand über dich weiß. Und ich dachte ... Ich dachte, wir wären zumindest so etwas wie Freunde.«

»Freunde?« Ausdruckslos sah Paul mich an. »Du machst doch ständig dieses große scheiß Geheimnis aus dir und deinem Leben. Weichst mir ständig aus. Jeder noch so kleinen Frage. So funktioniert das nicht, Louisa!«

Ein Stich ins Herz. Brutal und schneidend, weil das, was Paul sagte, viel zu wahr war. *Aber du weißt doch, wer ich bin*, wollte ich am liebsten schreien. *Ich sehe doch, dass du genauso viel versteckst wie ich*, wollte ich ihm am liebsten entgegenschleudern. Ich stolperte einen Schritt zurück, kurz davor, mich einfach umzudrehen und zu gehen ...

Aber ich blieb, weil die Zeit des Davonlaufens vorbei war. Die Angst, dass ich immer und überall mit meiner verschlossenen Art anecken würde, verwandelte sich in noch mehr Wut, weil Paul ... Bei ihm hatte ich dummerweise das Gefühl gehabt, er würde *es* verstehen, würde *mich* verstehen. Aber für ihn war all das, was ich ihm erzählt hatte, scheinbar nur nichts.

Da brach es doch aus mir heraus. Unaufhaltsam, wie Feuer, das man zu löschen versucht und es dabei nur noch mehr entfacht. »Ja, du kennst mich nicht, Paul!«, schrie ich, und mit jeder Silbe schraubte sich meine Stimme weiter nach oben. Es war mir egal, dass die Leute, die zufällig an uns vorbeiliefen, mich irritiert musterten. »Du weißt nicht, woher ich komme und wer ich war. Ich habe dir nie erzählt, dass mein Dad an meinem elften Geburtstag zwei Katzen mit nach Hause gebracht hat, eine für meine Schwester und eine für mich. Und dass ich ihn nur wenige Jahre später habe sterben sehen. Dass meine Mom Alkoholikerin ist, seit das passiert ist. Und süchtig nach allen möglichen scheiß Tabletten. Dass ich plötzlich erwachsen sein musste, um zu versuchen, sie zu retten. Und dass ich mich selbst dabei irgendwie vergessen habe. Und weißt du, wieso? Ich habe nichts davon gesagt, weil du mir das Gefühl gegeben hast, dass ich bei dir ich selbst sein kann, und ich zum ersten Mal nicht über meine Vergangenheit definiert werde. Dass für dich nur zählt, was für ein Mensch ich *jetzt* bin und du mich so siehst, wie ich bin.« Ich reckte mein Kinn in die Höhe und sah ihn mit verschränkten Armen fest an, wich keinen Zentimeter mehr zurück. »Aber da habe ich mich wohl getäuscht.«

Ich blinzelte die Tränen so fest ich konnte zurück, straffte stattdessen die Schultern. In den letzten fünf Jahren hatte ich nur zwei Mal geweint. Manchmal dachte ich, die angestauten Tränen in mir waren alles, was mich von innen noch zusammenhielt. Und ich hatte Angst, dass ich, sobald ich anfing zu weinen, zerfließen würde, bis nichts mehr übrig war. Und das würde mir ganz sicher nicht vor Paul passieren.

Mit beiden Händen rieb er sich über das Gesicht. »Aber das tue ich, Louisa! Ich verstehe dich«, sagte er dunkel. Seine Stimme fuhr mir durch den ganzen Körper. Und so, wie er mich gerade ansah … Genau *das* war das Problem zwischen uns. In dem einen Moment brachte Paul mich zum Lachen, teilte mit mir seine deutschen Lieblingswörter, sah mich mit dieser Wärme und diesem Verständnis in den Augen an. Und im nächsten Augenblick stieß er mich grundlos von sich, verheimlichte vor unseren Freunden, dass wir Zeit miteinander verbrachten, küsste mich nur, wenn es keiner erfuhr oder sah. Sagte Dinge, von denen er zumindest ahnen musste, wie sehr sie mich verletzen würden.

Es reichte mir. Ich hatte keine Zeit und Energie, herauszufinden, wieso Paul sich wie ein Arschloch benahm. Oder was der Sturm hinter seinem breiten Lächeln mit den Grübchen zu bedeuten hatte. Ich war nicht die Protagonistin aus einem schlechten Collegefilm, und es war ganz sicher nicht meine Aufgabe, diesen verkorksten Typen zu retten.

»Nein, Paul! Sag das nicht!«, sagte ich schließlich immer noch viel zu laut, während ich mir müde über das Gesicht rieb. Meine Stimme klang brüchig. »Würdest du wissen, wer ich bin, dann wüsstest du, wie sehr ich Geheimnisse hasse. Und ich fühle mich langsam wie deines!«

Bitter lachte Paul auf. »Was erwartest du von mir, Louisa? Dass wir Händchen haltend in den Sonnenuntergang reiten wie in einem deiner Liebesromane? Tu nicht so, als wüsstest du nicht, wie das mit Typen wie mir läuft. Ich gehöre niemandem! Ich bin niemand für etwas Ernstes, bei mir gibt es keine Nähe.«

Wenn man mit ihm befreundet ist, dann tut er wirklich alles für einen, aber abgesehen davon, zieht er eine Spur aus gebrochenen Herzen hinter sich her, egal, wohin er geht, schossen mir schon wieder Trishs Worte durch den Kopf.

»Und wieso vögeln wir dann nicht einfach?«, sagte ich laut genug, dass eine Gruppe Studenten in der Nähe sich irritiert zu uns umdrehte.

O mein Gott. Ich biss mir auf die Unterlippe und atmete tief durch, versuchte mich zu beruhigen, überrascht von meiner eigenen Direktheit. Und dafür brauchte ich nur jemanden wie Paul, der mich zur Weißglut trieb. Ich musste eindeutig weg hier. Weg von Paul. Ich war nicht mehr in der Lage, einen einzigen klaren Gedanken zu fassen.

»Louisa…«, murmelte er und schüttelte dann den Kopf, strich sich die braunen Haare aus der Stirn. Stille. Kein Wort, das seine Lippen verließ. »Weißt du was, Paul? Fick dich! Fick dich einfach! Ich habe keine Lust, dein scheiß Spielzeug zu sein.« Ich schluckte hart, legte mir eine Hand auf den Bauch, als könnte ich so etwas gegen die in mir aufsteigende Übelkeit tun. Ich blinzelte und wusste nicht, was hier gerade passierte. Alles, was ich wusste, war, dass ich mir vor diesem Kerl nicht noch mehr Blöße geben wollte. Etwas, das ich heute bereits zur Genüge getan hatte. Ich hatte gerade weder mich noch meine Gefühle im Griff.

Also verwandelte ich mich mit dem nächsten Atemzug wieder in die Version meiner selbst, die ich sowieso alle sehen ließ. Die Unerschütterliche. Die Ruhige. Die Starke. Die, die sich nicht verletzen ließ. Von nichts und niemandem.

Und doch drehte ich mich noch ein letztes Mal um.

»Tu mir einfach einen Gefallen: Wenn du dich in Zukunft wieder durchs College vögelst, weil das Typen wie du eben so machen, dann benutze gefälligst nicht mehr mich für deine Spielchen!«

Paul

Das war jetzt echt so richtig schiefgelaufen! Am liebsten hätte ich mindestens die Hälfte von dem, was ich da gerade gesagt hatte, zurücknehmen wollen. Weil es Bullshit gewesen war und ein Teil von mir das nur zu gut wusste. Weil es zu hart gewesen war. Aber manchmal gab es im Leben weder ein Zurück noch eine zweite Chance. Wer konnte besser wissen als ich, welch weitreichende Konsequenzen eine einzige impulsiv getroffene, aber falsche Entscheidung haben konnte?

»Ich ...«, setzte ich an, verfiel dann doch wieder in Schweigen, sah Louisa stattdessen an: Die orangefarbenen Zöpfe, aus denen sich bereits einzelne Strähnen gelöst hatten. Die geröteten Wangen. Und schließlich unter diesen dichten Wimpern die tiefblauen Seen ihrer Augen.

Ich hatte mich in eine Ecke gedrängt gefühlt, hatte wild um mich geschlagen. Die Wahrheit war: Ich war mit Olivia tatsächlich nur zurück auf den Campus gefahren. Mir war selbst klar, was für eine beschissene Idee das gewesen war. Wahrscheinlich hatte die Kleine tatsächlich gehofft, dass zwischen uns wieder etwas laufen würde. Und vielleicht hatte ich einen Moment lang selbst mit dem Gedanken gespielt. Aber, Scheiße, erstens dachte ich seit Beginn des Terms nur an Louisas volle Lippen, und zweitens landete ich mit keiner Frau zwei Mal im Bett. Niemals. Schon gar nicht, wenn klar war, dass sie sich mehr erhoffte. Ich wollte Spaß und nichts, das kompliziert wurde.

»Schon okay!«, sagte sie mit einem Mal ruhig und hob beide Hände. »Ich hätte dich nicht anschreien sollen, das tut mir leid. Und du hast recht: Du kannst machen, was du willst, Paul. Was auch immer es war – das zwischen uns hat nichts zu bedeuten.« Sie holte Luft. »Am besten gehen wir uns in Zukunft einfach aus dem Weg.«

Sie zuckte mit den Schultern und wandte sich endgültig zum Gehen. Ganz Eiskönigin. Das Funkeln in ihren Augen war verschwunden, und in diesem Moment war Louisa wie das offene Meer, denn ich hatte absolut keine Ahnung, was unter der Oberfläche lag.

Wieso zur Hölle fühlte sich das wie ein Tritt in den Magen an? Sie hatte doch genau das gesagt, was ich zuerst so verflucht gerne hatte hören wollen. Was ich von jeder Frau hören wollte statt dieser lächerlichen Versuche, etwas in mir wieder ganz zu machen. Und trotzdem wusste ich, dass ich gerade etwas kaputt gemacht hatte. Zwischen uns und auch, was meine Regel bezüglich Nähe anging – zumindest, wenn es um dieses Mädchen ging. Ich war ihr gegenüber ehrlich gewesen auf eine Art, wie ich es höchstens bei Aiden war, und das machte mir eine scheiß Angst. Ich wollte Louisa nicht zu nah an mich heranlassen, weil ich ihr am Ende nur wehtun würde. Weil ich letztlich das Arschloch wäre, das sie verletzen würde. Doch in dem Versuch, sie vor mir zu schützen, machte ich alles nur noch schlimmer. Letztendlich war es besser für Louisa, wenn sie mich hasste, das war mir inzwischen klar.

»Dann ist es ja gut, dass wir uns einig sind«, erwiderte ich mit einem Lachen, das genauso falsch war wie meine letzten ausgesprochenen Worte.

Louisa sah mich fest an und nickte schließlich. Und noch während ich ihr hinterherblickte, wie sie wieder im Firefly verschwand, fischte ich das Handy aus meiner Hosentasche und begann zu tippen. Wenn Louisa sowieso dachte, ich wäre so ein Arsch und hätte Olivia direkt nach diesem Moment am Steg gevögelt, dann konnte ich auch einfach genau das tun. Konnte mir Louisa endgültig aus dem Kopf vögeln.

Sonnenlicht

14. KAPITEL

Louisa

Etwas in mir war zerbrochen. Im Firefly schnappte ich mir wortlos meine Jacke und lief über den schwach beleuchteten Campus nach Hause. Sobald ich in der WG wäre, würde ich Trish schreiben, dass es mir leidtäte, während meiner Schicht ohne Erklärung davongestürmt zu sein. Ich hoffte einfach, dass Brian das Firefly wie schon so oft wortlos über den Hintereingang verlassen hatte. Nicht dass ich am Ende auch noch meinen Job verlor!

Vor Paul hatte ich mein Bestes gegeben, die Mauer um mich und meine Gefühle wieder aufzubauen. Hatte ihm trotz allem fest in die Augen gesehen. Die Schultern gestrafft. Hauptsache, niemand sah die Risse und Splitter in mir. Hauptsache, *er* sah sie nicht, auch wenn ich ihm einen kurzen Blick in das Innerste meiner Seele gewährt hatte.

Jeder einzelne Schritt wurde in meinem Kopf von Sätzen, die Paul gesagt hatte, begleitet.

Du bist doch die, die sich die ganze Zeit an mich ranschmeißt und nicht kapieren will, dass ich verdammt noch mal vögeln kann, wen ich will!

Schritt.

Ich habe meinen Schwanz im Griff, aber du dich scheinbar nicht!

Schritt.

Freunde?

Schritt.

Du machst doch ständig dieses große scheiß Geheimnis aus dir und deinem Leben.

Schritt.

So funktioniert das nicht, Louisa!
Schritt.
Dann ist es ja gut, dass wir uns einig sind.
Schritt.

Es tat so viel mehr weh, als es sollte, und für einen Moment wusste ich nicht, ob es die kalte Nachtluft in meinen Lungen war, die mich für ein paar Herzschläge das Atmen vergessen ließ, oder das Entsetzen darüber, dass er es nur mit seinen Worten geschafft hatte, ein so tiefes Loch in mein Innerstes zu reißen. Genau das war der Sturm gewesen, vor dem ich mich vom ersten Augenblick an gefürchtet hatte.

Und kurz vor dem Wohnheim, inmitten der Lichtkegel zweier Laternen, lief mir die erste Träne über die Wange. Zusammen mit dem Mascara würde sie eine schwarze Linie auf meiner Wange hinterlassen. Ich fuhr mir in einer fahrigen Bewegung über das Gesicht. Ich wusste, was ich fühlte und dass es wehtat. Ich wollte es mir zu Hause im Spiegel nicht auch noch ansehen müssen.

Möglichst leise versuchte ich den Schlüssel in der Tür umzudrehen, meine Sneaker schon in der Hand, um mich an Aidens Zimmer vorbeizuschleichen, falls die Tür wieder offen stand. Leise Schritte auf Socken, weil mir die Kraft fehlte, mit irgendjemandem zu sprechen.

»Hey, Lou«, drang Aidens Stimme da schon aus seinem Zimmer. Ich zuckte unwillkürlich zusammen. »Hattest du früher Schluss? Ich dachte, nach dem Open-Air-Ding wäre heute super viel los und –«

Als er den Kopf mit den wie immer zerzausten Haaren aus seinem Zimmer streckte, verstummte Aiden abrupt. Verwirrt runzelte er die Stirn, ein besorgter Ausdruck lag in den blauen Augen.

»Ich ...«, setzte ich an, brach dann aber ab. Rieb mir über die Augen. Und dann stand Aiden plötzlich vor mir und zog mich wortlos in die Arme. Mein Gesicht lag an seiner Brust, und ich war so steif wie ein Brett. Meine Schultern schienen sich von Sekunde zu Sekunde noch mehr anzuspannen. Ich wollte in mein Zimmer und die Tür hinter mir zuziehen, die Welt aussperren und mich selbst einschließen, weil absolut niemand mich so sehen sollte, in dieser ehrlichen Version meiner selbst, die zu kaputt war und sich zu leicht aus der Bahn werfen ließ. Selbst wenn ich etwas hätte sagen wollen, all die Worte in mir waren weg, so als hätte Paul sie mir genommen.

Ich wusste nicht, ob Aiden meinen inneren Kampf bemerkte. Und ich wusste nicht, wie lange wir so in dem kleinen, dunklen Flur unserer Wohnung standen, Aidens Kinn auf meinen Locken.

Und plötzlich ließ ich los und fing wieder zu weinen an. Tränen und Mascara hinterließen dunkle Spuren auf seinem hellen Shirt.

Aiden wollte nicht wissen, was passiert war. Stellte mir keine einzige Frage. Stattdessen drückte er mir wortlos eine Packung Taschentücher in die Hand, bevor er mich sanft in die Küche schob.

Einen Wimpernschlag später drückte er mir einen dampfenden Becher in die Hand. »Ich kenne wirklich niemanden, der so widerlichen Tee trinkt wie du«, durchbrach er mit einem leisen Lachen die Stille und ließ sich neben mich auf das kleine abgewetzte Sofa fallen.

»Und ich kenne wirklich niemanden, der sich so extrem weigert, etwas Neues auszuprobieren«, erwiderte ich und zog die Knie an. Ich versuchte mich an einem Lächeln, das mir nicht gelingen wollte. Der Tee war zu heiß und brannte in meiner Kehle. Aber diese Art Schmerz fühlte sich so viel besser an als die Gefühle, die in mir tobten.

»Wo bekommt man das Zeug eigentlich her?«, wollte Aiden grinsend wissen und beäugte kritisch meinen Pfirsich-Matcha-Tee.

»In den großen Weiten des Internets«, sagte ich. Und dieses Mal schaffte ich sogar ein echtes Lächeln, wenn auch ein kleines. Vorsichtig begann ich die kleinen Zöpfe auf meinem Kopf zu lösen. Einen nach dem anderen. Ich fuhr mir durch meine Locken, und dank des vertrauten Gefühls unter meinen Fingern spürte ich mich selbst zumindest ein bisschen mehr.

»Paul und ich ... wir haben uns gestritten«, sagte ich leise, obwohl ich mir nicht einmal sicher war, ob das überhaupt stimmte. Konnte man sich streiten, wenn man einander nichts bedeutete?

»Gestritten?« Aiden runzelte überrascht die Stirn, und langsam verschwand das verschmitzte Grinsen von seinen Lippen. »Ich wusste nicht einmal, dass ihr überhaupt befreundet seid. Mann, irgendwie bin ich davon ausgegangen, dass ihr zwei euch nicht wirklich leiden könnt.«

»Nein, wir ... Wir sind auch nicht wirklich befreundet. Wir haben nur ein paarmal etwas zusammen gemacht.« Was redete ich da? Aber ich wollte Aiden nichts von Küssen erzählen. Nichts von dem Gefühl von Pauls Händen auf mir. Nichts von der Intensität unserer Gespräche und seiner Blicke. Von diesem Gefühl der Vertrautheit. Und schon gar nicht von den Sachen, die er mir an den Kopf geworfen hatte. Das waren Dinge, die so oder so keine Bedeutung mehr hatten. Nein, keine mehr haben *durften*.

Nachdenklich rieb Aiden sich über das Kinn und sah mich abwartend an.

»Ich bin selbst wahnsinnig verwirrt. Irgendwie dachte ich, dass da etwas zwischen uns ist. Ich kann dir auch gar nicht sagen, was dieses Etwas sein soll. Als ich Paul heute im Firefly gesehen habe, wollte ich mit ihm reden. Und ...« Ich geriet ins Stocken und strich mir meine Locken hinter die Ohren, damit meine Hände etwas zu tun hatten. »Mir ist klar, dass das nicht unbedingt der beste Zeitpunkt gewesen ist. Am Ende standen wir da und haben uns angeschrien. Und Paul hat ...« Meine Stimme war immer leiser geworden, bis ich schließlich mitten im Satz abbrach und mir auf die Lippe biss. Um nichts in der Welt würde ich Pauls Worte wiederholen.

»Dieses verdammte Arschloch!«, knurrte Aiden. »Was hat Paul getan?«

»Hey«, beschwichtigend hob ich beide Hände, »ich dachte einfach, dass da etwas zwischen uns wäre, und habe mich getäuscht.«

Paul und Aiden waren beste Freunde. Das Letzte, was ich wollte, war, dass die beiden wegen mir aneinandergerieten. Und egal, wie sehr Paul mich mit seinen Worten verletzt hatte, ich würde vor Aiden nicht schlecht über ihn reden.

Doch er strich sich nur in einer fahrigen Bewegung übers Gesicht und schnaubte: »Komm schon, Lou. Du weißt, wie wichtig Paul mir ist, aber das bedeutet eben auch, dass ich ihn verdammt gut kenne, was sein Verhalten Frauen gegenüber angeht. Also sag mir jetzt bitte, was für eine Scheiße er dieses Mal abgezogen hat!«

Verwundert blickte ich Aiden an. Ihn und seine zu Fäusten geballten Hände. Seine heftige Reaktion überraschte mich. Und ich schluckte schwer, weil ich an diesem Abend kaum mehr Worte in mir trug. »Wir haben uns beide irgendwie nicht ganz richtig verhalten. Das ist alles. Wirklich!«

Zwei Sätze irgendwo zwischen Lüge und Wahrheit.

Seufzend fuhr Aiden sich schließlich durch die blonden Haare. Er sah nicht wirklich überzeugt aus, beließ es aber dabei.

Und genau das war der Grund, wieso ich ihm schließlich doch einiges erzählte, wenn auch nicht viel. Es gab Menschen, die waren wie Sonnenlicht, so wie Aiden. Nie drängte er mich, nie stellte er mir Fragen, auf die ich keine Antworten hatte.

Schweigend stützte ich mein Kinn auf meinen Knien ab. Und als fast kein Tee mehr im Becher war, machte ich ein Geständnis, wenn auch leise: »Manchmal frage ich mich, ab welchem Zeitpunkt alles so schwer geworden ist. Und die Antwort ist, dass irgendwie alles mit Dads Tod angefangen hat.«

Es war, als hätte das Inferno vor fünf Jahren nicht nur mein Herz gebrochen, sondern auch eine Kettenreaktion von schlechten Ereignissen nach sich gezogen. Als wäre diese regnerische Nacht nur der erste Dominostein gewesen, der umgefallen war.

»Ich würde mir einfach wünschen, dass ich mehr Zeit gehabt hätte, um mich zu verabschieden. Es ging alles so schnell, das Auto flog durch die Luft und...« Meine Stimme bebte. Und mit rasendem Herzen wandte ich den Blick ab, sah Dads leeren Blick vor mir und hörte meine hilflosen Schreie. Ich glaubte sogar den Rauch auf der Zunge zu schmecken. Nie würde ich den Moment vergessen, in dem ich realisiert hatte, dass Dad mich nie wieder mit diesem für ihn typischen Strahlen in den Augen ansehen würde. Ja, alles war so schnell gegangen – nicht nur in dieser einen Nacht, sondern auch alles, was darauf folgte.

»Glaub mir, Abschied nehmen tut noch viel mehr weh, Lou«, sagte Aiden sanft, »Ich sag dir nicht, dass du Glück gehabt hast oder deine Situation besser wäre, weil das verdammter Bullshit wäre. Aber ein klarer Schnitt kann auch eine Erleichterung sein!«

Das klang, als wüsste Aiden, wovon er sprach. Und als sein Blick sich für einen Moment verdunkelte, erinnerte ich mich daran, dass Paul erwähnt hatte, dass Aidens Mom an Krebs gestorben war, als er fünfzehn Jahre alt gewesen war. Ich hatte ihn nie darauf angesprochen, weil ich nur zu gut wusste, wie sehr diese Gedanken schmerzten.

»Du kannst deinen Dad so in Erinnerung behalten, wie du ihn gekannt hast. All das Positive. Sich zu verabschieden bedeutet einem Menschen, den man liebt, beim Sterben zusehen zu müssen. Wie er Tag für Tag schwächer und Stück für Stück aus dem Leben gerissen wird. Und das tut der sterbenden Person mindestens genauso weh wie den Angehörigen, die hilflos zusehen müssen.« Vorsichtig nahm Aiden meinen Becher und füllte ihn noch mal mit Tee auf. »Am Ende überlagern die Erinnerungen an all das Leid und den Schmerz die, in denen der Mensch noch voller Lebensfreude gewesen ist. An manchen Tagen fällt es mir schwer, an meine Mom zu denken, wie sie wirklich gewesen ist. Dann sehe ich nur das Kopftuch und ihr eingefallenes Gesicht vor mir.«

Ich ließ Aidens Worte in mir nachklingen. »Letztendlich sind beide Arten, einen Menschen zu verlieren furchtbar, oder?«, sagte ich dann und nickte langsam. »Manchmal habe ich das Gefühl, dass die Erinnerungen verblassen, und das macht mir wahnsinnig Angst. Der exakte Klang seines Lachens. Das Geräusch seiner Schritte im Haus. Das Lied, das Dad beim Kochen immer gesummt hat. Ich kann es einfach nicht mehr greifen. Wenn das nach fünf Jahren schon passiert, woran erinnere ich mich dann, wenn noch einmal fünf Jahre vergehen?«

Traurig lächelte ich. Und zum ersten Mal hatte ich das Gefühl, dass jemand *wirklich* wusste, wie diese Art Schmerz sich anfühlte.

Aiden versuchte nicht, verständnisvoll zu reagieren. Zwischen uns existierten keine Floskeln wie *Das tut mir leid* oder *Das Leben geht weiter*. Er verstand mich tatsächlich, auf eine Art, wie es nur jemand konnte, der durch dieselbe Hölle gegangen war. Und in diesem Moment in unserer schwach beleuchteten Küche bewunderte ich ihn noch mehr dafür, dass er die Sonne in sich nie verloren hatte.

Da lächelte Aiden mich an. In seinen blauen Augen war Traurigkeit und gleichzeitig das für ihn typische Blitzen. »Um diese Art von Erinnerungen geht es auch gar nicht, Lou«, sagte er. »Es geht darum, was für ein Mensch dein Dad gewesen ist und welche Spuren er in dieser Welt hinterlassen hat. Wofür bewunderst du ihn? Welche Eigenschaft hast du besonders an ihm geliebt? Was konntest du von ihm lernen? Das sind die Dinge, auf die es ankommt.«

Und als ich in mich ging, sah ich genau diese Momente vor mir. Wie Dad sich abends neben mich ans Bett gesetzt hatte, mir die Locken mit einem Lächeln aus dem Gesicht gestrichen hatte. Und diese eine Sache, die er mir immer wieder gesagt hatte.

»Ich habe von ihm gelernt, dass das Glas immer halb voll ist. Er hat Mel und mir immer wieder gesagt, dass man nach vorn sehen muss, weil man hinten sowieso keine Augen hat«, sagte ich ehrlich. Und ich lächelte dabei, weil ich die Bedeutung von Aidens Worten plötzlich verstand.

Zufrieden nickte er. »Dein Dad war ein kluger Mann!« Dann legte er einen Arm um mich. »Game of Thrones? Schlacht um Winterfell?«, fragte er, »Wenn du willst, tun wir auch so, als wäre es das Ende der Serie.«

»Valar Morghulis!«, sagte ich statt einer Antwort und grinste.

»Valar Dohaeris!«

Spätnachts, nachdem ich Trish so knapp wie möglich geschrieben hatte, was passiert war, schlug ich im sanften Licht meiner Lichterketten schließlich mein Notizbuch auf und fügte meiner Liste Linie für Linie ein neues Wort hinzu: *Sonnenlicht.* Etwas, das ich für mein Herz finden würde.

Paul

Halbnackt lag Olivia auf meinem Bett, die helle Haut nur von rosafarbener Spitze und Dämmerlicht bedeckt, das braune Haar fächerförmig um ihren Kopf verteilt. Gott, ich war so unruhig, so getrieben! Kein Wunder, wenn man bedachte, dass Olivia gestern keine Zeit mehr gehabt und ich nach meinem Besuch im Firefly stundenlang wach gelegen hatte. Ungeduldig schob ich ihr die BH-Träger von den Schultern, schmiss den Stoff achtlos auf den Boden, genauso wie mein Shirt und meine Hose. Und während ich mich langsam über sie schob, die Arme links und rechts neben ihrem Kopf abgestützt, meldete sich das schlechte Gewissen. Zumindest für einen atemlosen Moment. Aber der Wunsch, Louisa ein für alle Mal aus meinem Kopf zu kriegen, überlagerte in diesem Augenblick alles andere. Und ich redete mir ein, dass es funktionierte, wenn ich ein Mädchen meinen Namen schreien hören würde. Bisher hatte es immer geholfen, jemanden flachzulegen, weil ein Orgasmus die beste Betäubung für jede Art von Schmerz war. Und Verwirrung. Wieso also nicht auch bei einem Mädchen mit Feuerlocken, das mir im Grunde nichts bedeutete?

Olivia seufzte auf, als ich schließlich eine Hand zwischen ihre Beine gleiten ließ, vorbei an dem rosa Stoff. Sie blickte mich mit einem Ausdruck in den Augen an, den ich kaum ertrug, und warf in der nächsten Sekunde den Kopf nach hinten. Und ich fühlte absolut nichts. In mir nur Leere und dazwischen die Erinnerung an zwei blaue Ozeane.

Weißt du was, Paul? Fick dich! Fick dich einfach!

Erinnerungen an den ganzen Scheiß, den ich gesagt hatte. Und wie ich, einmal angefangen, nicht mehr hatte aufhören können. Verdammt, ich war wie auf Autopilot. Haut an Haut und doch Welten dazwischen. Mein Körper wusste ganz genau, was er zu tun hatte. Aber während Olivia unter mir und der Bewegung meiner Hand leise zu stöhnen begann und nach mehr bettelte, dachte ich an das Gefühl von Louisas weicher Haut unter meinen Fingern. Und an das Gefühl ihrer mich im Gesicht kitzelnden, orangefarbenen Locken. An das leise Seufzen an meinen Lippen, als ich sie gepackt und näher an mich gezogen hatte. An Sommersprossen und ein helles Lachen.

Ich verlor mich in meinen Gedanken, war hier in meinem Zimmer mit der großen Schwarz-Weiß-Fotografie über meinem Bett und den Kondomen darunter – und gleichzeitig ganz woanders.

Ein erstickter Laut von Olivia holte mich zurück in die Realität. Gott, ich fragte mich, worauf zum Teufel ich eigentlich wartete? Warum ich nicht endlich mit ihr schlief? Wir waren beide so weit. Und ich hatte das schon Tausende Male getan. Nur, dass ich Olivia schon einmal zum Schreien und zum Kommen gebracht hatte. Allein die Tatsache, dass sie gerade unter mir lag, verstieß gegen meine Prinzipien.

Sie drängte sich gegen meine Erektion, flüsterte, dass sie mich endlich wollte, die Hände am Saum meiner Boxershorts. Ein selbstvergessener Blick unter dichten Wimpern. Aber wenn ich ehrlich zu mir war, dann wollte ich *sie* nicht. Und das, was mich sonst anmachte, ließ mich heute völlig kalt. Gequält seufzte ich auf und fragte mich, was zur Hölle nicht mit mir stimmte, als sie ihre Beine um meine Hüften schlang.

»Hab ich etwas falsch gemacht?«, flüsterte Olivia in diesem Moment und fuhr mir mit den Fingern langsam über den Rücken.

O Gott, Scheiße!

»Nein!«, erwiderte ich unwirsch und packte sie an den Hüften, ließ zu, dass sie eine Hand in meine Boxershort schob. Und sie vergrub die andere in meinen Haaren, so wie ein Mädchen mit grellen Locken es bei einem Kuss auf einer Party getan hatte. Das war zu nah. Zu viel. Ich wünschte, *sie* würde jetzt unter mir liegen, das wurde mir in diesem Moment immer bewusster.

»Scheiße!«, sagte ich gepresst und stand auf, zog mir meine Jogginghose über und setzte mich auf die Bettkante, rieb mir mit beiden Händen über das Gesicht. »Fuck, sorry, aber das geht einfach nicht«, murmelte ich. Meine Gedanken waren das reinste Chaos. Und ich, der so was von am Arsch war. »Vielleicht ist es besser, wenn du einfach gehst...«, sagte ich ehrlich.

Dann verließ ich fluchtartig mein Zimmer. Und als Olivia mir wenige Minuten später folgte und sich an der Wohnungstür noch einmal umdrehte, die Hand an der Klinke, schossen wütende Blitze aus ihren Augen. Ich dachte mir: Das einzig Gute an der Sache war wohl, dass sie nun endlich zu kapieren schien, dass das mit uns niemals etwas werden würde. Keine Frau dieser Welt konnte mich vor mir selbst retten, keiner Frau würde ich jemals gehören.

Und gerade als ich dachte, dass dieser Abend gar nicht mehr schlimmer werden konnte, rannte Olivia an der Tür ausgerechnet in Aiden hinein, der scheinbar gerade hatte klingeln wollen. Die Gitarre hing ihm um die Schultern.

In dem Moment fiel mir siedend heiß ein, dass ich unsere Jam Session komplett vergessen hatte. Mein Kopf seit Neuestem ein alles verschlingendes schwarzes Loch.

Sein Blick glitt von Olivias zerzausten Haaren zu mir, oben ohne und die Hände in den Taschen meiner Jogginghose vergraben. Seinem

Gesichtsausdruck nach zu urteilen war er alles andere als begeistert von dem, was er da sah: sein bester Freund schien den gleichen beschissenen Fehler gleich zum zweiten Mal zu machen, nämlich die kleine Schwester von einem seiner Bandkollegen zu vögeln.

Aidens düstere Miene ignorierend, holte ich zwei Flaschen Bier aus der Küche und ließ mich mit einem Seufzen auf das schwarze Ecksofa im Eingangsbereich der Wohnung fallen. Der Raum war so geschnitten, dass Isaac, Taylor und ich ihn als Wohnzimmer nutzen konnten. Neben dem Sofa und dem flachen Holztisch davor hatten auch noch ein Fernseher und Isaacs Konsole Platz. Die Wände waren vollgeklebt mit bunten Plakaten, einige Gigs von Aidens Band, ein paar alte von Pink Floyd, die Isaac seinem Dad hatte abschwatzen können, Filme wie *Star Wars* – natürlich die alte Trilogie –, *Pulp Fiction*, *Inception* oder *Bohemian Rhapsody*, die wir alle liebten. Mein persönliches Highlight aber war die Wand zwischen Taylors und meinem Zimmer, die ich zu unserem ganz besonderen WG-Gästebuch umfunktioniert hatte. Sie war vollgepinnt mit Polaroid-Fotos, die ich immer dann schoss, wenn Freunde da waren oder wir bei uns in der WG etwas zu feiern hatten. In kleinen Quadraten gefangene Momente für die Ewigkeit: ein strahlender Luca, der mich im letzten Term ein paar Tage besucht hatte. Aiden und ich mit unseren Gitarren auf dem Sofa. Trish auf Aidens Schultern, einen roten Becher triumphierend in die Höhe gestreckt. Ein über das ganze Gesicht strahlender Luke mit zwei Frauen in den Armen. Eine schlafende Bowie, der jemand mit Edding einen Schnurrbart ins Gesicht gemalt hatte. Ein Gruppenfoto von ihr, Trish, Aiden, Isaac, Taylor, Luke und mir, auf dem ich mit einem breiten Lachen ganz vorn stehend meinen Arm so weit wie möglich von mir streckte, um alle auf das Bild zu bekommen.

»Du siehst echt beschissen aus, Berger«, sagte Aiden langsam. Sein Blick gefiel mir überhaupt nicht. Zusammen mit der steilen Falte zwischen seinen Augenbrauen erinnerte er mich an die Zeit, als Aiden mich vor meiner selbstzerstörerischen Seite zu bewahren versucht hatte.

»Vielen Dank auch, Cassel«, knurrte ich genervt und lehnte mich zurück. Das war definitiv ein Gespräch, auf das ich verzichten konnte.

»Du hast noch nie zwei Mal mit derselben Frau geschlafen«, bemerkte Aiden trocken.

Ich ballte meine Hände zu Fäusten, weil ich ihn ganz sicher nicht brauchte, um mich auf diese Tatsache hinzuweisen. Oder darauf, wie es um meine eigenen Regeln stand. Um zu realisieren, dass mein Verhalten gerade einfach keinen Sinn ergab.

»Ich weiß.«

»Jetzt sei kein Arsch und rede mit mir«, knurrte Aiden und strubbelte sich genervt durch die Haare. Inzwischen sah er wirklich angepisst aus, sogar richtig wütend. Dabei war mein bester Freund im Gegensatz zu mir niemand, der schnell die Fassung verlor.

Überrascht blickte ich ihn an. Klar, das mit Olivia war alles andere als cool, aber ich verstand nicht, wieso Aiden *dermaßen* aufgebracht wirkte.

»Mann, Scheiße. Lou ist gestern völlig aufgelöst nach Hause gekommen, und aus dem wenigen, das sie mir erzählt hat, kann ich mir zusammenreimen, dass es irgendetwas mit dir zu tun hat.«

Ich verschluckte mich an meinen Bier. *Völlig aufgelöst?* Sofort meldete sich mein Beschützerinstinkt, obwohl Louisa ganz sicher niemanden brauchte, der sie beschützte, so stolz und stark, wie sie war.

Sie hatte mehr als deutlich gemacht, wofür sie mich hielt: ein schwanzgesteuertes Arschloch, das ihr aus dem Weg gehen sollte. Und dass sie mir ausgerechnet in dem Moment eröffnet hatte, dass ihre Mutter zu viel trank – etwas, das zu erzählen Louisa bestimmt verdammt schwergefallen war –, berührte mich. Womöglich war sie auf eine schmerzhafte Art genauso durch den Wind wie ich. Bei dem Gedanken daran zog sich alles in mir zusammen.

Und dann dämmerte mir plötzlich, was Aiden gerade noch gesagt hatte. Fuck, kein Wunder, dass da diese versteckte Wut in seinen Augen war – er schien von Louisa und mir zu wissen. Mehr als das, was ich ihm erzählt hatte. Nämlich rein gar nichts.

»Alter, jetzt komm mal wieder runter. Ich habe dir doch schon nach Lukes Party gesagt, dass ich sie nicht gevögelt habe.«

In Gedanken hatte ich es öfter getan, als ich zählen konnte.

»Aber *irgendetwas* musst du getan haben«, sagte Aiden und kniff die Augen gefährlich zusammen. »Sorry, aber ich kenne dich, Mann. Ich weiß, dass du wahrscheinlich keinen Bock hast, drüber zu reden. Aber mach da nicht eine deiner bescheuerten Sexgeschichten draus. Oder irgendein anderes Spiel. Es geht hier um meine Mitbewohnerin, die allein deswegen schon tabu für dich sein sollte.«

»Alter, ich ....«, fing ich an. Und Tausende beschissene Gefühle trieben durch meinen Körper.

»Und dann spaziert ausgerechnet Olivia hier raus?«, sagte Aiden dieses Mal ungläubig. Lauter. Er nickte in Richtung der Tür. »Du machst mit deinem Scheiß am Ende eine ganze Clique kaputt. Ist dir das klar?«

Ich fuhr mir durch den Bart und war mit den Gedanken überall und nirgends. »Mann, ich konnte es nicht ...«, gab ich schließlich unvermittelt zu.

Scheiße!

Aiden öffnete den Mund, schloss ihn wieder und sah letztendlich so verwirrt aus, wie ich mich fühlte.

»Ich konnte Olivia einfach nicht ficken«, erklärte ich und rieb mir mit beiden Händen über das Gesicht. »Ich hab ihr gesagt, dass sie verschwinden soll. Ich konnte es einfach nicht tun, und ich weiß nicht, was zum Teufel mit mir los ist.«

Das Schweigen zwischen uns schien sich zu einer Unendlichkeit auszudehnen. Lange blickte Aiden mich an, und ich hatte absolut keine

Ahnung, was er gerade dachte. Und das, obwohl ich nahezu immer wusste, was das war.

Schließlich griff er nach seinem Bier und meinte: »Mann, ich hoffe einfach, du weißt, was du da tust. Was auch immer mit Lou abgeht: Mach es ganz oder gar nicht!«

Die Skepsis und das Misstrauen in seinem Blick sprachen Bände. Dennoch wusste ich, dass zwischen uns alles in Ordnung war. Wir sagten es uns ins Gesicht, wenn wir der Meinung waren, dass der andere Scheiße bauen würde. Und dann war auch wieder alles gut. So wie das bei besten Freunden eben ist.

Ich holte die Gitarre aus meinem Zimmer, Aiden griff nach seiner eigenen, und wir spielten die nächsten Stunden zusammen.

Zwar war ich längst nicht so gut wie Aiden, aber er machte es mir leicht. Wir ließen uns treiben und neue Melodien entstehen. Isaac und Bowie setzten sich zu uns, als er mit ihr nach Hause kam, und hörten uns zu. Irgendwann auch Taylor.

Und als ich abends im Bett lag und die Decke über mir anstarrte, dachte ich mir, dass Aiden leider absolut recht hatte. Aber ich hatte doch keine Ahnung: Weder was ich da tat, noch was ich wollte. Das Einzige, was ich mit Sicherheit wusste, war, dass ich mich bei Louisa entschuldigen musste.

15. KAPITEL

Louisa

Die Musik aus den Lautsprechern wummerte in meinen Ohren, vibrierte in meiner Brust und brachte die stickige Luft um mich herum zum Tanzen. Mit dem Handrücken strich ich mir über die Stirn. *Goodbye April* war noch gar nicht aufgetreten, und schon jetzt benetzte ein leichter Schweißfilm meinen Körper.

Es war Wochenende. Aiden und Landon hatten uns grinsend an der Schlange vor dem Heaven vorbeigewunken. Nach unseren Ausweisen hatte auch niemand gefragt, auch wenn ich mir ziemlich sicher war, dass man hier erst mit einundzwanzig reindurfte.

Flackerndes Licht, das über die von Plakaten übersäten Wände tanzte, und ein Bass, der von eben diesen widerhallte – Schulter an Schulter und Haut an Haut mit Mel, Trish und Bowie, die sich ausgelassen im Takt der Musik bewegten und die Köpfe nach hinten warfen. Das Kreisen von Hüften und wehende Haare. Meine Schwester hatte darauf bestanden, aus dieser Nacht einen richtigen Mädelsabend zu machen, und spätestens, als sie am späten Nachmittag mit einem begeisterten Kreischen ein Teil nach dem nächsten aus Trishs Kleiderschrank gezogen hatte, war ich mir einer Sache ganz sicher gewesen: Die beiden in einem Raum waren wie die Crossover-Episode von zwei Lieblingsserien, ungewohnt und doch so viel besser als erwartet. Als sie mich schließlich dazu überredet hatten, einen der kurzen Röcke von Trish anzuziehen, hatte ich genervt die Augen verdreht, aber in Wahrheit gefiel es mir, dass die beiden sich lachend gegen mich verbündet hatten. Und als Bowie mir ihr Shirt mit der Aufschrift *Gender Roles are dead* mit dem kleinen Regenbogen darunter geliehen hatte, war mir klar geworden, wie viel Glück ich mit diesen drei Menschen hatte – auch wenn es mir bei der Enge in meiner Brust immer noch schwerfiel, das zuzulassen. Über unsere Köpfe hinweg stießen wir klirrend mit unseren Getränken an und lachten, als wir dabei mindestens die Hälfte auf uns schütteten. Mel und ich ließen unsere Locken durch die Luft wirbeln, bis Trish und Bowie kreischend einen Satz zurück machten. Wir lachten noch lauter, als ich Mel mit zusammengekniffenen Augen ermahnte, ihr nasses und vor allem knappes Top gefälligst anzubehalten.

Als Bowie sich schließlich durch die Menge schob und mit vier neuen Getränken zurückkam, wurde die Musik leiser. Die bunten Strohhalme leuchteten im Licht. Unter lauten Rufen betraten Aiden, Landon und drei weitere Typen endlich mit federnden Schritten die Bühne.

Lässig griff Aiden nach dem Ständer mit dem Mikrofon in der Mitte und ließ seinen Blick mit einem breiten Grinsen über die Menge schweifen. Seine Augen funkelten, und man sah ihm an, dass er in diesem Moment genau dort war, wo er sein wollte. »Hallo, Redstone!«, rief er, und die Leute schrien. »Wir sind *Goodbye April* und werden euch heute Nacht so richtig einheizen! Und wir hoffen, ihr habt genauso viel Lust, Spaß zu haben, wie wir!« Noch mehr Gejohle und Kreischen, vor allem von den Mädchen in der ersten Reihe. Während er auf seiner Gitarre leise zu spielen begann, stellte Aiden noch die einzelnen Bandmitglieder vor, und dann setzte schon das Schlagzeug ein.

Mit meist geschlossenen Augen wiegte ich mich in den nächsten zwei Stunden im Rhythmus der Musik. Ich liebte Geschichten, und so war es auch bei diesen Songs, die zwischen Leichtigkeit und Ernst eine nach der anderen erzählten. Man musste nur genau zwischen den Zeilen hören. Als letzte Nummer spielten sie schließlich etwas Ruhiges, Aiden und Landon auf zwei Hockern, die Gitarren auf den Oberschenkeln. Es lag ein Knistern in der Luft, als das Licht gedimmt wurde. Trishs Hände ruhten an Bowies Hüften, ihr Kinn lag an ihrer Halsbeuge, und gemeinsam bewegten sie sich zu den leisen Klängen. Aiden sang von einer verlorenen Liebe und gebrochenen Herzen, von zu viel Drinks und zu wenig Hoffnung. Als er schließlich den Refrain mit seiner dunklen Singstimme zum Leben erweckte, bemerkte ich das feine Lächeln um meine Lippen. Da war dieses warme Gefühl in mir, weil Aiden da oben stand und einen Song sang, an dem ich mitgeschrieben hatte. Kafka hatte davon gesprochen, dass ein Buch die Axt sein müsse für das gefrorene Meer in uns. Und in diesem Moment, zwischen all den Lichtern und Menschen, dachte ich mir, dass vielleicht das Schreiben die Axt für das brennende Feuer in mir sein könnte. Womöglich war es an der Zeit, meine Prinzipien zu überdenken und meine Texte hinaus in die Welt zu schicken.

Trish und ich grinsten uns an, hoben beide Hände und johlten mit, so laut wir konnten. Auch dann noch, als mein Hals schon wehtat.

»Das war einfach unglaublich!«, schrie Trish begeistert, als Aiden nach Ende des Auftritts zu uns stieß, glücklich und verschwitzt, ein breites Grinsen im Gesicht. Und wir alle wurden von ihm in eine Gruppenumarmung gezogen, von der Mel wie selbstverständlich ein Teil war. Einfach so.

»Wie wär's, wenn du deinen vier Mädels was ausgibst?«, schlug Bowie Aiden mit einem unschuldigen Lächeln und klimpernden Armreifen vor, als wir uns voneinander lösten. »Wir sind super durstig, weil wir so laut mitgesungen haben.«

Langsam strich ich mir die Locken nach hinten und nickte bekräftigend. »Wir haben echt so laut geschrien, wie wir konnten, Aiden. Du schuldest uns was!«

»Na ja ... ich kenne jemanden, der eindeutig lauter hätte sein können!«, warf Trish mit einem kritischen Blick auf Bowie ein.

Die pustete sich nur den Pony aus der Stirn und lächelte sie dann selbstvergessen an, während aus Mels Mund dieses laute Lachen schlüpfte, das ich so mochte, begleitet von dem Glitzern in ihren blaugrauen Augen. »Gott, Louisa, ich liebe deine Freunde!«

»Wart's ab, Mel. Du hast noch nicht erlebt, wie es ist, wenn Trish wütend wird«, warf Aiden mit einem listigen Grinsen ein, bevor er sich auf sie stürzte, sie sich über die Schulter warf und sich einmal mit ihr im Kreis drehte. Sofort begann Trish zu kreischen und trommelte mit ihren Fäusten auf Aidens Rücken ein. Der ließ sich davon jedoch nicht beeindrucken. »Lass. Mich. Sofort. Runter. Du Vollidiot«, schrie Trish.

»Ich habe ja eh nie verstanden, wieso Paul das tun darf und Aiden nicht«, merkte Bowie schulterzuckend an und zwinkerte Aiden zu.

Bei der Erwähnung seines Namens war da dieses leichte Ziehen in mir, doch ich ignorierte es.

»Niemand hat gesagt, dass Paul das darf. Er tut es einfach und ist ein unverbesserlicher Riesenarsch!«, kreischte Trish und funkelte Bowie über Aidens Schulter hinweg böse an. »Wenn du mich nicht sofort runterlässt, dann ramme ich dir meine High Heels dorthin, wo es wehtut!«

Doch Aiden lachte nur und ließ seine Hand triumphierend mit Bowies einschlagen.

»Ich werde mir die Schere aus der Küche nehmen und dann jede einzelne deiner Schallplatten zerschneiden«, schob Trish eine neue Drohung hinterher, gefährlich ruhig dieses Mal.

Sofort ließ Aiden sie auf den Boden gleiten. »Das würdest du niemals tun, Summers!«

»Wollen wir wetten?«, gab Trish zurück, und ihre Lippen kräuselten sich zu einem unschuldigen Lächeln.

Ich ließ meinen Blick über sie gleiten: Bowie, Aiden und Trish. Ein warmes Gefühl breitete sich in mir aus, erfüllte nach und nach meinen ganzen Körper. »Jap«, sagte ich und lehnte mich gegen Mel, »ich finde, die sind gar nicht so übel.«

»Wir finden dich auch ziemlich cool, Mel«, sagte Aiden und fuhr sich durch die zerzausten Haare. »Also, für dein Alter natürlich«, fügte er mit einem verschmitzten Grinsen hinzu.

»Für mein Alter?«, wiederholte Mel und stemmte die Hände gespielt empört in die Hüften. »Habt ihr eigentlich eine Ahnung, wie das ablief, als *ich* am College war?« Mit einer schnellen Handbewegung umfasste sie das Heaven. »Im Vergleich dazu ist das hier der reinste Kindergarten. Ich glaube, ich sollte euch mal erzählen, wie…«

»O Gott, Mel! Nein!«, rief ich.

Doch die drei Verräter klatschten in die Hände, stampften mit den Füßen und verlangten lachend und grölend nach einer Geschichte. Und keine zwei Sekunden später fing Mel, mein Augenrollen ignorierend, an, die Sache mit der provisorischen Stange und den verwackelten Aufnahmen zum Besten zu geben.

Ich zuckte zusammen, als sie mich plötzlich anstupste. Wieder einmal war ich in meine Gedankenspiralen abgerutscht, unbemerkt und unbeabsichtigt. Nur einen Wimpernschlag lang hatte ich nicht zugehört, war abgedriftet in die Tiefen meiner selbst.

Schuldbewusst blickte ich sie an, doch Mel beugte sich mit leuchtenden Augen zu mir rüber. Die dunklen Locken kitzelten in meinem Gesicht, und ihr Mund war dicht neben meinem Ohr. »Schau jetzt nicht sofort hin, aber da hinten an der Bar steht ein Kerl, der schon die ganze Zeit zu dir rübersieht und dich mit seinen Blicken auszieht.«

Über meine Schulter hinweg ließ sie ihren Blick mit einem anzüglichen Grinsen langsam über wen auch immer gleiten. Schließlich sah sie mich wieder an und wackelte mit den Augenbrauen. Und ich konnte mir das Lachen nicht verkneifen, weil Mel so dermaßen auffällig war. »Auch als quasi verheiratete Frau muss ich dir sagen, dass er echt wahnsinnig heiß ist. Du weißt schon, er sieht aus wie einer von den Typen, vor denen Mütter ihre Töchter warnen… aber deine große Schwester dich natürlich nicht.« Sie zwinkerte mir zu.

»Du bist …«

»Ich weiß, ich bin unmöglich, Schatz«, unterbrach sie mich lachend. »Aber bei dem verheißungsvollen Blick und sexy Tattoos kann man nur schwach werden. Also, Lou, bitte mach den Bad Boy da drüben klar, weil ich es nicht tun kann.«

Den Bad Boy, ein Echo in meinem Kopf. Plötzlich stellten sich die Härchen auf meinen Armen auf, weil mich eine Ahnung beschlich. Langsam drehte ich mich um. Nächte waren unser Ding, und zu gleichen Teilen hatte ich gehofft und gefürchtet, dass Paul heute hier sein würde.

Und dann war auf einen Schlag alles, was ich sah, der Blick aus dunklen Augen. Düster, unendlich und unergründlich. Trotz der namenlosen tanzenden Menge zwischen uns verlor ich mich in diesem tosenden Sturm ohne Anfang und ohne Ende. So als gäbe es nichts anderes mehr in diesem Raum als ihn und mich und all die Worte, die zwischen uns standen. Ich blinzelte nicht, rang nach Luft, weil ich das Atmen vergessen hatte. Weil in mir die unterschiedlichsten Gefühle tobten, miteinander und gegeneinander. Es kostete mich all meine Kraft und Selbstbeherrschung, mich loszureißen.

Und dann drehte ich mich wieder zu Mel um. So, als wäre nichts gewesen.

Paul

Ich hatte absolut keine Ahnung, was Louisa dachte, und doch war es offensichtlich, dass sie den Blick genauso wenig von mir abwenden konnte wie ich von ihr. Das Blau ihrer Augen bohrte sich in meine, und doch war sie es, die zuerst wegsah. Mit einem leichten Kopfschütteln drehte sie sich der Frau neben sich zu, die mich erst kurz vorher so unverhohlen gemustert hatte, mich dabei ertappt hatte, wie ich meinen

Blick langsam über Louisas nackte Beine hatte gleiten lassen, den viel zu kurzen schwarzen Rock, der Typen wie mich auf dumme Ideen brachte. Sie sah frecher und gleichzeitig unnahbarer aus als sonst mit den dunkel umrandeten Augen, und doch bemerkte ich mit einem feinen Lächeln, dass sie trotzdem wie jeden Tag ihre weißen Sneaker trug.

Die Hand um den Mund gelegt, flüsterte die Frau mit den dunklen Haaren Louisa nach einem weiteren kurzen Blick auf mich noch einmal etwas ins Ohr. Doch Louisa schüttelte wieder den Kopf.

Die Frau war sicher Mel. Auch wenn sie ihre Haare nicht in demselben grellen Farbton trug und sie ihr bis zur Taille reichten, sah sie mit den schweren Locken trotzdem wie eine ältere Version von Louisa aus.

Sofort musste ich wieder daran denken, wie ich behauptet hatte, dass eine Freundschaft zwischen uns nicht funktionieren würde, weil sie nie etwas von sich preisgab. Dabei erinnerte ich mich an jedes Detail, das Louisa über ihre Schwester erzählt, und auch an alle anderen Kleinigkeiten, die sie erwähnt hatte. Und, verdammt, mir war bewusst, wie schwer ihr das gefallen sein musste. Absichtlich hatte ich ihr mit meinen Worten wehgetan, weil ich nur zu gut wusste, dass ich ihr eines Tages das verdammte Herz brechen würde – meine kranke Art, sie zu beschützen. Der wahre Grund, wieso eine Freundschaft zwischen uns niemals funktionieren würde, war vielmehr, dass sie mich zu sehr reizte mit ihrer Art. Ich konnte unmöglich voraussagen, was passieren würde, wenn ich einfach ... losließ. Nur, dass es verheerend wäre.

Das war auch der Grund, wieso ich den Impuls unterdrückte, zu ihr zu gehen, ihr durch die Locken zu fahren. Ihr zu sagen, dass sie recht gehabt hatte: Ich sah immer nur *sie*, ohne Vergangenheit und ohne Zukunft. Ich musste mich bei ihr entschuldigen, aber ich traute mir selbst nicht, dass ich es dabei belassen könnte.

Ich riss mich schließlich vom Anblick ihres Lächelns, das nicht für mich bestimmt war, los und bestellte noch einen Drink. Die Eiswürfel klirrten in dem Glas, als ich es in einem Zug leerte.

Weil ich zusammen mit Trish und Bowie zu jedem von Aidens Gigs ging, hatte ich mich zuerst geärgert, dass ich für meine Schicht im Luigi's keinen Ersatz gefunden hatte und nur nachkommen konnte. Aber in diesem Moment realisierte ich, dass es besser so gewesen war. Sie tanzen zu sehen hätte mich verrückt gemacht, sie lachen zu sehen in den Wahnsinn getrieben.

Als ich schließlich zu den anderen stieß, sahen Louisa und ich überall hin, nur nicht einander in die Augen, und für einen kurzen Moment bildete ich mir ein, Aiden und Trish würden sich über unsere Köpfe hinweg einen kurzen Blick zuwerfen. Doch dann legte Aiden den Arm um mich und bat mich mit einem schiefen Grinsen, ihm mit den Getränken für die Mädels zu helfen.

Jeder drei Gläser in der Hand, schwankten wir beide gefährlich, als wir sie den anderen in die Hände drückten. Noch mehr Eiswürfel, noch mehr Klirren von Glas an Glas. Und je betrunkener ich wurde, desto einfacher ließen sich all die verwirrenden Gedanken tief in das schwarze Loch in mir schieben. Schluck für Schluck wurde der Abend lustiger und Louisa unwichtiger. Scheiß auf Landon, der so offensichtlich begann sie anzubaggern, gerade in dem Moment, als ich mich trotz der ganzen Drinks jetzt sofort für unseren Streit entschuldigen wollte. Scheiß drauf!

Ich redete ewig mit Mel und lachte über jeden ihrer dreckigen Witze, ließ mich zusammen mit Aiden von zwei Mädchen auf die Tanzfläche ziehen und stand zusammen mit Bowie in der Kälte, wild diskutierend und eine Zigarette nach der nächsten rauchend. Dann noch ein Drink. Und ich hatte verdammt noch mal Spaß.

Louisa

Ich stieg als Letzte in das wartende Taxi und konnte dem Drang nicht widerstehen, einen Blick über die Schulter zu werfen. Am Eingang zum Heaven standen Aiden, Landon und der Drummer der Band – und Paul mit einer Zigarette zwischen den Lippen. Ein blondes Mädchen beugte sich nach vorn und brachte mit ihrem Feuerzeug nicht nur die Zigarette, sondern auch etwas in mir zum Brennen. Pauls raues Lachen wirbelte durch die Luft. Ich fragte mich, ob er bemerkte, wie ihm das Mädchen auf der anderen Seite eine Hand auf die Brust legte, als sie sich auf ihren High Heels vorbeugte, um ihm etwas ins Ohr zu flüstern.

Auf der Fahrt zurück zum Campus war nur dieser einzige Gedanke in mir: Paul hatte recht gehabt mit dem, was er zu mir gesagt hatte. Er war einer dieser Typen, die absolut niemandem gehörten. Und inzwischen war ich mir absolut nicht mehr sicher, ob sich das tatsächlich ändern würde, nur weil ich eines Tages vielleicht doch noch auf die Geschichte hinter seinem Verhalten stoßen würde.

16. KAPITEL

Louisa

»Und ihr seid euch sicher, dass das kein Problem ist?«, versicherte Mel sich zum wiederholten Male.

Sie hatte sich bei mir untergehakt und schwankte gefährlich auf ihren hohen Schuhen, die Mascara war vom Tanzen verschmiert, so wie bei uns allen.

Die Schlüssel zum Firefly klimperten in meinen Händen, und Trish grinste. »Absolut. Ich bin Brians beste Mitarbeiterin!« Dann ein Blick zu mir. Ich zuckte mit den Schultern. So sicher wie Trish war ich mir zwar nicht, hungrig dafür aber umso mehr.

Es war seltsam, um diese Uhrzeit hier zu sein. So still. So ruhig. Nur das Klackern von sechs Absätzen und irgendwo dazwischen ich in meinen Sneakern. Obwohl wir allein waren, flüsterten wir zuerst. Vielleicht weil es hier drin auf diese besondere Art magisch war, wie es Orte nur sein konnten, sobald es Nacht war. Als würde die Dunkelheit uns nicht nur alles in einem anderen Licht sehen lassen, sondern auch unsere Empfindungen verändern. Bowie kümmerte sich an der Bar um eine Flasche Wein und brachte mir eine Coladose mit. Aus der dunklen Kommode holte ich ein paar Kerzen und trug sie zu meinem Lieblingsplatz an der Fensterfront, stellte zwei davon auf den Holztisch, während Mel die anderen auf den Tischen verteilte, die in unmittelbarer Nähe standen. Als ich die Lampen aus und die Kerzen anmachte, warf deren flackerndes Licht sanfte Muster auf die rot gestrichenen Wände und gerahmten Fotografien.

»Okay, Mädels, viel ist nicht da, weil die neue Lieferung erst am

Montag früh kommt. Aber hinten war noch etwas von unserem legendären Schokoladenkuchen!« Triumphierend hielt Trish den Teller mit dem Kuchen in die Höhe und platzierte ihn in unserer Mitte. Mehr als die Hälfte war noch übrig.

Wir seufzten einstimmig.

»Gott, ich liebe dich gerade noch mehr, als ich es eh schon tue!«, verkündete Bowie und streifte sich mit einem Stöhnen ihre hohen Schuhe von den Füßen. Dann ließ sie sich auf das grüne Sofa fallen. Mir gegenüber, während ich mich mit dem Kopf gegen Mels Schulter lehnte, orangefarbene und braune Locken ineinander verschlungen. Trish kuschelte sich an Bowie und drückte jeder von uns eine Gabel in die Hand. Zwei Schwestern, zwei Turteltauben, zusammen vier Freundinnen. Und würde jemand genau jetzt über den Campus und am Firefly vorbeilaufen, er würde einfach ein paar Mädchen sehen, die um drei Uhr morgens im Kerzenlicht Schokoladenkuchen aßen. Wie sie wild durcheinanderredeten mit Gesichtern zwischen Müdigkeit und Aufgedrehtheit und auf Sofalehnen gelegten, schmerzenden Füßen. Nur das Lachen würde hinter dem Glas verschluckt werden.

»Wie hat das mit euch beiden eigentlich angefangen«, fragte ich Trish und Bowie, als ich nach meiner Coladose griff, tief versunken in den weichen, grünen Stoff.

Mel nickte begeistert, ihre dunklen Locken ein Wippen von rechts nach links. »Ja, erzählt uns eure Geschichte! Wie habt ihr euch ineinander verliebt?«

»Wir hatten im ersten Semester zusammen einen Kurs in Literaturgeschichte. Gleich am ersten Tag bin ich zu spät gekommen und in der letzten Reihe neben dieser Süßen hier«, sagte Bowie grinsend, »war der einzige freie Platz. Und was soll ich sagen: Es war Liebe auf den ersten Blick!«

»Hör auf zu lügen«, meinte Trish empört und zwickte Bowie in die Seite, worauf ein kurzes Aufschreien folgte. »Aua, das hat wehgetan!«

»Das sollte es auch!« Zufrieden lehnte Trish sich wieder zurück und wandte sich dann mit einem Blitzen in den grauen Augen Mel und mir zu. »Die Wahrheit ist: Das Erste, was Bowie getan hat, war, mir gefühlt minutenlang in den Ausschnitt zu starren. Dann hat sie mich angegrinst, als wäre nichts dabei. Und irgendwie hat ihre Selbstsicherheit mir gefallen und mich gleichzeitig so richtig genervt.« Trish strich sich lachend die Haare zurück. »In den darauffolgenden Wochen haben wir in Literaturgeschichte mehr geredet als mitgeschrieben. Bowie hat die ganze Zeit mit mir geflirtet und mich *zufällig*«, sie malte das Wort mit Anführungszeichen in die Luft, »berührt. Trotzdem war sie auf jeder einzelnen Party mit einem anderen Kerl, was mich echt in den Wahnsinn getrieben hat. Wahrscheinlich hat sie hier auf dem Campus mehr Herzen gebrochen als Paul und Aiden zusammen.«

»Wenn *du* das erzählst, dann klingt das so, als wäre ich eine richtige Bitch gewesen«, beschwerte Bowie sich mit vorgeschobener Unterlippe.

Ein Augenzwinkern von Trish. »Nein, Süße, ich wusste einfach, dass du Ärger bedeutest!«

»Du als Good Girl hast dich also in das Bad Chick verliebt«, stellte ich grinsend fest. »Ich finde, das klingt nach der perfekten Collegeromanze für einen Liebesroman!«

»Ihr wisst schon, dass ich auch noch hier sitze, oder?«, warf Bowie schmollend ein und pustete sich den Pony aus der Stirn. Schwarze Fransen fielen ihr in die Mandelaugen.

Bei ihrem Gesichtsausdruck mussten wir alle lachen. So lange, bis Mel schließlich fragte, wieso Trish Bowie trotzdem wollte. Trotz des vermuteten bevorstehenden Ärgers.

»Als ich Bowie das erste Mal gesehen habe, hat sie ein Shirt getragen, auf dem stand: *I kiss Girls*. Danach hatte sie jedes Mal einen anderen Spruch auf ihren Shirts stehen. Bowie war der erste Mensch, den ich kennengelernt habe, der hinter all diesen Statements auf ihren Klamotten zu stehen schien. Ich weiß auch nicht, das hat mich irgendwie beeindruckt, wisst ihr? Die meisten Leute denken gar nicht darüber nach, was da auf ihren Klamotten steht, und laufen teilweise mit dem größten Scheiß rum. Aber bei Bowie ging es irgendwie immer um Selbstvertrauen, Feminismus, Gleichberechtigung und queere Themen.«

Ich verstand, was Trish meinte. Bowie war einer dieser Menschen, die zu hundert Prozent hinter dem standen, was sie sagten und taten. Bei ihr schien es keine halben Sachen zu geben. Nur ganz oder gar nicht. Die Statements auf ihrer Kleidung waren nur eine Sache von vielen.

Mel beugte sich vor, um sich noch eine Gabel des Schokoladenkuchens zu nehmen. Dann zwinkerte sie Trish zu. »Und wie hast du es geschafft, dass Bowie am Ende nur noch mit dir auf die ganzen Partys gegangen ist?«

Trishs Wangen röteten sich leicht bei dieser Frage. Bowie zog sie daraufhin mit einem leisen Lachen auf ihren Schoß. Und ich sah das Funkeln in ihren Augen, als Trish ihr durch die kinnlangen Haare strich und sie sich erinnerte: »Sie hatte ein Shirt an, auf dem *Kiss more Girls* stand. Sie hat sich wie in den Wochen davor neben mich gesetzt, war dieses Mal aber ungewohnt still. Ihr wisst ja, wie viel sie sonst immer redet. Und als ich sie dann angesehen habe, ist sie rot geworden. Da war ich mir sicher, dass das kein Zufall war. Nach dem Ende des Kurses habe ich Trish mit irgendwelchen sinnlosen Fragen zur Literaturliste so lange aufgehalten, bis der Hörsaal irgendwann leer war. Und als wir allein waren, hab ich ihre Hand genommen, sie zu mir gezogen und geküsst.«

Mel und ich sahen uns an und kreischten dann gleichzeitig los: »Was? O Gott, wie geil seid ihr denn bitte!«

»Es war ein verdammt guter Kuss«, grinste Trish.

Ich sah Bowie ungläubig an. »Du hast Trish nach eurem Kurs geküsst? Einfach so? Wegen eines Shirts?«

»Na ja, ich hab das mit dem *Kiss more Girls* als Aufforderung verstanden. Und seht sie euch an. Trish ist verdammt heiß und süß und noch tausend andere Dinge. Aber sie hat dann auch ziemlich schnell klargemacht, dass sie mich wirklich kennenlernen wollte, also so richtig. Mit einem Date.«

»Genau«, bestätigte Trish mit einem Lachen in ihren Augen. »Ich habe Bowie gesagt, dass ich ganz sicher nicht die Nächste auf ihrer Liste sein werde!«

Liebevoll sah Bowie sie an, spielte gedankenverloren mit einer von Trishs blonden Haarsträhnen. »Und das bist du auch nicht, Süße!«

»Das ist *so* unfassbar süß«, meinte Mel und blickte zwischen den beiden hin und her, die blaugrauen Augen vor Begeisterung geweitet.

»Und irgendwie auch ein bisschen verrückt«, ergänzte ich grinsend. Kurz stand ich auf, holte mir eine neue Coladose aus dem Kühlschrank unter der Theke und brachte den anderen eine Flasche Wein mit. Solange wir alles auf die Strichliste neben der Kasse schrieben, durften wir uns im Firefly nehmen, was wir wollten. Natürlich vertraute Brian darauf, dass wir das nicht ausnutzten.

Als ich mich wieder neben Mel auf das Sofa fallen ließ, nahm sie mir mit einem Seufzen die Weinflasche aus der Hand und schenkte Bowie, Trish und sich selbst nach. »Das hier ist gerade so schön«, sagte sie und zog die Knie an, um das Kinn auf ihnen abzustützen. »Ich liebe meine Kleine echt über alles, aber das letzte Jahr war wirklich anstrengend, auch wenn Robbie mir hilft, wo er nur kann. Und ich merke gerade erst, wie sehr ich das vermisst habe: Tanzen zu gehen, ein paar Drinks, einen ausgiebigen Girlstalk.«

»Das hast du dir auch wirklich verdient«, sagte ich aus ganzem Herzen. »Sie ist eine tolle Mom«, meinte ich zu Trish und Mel, »und Mary so ein süßer Engel!«

Tatsächlich bewunderte ich meine Schwester dafür, wie liebevoll und geduldig sie mit Mary umging. Vor allem, wenn ich mir den Gedanken daran erlaubte, wie wenig unsere eigene Mutter diese Rolle in den vergangenen fünf Jahren für uns ausgefüllt hatte. Mel war nicht überfürsorglich und nicht nachlässig – immer mit einem breiten Lachen im

Gesicht und die Ruhe selbst. Sie war einfach Mel, so wie sie es immer schon gewesen war.

Und keine Minute später saßen wir vier über ihr Handy gebeugt da, das Display ein grell leuchtendes Rechteck im Kerzenlicht. Wir reichten es reihum und wischten uns durch eine Fotogalerie mit Bildern von Mary. Wie sie in Robbies Armen lag, noch winzig und schrumpelig. Ein paar Monate später mit grünen Kulleraugen und verschmiertem Essen um den lachenden Mund. Der erste wackelige Schritt an Mels Hand. Dann sie auf meinem Schoß, die Finger in den Mund gesteckt, während ich ihre blonden Zöpfe neu zusammenband.

»Sie ist wirklich niedlich«, seufzte Trish. »Und sie hat denselben verträumten Gesichtsausdruck wie du, Lou!«

»Sagst du mir gerade, dass ich aussehe wie ein Kleinkind?« Ich streckte Trish lachend die Zunge raus. »O Gott, Mel, was ist das?!«, rief ich entsetzt, als ich weiter nach rechts wischte.

»Ich glaube, wir wissen alle *ganz* genau, was das ist«, merkte Bowie an und wackelte mit den Augenbrauen.

Und Mel riss mir lachend das Handy aus den Händen.

»Also den hätte ich mir auch als Vater meiner Kinder ausgesucht«, meinte Trish, »Sag mal, liegt das am Winkel, oder ist der –«

»Stopp, Leute, hört auf!«, rief ich und versuchte gegen das Lachen anzukommen, das sich wie ein Kitzeln tief in meinem Bauch ansammelte. »Robbie ist wie ein großer Bruder für mich! Ich will das nicht sehen, und ich will mir das nicht vorstellen!«

»Aiden und Paul sind auch wie große Brüder für mich, und glaub mir, ich hab die zwei öfter nackt gesehen, als mir lieb ist!«

Interessiert zog ich eine Augenbraue in die Höhe, während Mel zu kichern begann. Und sie konnte gar nicht mehr damit aufhören. Ein Blick auf die zweite Weinflasche, in der nur noch verdächtig wenig drin zu sein schien, verriet mir alles, was ich wissen musste.

»Nach Schulschluss waren die Jungs nachmittags immer bei mir zu

Hause und sind nach dem Training duschen gegangen. Und irgendwie hatten sie so eine Phase, in der sie gerne und viel nackt waren«, erklärte Trish lachend. »Vielleicht lag es auch daran, dass sie wussten, dass ich einfach null auf Kerle stehe und es mich einfach nicht interessiert.«

»Also dürfte ich mir einen aussuchen, dann würde ich mich für Aiden entscheiden. Den würde ich echt gerne nackt sehen. Und so gekonnt wie er mit seinen Händen die Saiten seiner Gitarre berührt, wer weiß, was er damit noch anstellen kann. Wobei Paul –«

»Ähm ... Mel, du bist so was von betrunken!«, stellte ich fest und schlang den Arm um meine große Schwester.

Keine Sekunde später legte sie den Kopf auf meinen Schoß und machte es sich mit den Beinen über der Lehne gemütlich. »Ich will doch nur mal schauen«, meinte sie leiser, was uns nur noch mehr zum Lachen brachte.

»Also, wenn wir schon dabei sind«, fing Bowie jetzt auch noch mit einem frechen Grinsen an. »Ich bin definitiv Team Paul. Diese Mischung aus Muskeln und Tattoos ist –«

Trish verdrehte die Augen und gab Bowie eine Kopfnuss. »Okay, Lou. Ich nehme alles zurück. Ich will dieses Gespräch definitiv nicht führen.«

Ich grinste zufrieden in mich hinein, während Mel schmollend die Unterlippe vorschob.

Wie schon an meinem zweiten Tag in Redstone, als ich in dieser Nische im Firefly gesessen hatte, hatte dieser Platz etwas Magisches an sich: Noch immer war ich traurig und verletzt von den Dingen, die Paul zu mir gesagt hatte, und ihn heute Abend zu sehen hatte mich aufgewühlt. Doch das Zusammensein mit Bowie, Trish und Mel war so leicht, so unbeschwert! Um glücklich zu sein, brauchte ich keinen Kerl. Auch keinen mit Bernsteinaugen.

Wir redeten die restliche Nacht lang. Und lachten. Wir lachten so sehr, dass uns schließlich Tränen in den Augen standen. Diese Art von

Lachen, bei dem man schon nach wenigen Sekunden vergessen hat, was zu Beginn eigentlich so komisch gewesen ist. Ein Lachen ohne Anfang und ohne Ende, bis es draußen dämmerte. Und ich dachte mir: Diese Momente zwischen Nacht und Tag, wenn die Wolken langsam lila wurden, das waren die Augenblicke, in denen ich mich lebendig fühlte. Übermüdet und gleichzeitig so völlig da. Wach auf eine Art, wie man es tagsüber gar nicht sein konnte.

Paul

Die Sonne tauchte den Hörsaal in viel zu grelles Licht. Und ich rieb mir über die Augen, weil das dunkle Holz es viel zu stark reflektierte. Nachdem die Mädels gegangen waren, war ich mit den Jungs locker noch vier Stunden im Heaven geblieben. Zurück auf dem Campus, hatten wir dann noch ewig bei mir in der WG gesessen, im Wohnzimmer Musik gemacht und ein paar Joints geraucht. Die ersten beiden Folgen der neuen Staffel *Black Mirror* hatten wir geschaut, als es draußen bereits hell wurde. Letztendlich war ich gestern also erst mittags ins Bett gefallen und fühlte mich immer noch verkatert. Aber weil ich abends sowieso arbeiten musste, war es heute Morgen auch schon egal gewesen, ob ich mich gleich oder erst am Nachmittag aus dem Bett quälte.

»Vergebung«, sagte Professor Harris ganz vorn und schrieb das Wort in Großbuchstaben auf die Tafel hinter ihm. Lang und laut hallte der Klang in dem Hörsaal nach. Und in mir. »Vergebung ist ein fester Bestandteil unserer moralischen Lebenswelt. Ob nun die Vergebung einer fremden oder aber auch der eigenen Schuld.«

Neben mir rieb Luke sich mit einem gequälten Seufzen über das Kinn. Obwohl er an dem Abend im Heaven nicht dabei gewesen war, schien er einen Kater zu haben. Immer noch oder wieder. Bei ihm war ich mir da nicht so sicher.

»Was bedeutet Vergebung für Sie?«, fragte der Prof und schob sich die Brille auf der Nase nach oben, während er seinen Blick durch den Hörsaal schweifen ließ. »Gibt es Kriterien, an denen man etwas derart Abstraktes messen kann?«

Ich liebte mein Studium, die wilden Diskussionen in den Hörsälen, und normalerweise hätte ich jetzt meine Hand gehoben, um mich mit den anderen mitten hineinzustürzen. Aber nicht heute mit diesen Kopfschmerzen. Nicht bei diesem Thema, das mir zu nahe ging und das mich persönlich zu extrem betraf. Verdammt, wie könnte ausgerechnet ich etwas Sinnvolles dazu beitragen?

Die nächsten eineinhalb Stunden hing ich meinen Gedanken nach. Sah zwischendurch immer wieder auf mein Handy, schickte Luca einen lachenden Smiley, als er mir ein Foto von seinem Kostüm für die Theater-AG schickte, und antwortete auf Aidens Frage im Thanksgiving-Gruppenchat, dass wir auf jeden Fall mein Auto nehmen konnten, um in die Berge zu fahren. Die Nachricht von Olivia wischte ich zur Seite und ignorierte sie.

Trish wartete vor dem Hörsaal auf mich, weil sie selbst scheinbar früher fertig gewesen war, und tippte auf ihrem Handy herum. Ein feines Lächeln umspielte ihre Lippen, weil sie wahrscheinlich wieder Bowie schrieb. Und nicht zum ersten Mal fragte ich mich, wie die beiden das verdammt noch mal machten. Das ging seit Tag eins so.

Trish war unaufmerksam, völlig versunken. Ich nutzte diesen Moment und hob sie in die Höhe, bis sie kreischte. Keine winzigen Fäuste dieses Mal. »Ich hab dich vermisst!«, sagte sie stattdessen, als sie wieder sicheren Boden unter den Füßen hatte.

»Wir haben uns gerade einmal einen Tag lang nicht gesehen!«

Ein Nicken. »Eben«, meinte Trish, nachdem wir uns von Luke verabschiedet hatten und uns auf dem Weg in die Cafeteria machten. »Außerdem«, fügte sie hinzu, »war ich mir gestern nicht sicher, ob ich dich jemals wiedersehen würde. Wir haben nach dem Gig noch ein paar Flaschen Wein im Firefly vernichtet, und ich hatte den Kater des Todes!«

Ich lachte. Ich fragte mich sowieso schon die ganze Zeit, wie so verflucht viel Alkohol in diesen kleinen Menschen passen konnte. Trish hatte immer schon locker mit Aiden und mir mithalten können.

»Nicht nur du!«, murmelte ich schließlich.

Die Cafeteria war wie jedes Mal viel zu voll und viel zu laut. Isaac und ein paar seiner Freunde winkten uns von einem langen Tisch direkt am Fenster zu. Doch Trish und ich schüttelten gleichzeitig den Kopf und steuerten erst die Essensausgabe, dann einen ruhigeren Platz im hinteren Teil an. Hier knallte die Sonne weniger durch die Fenster, und das Stimmengewirr schien etwas ruhiger. Es war ein großes Glück, dass Trish sich nach dem Wochenende auch immer noch beschissen fühlte und wie ich keine Lust auf Gespräche hatte. Nur Aiden schien aus unerfindlichen Gründen das pure Leben zu sein: Als ich ihn morgens auf dem Weg zu meinem ersten Kurs kurz gesehen hatte, war er mir bestens gelaunt mit einem Becher Kaffee in der Hand entgegengekommen.

Schweigend aßen wir unsere Nudeln, das Kratzen des Bestecks auf den Tellern und all die Gespräche um uns ein Hintergrundsummen. Ein kurzes Zischen, als ich meine Coladose öffnete. Vielleicht würde ein bisschen Koffein helfen, damit ich mich wacher und vor allem besser fühlte. Trishs Handy vibrierte. Und noch in derselben Sekunde, in der sie den Bildschirm entsperrte, rollte sie mit den Augen. »Meine Eltern sind komisch!«, beschwerte sie sich und hielt mir das Foto unter die Nase, das ihre Mom ihr scheinbar gerade geschickt hatte. Darauf posierten sie und Trishs Dad in irgendeiner Bar oder einem Club mit neonfarbenen Lichtern im Hintergrund, jeweils einen Drink in der Hand und ein breites Grinsen im Gesicht. »Die beiden machen gerade Las Vegas unsicher. Und glaub mir, das ist noch eines von den harmlosen Bildern«, fügte Trish hinzu, als sie das Handy zur Seite legte und sich wieder ihrem Essen widmete. »Manchmal fühlt es sich an, als wäre nicht ich das Kind. Eine blonde Rory Gilmore, nur dass meine Eltern am Ende zusammengeblieben sind«, schob sie theatralisch hinterher.

Ich lachte laut auf. Wer Lilly und Matthew Summers als Eltern hatte, dessen Familienleben war mit Sicherheit alles andere als konventionell. Aber die beiden strahlten solch eine Ruhe und Positivität aus, dass man sich in ihrer Gegenwart sofort wohlfühlte. Trish war ihr Ein und Alles, und auch Aiden und mich hatten die beiden an vielen Tagen ohne zu zögern bei sich aufgenommen. Die Summers waren immer unsere zweite Familie gewesen. Aiden hatte nicht nach Hause gewollt wegen der Leere, die durch den Tod seiner Mom an jeder Ecke zu spüren gewesen war. Und ich wegen dieses leeren und leblosen Kastens, in dem ich mit meiner Familie lebte. Bei Trish zu Hause war es klein gewesen und eng und genau richtig. Ich erinnerte mich an unzählige Nachmittage auf dem Sofa, mit einem Stück Pizza in der einen und einem Controller in der anderen Hand. Und an Matthew, der nach der Arbeit meistens eine Runde mit uns gezockt hatte. Der blonde Zwerg hatte immer darauf bestanden, in der Mitte zu sitzen, weil sie von dort den besten Ausblick auf den Bildschirm gehabt hatte.

»Die beiden sind verdammt cool, und das weißt du auch«, sagte ich grinsend und schob mir eine Gabel Nudeln in den Mund.

»Ja, okay, stimmt schon! Sie sind die Besten«, gab Trish mir recht. »Aber ganz ehrlich: Wenn deine Mom fünfunddreißig und dein Dad siebenunddreißig ist, dann sind sie eben leider noch in dem Alter für dieses ganze Junge-Leute-Zeug!«

Amüsiert hob ich eine Augenbraue und musterte Trish.

»Ja, das Junge-Leute-Zeug, du weißt schon. Jeden zweiten Tag eine neue Story auf Instagram oder Snapchat, irgendetwas zwischen gerade noch coolen und völlig unpassenden Hashtags, Partyurlaub ...«

Für meine Eltern wäre ein derartiger Lebensstil undenkbar. Aber so gesehen hatte ihr Desinteresse an meinem Leben auch sein Gutes:

Hätten sie sich die Mühe gemacht, meine Freunde kennenzulernen, wäre mir der Kontakt zu Trish und Aiden mit großer Sicherheit untersagt worden – mehr oder weniger offensichtlich natürlich.

»Ich schätze, man kann wohl nicht alles haben«, sagte ich lachend.

»Wow, Berger, danke für deine aufbauenden und weisen Worte!«, sagte Trish und warf mit einer Nudel nach mir.

Gekonnt wich ich ihr aus und grinste sie zufrieden an. »Sei nachsichtig, Summers. Ich bin ziemlich fertig«, meinte ich. »In meinem Alter –«

»Du bist nicht einmal zwei Jahre älter als ich. Also wage es ja nicht, mit so einem Spruch zu kommen!« Trish kniff ihre grauen Augen belustigt zusammen.

»Na ja«, sagte ich gedehnt und verschränkte die Arme vor der Brust. »Reife lässt sich tatsächlich nicht immer in Jahren messen, aber in diesem speziellen Fall ...«

Eine ganze Weile alberten wir noch so herum. Dann standen wir auf, räumten unser Geschirr ab und verließen die Cafeteria, um zu unseren nächsten Kursen zu gehen.

Zum Abschied knuffte ich Trish spielerisch in die Seite.

»Du sagst bestimmt gleich, dass ich mich da nicht einmischen soll«, sagte sie da plötzlich unvermittelt. »Und ich weiß auch gar nicht genau, was letztens vor dem Firefly zwischen Lou und dir passiert ist. Aber ihr solltet das wieder geradebiegen! Redet wenigstens wieder normal miteinander.«

Sie drehte sich um und ließ mir erst gar nicht die Gelegenheit, etwas darauf zu erwidern, was wahrscheinlich besser war.

Tatsächlich vermisste ich Louisa wahnsinnig – mir das einzugestehen fiel mir unglaublich schwer. Ich vermisse das Geplänkel und die tiefsinnigen Gespräche, die Art, wie sie ihre Gedanken ausführte. Ich wollte einfach wieder mit ihr reden. Wenigstens das.

Sollte ich mich am Ende auf sie einlassen, wären die Konsequenzen verheerend. Doch vielleicht konnte das mit der Freundschaft zu dem Mädchen mit den Feuerlocken ja klappen.

17. KAPITEL

Louisa

Als hätte jemand auf Vorspulen gedrückt, flogen die Tage nach dem Abend im Heaven nur so vorbei. Wenn ich nicht selbst arbeiten musste, verließ ich morgens meistens zusammen mit Aiden das Wohnheim. Wir holten uns zwei Becher Kaffee im Firefly und quatschten auf dem Weg zu unseren Hörsälen über die Filme, die wir an den Abenden zuvor gesehen hatten. *Game of Thrones* und *Der Herr der Ringe* waren zwar unser großer gemeinsamer Nenner, alle anderen Sachen lagen jedoch Welten voneinander entfernt – und so wechselten wir uns inzwischen mit der Filmauswahl ab. Mit einem listigen Funkeln in den Augen hatte Aiden Rache für meine letzte Entscheidung geschworen. Aber egal, was er sich auch überlegen würde: Mit ihm zusammen *Girls Club – Vorsicht bissig!* gesehen und sein Augenrollen und übertriebenes Schnauben miterlebt zu haben wird es definitiv wert gewesen sein.

An Halloween schmiss Luke wie schon zu Beginn des Terms eine Party bei sich in der WG, zu der wir alle eingeladen waren. Trish und ich verbrachten in den Tagen davor Stunden auf meinem Bett unter den Lichterketten, den aufgeklappten Laptop und unzählige geöffnete Tabs mit Onlineshops vor uns. Eigentlich hätten wir für die Midterms lernen sollen, die in weniger als zwei Monaten stattfinden würden. Die Suche nach dem perfekten Kostüm war aber eine angenehmere Alternative. Trish entschied sich schließlich dazu, als Elsa aus *Frozen* zu gehen. Das glitzernde Kleid ließ ihre eigentlich grauen Augen blau leuchten. Ich schickte Mel ein Foto, damit sie es Mary zeigen konnte. Ich selbst ging als Ygritte und musste mir während des ganzen Abends einen ziemlich aufdringlichen Jon Snow vom Hals halten. Aber das war immer noch besser, als mir eingestehen zu müssen, dass mir sowohl Paul als auch unser letztes Gespräch immer noch durch den Kopf wirbelten. Dass ich immer noch an das Kribbeln auf meinen Lippen dachte, als er mich geküsst hatte. Und ich fand es selbst beinahe schon lächerlich, wie dieser Typ mich mit seinen Worten und Blicken aus dem Konzept gebracht hatte. Mit jedem Kuss.

Was auch immer es war, das zwischen uns hat nichts zu bedeuten. Am besten gehen wir uns in Zukunft einfach aus dem Weg.

Dann ist es ja gut, dass wir uns einig sind.

Seine Worte, die sofort wieder da waren, als er gegen zwölf Uhr kam und Aiden neben mir ansteuerte – ausgerechnet als Starlord verkleidet, was doppelt schlimm war. Weil *Guardians of the Galaxy* erstens mein liebster Marvel-Film war, Peter Quill zweitens mein liebster Held, und drittens Paul... Er sah gut aus. Zu gut. Ich verschwand in der Menge, bevor er uns erreichen konnte.

Nach Halloween gingen Trish und mir langsam die Ausreden aus, und wir trafen uns regelmäßig im Firefly oder bei mir, um zusammen zu lernen. Heute hatten wir das Sofa in der Küche in der WG an die breite Seite des Holztisches geschoben. So hatten wir es beim Lernen zusammen mit der Unmenge an Tee, den wir seit Stunden tranken, wenigstens kuschelig. Überall flogen dicht beschriftete Seiten über den Tisch. Und jedes Mal, wenn ich aufstand, fiel irgendeines der Bücher auf den Boden. Inzwischen dämmerte es, und die untergehende Sonne tauchte die Küche in ein sanftes Licht. Ich seufzte genau in der gleichen Sekunde wie Trish auf, weil mir der Kopf rauchte und absolut nichts mehr dort hineinzupassen schien. Wir bestellten uns Essen, und als es endlich klingelte, sprang ich mit knurrendem Magen auf und rannte zur Tür.

Und dann sah ich plötzlich diese Bernsteinaugen vor mir, die mich unergründlich musterten. Irgendetwas lag hinter dem Sturm, das ich nicht verstand. Ein Blick, der aussah wie Sehnsucht.

Doch das war unmöglich. Wir waren nie befreundet gewesen, nicht wirklich. Ich war wie erstarrt, hielt in der Bewegung inne. Alles in mir schrie danach, wieder in der Sicherheit meiner Wohnung zu verschwinden.

»Was machst du hier?«, fragte ich tonlos, die Hand an der Klinke, um die Tür jeden Moment wieder schließen zu können. Mein Herz pochte so laut, dass ich Angst hatte, Paul würde hören, wie es aus dem Takt geriet. Ihn jetzt so nah vor mir stehen zu sehen brachte etwas in mir völlig durcheinander. Zwei Wochen lang hatte ich ihn nicht wirklich gesehen, weil ich übertrieben genau darauf geachtet hatte, dass unsere Wege sich nicht kreuzten. Und wenn ich ihn in der Ferne auf dem Campus oder im Firefly doch entdeckt hatte, hatte ich schnell die Richtung gewechselt. Sobald er mit Aiden in der WG aufgetaucht war, war ich schnell in meinem Zimmer verschwunden, unter einem Himmel aus Lichterketten. War davongelaufen, wie ich es schon als Kind getan hatte. Ich hatte befürchtet, dass er versuchen würde, mit mir zu sprechen, und gleichzeitig noch mehr Angst davor gehabt, dass er es gar nicht erst versuchen *würde*.

Würde ich jetzt meine Hand ausstrecken, ich könnte ihn berühren. Seinen Bart, der seit dem letzten Mal voller geworden war. Das kratzende Gefühl unter meinen Fingerspitzen. Doch ich unterdrückte den Impuls, genauso wie auch all die anderen Gedanken in mir. »Aiden ist nicht da«, erklärte ich und wollte die Tür hinter mir zuziehen. Da fiel mein Blick auf seinen Mund. Und dann auf die Grübchen, als er mich schief anlächelte. Ich schluckte, und kurz fühlte es sich so an wie der Moment, in dem er mir mit seinem unverschämten Grinsen offenbart hatte, dass letztendlich jede Frau ihren Mr. Darcy suchte.

»Ich weiß. Ich wollte auch gar nicht zu Aiden«, sagte er, »sondern zu dir ...« Nervös strich er sich das dunkle Haar aus der Stirn.

Ich öffnete den Mund, schloss ihn dann wieder, weil mir die Worte abhandengekommen waren. Gähnende Leere in meinem Kopf.

Langsam und bedacht machte er einen winzigen Schritt auf mich zu, hielt dabei meinen Blick gefangen. Er war plötzlich so gefährlich nah, doch ich würde keinen Schritt zurückweichen. Keinen einzigen.

»Louisa Davis«, raunte er und hob mein Kinn mit einer Hand an, sodass ich gezwungen war, ihn anzusehen. »Du bist nicht mein Geheimnis. Das bist du absolut nicht. Ich wollte, dass du das weißt!« Und plötzlich spürte ich Pauls Lippen an der empfindlichen Stelle zwischen Hals und Ohrläppchen, ein federleichter Kuss und das Kratzen seines Bartes an meiner Haut. Für einen Augenblick umhüllte mich der Geruch nach Wald, und im nächsten sah ich Paul schon wieder in Richtung des Aufzugs davongehen, die Hände in den Hosentaschen seiner verwaschenen Jeans. Ich blickte ihm nach, die Fingerspitzen an der Stelle, an der eben noch seine Lippen gewesen waren. Und meine Haut brannte.

Paul

Mach es ganz oder gar nicht, hatte Aiden gesagt. Und verdammt, ich hatte keine Ahnung, was »ganz« für mich bedeuten sollte. Aber ich hatte gedacht, ich könnte Louisa zumindest zeigen, dass sie kein Spielzeug für mich war. Ich hatte zwei Wochen lang eine Möglichkeit gesucht, mit ihr zu reden, auch wenn ich nie wirklich gewusst hatte, welche Worte ich zu ihr hätte sagen sollen. Doch sie war mir jedes Mal entwischt, ihre grellen Locken nur noch ein Wehen in der Ferne. Ich wusste nicht, woran es lag, aber sie ging mir nicht aus dem Kopf, und ich vermisste es, Zeit mit ihr zu verbringen. Ich vermisste unsere Gespräche. Und, heilige Scheiße, ich vermisste diese Lippen, auch wenn ich es nicht sollte.

Ich stand im Aufzug, und während die Türen sich langsam schlossen, sah ich, wie Louisa ihre Hand vorsichtig an die Stelle hob, an der eben noch meine Lippen gelegen hatten. Ein winziger Augenblick, in dem unsere Blicke sich über die Länge des Flurs trafen und etwas in ihren blauen Augen aufblitzte. Die Türen schlossen sich.

Hatte ich es einfach nur richtig versaut? Ich hatte keine Ahnung, ob ich gerade die richtigen Worte gesagt hatte oder die falschen, weil ich einfach alles andere als gut in so etwas war.

Was machst du hier? Ihre tonlose Stimme. *Aiden ist nicht da.*

Aber so sehr ich mich auch noch an ihrem eiskalten Feuer verbrennen sollte, so verheerend eine Freundschaft mit ihr auch sein würde – ich würde es schaffen, mich bei ihr zu entschuldigen. Richtig. Und gerade war es mir wirklich scheißegal, wie lange das noch dauernd würde.

Louisa

Tief atmete ich ein und aus, lehnte mich einen Augenblick lang gegen die geschlossene Tür, bevor ich zurück in die Küche ging. Aus dem Kühlschrank schnappte ich mir eine Coladose, setzte mich damit auf den Küchentresen. Und erst dort erlaubte ich mir, meine Gefühle zuzulassen, verwirrt zu sein über das, was da gerade eben passiert war.

Louisa Davis, du bist nicht mein Geheimnis. Ich wollte, dass du das weißt!

Ich erlaubte mir, dass mir das Herz zu fest gegen die Rippen pochte. Und als ich seufzend aufblickte, sah ich, wie Trish mich mit einem zufriedenen Grinsen musterte. »Schau mich nicht so an!«, murmelte ich und deutete mit dem Finger auf sie. Doch Trish ließ sich nicht beeindrucken, lehnte sich nur zurück und musterte mich.

Zu gern würde ich Paul glauben, dass ich nicht sein Geheimnis war. Aber ich hatte im Auge des Sturms gestanden und erfahren, wie sehr er mir wehtun konnte, weil er mich schon jetzt zu gut zu kennen schien. Wenn allein seine Worte eine solche Wirkung auf mich hatten, was mochte dann erst geschehen, wenn ich ihm eben diese verzeihen würde?

Trish trommelte mit den Fingerspitzen unruhig auf dem Holztisch herum, sah mich abwartend an.

»Ich will wirklich nicht darüber reden!«, sagte ich leise. Und als es noch einmal klingelte und unser Essen endlich da war, öffnete ich erleichtert die Tür.

Weltschmerz

18. KAPITEL

Louisa

Es war seltsam, wie gewisse Orte es nur durch ihre bloße Existenz schafften, Erinnerungen in uns wachzurufen. Der gelbe Streifen in der Mitte des Highways und die Bäume, die an uns vorbeizogen. Dunkles Grün, und dazwischen das strahlende Blau des Himmels. Meine Nase an der kalten Scheibe, den Blick auf die Rocky Mountains und die Unendlichkeit des Himmels gerichtet. Montana, das *Big Sky Country*.

Der Wind war eisig, doch im Inneren von Pauls Pick-up war es warm.

Früher waren Mom und Dad mit Mel und mir in die Berge gefahren, doch jetzt war jetzt, und alles war anders. Und obwohl ich Luke und Isaac kaum kannte, obwohl das alles förmlich nach einer Situation schrie, vor der ich noch vor wenigen Wochen davongerannt wäre, freute ich mich auf das bevorstehende Wochenende. Auf Thanksgiving – als könnte ich in den Weiten Montanas tatsächlich jemand anderes sein.

Das Gefühl war bittersüß, ein seltsamer Geschmack auf der Zunge und doch so vertraut. In meinem Kopf waren ungefilterte Gedanken, so unordentlich und durcheinander wie ich.

Wir waren erst nachmittags losgekommen, als der Campus schon unnatürlich leer gewesen war. Und während Trish und Paul noch hatten arbeiten müssen, hatte ich den anderen geholfen, die beiden Autos vollzuladen. Bowie und Isaac fuhren bei Luke mit. Trish, Aiden und ich bei Paul. Rucksäcke, Essen für die nächsten Tage, zwei Gitarren und noch mehr Rucksäcke und Taschen – kopfschüttelnd hatte ich Aiden dabei zugesehen, wie er ein Teil nach dem anderen erst in Pauls, dann in Lukes Wagen verteilt hatte. Und ich konnte mir immer noch nicht erklären, woher all diese Sachen kamen, noch wozu wir all das in den kommenden vier Tagen brauchen würden.

»Ich bin eben gern vorbereitet!«, hatte er mit einem Grinsen gesagt, als er meinen skeptischen Blick bemerkt hatte.

Seit Paul vor drei Wochen so überraschend vor meiner Tür gestanden hatte, herrschte eine Art Waffenstillstand zwischen uns. *Louisa Davis, du bist nicht mein Geheimnis!* Ich hatte ihm noch nicht verziehen, dafür hatte er zu genau in den Wunden gebohrt, die noch immer schmerzten. Aber wenn ihm tatsächlich etwas an der Freundschaft mit mir lag, dann würde ich ihm diese Chance geben – nicht sofort, aber Stück für Stück. Es mochte wahnsinnig naiv von mir sein, aber das, was ich in seinen Augen zu sehen glaubte, ließ mich denken, dass er durch all meine Mauern blicken konnte. Und ich mochte die, die ich in seiner Gegenwart war. Etwas, das ich nicht aufgeben wollte, nicht konnte. Dass er immer noch etwas in mir aus dem Gleichgewicht brachte, ignorierte ich dabei.

Und während Baum um Baum an uns vorbeizogen, auf der Rückbank Trishs Füße auf meinem Schoß, während Aiden den Takt der Musik auf das Lenkrad, Paul auf das Armaturenbrett klopfte, konnte ich dank des Rückspiegels unbemerkt jede Linie von Pauls markanten Gesichtszügen mit den Augen verfolgen. Die lässig nach oben gezogene Kapuze des schwarzen Hoodies, den voller gewordenen Bart. Inmitten all des Schwarz das Leuchten seiner Augen. Ein kurzer Blickwechsel zwischen Paul und Aiden, als der Song in ein schnelles Schlagzeugsolo überleitete und die beiden begannen, auf alles einzutrommeln, was in ihrer Reichweite war. All das Düstere um Paul fiel in diesem Moment in sich zusammen. Übrig blieb nur sein tiefes, ehrliches Lachen und das Blitzen in seinen Augen, deren Wärme der größte Kontrast zu allem anderen an ihm war.

Paul sah in den Rückspiegel und mir dabei direkt in die Augen, doch ich schaute nicht weg – als würde ich schlau aus diesem Kerl werden, wenn ich nur genau genug hinguckte. Der Moment war aufgeladen, mit mir und meinen Gedanken.

Schließlich war der Song vorbei, und die beiden deuteten eine leichte Verbeugung an. Mir entschlüpfte ein leises Lachen.

»Ich hab dir doch gesagt, dass du mitmusst, weil du mich nicht mit diesen Verrückten allein fahren lassen kannst«, murmelte Trish im Halbschlaf.

Paul

wie ist die stimmung zu hause?
zwei wörter: zum kotzen!

Leise lachte ich in mich hinein. Nichts anderes hatte ich erwartet, und Luca brachte es perfekt auf den Punkt.

An jedem Thanksgiving veranstalteten unsere Eltern die Show ihres Lebens, und wir alle waren gezwungen, unsere verdammten Rollen zu spielen: Die liebenden Eltern und die beiden gut erzogenen Söhne – ein Theaterstück, aufgeführt für deren falschen Freunde. Vor allem mein Vater war ein Meister darin, Worthülsen so klingen zu lassen, als hätten sie irgendeine Art von Bedeutung. Und meine Mutter hing währenddessen verlogen an seinen Lippen, dabei hatten die beiden sich längst nichts mehr zu sagen. Ihren Freunden hatten sie erzählt, dass ich lediglich eine Orientierungsphase durchlebte, *wie es die jungen Leute heutzutage machen*, um mich anschließend völlig auf meinen Posten bei *Berger Industries* konzentrieren zu können. Dass das Bullshit war, wussten meine Eltern mindestens so gut wie ich.

In mir machte sich das schlechte Gewissen breit, weil ich Thanksgiving wieder einmal mit meinen Freunden verbringen würde, während Luca gezwungen war, gute Miene zum bösen Spiel zu machen.

ich verstecke mich auf dem dachboden, weil das ganze scheiß haus voller personal ist und das neue hausmädchen mich auf schritt und tritt verfolgt. ich soll einen neuen anzug anprobieren. aber ich habe einen plan :)

in der küche wieder salz und zucker vertauschen?

hey, ich bin immer noch der meinung, dass das das bisher beste thanksgivingessen war!

du hast verdammt recht! Und jetzt erzähl mir von deinem plan, kleiner.

ich hau ab, bruderherz. katie holt mich ab, sobald mom und dad schlafen.

und dann macht ihr bei ihr im auto rum? :)

ALTER! Wieso muss eigentlich jedes gespräch mit dir SO enden?

Ich grinste. Und überlegte mehrere Minuten lang, wie ich die nächsten Worte formulieren sollte. Ließ meinen Blick gedankenverloren über die schneebedeckten Spitzen der Berge wandern, über das dunkle Grün der Tannen. Und über Louisa, die sich in der Fensterscheibe spiegelte. Ihre Haare glänzten im Sonnenlicht. Die Art und Weise, wie sie sich durch ihre grellen Locken fuhr, war mir inzwischen viel zu vertraut, genauso wie der Anblick ihrer blauen Augen und vollen Lippen, auf die sie ständig biss, wenn sie nachdachte. Ein Gefühl stieg in mir auf, so präsent und doch wenig greifbar wie die Antworten auf all die Fragen, mit denen ich mich in so vielen Nächten quälte.

bist du glücklich? also mit katie meine ich?, tippte ich schließlich.

ja :)

Das war alles, was ich wissen musste.

Louisa

Inmitten von Montanas Bergen lag das kleine Haus, das Isaacs Onkel gehörte. Am Rand eines Waldes mit einem Ausblick über die Weite darunter, die mir den Atem raubte. Die untergehende Sonne tauchte die Landschaft unter uns in ein orangefarbenes Licht. Vor allem die Bergketten in der Ferne schienen in allen Schattierungen von Rot zu leuchten.

Mir fehlten die Worte, und obwohl ich hörte, wie die anderen hinter mir begannen, die beiden Autos auszuräumen, konnte ich nicht anders, als über den Rand der Klippe nach unten zu schauen. So etwas hatte ich noch nie gesehen. Ich war völlig versunken in dem Anblick meiner neuen Heimat: Wälder über Wälder, Berge mit schneebedeckten Spitzen, unendliche Weite mit dem endlosen Himmel darüber. Und so sehr ich Worte auch liebte, in diesem Augenblick fehlte mir jedes einzelne davon. Keines schien ausdrücken zu können, was ich bei diesem Ausblick empfand.

Ich glaubte in diesem Moment zu verstehen, was Paul gemeint haben musste, als er einmal zu mir gesagt hatte, er würde sich manchmal wünschen, mit seinen Augen Fotos machen zu können. Ich hätte Mel gerne eines geschickt, doch direkt, als wir hier ausgestiegen waren, hatten wir unsere Handys ausgeschaltet. Trish hatte sie anschließend sogar eingesammelt, damit wir gar nicht erst in Versuchung gerieten – vor allem Luke und Bowie hatten sich minutenlang darüber beschwert, doch mir gefiel der Gedanke, dass wir hier für uns waren. Ganz ohne das ständige und unnötige Checken des eigenen Handys.

»Das ist der Grund, wieso Redstone heißt, wie es heißt«, sagte plötzlich eine vertraute Stimme hinter mir. Den angenehmen Schauer auf meinem Körper versuchte ich zu ignorieren, drehte mich nicht um. Das musste ich auch gar nicht, um zu wissen, dass Paul direkt hinter mir stand – die Hände wahrscheinlich in die Hosentaschen seiner schwarzen Jeans geschoben, die Kapuze des dunklen Hoodies immer noch hochgezogen.

»Siehst du die Bergkette da vorn, die so hell in der untergehenden Sonne leuchtet?« Paul trat einen Schritt nach vorn zu mir an den Abgrund, streckte den Arm aus und deutete leicht nach links. Und ich sah sofort, was er meinte: Auf dieser Seite schimmerte die zerklüftete Oberfläche der Berge in einem besonders intensiven Rot und Orange. Das warme Licht ergoss sich über Steine und Felsen.

»Und jetzt sieh hier nach unten, auf den Punkt direkt darunter!« Langsam ließ Paul seinen ausgestreckten Arm hinabwandern.

Ich kniff die Augen zusammen und ließ meinen Blick ebenfalls an der Felswand in der Ferne hinuntergleiten.

»Da liegt Redstone«, sagte er und drehte sich zu mir. Und genau in diesem Moment spiegelte die Sonne sich in seinen dunklen Augen. Sie sahen aus wie flüssiges Karamell. Leuchtend und warm.

»Redstone wurde 1806 während der Lewis-Clark-Expedition entdeckt beziehungsweise gegründet, als der Westen Amerikas erkundet worden ist. Kein Wunder, dass die Männer bei diesem schönen Anblick auf den Namen für diese Stadt gekommen sind.« Pauls Mundwinkel hoben sich leicht. »Ich hab mich selbst immer noch nicht daran gewöhnt, wie es von hier oben aussieht.«

»Es ist wunderschön«, stimmte ich ihm zu. Mehr sagte ich nicht, weil ich vorsichtig war. Weil ich mich nicht zu Pauls Spielzeug machen lassen wollte. Weil ich das lieber jetzt begriff, als wenn es bereits zu spät war.

Drei Wochen waren vergangen. Drei Wochen, in denen ich Zeit gehabt hatte, darüber nachzudenken, dass ein Teil von mir ihm eine Chance geben wollte.

Dann drehte ich mich um, ging wortlos zurück und half den anderen, die Sachen aus den beiden Autos in die Hütte zu tragen.

Es war einer dieser Orte, an denen man sich schon zu Hause fühlt, obwohl man noch nie da gewesen ist. Die Zimmer waren alle wunderschön und lichtdurchflutet. Holzvertäfelungen, knarzende Dielen, Betten übersät mit Kissen. Trish und Bowie nahmen das Zimmer mit dem Doppelbett im ersten Stock, ich wählte das etwas kleinere direkt daneben. Paul und Aiden teilten sich das am anderen Ende des Flurs, gegenüber von Isaac und Luke. Mittelpunkt des Hauses aber war das große Wohnzimmer im Erdgeschoss mit einem riesigen roten Ecksofa und zwei Ohrensesseln in der Mitte. An der einen Wand stand ein dunkles

Regal voller Bücher, über das ich in einer ruhigen Minute mit den Fingern streifte. Mit einem Lächeln hielt ich inne und griff nach einer Ausgabe von *PS: Ich liebe dich*. Obwohl ich die herzzerreißende Geschichte in- und auswendig kannte, setzte ich mich mit dem Buch auf angezogenen Beinen in einen der Ohrensessel. Nach und nach verwandelten die Gespräche der anderen sich in ein angenehmes Hintergrundsummen. Ich versank immer weiter in diesen wunderschönen Briefen, die Gerry seiner Frau Holly kurz vor dem Tod geschrieben hatte, um sie allein mit seinen Worten Stück für Stück zurück ins Leben zu holen. Ich dachte an andere Geschichten zwischen zwei Buchdeckeln wie *Eine Handvoll Worte*, *Gut gegen Nordwind* oder *Das Leuchten der Stille*, in der Worte die Macht hatten, eine ganze Welt zu verändern.

Vielleicht würde ich das auch schaffen, sollte ich die passenden Worte finden.

19. KAPITEL

Louisa

Orange und Rot brannte das Feuer in der Dunkelheit. Mit einem Knistern stiegen Funken in den Himmel auf, wurden zu einem Teil der Sterne. Das leise Klimpern von Aidens Gitarre hallte in die Nacht um uns herum. Es war kein bestimmtes Lied, nicht einmal eine zusammenhängende Melodie und trotzdem die perfekte Untermalung dieses Augenblicks.

Die Feuerstelle lag nur wenige Meter von der Veranda der Hütte entfernt, aber so, dass man einen Teil des Ausblicks über das Tal genießen konnte. Jetzt in der Dunkelheit sah man unendlich weit entfernte Lichter, winzige leuchtende Punkte, die alles Mögliche sein konnten. Vielleicht mochte ich die Nacht deshalb so gern, die in dunkles Schwarz gehüllte Wirklichkeit. Weil von hier oben aus betrachtet jedes Licht wie ein Stern aussah – wohin man auch blickte, überall ein Stück Himmel.

In Decken gehüllt, saßen wir im Kreis, die Gesichter der Wärme des Feuers entgegengestreckt. Die Mägen voll, die Gedanken leer. Jeder von uns mit einem Ast in den Händen, an dessen Enden Marshmallows über dem Feuer brutzelten. *Peiskos*, dachte ich mir. Ein norwegisches Wort, welches das Gefühl beschrieb, wie wir um das Feuer saßen und seine knisternde Wärme auf der Haut spürten.

»Wie machst du das, Lou?«, stupste Trish mich in die Seite, die Augen im Schein des Feuers glänzend, die Unterlippe vorgeschoben, die Haare wirr auf dem Kopf zusammengebunden. Sie deutete auf meine Marshmallows, die über dem Feuer in einer gleichmäßigen Bräunung leuchteten. Der Duft war himmlisch und erinnerte mich an Nächte in Mels Bett und heiße Schokolade. An das Gefühl eines Zuhauses.

Mein Blick fiel auf das Ende ihres Stocks, und mir entschlüpfte ein Lachen. »Gib her!«, sagte ich. Wir tauschten. Ihren Ast, der jetzt meiner war, drehte ich gleichmäßig über dem knisternden Feuer in unserer Mitte, während Trish vorsichtig von dem Marshmallow an ihrem abbiss.

Leises Lachen und Stimmengewirr, dazwischen weiterhin das Klimpern der Gitarre, doch inzwischen waren es Pauls Hände, die neben mir auf den Saiten lagen. Ich blickte auf seine Finger hinunter und die sanften Bewegungen, mit denen sie darüberstrichen. Hörte auf die Melodien, die eigentlich keine waren. Auf die Noten, die wie all die Funken in die dunkle Nacht aufstiegen.

»Ich liebe meine Familie wirklich«, meinte Luke plötzlich, »aber Thanksgiving mit euch zu verbringen finde ich gerade so viel entspannter. Meine Mom fragt jedes Mal, wann ich endlich ein Mädchen mit nach Hause bringe. Aber das wird nicht passieren, zumindest nicht in naher Zukunft.« Er rollte mit den Augen und drehte seinen Ast mit den Marshmallows über den orangefarbenen Flammen.

»Gott«, auf einen Schlag begann Trish laut zu lachen, »erinnert ihr euch noch an das Thanksgiving vor vier Jahren?«

»O Mann, wie könnte ich das je vergessen«, sagte Aiden grinsend und boxte Paul mit einem Lachen in die Seite.

Verständnislos sahen wir anderen zwischen den dreien hin und her.

Ich betrachtete Paul von der Seite, sah das Zucken seiner Mundwinkel und wie sie sich zu einem Lächeln kräuselten, als er die Gitarre an den Baumstamm lehnte, auf dem wir saßen. Dann folgte der Bass seines ehrlichen Lachens. »Fuck, ich hab Trish mit zu diesem schrecklichen Thanksgivingessen gebracht und meinen Eltern erzählt, dass sie meine neue Freundin ist. Dass sie nicht gecheckt haben, wer sie wirklich ist, obwohl wir schon seit Ewigkeiten befreundet waren, sagt ja eigentlich schon alles, oder?«, erklärte er. »Ich dachte, das wäre in jedem Fall lustiger, als mich da stundenlang allein durchquälen zu müssen.«

Trish kuschelte sich an Bowie und lachte. »Ich habe den kürzesten Rock angezogen, den ich finden konnte. Und das tiefstausgeschnittenste Top ... Ich habe mich schrecklich benommen.«

»Zum Glück habt ihr mir das Video geschickt. Ich hab es mir tagelang immer wieder angesehen«, warf Aiden ein. »Deine Vorstellung war wirklich der Wahnsinn!«

»Trish hat während des Essens über unser nicht vorhandenes Sexleben gesprochen, und als mein Vater sie gefragt hat, wo sie sich beruflich eines Tages sehen würde, hat sie ihn einfach nur angesehen und gesagt: ›Wieso beruflich? Ihre Familie hat doch genug Geld!‹ Ich dachte echt, er würde jeden Moment mit seiner Gabel auf dich zielen, Summers.« Paul schüttelte grinsend den Kopf, »Scheiße, Leute. Fast würde ich sagen, dass das verflucht kindisch und unnötig gewesen ist.«

Aiden lachte. »Aber nur fast, Berger.«

»Außerdem ist das ja schon Jahre her! Wir sind inzwischen viel klüger und reifer«, stimmte Trish ihm zu.

Bowie murmelte, dass sie das stark bezweifle, worauf sie sich eine Kopfnuss von Trish einfing.

»Danach kam meine Mutter zu mir, um mit mir zu sprechen und mir dieses *schreckliche Mädchen* auszureden. Aber immer noch besser als mein Vater«, sagte Paul. Ich kam nicht umhin zu bemerken, dass etwas Düsteres in seinem Tonfall mitschwang. Ich war ziemlich sicher, dass das damals nicht nur ein Scherz von zwei Freunden gewesen war. Ich glaubte sogar zu wissen, dass das eigentliche Problem viel tiefer lag.

»Eltern wollen sich aber auch immer in alles einmischen«, beschwerte Isaac sich und sah in die Runde. »Als es um die Wahl von meinem Hauptfach ging, meinte meine Mom auch erst *Ich will mich ja nicht einmischen, aber...* « Isaac grinste. »Und dieser Satz ist der beschissene Anfang vom Ende!«

»O Gott, das ist auch der Lieblingssatz von meiner Mom. Trish, ich will mich ja nicht einmischen, aber…«

»So fangen alle unangenehmen Gespräche an«, warf Luke lachend ein, »Ich will mich ja nicht einmischen, aber gibt es wirklich niemanden, der dir gefällt? Es ist sinnlos zu erklären, dass mir zu viele gefallen. Das ist ja das Problem«, sagte er mit einem anzüglichen Grinsen, worauf Bowie den Kopf schüttelte.

»Ich will mich ja nicht einmischen, aber bist du dir sicher, dass die Wahl deines Hauptfaches die richtige ist?«

»Ich will mich ja nicht einmischen, aber ich fand deine Haare vorher schöner! Du warst doch so ein hübsches Mädchen!«

»… aber du tust dir damit einfach keinen Gefallen!«

»… aber ich finde, du solltest diesen Jungen vergessen!«

Sätze flogen durch die schwarze Nacht, wirbelten durch die Luft und ließen sich schließlich auf dem Grund meiner Seele nieder. Und sie alle verschmolzen zu diesem einzigen Satz, der sich wie eine fest zudrückende Hand um mein Herz legte.

Du hast das alles nie gehabt, Louisa.

Als ich nach Redstone gezogen war, hatte ich Angst gehabt, dass ich mit meiner verschlossenen Art anecken würde. Und jetzt fürchtete ich plötzlich, dass die Menschen, die ich hier gefunden hatte, die lachend um das Feuer saßen und bei denen ich mich tatsächlich wohlfühlte, sich beim nächsten Blinzeln in Luft auflösen würden, wie es all das Gute in meinem Leben getan hatte. Meine Mom hatte nie einen Satz mit *Ich will mich ja nicht einmischen, aber* begonnen. Sie hatte mich angeschrien, sie hatte sich weinend an mir festgeklammert, wenn sie bemerkte, dass ihr das Schreien den Alkohol nicht zurückbrachte, den ich in den Abfluss gekippt hatte. Weinen, Schreien, Fluchen. Und ich hatte Jahre gebraucht, um Mel zu erzählen, wie schlimm es wirklich um Mom stand. Dass sie an manchen Abenden so mit Tabletten vollgepumpt auf dem Sofa lag, dass ich mir nicht sicher war, ob sie überhaupt noch lebte. Ich mit meiner Decke die ganze Nacht auf dem Boden neben dem Sofa dem leisen Heben und Senken ihrer Brust lauschte, damit sie nicht vor meinen Augen starb, so wie Dad. Und dann am nächsten Tag wieder: Weinen, Schreien, Fluchen. Und ein Schlag ins Gesicht.

Als würde ich mir einen Stummfilm ansehen, sah ich die anderen weiter reden und lachen, aber ich war längst nicht mehr da. Stattdessen war ich wieder vierzehn Jahre alt und allein.

Ich war dabei, mich in meinen Gedanken zu verlieren, als mich eine plötzliche Berührung daran erinnerte, wo ich war. Raue Finger schlossen sich fest um meine Hand. Und mit jedem sanften Kreisen auf meinem Handrücken kamen die Geräusche langsam zurück. Paul hielt nicht nur meine Hand fest, nein, er hielt mich im Hier und Jetzt.

Tief atmete ich ein und aus, konzentrierte mich auf das Gefühl seiner großen Hand auf meiner kleinen. Bemerkte kaum, wie mein Herz bei dieser Berührung aus dem Takt geriet. Und als ich den Blick hob, bemerkte ich, wie Paul mich nachdenklich musterte. Sanft drückte er meine Hand und seine dunklen Augen sagten: *Alles ist okay.*

Ich konnte es mir nicht erklären, aber ich glaubte ihm, fühlte mich sicher. Ich ließ zu, dass er seine Finger mit meinen verschränkte. Er hielt meine Hand, als er sich wieder in das Gespräch einklinkte und über etwas lachte, das Bowie gesagt hatte. Sein Lachen vibrierte an meiner Haut.

Er hielt meine Hand, als Trish den Kopf auf meine Schulter legte und meinte, dass Abende wie diese das Leben perfekt machten.

Er hielt sie, als Luke mir über das Feuer hinweg einen Joint reichte. Als ich Isaac schließlich erzählte, wie Aiden und Trish mich an meinem zweiten Tag am RSC dermaßen überrumpelt hatten, dass ich gar nicht anders gekonnt hatte, als den Job im Firefly anzunehmen.

Und selbst als Aiden mit einem unergründlichen Gesichtsausdruck unser Händchenhalten zu bemerken schien, fuhren Pauls Finger weiter in beständigen Kreisen über meinen Handrücken.

»Bitte, geh noch nicht!«, sagte er, als ich den anderen später nach drinnen folgen wollte. Er fing meinen Blick mit seinem auf, der voller Subtext war. Erneut verschränkte er seine Finger mit meinen und hielt mich mit dieser kleinen sanften Bewegung zurück.

Mit der Decke über den Schultern ließ ich mich wieder neben ihn an das Feuer sinken, weil ich in seiner Gegenwart nicht ich war und gleichzeitig so viel mehr, als ich es fünf Jahre lang gewesen war.

Die düsteren Schatten um Paul waren in diesem Moment so viel präsenter. Und obwohl ein Teil von mir davonrennen wollte, wollte der größere Teil wissen, wieso Paul mich nicht gehen ließ.

Das selbstsichere Grinsen war verschwunden, stattdessen sah er mich ernst an, den Blick verdunkelt. »Ach verdammt«, murmelte er und rieb sich mit der freien Hand über das Gesicht.

Hätte ich es nicht besser gewusst, hätte ich gedacht, er wäre nervös.

Der Vollmond erhellte die Nacht, und der Moment dehnte sich zu einer Ewigkeit aus. Mit jedem Atemzug schlug mir das Herz heftiger gegen die Rippen. Zwischen uns lag eine Unendlichkeit unausgesprochener Worte. Ich war angespannt, ohne zu wissen, wieso. Die einzige Beständigkeit war das Gefühl von Pauls Hand an meiner, während er wieder in das Feuer blickte. Mir fiel auf, wie angespannt die markanten Linien seiner Gesichtszüge im Schein der Flammen mit einem Mal wirkten. Schweigen.

Die tief gehende Ruhe in seinem Blick, als er sich mir Minuten später wieder zuwandte, traf mich völlig unvorbereitet. »Es tut mir leid, Louisa! Verdammt, es tut mir so unendlich leid, was ich dir an den Kopf geworfen habe. Und noch mehr tut es mir leid, dass ich dich mit dem Scheiß, den ich gesagt habe, verletzt habe. Das ist wirklich das Letzte, was ich wollte. Ich habe keine Ahnung, was an dem Abend mit mir los war«, sagte er. Aufrichtigkeit lag in seinem Blick.

Diese Entschuldigung war das Letzte, womit ich heute gerechnet hatte. »Ich...«, setzte ich an, obwohl ich absolut keine Ahnung hatte, was ich hätte sagen sollen. Mein Kopf war leer.

»Lass mich bitte noch aussprechen, ich werde das nämlich nur ein einziges Mal sagen«, sagte Paul zögernd. »Ich habe nicht mit Olivia geschlafen, nachdem wir uns geküsst haben. Ich bin vielleicht ein Arschloch, aber so bescheuert nun auch wieder nicht. Ich würde dich niemals sitzen lassen, um dann eine andere mit nach Hause zu nehmen. Eigentlich habe ich mit keiner Frau geschlafen, seit du ...« Er musterte mich, und ich konnte nicht wegsehen. Der Schwung seiner Nase, die winzige sichelförmige Narbe an der Schläfe, das dunkle Haar, das ihm wieder in die Stirn fiel und zu guter Letzt sein Blick – all das nahm mich gefangen, weil in ihm die unterschiedlichsten Gefühle miteinander zu kämpfen schienen. »Okay, ehrlich gesagt wollte ich mit ihr schlafen, nachdem wir uns gestritten haben. Ich wollte dich irgendwie aus meinem Kopf bekommen, aber ...« Paul runzelte die Stirn und blickte mich fast schon ungläubig an. »Ich konnte es nicht tun. Weil ich plötzlich nur noch an dich denke.«

Ich öffnete den Mund, schloss ihn wieder, war sprachlos. Ich hatte ihn ein *schwanzgesteuertes Arschloch* genannt, weil ich die Geschichten gehört hatte, die man sich auf dem Campus über Paul erzählte. Und vor allem, weil mir die Vorstellung von Olivia und ihm die Luft abgeschnürt hatte – und die all der anderen Frauen. Und das alles, obwohl Paul mir nicht gehörte und ich absolut kein Recht hatte, so zu fühlen. Doch jetzt empfand ich Erleichterung.

Weil ich plötzlich nur noch an dich denke.

Ein Flattern in meinem Innersten, weil ich selbst plötzlich nur noch an diesen Kerl mit den Bernsteinaugen dachte.

Ich ließ zu, dass Paul seine andere Hand einen Wimpernschlag lang an meine Wange legte, mir eine meiner Locken nach hinten strich und die Linie meines Kiefers nachzeichnete. Und ich war regungslos, weil alles in mir drin passierte, draußen aber nur Stille war.

»Ich mag dich, Louisa«, sagte er dunkel. »Und das macht mir eine scheiß Angst. Das hat es an diesem Abend getan und tut es immer noch.

Deshalb habe ich so um mich geschlagen. Ich mag Frauen nicht. Nicht auf diese Art.«

Stille. Und für eine Sekunde vergaß ich zu atmen. So fühlte es sich also an, wenn vier Wörter mit der Wärme eines einzigen Blicks die eigene Welt aus den Angeln hoben.

Ich mag dich, Louisa.

»Aber ... du magst Trish. Und Bowie«, erwiderte ich leise, um nicht das Erste zu sagen, das mir tatsächlich in den Sinn gekommen war. Fest sah ich ihn an und hoffte inständig, er würde das Zittern meiner Hand unter seiner nicht bemerken.

Ich mag dich auch, dachte ich. Und dass ich diese Tatsache ebenfalls beängstigend fand. Vor allem nachdem ich erfahren hatte, wie leicht ich mir scheinbar wehtun ließ. Ich war wie eine zerbrochene Vase, die man halbherzig zu kleben versucht hatte. Es war klar, dass sie bei jedem Mal schneller brach.

»Stimmt«, sagte er und sah mich dabei völlig ruhig und ernst an, »aber du weißt genau, was ich meine, Louisa!«

Mein Herz geriet wieder aus dem Takt, stolperte über die Art, wie er meinen Namen aussprach. So als wäre jede einzelne Silbe bedeutsam.

»Außerdem«, fügte er mit einem trägen Grinsen hinzu, »denke ich an *dich* auf eine ganz andere Art. In letzter Zeit hat dieser ziemlich kurze Rock, den du im Heaven getragen hast, eine entscheidende Rolle gespielt!«

Ich verdrehte die Augen. »Paul Berger«, beschwerte ich mich mit erhobenen Augenbrauen, »bis gerade eben hast du es noch geschafft, ziemlich süß zu sein.«

»Du weißt doch«, sagte er mit unverschämtem Grinsen, »ich muss das Bad Boy Image aufrechterhalten.«

So sehr ich versuchte, mir nichts anmerken zu lassen, spürte ich doch das sich anbahnende Lächeln in meinen Mundwinkeln. Dieser Kerl hatte etwas an sich, das Stück für Stück all meine Mauern einzureißen drohte.

»Verdammt«, sagte er wieder ernst. »Ich mag dich wirklich, Feuermädchen!«

Tief atmete ich ein und aus, reckte das Kinn nach vorn und sah ihn fest an. Denn obwohl Paul mein kaputtes Herz mit seinen Worten zum Flattern brachte, durfte ich nicht vergessen, auf eben dieses aufzupassen. Ich dachte an sein widersprüchliches Verhalten und daran, wie er immer wieder meine Nähe gesucht hatte, nur um mich im nächsten Moment wieder von sich zu stoßen.

»Du hast eine wirklich seltsame Art, das zu zeigen«, sagte ich schließlich und sah ihn ernst an.

»Scheiße, als wüsste ich das nicht, Louisa.« Freudlos lachte Paul auf und steckte sich mit der freien Hand eine Zigarette an. »Ich kann nicht behaupten, gut für dich zu sein, weil ich das mit großer Sicherheit nicht bin. Aber inzwischen weiß ich, dass es einfach nicht funktioniert, mich von dir fernzuhalten! Und ich bin es so leid, es ständig zu versuchen!«

»Du hast versucht, dich von mir fernzuhalten?«

»Ist das nicht offensichtlich?«

Ich musterte Paul mit schief gelegtem Kopf. »Hör auf damit«, sagte ich schließlich schlicht. Ich hatte schon früh damit angefangen, auf mich selbst aufzupassen, hatte keine andere Wahl gehabt. Es war ganz sicher nicht seine Entscheidung, wer oder was gut für mich war. Das lag ganz allein an mir. »Und mir tut es auch leid, Paul. Ich hab dich ein schwanzgesteuertes Arschloch genannt. Ich glaube, wir haben beide Dinge gesagt, die wir lieber zurücknehmen würden, oder?«

Paul sah mich noch einen Augenblick lang an, dann nickte er. Eine einfache Geste mit einer nicht ganz so einfachen Bedeutung.

Wir schwiegen gemeinsam, weil für diesen Moment alles gesagt war und weil Schweigen manchmal mehr sagte als jedes Wort.

Und doch durchbrach ich die Stille zwischen uns irgendwann mit einer Frage. Einfach weil ich diese Gespräche mit ihm mochte und mir gerade bewusst wurde, wie sehr ich sie in den letzten Wochen vermisst hatte. Und ich wollte seine Stimme hören.

»Was liest du gerade?«

»Ehrlich gesagt«, sagte Paul langsam, »ein Kinderbuch.«

»Ein Kinderbuch?«, fragte ich ungläubig.

Und dann war da dieses tiefe, sexy Lachen. »Die unendliche Geschichte«, erklärte Paul, während er ins Feuer sah. Und er erzählte mir von einer märchenhaften Welt, in der ein Junge einen Roman über eine fantastische Welt liest und schließlich sogar Teil dieser wird. Von einer magischen Parallelwelt. Davon, wie der Junge versucht, diese zu retten.

»Ich hab ein richtig beschissenes Verhältnis zu meinen Eltern, aber mein Grandpa war dafür richtig cool. Eigentlich hat er Luca und mich großgezogen. Von ihm habe ich auch gelernt, was im Leben wirklich wichtig ist. Als ich zehn Jahre alt war, kam er gerade aus Deutschland zurück und hat mir *Die unendliche Geschichte* mitgebracht. Er ist ganze vier Monate weg gewesen und hat mir das Buch dann an Thanksgiving geschenkt.« Paul lächelte. »In dieser Zeit im Jahr neige ich dazu, etwas sentimental zu werden. Und lese immer dieses Buch, weil ich dann das Gefühl habe, meinem Grandpa nah zu sein. Als wäre meine Familie vielleicht dann ein beschissenes bisschen weniger verkorkst.« Paul warf seine verglühte Zigarette ins Feuer und verschwand im Haus.

Als er wieder neben mir stand, drückte er mir ein Buch in die Hände. Schwer ruhte es zwischen meinen Fingern, als ich vorsichtig über den kunstvoll verzierten Einband strich. Mit einem Lächeln stellte ich fest, dass die vergilbten Seiten voller Anmerkungen waren – in zwei verschiedenen Handschriften, eine davon geschwungen und vertraut.

Ohne dass ich weiter darüber nachdachte, fragte ich Paul, ob er mir vorlesen würde.

Bereits nach den ersten Sätzen schloss ich die Augen, verlor mich in dem eindringlichen Klang seiner Stimme. Auf meiner ganzen Haut hinterließ sie ein Kribbeln.

Und als er Wort für Wort zum Leben erweckte, glaubte ich zu verstehen, wieso er das Deutsche für die poetischere Sprache hielt. Ich verstand zwar nicht, worum es ging, doch von Silbe zu Silbe merkte ich, dass die einzelnen Wörter gar nicht so hart klangen, wie ich zuerst gedacht hatte. Paul verwob sie zu einer sanften Melodie, die in die schwarze Nacht aufstieg. Dazwischen das leise Umblättern der Seiten.

Ich dachte daran, wie Paul wortlos meine Hand gehalten hatte, als ich angefangen hatte, mich in mich selbst zurückzuziehen – ich hatte ihm nicht alles erzählt, aber genug, dass ihm in diesem Moment bewusst gewesen sein musste, wie ich mich fühlte. Ich dachte daran, wie er sich seit unserem Streit verhielt: diese kleinen Gesten. Wie aufmerksam er war, ohne mich zu bedrängen.

Ich mag dich, Louisa. Und das macht mir eine scheiß Angst!

Ich wollte diesen Mann in meinem Leben, auch wenn mir diese Tatsache Angst machte, auch wenn ich wusste, dass aus jedem noch so kleinen Sturm ein Hurrikan werden konnte.

»Wieso hörst du auf?«, fragte ich leise, als Pauls Stimme plötzlich verklang. Ich versuchte die Enttäuschung in meiner Stimme zu verbergen. Zögernd öffnete ich die Augen, als er nicht reagierte. Blinzelte. Und dann kroch mir sein ruhiger und warmer Blick unter die Haut. Dieses schiefe Lächeln mit den Grübchen. Er sah mich an, als würde er nur noch *mich* ansehen wollen. Ich brauchte keinen Beschützer, weil ich allein stark war, es immer hatte sein müssen. Und doch wünschte ich mir in diesem Moment, eines dieser Mädchen zu sein.

»Weil mir gerade ein Wort eingefallen ist ...

Paul

... das dir gefallen könnte.«

Sie drehte sich zu mir, ihre Wahnsinnsaugen, die eben noch geschlossen gewesen waren, waren auf einen Schlag hellwach und mit einem unendlichen Funkeln darin.

»Eins, das es nur im Deutschen gibt?«, fragte sie atemlos.

Ich nickte, betrachtete ihre weichen Gesichtszüge im Schein des immer schwächer brennenden Feuers. Bei dem Anblick der Mischung aus Aufregung und Ungeduld, die über ihr Gesicht flackerte, musste ich unwillkürlich lächeln. Leicht lehnte sie sich zu mir und schien gar nicht zu bemerken, dass sie sich dabei mit einer Hand auf meinem Oberschenkel abstützte. Ich spürte den sanften Druck ihrer Fingerspitzen nur zu deutlich durch den Stoff meiner Jogginghose. *Scheiße*.

»Weltschmerz«, sagte ich schließlich, versunken in jedem winzigen Detail ihrer Reaktion: Wie Louisa den Klang auf ihren Lippen wiederholte, wie ihre Zungenspitze dabei vorwitzig ihre Zähne berührte, der selbstvergessene Ausdruck in ihren Augen. Und auch das kleine Lächeln, das sich dabei auf ihre Lippen schlich, entging mir nicht. Vielleicht berührte ihre bedingungslose Liebe zu Wörtern mich deshalb so sehr, weil Louisas Poesie meine Fotografien waren. Weil Leidenschaft einen die Realität für einen Moment vergessen oder in einem anderen Licht sehen ließ. Und weil ich in Augenblicken wie diesen etwas von mir selbst in ihr sah.

»Was bedeutet das?«, wollte Louisa wissen und fuhr sich mit den Fingern durch ihre Locken. So ernst. So aufmerksam.

»Es beschreibt ein Gefühl«, begann ich zu erklären. »Es ist eine Mischung aus Traurigkeit, Melancholie und Unzufriedenheit. Es geht um den Schmerz, den man empfindet, wenn man über die Zustände nachdenkt, in denen sich unsere Welt befindet. Wenn man zum Beispiel morgens die Nachrichten sieht und fassungslos ist, weil so viele furchtbare Dinge tatsächlich passieren können.«

»Wow«, hauchte Louisa. »Aber allein die Tatsache, dass das ein eigenes Wort ist, spricht doch für die Menschheit, oder?« Sie lächelte mich an und sah so verdammt süß dabei aus, halb versunken in der Decke und dem riesigen Hoodie, den Luke ihr geliehen hatte, als es kälter geworden war. Unwillkürlich stellte ich mir vor, wie Louisa wohl in meinem Pulli aussehen würde.

»Stimmt.« Ich nickte. »Schätze, wir sind immer noch reflektiert genug, um es nicht komplett zu versauen. Trotz allem, was passiert.«

Noch einmal bat Louisa mich, das Wort zu wiederholen. Sie hing am Klang jedes einzelnen Buchstabens. Ich dachte an das Notizbuch mit dem ledernen Einband, in dem sie ihre Wörter sammelte, als ich ihren suchenden Blick bemerkte. In das ich betrunken ein einziges Mal ein Wort geschrieben hatte: *Beinahe-Kuss.*

»Ich kann es dir morgen aufschreiben, wenn du willst«, schlug ich vor. Und dann sagte ich gar nichts mehr. Weil dieses Mädchen mich völlig aus der Bahn warf. Nur das Knistern des Feuers war zwischen uns. Und die sengende Hitze ihrer Fingerspitzen, die gedankenverloren Kreise zogen. Ich schluckte. Zurückhaltung war nichts, das mir lag. Nichts, das ich gewohnt war.

»Woran denkst du?«, fragte sie leise, blickte mich nachdenklich an. Heilige Scheiße, ich konnte nicht anders, als sie weiterhin einfach nur anzusehen: den Schwung ihres Wangenbogens und diese blauen Ozeane, auf deren Grund ich an manchen Tagen blicken konnte, während ich an anderen wie vor einer undurchdringlichen Wand stand. Ich dachte an das Gefühl ihrer vollen Lippen an meinen, wie ihre erhitzte Haut sich unter meinen Händen angefühlt hatte. Und ich dachte daran, wie ich sie gebeten hatte, mehr zu lachen. Und wie sie es heute getan hatte. Daran, wie leicht es plötzlich gewesen war, auszusprechen, dass ich sie mochte.

»Daran, dass ich dich küssen will!« Mein Blick fiel wieder auf ihre vollen Lippen und das Muttermal am rechten Mundwinkel.

»Fragst du mich gerade etwa um Erlaubnis?« Ein Flüstern in der Nacht.

Mach es ganz oder gar nicht, hatte Aiden gesagt. Weiß Gott, was das für mich zu bedeuten hatte. Mich gegen das zu wehren, was ich tief in mir wollte, hatte nur zu einem absoluten Chaos geführt. Also hörte ich auf, es infrage zu stellen, tat das, wonach es mich verlangte. Ich war ehrlich zu Louisa gewesen, und jetzt nahm ich ihr Gesicht in meine Hände, zeichnete mit den Daumen die Form ihrer Wangen nach. Ihr Atem vermischte sich mit meinem. Vorsichtig strich ich mit meinen Lippen über ihre.

Louisa sagte es nicht, aber ich sah das *Ja* in ihren Augen, an der Art, wie sie sich auf die Unterlippe biss, um das Seufzen zu unterdrücken. In der leichten Bewegung ihres Kopfes, dem Druck ihrer Hand an meinem Oberschenkel.

Manchmal, wenn der Kopf leer war, waren die Möglichkeiten dafür unendlich. Als ich ihr Kinn anhob und meine Lippen endlich ihre berührten, war das nur der verdammte Anfang unendlicher Möglichkeiten.

Louisa

Das zwischen Paul und mir konnte der Himmel sein. Oder die Hölle. Aber in diesem Augenblick, in den Wäldern Montanas, gab es nur uns beide.

Ohne mich ein einziges Mal aus den Augen zu lassen, trat Paul das Feuer aus. Dann packte er mich wortlos, trug mich unter dem Licht des Vollmondes zum Haus, das Gefühl seiner harten Bauchmuskeln unter meinen Oberschenkeln, seine Hände fest um meinen Hintern. Mit dem Fuß stieß er die Haustür auf, kickte seine Schuhe in eine Ecke, streifte mir meine Sneakers von den Füßen. Trug mich erst durch das dunkle Wohnzimmer, dann die Treppe nach oben in mein Zimmer. Und obwohl Paul mich bis hierher getragen hatte, ging mein eigener Atem mindestens genauso schnell wie seiner. Das einzige Geräusch in der Stille meines Zimmers.

Mit einem dumpfen Laut presste Paul mich gegen die Wand neben der Tür, und ich keuchte auf. Ich schlang meine Beine enger um seine Hüften und krallte meine Hände in den Stoff seines Hoodies. Das dunkle Lodern in seinen Augen fuhr mir durch den ganzen Körper, und ich ertrank in der Hitze seines Blicks. Ich wollte diesen Kerl, hatte ihn vom ersten Moment an gewollt. Aber inzwischen ging es längst nicht mehr darum, sich jemanden *aus dem Kopf zu vögeln*. Es ging um mehr – auch wenn ich dieses Mehr nicht benennen konnte. Alles, was ich wusste, war, dass immer noch die Moleküle zwischen uns zu tanzen schienen, wie schon auf Lukes Party.

Seufzend presste ich mich gegen seine Erektion, die ich durch den dünnen Stoff meiner Leggins deutlich spüren konnte. Er murmelte immer wieder meinen Namen, als er mit den Lippen über die empfindliche Haut an meinem Hals strich, begleitet vom Kratzen seines Bartes. Und unwillkürlich fragte ich mich, wie er sich wohl zwischen meinen Beinen anfühlen würde. Tief seufzend ließ ich den Kopf nach hinten sinken, als ich neben Pauls Lippen plötzlich auch seine Zunge auf meiner erhitzten Haut spürte. Federleicht und sanft und der größte Kontrast zu diesem rauen Seufzen und seinem festen Griff um meinen Hintern. Kuss für Kuss fanden seine Lippen ihren Weg meinen Hals entlang, die Linie meines Kiefers, meine Mundwinkel.

Und dann waren seine Lippen endlich auf meinen. Es war, als hätte ich nur auf diesen einen Moment gewartet. Instinktiv öffnete ich meine Lippen und stöhnte auf, als ich seine Zunge an meiner spürte. Ich schob meine Hände unter seinen Hoodie, ließ sie über seine harten Muskeln wandern. Verlor mich in dem Gefühl seiner erhitzten Haut. Zog ihn näher an mich. Enger. Mehr. Noch mehr. Ich spürte das Vibrieren seines leisen Lachens an meinen Lippen, weil ich meine Ungeduld so wenig zügeln konnte.

Ich wollte diesen Mann, den ich zum Lächeln brachte. Der mir mein eigenes Lachen Stück für Stück zurückschenkte. Der mich ansah wie beim allerersten Mal, egal, wie viele Puzzleteile meines Lebens er auch zusammensetzte. Den Mann, der zu allem etwas Tiefsinniges zu sagen hatte, aber genauso gut schweigen konnte. Der eigentlich keine Frauen mochte. Dem das hier mindestens so eine *scheiß Angst* machte wie mir. Ich wollte Paul, obwohl oder weil er mindestens so kaputt war wie ich. Und weil das vielleicht wie mit Zahlen war: Wenn aus minus und minus plus wurde, vielleicht wurde dann aus zwei kaputten Dingen etwas Ganzes. Mit Paul wollte ich erst fallen und dann fliegen, wollte alles von ihm.

Noch einmal strich er quälend langsam über meine pochenden Lippen, bevor er mit seiner Zunge meine liebkoste und den Kuss intensivierte. Und ich vergaß endgültig zu atmen. Konnte nur fühlen, nur spüren: Pauls festen Griff um meinen Hintern, meinen vollkommen elektrisierten Körper. Meine Hände folgten den Konturen seiner Muskeln, immer tiefer. Sein heißer Atem vermischte sich mit meinem. Und ich war gefangen zwischen seinen breiten Schultern und der Wand in meinem Rücken. Ohne seine Lippen von meinen zu lösen, ließ er mich an dieser schließlich nach unten gleiten. Meine Zehenspitzen auf den knarzenden Dielen und meine Hände immer noch auf seiner Haut. Ein letztes Mal glitten seine Finger über meinen Hintern, bevor er sie weiter nach oben wandern und langsam unter den Stoff meines viel zu großen Pullis gleiten ließ. Scharf sog ich Luft ein. Endlich. Paul berührte mich fordernd. Bestimmt. Dabei hinterließen seine Hände eine Spur aus Feuer auf meiner Haut.

Ich stöhnte an seinen Lippen, biss ihm leicht in die Unterlippe, nur um meine Zunge Sekunden später wieder in seinen Mund gleiten zu lassen.

»Fuck«, knurrte er, sah mich fast schon verzweifelt an. Es brauchte nur diesen einen dunklen, animalischen Ton, und ich löste mich atemlos von Paul, nur um mir Pulli und Shirt über den Kopf zu ziehen. Ein leises Rascheln auf dem Boden. Dann Stille, weil keiner von uns sich bewegte.

»Gott, bist du schön«, sagte er heiser. Der Klang dieses Satzes hallte tief in mir nach, während er seinen Blick langsam über mich gleiten ließ, über jeden einzelnen Zentimeter. Das Verlangen darin ließ mein Herz noch schneller schlagen. Ich schluckte schwer, als Paul mich selbstvergessen anlächelte, nur um mein Gesicht im nächsten Moment stürmisch in seine Hände zu nehmen. Mich hungrig küsste, seine Hände an meinem Hals, meinen Schultern, meiner Taille. Und dabei sah er mich einfach nur mit einer Intensität an, die mir den Atem raubte, während seine Finger quälend langsam den Konturen meines Spitzen-BHs folgten. Vorsichtig schob er die Träger zur Seite, ließ seine rauen Finger unter den Stoff gleiten und umfasste schließlich meine Brüste. Wir atmeten beide stoßweise. Als er meine Nippel schließlich zwischen seine Finger nahm und mir sein Name mit einem viel zu lauten Stöhnen entwich, bohrten sich Pauls Bernsteinaugen immer noch in meine. Wir verloren uns ineinander. Elektrisiert. Ich wusste nicht, was mich mehr anmachte: Wie Paul mich berührte oder wie er mir dabei durchgehend in die Augen sah.

Und während er meinen Blick weiterhin festhielt, zog Paul sich in einer fließenden Bewegung erst den Hoodie, dann das Shirt über den Kopf. Ich musste hart schlucken, als er schließlich fast nackt vor mir stand, die schwarze Jogginghose tief auf seinen Hüften. Beim Anblick der feinen Härchen, die vom Bauchnabel abwärts im Bund seiner Hose verschwanden, biss ich mir unwillkürlich auf die Unterlippe. Genauso wie bei der schwarzen Löwentätowierung, deren Linien ebenfalls ziellos nach unten führten.

Es waren nicht nur die breiten Schultern, diese starken Arme, die Bauchmuskeln. Auch nicht die Tätowierungen und all das Düstere, das ihn umgab: Es war diese Mischung aus Selbstsicherheit, Selbstvergessenheit und Begehren, mit der Paul mich anblickte, was ihn so anziehend machte und meinen ganzen Körper in Flammen stehen ließ. Seine Augen, die dunkler glänzten als jemals zuvor.

Gleichzeitig machten wir einen Schritt aufeinander zu. Und dann zog er mich plötzlich wieder an sich, krallte eine Hand in meine Locken. »O Gott, Louisa!«, stieß er atemlos hervor. Dann küsst er mich wieder. Seine Zunge tanzte stürmisch und zügellos mit meiner und sandte ein derart heftiges Prickeln durch meinen Körper, dass meine Knie unter mir nachzugeben drohten. Doch Paul hielt mich fest, wie er mich bis jetzt immer festgehalten hatte. Und obwohl ich zitterte, war es einfach nicht genug. Meine Finger an seiner Haut, den Linien seiner Tätowierungen folgend, bis hinauf zu seinen Schultern. Stürmische Küsse, die ich auf seinem Oberkörper verteilte. Meine Finger fuhren über seinen Bart, vergruben sich in seinen Haaren. Ich konnte nicht mehr klar denken, konnte mich nicht entscheiden, wo ich ihn berühren wollte. Sein Blick jagte Schauer durch meinen ganzen Körper, und ganz langsam ließ ich meine Finger an seinen Bauchmuskeln hinabgleiten, bis zum Saum seiner Jogginghose, noch tiefer.

Das Gefühl seiner Erektion unter meiner Hand raubte mir schließlich den Atem, löschte den letzten klaren Gedanken in mir aus. Paul stieß einen tief aus der Brust kommenden Laut aus.

Paul

»Du bringst mich um!«, keuchte ich an ihren Lippen, als aus der Berührung ihrer Hand, aus einem leichten Streifen regelmäßige Bewegungen wurden. Fest und warm. Das Blau von Louisas Augen dabei so unendlich nah, so offen, so kurz am Abgrund. Sollte sie springen, dann würde ich es verdammt noch mal mit ihr tun. Ich wollte nichts mehr als diese ganzen restlichen scheiß Klamotten loswerden, sie auf das Bett hinter uns schmeißen, sie dazu bringen, die Stille dieses Zimmers mit meinem geschrienen Namen zu füllen, ganz egal, wer uns dabei auch hören konnte. Meine Gedanken waren das reinste Chaos, in dem der Anblick ihrer lustverhangenen Augen der einzige Ruhepol war.

Unsere Küsse und Berührungen wurden immer wilder, hemmungsloser. Ich stöhnte auf, biss ihr zu fest in die Unterlippe, doch sie wollte immer noch mehr.

Noch nie hatte mich der Anblick einer Frau mehr angemacht als der von Louisa in diesem Moment. Die zerzausten Feuerlocken, diese Leggins um ihre Kurven, die dunkle Spitze, durch die sich ihre harten Nippel im Licht des Mondes abzeichneten. Ihre geschwollenen Lippen, über die ihr immer wieder dieses leise Stöhnen entwich, ganz egal, wo ich sie berührte. *Heilige Scheiße*, ich kann mich nicht daran erinnern, mich jemals so nach jemandem verzehrt zu haben.

Und doch: Als wir gemeinsam in Richtung des Betts stolperten, uns ineinander verloren, löste ich Louisas Hände möglichst sanft von mir, weil meine Selbstbeherrschung Grenzen hatte. Atemlos. Indem ich Louisa am Feuer geküsst hatte, war ich sowieso schon viel weiter gegangen, als ich geplant hatte. So sehr ich sie auch wollte – sie hatte vor nicht einmal vier Stunden einen ihrer verlorenen Momente gehabt. Wenig später hatte ich ihr gesagt, dass ich sie mochte. Ich fühlte mich, als würde ich das ausnutzen. Meine Gedanken waren am Tosen, weil ich dieses Mädchen spüren wollte. Aber nicht so.

Ich nahm Louisas Gesicht in beide Hände, ihre weiche Haut an meiner rauen. Sie blickte mich an aus diesen Ozeanen, in denen ich mich vom ersten Moment an verloren hatte. Die mir so vertraut erschienen. Mit dem Daumen zeichnete ich die Konturen ihrer Lippen nach, ihrer Nase, ihrer Wangen. In ihren geweiteten Augen schienen die unterschiedlichsten Gefühle miteinander zu kämpfen: Ich sah Verwirrung, Angst und etwas Verlorenes. Ich sah ihre taffe und starke Seite – und Verlangen.

Schwer schluckte ich. »Wir sollten das nicht tun«, sagte ich bestimmt, versuchte meine Atmung zu beruhigen.

Deswegen habe ich dich nicht geküsst, Feuermädchen! Gott, deswegen habe ich dir nicht gesagt, dass ich dich mag!

Kaum hatte ich die letzte Silbe ausgesprochen, veränderte sich etwas in der Art, wie sie mich ansah. Louisas Körper spannte sich an. Sie versuchte sich abzuwenden, meinem Blick und meinen Händen auszuweichen.

Ein ähnlicher Satz schoss mir durch den Kopf, ausgesprochen beim letzten Feuer am Lake Superior. Da erkannte ich meinen Fehler. Louisa musste denken, dass ich sie wieder stehen lassen würde!

»Hey«, sagte ich sanft und hob ihr Kinn an, sodass sie gezwungen war, mich wieder anzusehen. Sie sollte nicht denken, dass ich sie zu meinem Geheimnis und meinen Spielzeug machte. »Du bist völlig durch den Wind, Louisa«, raunte ich und erinnerte mich daran, wie verloren sie am Feuer ausgesehen hatte, als ich ihre Hand genommen hatte. »Glaub mir, ich will dich. Aber ich möchte nicht, dass du eine falsche Entscheidung triffst. Ich will nicht, dass du morgen etwas bereust!«

Nachdenklich biss Louisa sich auf die Unterlippe und sah mich schweigend an. Und auch ich durchbrach die Stille nicht. Wir standen einfach in diesem vom Mond beleuchteten Zimmer, Haut an Haut und so dicht voreinander, dass ich jede einzelne ihrer Sommersprossen sah: Sternenbilder auf hellem Grund.

Hörbar holte Louisa Luft, schien mit irgendeinem Gedanken zu kämpfen. Und dann glitt plötzlich ein entschlossener Ausdruck über ihr Gesicht. »Bleibst du heute Nacht trotzdem hier?«, flüsterte sie und strich sich durch die im sanften Licht des Mondes glänzenden Locken, die tiefen Seen ihrer Augen eine einzige Frage. Ich glaube, ich hatte sie nie zuvor so verletzlich gesehen. Ich zögerte, weil spätestens morgen alle wissen würden, dass ich hier geschlafen hatte. Weil ich, nachdem sie mir den ganzen Scheiß, den ich gesagt hatte, verziehen hatte, das hier nicht kaputt machen wollte. Dieses neu gewonnene Vertrauen.

Ich zögerte, doch dann löste ich mich wortlos von ihr, legte mich in das Bett und hob die Decke an.

Louisa aber stand immer noch da. Nachdenklich. Ungläubig.

»Komm schon her, Feuermädchen«, murmelte ich.

Einen Moment blickte sie mich noch an, dann umspielte ein feines Lächeln ihre Lippen. Und ich stieß einen Fluch aus, als sie sich vorbeugte und ihre Leggins auszog. Meine Selbstbeherrschung hing immer noch an einem seidenen Faden, und dieser Anblick sorgte definitiv dafür, dass er kurz davor war, endgültig zu reißen: Louisa nur in schwarze Spitze und Mondlicht gehüllt. Diese Beine, ihre nackte Haut, das Funkeln in ihren Augen.

Dann hob sie das Shirt, das ich achtlos auf den Boden geworfen hatte, auf und zog es an. Louisa fragte nicht, sie tat es einfach. Der Stoff meines Shirts um ihre Kurven. Und sie, die darin so verdammt süß und gleichzeitig heiß aussah. Dann krabbelte sie zu mir unter die Decke und legte sich neben mich auf den Rücken.

Langsam drehte sie sich zu mir, und ihr Blick bohrte sich in meinen. »Louisa!«, sagte ich warnend, »jetzt komm verdammt noch mal richtig her!« Und ohne ihre Reaktion abzuwarten, packte ich sie an den Hüften und zog sie an mich. Ein überrasches Aufkeuchen, doch im nächsten Moment lag ihr Kopf schon an meiner Brust. Und ich hörte das leise Seufzen, das ihre Lippen verließ, ganz genau. Ich schlang meine Arme fest um sie, vergrub mein Gesicht in ihren Locken, die einfach nach ... Louisa rochen. Meine Hände auf ihrer erhitzten Haut.

Zufrieden brummte ich, als sie ein Bein zwischen meine schob, ihre Hände an meiner Brust. Und zum ersten Mal war Nähe mir nicht zu viel. Es war mir sogar zu wenig – ganz egal, wie eng ich Louisa auch an mich zog. Haut an Haut, ineinander verschlungen.

Erst als ihre Atemzüge immer leiser und regelmäßiger wurden und ich sicher sein konnte, dass sie eingeschlafen war, schloss ich selbst die Augen.

Sciamachy

20. KAPITEL

Paul

Im Takt meines schnell schlagenden Herzens schlugen meine Füße auf dem Waldboden auf. Meine Lungen füllten sich mit frischer, kalter Luft, die in meiner Kehle brannte. Ein und aus.

Es hatte etwas wahninnig Beruhigendes an sich, der über den Bergspitzen emporsteigenden Sonne zuzusehen, wie sie den Weg vor mir in ein sanftes Licht tauchte. Auch wenn ich es in diesem Augenblick bereute, meine Kamera nicht mitgenommen zu haben, fühlte ich das Gefühl von Freiheit von Schritt zu Schritt deutlicher in meiner Brust. Und mit jedem einzelnen hoffte ich, dass das Brennen meiner Muskeln die Erinnerung an die letzten Stunden mit Louisa in meinen Armen verblassen lassen würde, denn die ganze Nacht neben ihr zu liegen, ohne sie zu berühren, ohne sie *richtig* zu berühren, hatte mich fast an den Rand des Wahnsinns getrieben.

Als ich heute Morgen aufgewacht war, Louisa halb auf mir, ein Bein zwischen meinen und ihr Kopf in meiner Armbeuge, hatte ich nur an meinen Ständer unter ihrem Oberschenkel denken können. Ich hatte Abstand bringen müssen zwischen ihrer erhitzten Haut an meiner. Und ich war trotzdem hart geblieben unter ihren sanften Atemzügen, weil ich dieses Mädchen mit den Feuerlocken wollte, seit sie im Firefly am Anfang des Terms in mich hineingerannt war.

Gleichzeitig hatte Louisa so süß ausgesehen in meinen Armen mit den zerzausten grellen Locken und den winzigen Sommersprossen auf der Nase! Mit den leicht geöffneten Lippen und feinen Schatten, die ihre dunklen Wimpern auf ihre Wangen gezeichnet hatten – ihr

Anblick hatte in mir den Wunsch geweckt, sie zu beschützen, auch wenn es nichts gab, vor dem ich sie hätte beschützen müssen. Sie festzuhalten, weil das Leben nicht immer gut zu einem war – weil es das *zu ihr* scheinbar nicht gewesen war.

Noch nie hatte ich sie so entspannt gesehen, so völlig ohne diesen ironischen Zug um ihre Lippen, als an diesem Morgen. Und wie so vieles, was Louisa betraf, berührte dieser Anblick mein kaputtes Herz.

Schritt für Schritt für Schritt. Ich war mir nicht sicher, ob es so heftig gegen meine Rippen schlug, weil der schmale Waldweg inzwischen steil bergauf führte, oder weil ich in diesem Moment begriff, dass ich zum ersten Mal in meinem Leben nicht den Wunsch verspürte, zur nächsten Frau weiterzuziehen und mich eine Nacht lang in einem One-Night-Stand zu vergessen. Ich war es so leid, mir Gedanken darüber zu machen, was zum Teufel das alles zu bedeuten hatte! Denn noch immer meinte ich jedes meiner gestrigen Worte absolut ernst: Wenn ich mit Louisa schlafen würde, dann sollte das nicht aus einem ihrer Impulse heraus passieren. Sie sollte keine einzige Sekunde von dem bereuen, was ich mit ihr anstellen würde. Und es wären ziemlich viele Sekunden. Sie sollte mich *wirklich* wollen und daraus keine Ablenkung für einen ihrer verlorenen Momente machen.

Wenn ich ehrlich zu mir selbst war, war die Sache mit Aiden ein Vorwand gewesen. Er hatte gleich am Anfang klargemacht, was er davon hielt, wenn ich etwas mit Louisa anfangen würde – er kannte mich einfach zu gut. Aber er war dieser eine Mensch in meinem Leben, mit dem ich über wirklich alles reden konnte. Ich hätte es ihm von Anfang an sagen können, hätte kein Geheimnis daraus machen müssen. Ich hatte mich selbst belogen, um mir nicht eingestehen zu müssen, dass ich einfach nicht gut genug für das Mädchen aus Feuer war. Weil ich wusste, dass ich ihr das Herz brechen und all das Dunkle in mir das Helle in ihr schlucken würde. Alles nur, weil sie anfing, mir etwas zu bedeuten.

Als ich mit der strahlenden Sonne im Rücken schließlich auf die

Holzhütte hinunterblickte, dieser Fleck irgendwo im Nirgendwo Montanas, war das der Moment meiner endgültigen Kapitulation. Auf Abstand zu gehen, wenn es um Louisa ging, war ein Ding der Unmöglichkeit. Ich hatte etwas Schreckliches getan, und ich selbst hatte es mir nie verziehen. Doch für Louisa würde ich versuchen, der bestmögliche Mensch zu sein, der ich sein konnte.

Zwei Stunden später lehnte ich mich keuchend gegen den Kühlschrank und trank bereits das zweite Glas Wasser in einem Zug aus. Rieb mir über das Gesicht und stöhnte auf, weil ich es absolut übertrieben hatte. Jeder Muskel meines Körpers brannte höllisch.

Ich genoss die Stille im Haus, die mich umhüllte. Doch da kam ausgerechnet Trish in die Küche. In einem zu großen Shirt, das sie mit Sicherheit wieder ohne zu fragen von Aiden geklaut hatte. Das Grinsen, das sich auf ihrem Gesicht ausbreitete, gefiel mir überhaupt nicht. Ich war also ausgerechnet dem blonden Zwerg und seinen nervtötenden Fragen ausgeliefert. Fieberhaft überlegte ich, wie ich aus der Nummer rauskommen würde. Ein verdammt schlechtes Ablenkungsmanöver: »Was steuerst du heute Abend eigentlich zum großen Thanksgiving-Essen bei, Summers?«

Luke hatte den Vorschlag gemacht, dass jeder sein Lieblingsessen kochen könnte und wir so zur Feier des Tages ein Büfett hätten. Neben den gemeinsamen Einkäufen für das Wochenende bei Target war jeder von uns deshalb noch einmal allein einkaufen gewesen oder hatte vorgekocht – um die Überraschung für die anderen nicht zu vermasseln. Es würde lustig werden, vor allem, wenn man bedachte, dass Aiden absolut nicht kochen konnte und allein bei dem Gedanken daran Schweißausbrüche bekam. Wahrscheinlich würde er einfach etwas in den Ofen schieben und wir ihn den restlichen Abend damit aufziehen. Oder den restlichen Term lang.

Lachend schüttelte Trish den Kopf. »Du kriegst nichts aus mir raus,

Berger. Wenn ich es dir sage, ist es ja keine Überraschung mehr«, meinte sie, während sie nach den Tellern in dem Schrank über der Spüle griff.

»Wieso hast du Luca eigentlich nicht mitgenommen?«, wollte Trish plötzlich wissen, nachdem sie die Teller auf dem Tisch verteilt hatte. »Hat eure Mom ihn wieder zu einem dieser schrecklichen Essen verdonnert?« Mitgefühl stand ihr ins Gesicht geschrieben. Sie wusste nur zu gut, wie hilflos ich mich oft fühlte. Die Entscheidung, mit diesen Menschen und ihrer Verlogenheit nichts mehr zu tun haben zu wollen, hatte ich für *mich* treffen können, weil ich volljährig war. Aber nicht für Luca, der noch immer eine Schachfigur in ihrem Spiel um Macht und Geld war. Besonders an Feiertagen machte es mich rasend vor Wut, dass meine Eltern meinen kleinen Bruder für ihre Zwecke nutzten, nachdem ihr *missratener ältester Sohn* sie und ihre Firma im Stich gelassen hatte. Und das für etwas Sinnloses wie ein Philosophiestudium.

»Kein Essen dieses Mal, aber ein verdammter Zirkus wie jedes Jahr!«, sagte ich abfällig und stürzte noch ein Glas Wasser hinunter. Ich hasste diesen Wohltätigkeitsschein, diese Veranstaltungen, auf denen alle so taten, als würden sie sich tatsächlich für die Probleme dieser Welt interessieren, obwohl es letztendlich 'nur um die Zurschaustellung ihres verdammten Reichtums ging. Die Bergers, Inbegriff des *American Dream*.

»Aber«, sagte ich und konnte mir das Lächeln jetzt nicht mehr verkneifen, »Luca meinte, er scheißt drauf und feiert Thanksgiving mit Katie und ihrer Mom. Mom und Dad werden alles auf mich und meinen schlechten Einfluss schieben, aber sollen sie ruhig!« Ich lachte. Ich war verdammt stolz auf meinen kleinen Bruder, der sich mit seinen fünfzehn Jahren nicht einreden ließ, wie er sein Leben zu führen hatte. Und noch mehr freute ich mich darüber, dass die Sache mit Katie so gut zu laufen schien.

»Oh. Mein. Gott. Heißt das etwa, dass Luca mit ihr zusammen ist?«, kreischte Trish, hüpfte einmal auf und ab und ließ mir gar keine Gelegenheit, etwas zu erwidern. »Aber die zwei sahen auch super verliebt aus. Die Blicke, die sie sich im Firefly zugeworfen haben ...« Ein Wackeln mit den Augenbrauen. Ein listiges Grinsen.

Und da bemerkte ich meinen Fehler.

»Apropos heiße Blicke«, sagte Trish gedehnt. »Du hast heute Nacht also bei Lou geschlafen?« Es ist komisch, wie bei einer einzigen Frage jeder etwas anderes hört, weil so viel darin mitschwingt.

Jetzt hatte meine beste Freundin es also geschafft. Da war sie, diese eine Sache, von der ich keine Ahnung hatte, was ich dazu sagen sollte.

»Kann sein«, murmelte ich unbestimmt.

In Trishs Welt mochte das eine Ja-oder-Nein-Frage sein. In meiner aber war ein einfaches Ja oder Nein als Antwort nicht genug, nicht mehr.

»Du beschwerst dich immer, dass du Luca alles aus der Nase ziehen musst, bist selbst aber kein Stück besser als dein Bruder«, meckerte Trish mit zusammengekniffenen Augen. Ich erwischte sie trotzdem dabei, wie sie lächelte, auch wenn sie so tat, als hätte sie mir nur die Zunge rausstrecken wollen.

»Summers, glaub mir, du bist neugieriger, als gut für dich ist«, sagte ich und machte mich auf den Weg ins Badezimmer.

»Hab ich dir schon gesagt, dass du unausstehlich bist, Berger?«, rief sie mir hinterher.

»Das tust du ständig, und du hast es kein einziges Mal ernst gemeint!«

Heiß lief das Wasser mir über den Rücken und perlte aus meinen Haaren, als ich mich leicht vorbeugte, um mir das Shampoo herauszuwaschen. Und irgendwo zwischen Dampf und Wasser fing das Kopfkino wieder an. Ich legte den Kopf leicht nach hinten, ließ mir das heiße Wasser aufs Gesicht prasseln, damit es die Gedanken wegspülte, die nach dem Laufen immer noch in mir waren.

Ich stand eine gefühlte Ewigkeit unter dem Wasserstrahl, bevor ich schließlich aufgab. Die zweite Kapitulation des Tages. Als ich die Augen schloss und mich mit der freien Hand an den Fliesen abstützte, dachte ich bei jeder einzelnen Bewegung, bei jedem verdammten Auf und Ab, an Louisa. An den wilden Blick aus ihren Ozeanaugen, als sie mich gestern berührt hatte. An das Gefühl ihrer Brüste unter meinen Händen.

Und ich kam mit ihrem Namen auf den Lippen.

Louisa

Von warmen Sonnenstrahlen, die mich im Gesicht kitzelten, wachte ich auf. Und noch bevor ich blinzelnd die Augen öffnete, bemerkte ich, dass ich nicht mehr in Pauls Armen lag. Doch ich erinnerte mich daran, wie er mich kein einziges Mal losgelassen hatte. Eine ganze Nacht war ich umgeben gewesen von seinem Geruch und der Wärme seines Körpers. Und beide Male, als ich kurz aufgewacht war, war da das regelmäßige Heben und Senken seiner Brust unter meinen Händen gewesen. Das Kratzen seines Bartes an meiner Schläfe. Ich wusste nicht mehr, wann ich das letzte Mal so tief geschlafen und mich dabei so wahnsinnig sicher gefühlt hatte. So sehr an dem Platz, an den ich gehörte. Und deswegen hatte ich gestern auch meine Bedenken hinuntergeschluckt und Paul gefragt, ob er trotzdem bei mir bleiben würde, auch wenn wir nicht miteinander schlafen würden. Denn er hatte recht gehabt: Ich war durch den Wind gewesen, und ich hatte mich schwach gefühlt in diesem Moment am Feuer, als diese Erinnerungen an meine Kindheit mich eingeholt hatten. Ich hatte Paul gefragt, obwohl meine Beine von seinen Berührungen noch gezittert und mir das Herz zu schnell gegen die Rippen gepocht hatte. Ich hatte ihn gefragt, weil ich eine Nacht lang eines dieser Mädchen hatte sein wollen, die sich beschützen ließen.

Doch jetzt im Licht eines neuen Tages fragte ich mich, ob das die richtige Entscheidung gewesen war. Zweifel krochen mir unter die Haut, denn ich wusste, wie man mit Kerlen schlief, die einem nichts bedeuteten, ich wusste, wie ich mit körperlicher Nähe umzugehen hatte. Emotionale

Nähe war das, was mir Angst machte. Und eine Nacht lang von Paul Berger gehalten zu werden, dem Mann, der keine Frauen mochte, fühlte sich wahnsinnig intim an. Emotional auf eine Art und Weise, die ich unmöglich in Worte fassen konnte. Hätte ich mit ihm eine Nacht lang die Welt vergessen, dann würde ich nicht befürchten, dass es gleich irgendwie seltsam werden könnte. Doch jetzt, mit seinem Shirt an meiner Haut, begann etwas in mir nervös zu flattern. Und ich spürte, wie die Mauern um mein Herz sich wappneten, auch wenn sie nicht wussten, wofür.

Auf dem Weg nach unten stellte ich erleichtert fest, dass scheinbar Paul derjenige war, der gerade im Bad duschte. Er war der Einzige, der nicht Teil der Gesprächsfetzen war, die durch das Haus flogen. Ich atmete erleichtert auf.

In der Küche versuchte Trish gerade Bowie und Luke mit einem erhobenen Holzlöffel aus dem Raum zu jagen, weil die beiden scheinbar immer wieder von dem Teig für die Pancakes naschten, sobald sie ihnen den Rücken zuwendete. Luke versuchte Trish mit einem Geschirrtuch zu erwischen, während Bowie sich hinter ihm versteckte und Aiden und Isaac sich am Tisch vor Lachen krümmten.

Bevor ich reagieren konnte, rannte Bowie schon in mich hinein. »Hey, wo kommst du denn her!«, schrie sie noch mit weit aufgerissenen Augen und riss uns beide dann schon zu Boden. Ein dumpfes Aufprallen, und wir beide keuchten auf. Ein dumpfer Schmerz fuhr mir ins Steißbein. Mit einem Stöhnen rollte Bowie sich von mir herunter, und so blieben wir einen Atemzug lang liegen. Atemlose Stille. Und dann spürte ich, wie das Kribbeln in meinem Bauch anfing, sich immer weiter ausbreitete und schließlich als Lachen aus mir herausbrach. Im selben Moment fing auch Bowie an, die Küche mit ihrem hellen Lachen zu füllen. Nach Luft japsend beteuerte sie mir zwischendurch immer wieder, wie leid es ihr tun würde. Isaac sprang auf und zog Bowie mit einem breiten Grinsen wieder nach oben. Und auch ich griff erleichtert nach der Hand, die sich mir entgegenstreckte. Raue Finger schlossen sich um meine. Und ein fester Griff legte sich um meine nackten Unterarme, als ich schließlich stand, aber noch mit meinem Gleichgewicht kämpfte. Dann sah ich in die Bernsteinaugen.

»Guten Morgen!«, sagte Paul und blickte mich dabei wie immer einen Moment zu lang an, die dunklen Haare noch zerzaust und nass vom Duschen. Als ich sah, wie sich seine Muskeln unter dem Shirt abzeichneten, musste ich schwer schlucken. Unwillkürlich tauchten in meinem Kopf Erinnerungen daran auf, wie meine Hände und Lippen sie im schwachen Licht des Mondes erkundet hatten. Daran, wie er allein mit der Hitze seines Blicks jeden klaren Gedanken in mir ausgelöscht hatte. Und das selbstvergessene Grinsen und die Dunkelheit in seinen Augen zeigten mir nur zu deutlich, dass er genau wusste, woran ich in diesem Augenblick dachte. Hätte er gestern nicht eine Grenze gezogen, ich wäre aufs Ganze gegangen. Es war beängstigend, wie er es schaffte, mich all meine Vorsicht vergessen zu lassen.

In einer sanften Bewegung strich Paul mir eine Locke aus dem Gesicht und steckte diese hinter meinem Ohr fest. Und während seine Finger dabei die empfindliche Haut an meinem Hals streiften, umspielte ein rätselhaftes Lächeln seine Lippen. Ich biss mir auf die Unterlippe, wusste selbst nicht, ob das einer Provokation oder einem Versprechen gleichkam. In diesem Moment gab es nur uns. Und einen Wimpernschlag lang dachte ich tatsächlich, er würde mich küssen – vor unseren Freunden. Doch dann ließ er mich mit einem Räuspern los und schob sich zu Aiden und Isaac auf die Eckbank.

Das Frühstück war laut und voller hitziger Diskussionen. Im Gegensatz zu mir schien Paul nicht zu bemerken, wie die Blicke der anderen immer wieder zwischen uns hin und her wanderten. Am Ende klebte der Tisch, weil die Flasche mit dem Ahornsirup zu oft umgefallen war. Als Paul seine Polaroidkamera holte, legte er den Arm um mich und versuchte uns alle auf das Foto zu bekommen, seinen anderen Arm weit ausgestreckt. Sieben lachende Gesichter, für die Ewigkeit in einem kleinen Quadrat festgehalten.

Nach dem Essen spülte ich zusammen mit Trish das Geschirr ab. Aiden, Paul und Luke waren nach draußen gegangen, um Feuerholz für das Lagerfeuer zu sammeln, während Isaac und Bowie sich im Wohnzimmer durch die DVD-Sammlung kämpften. Bis in die Küche hörte ich, wie Bowie sich erst lautstark über die mangelnde Auswahl beschwerte und Isaac ihr anschließend mit verstellter Stimme die Inhaltsangaben zu den Filmen vorlas. Erst begann Bowie zu kichern, brach dann in schallendes Gelächter aus. Und für einen kurzen Moment glaubte ich einen Schatten über Trishs Gesicht huschen zu sehen. Der Teller in ihrer Hand war schon längst trocken, als sie gedankenverloren immer wieder darüberwischte.

Stirnrunzelnd betrachtete ich Trish. Allein die Tatsache, dass sie diesen Moment nicht nutzte, um Vermutungen darüber anzustellen, wieso Paul heute Nacht in meinem Zimmer gewesen war, machte mich stutzig. Trish war der mit Abstand neugierigste Mensch, den ich kannte. Außerdem wusste ich nur zu gut, wie sich jemand verhielt, der seine Gefühle herunterschluckte, weil es um so vieles leichter war, ihnen keinen Raum zu geben.

Trish hatte mir allerdings vor gar nicht langer Zeit auch gezeigt, was es bewirken konnte, wenn man es doch tat. Und all die ungesagten Worte nicht mehr am Grund der eigenen Seele ruhen mussten.

»Hey, was ist los mit dir?«, fragte ich schließlich vorsichtig und nahm Trish den Teller aus der Hand, um ihn zu den anderen in den Schrank zu stellen. Dann griff ich nach der Hand des Mädchens, das mehr Freundin für mich war als jemals zuvor. Das sich vom ersten Moment an nicht von meiner Verschlossenheit hatte abschrecken lassen, sondern diesen Umstand einfach weggelächelt hatte. Das mir die Haare färbte, mich zur Weißglut trieb, weil sie das mit Paul und mir für eine gute Idee hielt und sich mit meiner Schwester verbündete. Und das ich aus genau den Gründen so großartig fand.

»Nichts«, sagte Trish mit einem müden Lächeln, das ihre grauen Augen nicht erreichte.

»Du bist eine furchtbare Lügnerin«, stellte ich fest und betrachtete Trish mit schief gelegtem Kopf. »Ist irgendetwas passiert zwischen Bowie und dir?«

»Nein, wir ... zwischen uns ist alles gut«, winkte sie ab. Dennoch entging mir ihr kurzer Blick in Richtung Wohnzimmer über meine Schulter nicht. Und ich erinnerte mich daran, wie mir schon in den letzten Tagen aufgefallen war, dass Trish Bowie mit einem seltsamen Gesichtsausdruck betrachtet hatte. Doch ich konnte es nicht greifen. Würde Trish sich mir anvertrauen wollen, dann würde sie das tun. Ich wollte ihr genau den Raum geben, den sie mir trotz ihrer unstillbaren Neugierde auch immer gegeben hatte. Statt also weiter in sie zu dringen, erzählte ich ihr, dass ich *PS: Ich liebe dich* fast fertig gelesen hatte und heute Abend endlich mit dem Buch anfangen würde, von dem sie mir schon seit Tagen vorschwärmte. Es war ein Liebesroman, von dem Trish das erste Mal auf Bookstagram gelesen hatte – und obwohl wir beide immer sehr kritisch waren, wenn es um gehypte Bücher ging, schien dieser wirklich vielversprechend zu sein. Wir unterhielten uns noch eine Weile über den Roman, über deren Protagonisten und Trishs Leseeindrücke. Dann steckten Bowie und Isaac ihre Köpfe kurz in die Küche und gaben Bescheid, dass sie den Jungs draußen helfen würden.

So blieben wir allein zurück, ein Haus für uns zwei allein. Wir erledigten den restlichen Abwasch. Routiniert. Wie auch bei der Arbeit verstanden wir uns dabei ohne Worte. Abwechselnd änderten wir die Songs oder fügten neue auf die Spotify-Liste hinzu, die wir für die Abende erstellt hatten, in denen wir im Firefly nach Ladenschluss aufräumen mussten. *Peanut Dreams* von Grand National drang aus der kleinen Box auf dem Küchentisch. Der Rhythmus, die Melodie, die Beats. Mit seinen weichen Klängen passte der Song perfekt zu diesem Wochenende und zu dieser Auszeit von der Welt.

Als der letzte Teller und die letzte Tasse schließlich abgetrocknet und in die Schränke geräumt waren, machte ich Tee und stellte die beiden dampfenden Tassen auf den Küchentisch. Trish und ich saßen uns gegenüber, den aufsteigenden Dampf zwischen uns.

Ich stützte mein Kinn auf meine verschränkten Finger und blickte schweigend Trish an.

Ein zaghaftes Lächeln. Und dann brach es aus ihr heraus. »O Gott, Lou!«, sie vergrub das Gesicht in den Händen. »Scheiße, ich glaube, ich bin eifersüchtig!«

»Eifersüchtig?«, fragte ich überrascht. »Auf wen denn?«

Trish biss sich auf die Unterlippe und wich meinem Blick aus. Dann pustete sie auf den dampfenden Tee in ihren Händen, bevor sie einen Schluck nahm. »Bevor Bowie und ich uns kennengelernt haben, hatten sie und Isaac was miteinander«, erklärte sie. »Sie waren zusammen auf der Highschool und haben das dann beendet, noch bevor sie beide am RSC angenommen worden sind.«

Überrascht blickte ich auf. Damit hatte ich nicht gerechnet. Natürlich war offensichtlich, dass die beiden sich wirklich gut zu verstehen schienen. Doch in meinem Kopf brachte ich die laute Bowie und den schüchternen Isaac nicht zusammen – nicht auf diese Art.

»Das weiß sonst auch niemand. Bowie hat mir das ganz am Anfang mal erzählt. Sie meinte, dass das Ganze nichts bedeutet hätte. Aber …«

»Aber?«, hakte ich vorsichtig nach.

»Aber bei Isaac bin ich mir da nicht so sicher.«

Ich musste gestehen, dass ich mich selbst auch schon einmal gefragt hatte, ob Isaac in dieser Freundschaft vielleicht zu viel sah.

»Das, was Bowie und du habt, ist das, was wir alle irgendwann haben wollen, Trish«, setzte ich schließlich an, nachdem ich einen Schluck von meinem Tee getrunken hatte. »Was auch immer Isaac empfindet, dagegen kannst du nichts tun. Das ist klar. Ich kann mir aber auch echt nicht vorstellen, dass er irgendwie versuchen würde, sich zwischen euch zu drängen. Aber ganz ehrlich: Bowie sieht dich so an wie Robbie Mel, und das heißt was!« Ich lächelte. »Sie ist ganz verrückt nach dir!«

»Meinst du?«

Ich nickte bekräftigend. »Absolut. Ihr seid schon fast ekelhaft süß zusammen!«

»Aber Bowie liebt ihre Freiheit, das hat sie schon immer getan. Und wenn ich daran denke, habe ich Angst, dass sie eigentlich nie bereit für eine Beziehung gewesen ist und ich sie irgendwie da reingedrängt habe.« Zweifelnd sah Trish mich an, dann wieder in die Ferne. Der unordentliche Dutt auf ihrem Kopf war kurz davor sich aufzulösen, so wie hoffentlich auch diese Befürchtungen in ihr.

»Und das sagt ausgerechnet die, die es für eine gute Idee hält, dass ich etwas mit ihrem Herzen brechenden, freiheitsliebenden besten Freund anfange?« Skeptisch hob ich eine Augenbraue, lächelte dann aber. »Das ist ein wirklich schlechtes Argument.«

»Touché!« Trishs Lippen kräuselten sich.

»Im Ernst.« Fest sah ich sie an. »Bowie wirkt wirklich nicht wie jemand, den man zu irgendetwas überreden könnte. Vielleicht liebt sie ihre Freiheit, aber *dich* liebt sie mehr. Sie hat sich doch eindeutig für dich entschieden, oder? Also, vertrau ihr!«

Ich atmete zufrieden ein, als sich ein erleichtertes Lächeln in Trishs Gesicht abzuzeichnen begann. Endlich. Das war keine leere Floskel, das war meine Wahrheit, weil Trish und Bowie wie die beiden Teile eines Ganzen waren.

Und doch fragte ich mich, ob ich wirklich in der Position war, Trish Ratschläge in Liebesdingen zu erteilen. Vor allem, wenn es um Vertrauen ging. Um Loslassen. Um das Sich-Fallen-Lassen. Würde ich an einer Krankheit leiden, dann hieße sie Philophobia. Die Angst, sich zu verlieben, die Angst, zu lieben. Ein schönes Wort, doch eines mit einer traurigen Bedeutung.

21. KAPITEL

Louisa

»Ich bin dir echt so dankbar!«, murmelte Aiden, ein verlegenes Grinsen im Gesicht, während er einen Topf mit gesalzenem Wasser auf den Herd stellte.

»Das tut sie nur aus Selbstschutz, Cassel«, rief Bowie auf dem Weg ins Wohnzimmer. »Glaub mir, keiner von uns will ausgerechnet an Thanksgiving eine Lebensmittelvergiftung bekommen!«

Ich lachte leise auf, weil sie größtenteils recht hatte. Nur zu gut erinnerte ich mich an den einen Abend, als ich aus dem Firefly nach Hause gekommen war. In der Küche hatte es verbrannt gerochen, und als ich Aiden nach dem Grund gefragt hatte, hatte er mit einem zerknirschten Gesichtsausdruck erklärt, dass er Nudeln mit Tomatensoße hatte kochen wollen. Die verbrannten Reste hatte ich im Mülleimer gefunden. Und bis heute fragte ich mich, wie er das hatte schaffen können. Als er mich letzte Woche schließlich mit Verzweiflung in den blauen Augen gefragt hatte, ob ich ihm mit seinem Beitrag zum Thanksgivingessen helfen würde, hatte ich mich wirklich um einen ernsten Gesichtsausdruck bemühen müssen. Er hatte mir einen Monat lang Zugang zu all den Streaming-Portalen versprochen, die er nutzte. Natürlich hätte ich ihm auch so beim Kochen geholfen – er war einer der fürsorglichsten Menschen, die ich kannte –, aber das musste er ja nicht wissen.

Mit vor der Brust verschränkten Armen musterte Aiden mich jetzt, die blauen Augen amüsiert zusammengekniffen. »Du hättest wenigstens so tun können, als würdest du mir aus einem anderen Grund helfen!«

»Na ja ... so falsch liegt Bowie ja nicht, oder?«, erwiderte ich lachend.

Und im nächsten Moment wich ich dem Schlag aus, den Aiden mir zu versetzen versuchte. Ungerührt bat ich ihn, den Ofen vorzuheizen und die Tomaten zu würfeln, während ich begann, in einem Topf Butter für die Soße zu schmelzen, dazu gab ich Mehl, Knoblauch und etwas Milch. Und dann breitete sich Stille zwischen uns aus. Wir hingen beide unseren eigenen Gedanken nach. Aiden war einer dieser Menschen, mit denen man auch gut schweigen konnte. Etwas, das ich an ihm mochte. Wir hörten nicht einmal Musik, weil das Gelächter der anderen, das durch das Haus wehte, schöner war als jedes Lied meiner Spotify-Playlist. Lebendiger als jeder Ton und jede Note.

Mit hochkonzentriertem Gesichtsausdruck würfelte Aiden die Tomaten, während ich den Ofen vorheizte und Cheddar, Parmesan und einen weiteren Käse aus dem Kühlschrank holte. Zwei Drittel davon für die Soße, mit dem Rest würde ich später die Auflaufform bestreuen.

Seit Dads Tod hatte ich sein legendäres Mac and Cheese nicht mehr gekocht, dennoch fühlte sich jeder Handgriff ganz natürlich an, hatte sogar etwas Beruhigendes an sich – nur war ich dieses Mal diejenige, die die Anweisungen gab. Jeden Sonntag hatte er das Gericht mit mir zubereitet, während Mel mit Mom Schokoladenmuffins gebacken hatte. Zwei Teams, eine von Lachen erfüllte Küche. Obwohl dieses Wochenende voller Erinnerungen zu sein schien, machten sie mich dieses Mal nicht traurig – nein, ich genoss es sogar, Dad auf diese Art und Weise nah zu sein. Gewissermaßen seine Rolle einzunehmen, während Aiden auf meine Anweisungen wartete, wie ich damals auf die meines Dads. Es hatte etwas Beruhigendes an sich, mich wieder so wie *Ich* zu fühlen, wie diese alte Version meiner selbst, aus der ich herausgewachsen war, die aber immer noch zu mir zu passen schien. Vielleicht lag es an diesen Menschen, bei denen ich mich wohlfühlte. Freunde – ein Wort, das sich immer häufiger in meine Gedanken schlich. Vielleicht lag es aber auch an einem Kerl mit einem unverschämten Grinsen, der so viel mehr war als nur sein Bad-Boy-Image.

Mit einem Lächeln dachte ich an mein ledernes Notizbuch, welches oben in meinem Zimmer auf der schmalen Kommode lag. Jedes Mal, wenn ich es mit den schönsten Wörtern und Sätzen füllte, rückte etwas in mir an den richtigen Platz. Das Kratzen des Stiftes auf Papier und Poesie im Kopf – das war nichts, worüber ich bewusst nachdachte, sondern ein Teil von mir. Ob geschrieben, gesprochen oder gehört: Ich liebte Worte, und womöglich war es an der Zeit, dass die Welt mein wahres Ich sah und nicht nur die starke, von nichts aus der Bahn zu werfende Hülle, die ich alle bisher hatte sehen lassen. Wenn ein Typ mit Bernsteinaugen meine Schutzwälle durchbrechen konnte – zumindest Teile davon –, mich zum Lachen bringen konnte, dann konnte ich mir auch einen anderen Teil meines Lebens zurückholen. Mich einer anderen Angst stellen. Und ich fühlte mich um so vieles mutiger, als ich es noch vor meinem Umzug getan hatte. Als Aiden damals im Heaven diesen Song gesungen hatte, der meine eigenen Worte enthielt – das war magisch gewesen. Und mein Bauch für Minuten voll mit echtem, purem Glück. Eines der Gefühle, die ich verloren geglaubt hatte. Eines von denen, die ich mir für mein Leben zurückholen wollte.

»Ich werde für dich schreiben!«, platzte es plötzlich aus mir heraus, als ich den Käse mit der fertigen Soße vermischen wollte.

Schwebende Hände über der Schüssel. In der Bewegung erstarrt. Und Aiden, der mich verwirrt ansah, mit gerunzelter Stirn.

»Ich werde etwas für die *Storylines* schreiben«, erklärte ich und biss mir auf die Unterlippe. Schob eine der Strähnen, die sich aus dem Knoten in meinem Nacken gelöst hatten, zurück.

An dem Abend im Heaven war die Idee, Aidens Bitten nachzugeben, zum ersten Mal in meinem Kopf aufgetaucht und seitdem immer wieder kurz in meinen Gedanken aufgeblitzt. In unregelmäßigen Abständen.

Mit verschränkten Armen lehnte Aiden sich gegen den Kühlschrank, ein Blitzen in den blauen Augen und ein selbstgefälliges Grinsen im Gesicht. »Ich wusste, dass du irgendwann einknicken würdest!«

Ich verdrehte die Augen und zielte mit einer der Makkaroni, die ich in das kochende Wasser gleiten ließ, auf ihn. Ohne auch nur mit der Wimper zu zucken, fing Aiden sie aus der Luft und schmiss sie in einer fließenden Bewegung zu den anderen in das kochende Wasser.

»Ernsthaft, Lou«, sagte er und legte den Arm um mich. »Das ist echt verdammt cool!«

»Aber«, fügte ich hinzu, »ich möchte mir Zeit lassen beim Schreiben und schauen, was passiert. Das heißt …« Ich zögerte. »Ich weiß nicht, ob es schon etwas für die nächste Ausgabe geben wird.«

Die Vorstellung machte mich nervös, als würde ich den Menschen da draußen durch meine geschriebenen Worte einen Teil meiner Seele präsentieren. Doch es fühlte sich richtig an, war ein weiterer Schritt zurück zu einer Version meines Lebens, in der ich die Erzählerin meiner eigenen Geschichte war.

Als die Nudeln fertig waren, ließ ich die gewürfelten Tomaten zusammen mit den Gewürzen in die Käsesoße gleiten. Aiden bat ich, das Wasser der Makkaroni abzugießen und die Auflaufform schließlich in den Ofen zu schieben. Eine dreiviertel Stunde später erfüllte der Duft von geschmolzenem Käse nicht nur die Küche, sondern das gesamte Haus.

Wir setzten uns zusammen ins Wohnzimmer, und Aiden zeigte mir in Ruhe seine neuen Songtexte, holte seine Gitarre aus dem Zimmer und spielte mir einzelne Passagen vor, um mir zu verdeutlichen, wie der Text zusammen mit der Melodie wirken sollte. Langsam ging die Sonne unter, und vor den Fenstern hing der Himmel über den Bäumen voller lila Wolken. Wir holten die anderen, stellten Schüsseln, Teller und das Besteck auf den flachen Tisch im Wohnzimmer und setzten uns auf bunte Kissen auf den Boden darum herum, einfach nur, weil es kuscheliger war. Weil Feiertag war und wir es konnten. Weil dieses Thanksgiving keine Familiensache war, sondern einfach nur ein Abendessen mit Freunden. Neben dem *Mac and Cheese* von Aiden und mir gab es Pizza von Paul und Miniburger von Trish. Bowie hatte irgendetwas mit unwahrscheinlich viel Käse gemacht, Isaac Tacos und Luke ein Chili con Carne beigesteuert. Im Kamin brannte ein Feuer und in dessen warmem Licht begannen wir zu essen.

Zwei Stunden später saßen wir immer noch um den Tisch und hielten uns die Bäuche. Und als Trish ankündigte, dass es noch Nachtisch gab und sie mehrere kleine Förmchen mit Schokoladenpudding in das Wohnzimmer trug, ließen wir uns alle mit einem Stöhnen nach hinten fallen.

»Ich kann unmöglich noch irgendetwas essen!«, murmelte Bowie und strich sich über ihren Bauch. »Ich hätte ehrlich gesagt mehr Lust auf einen Schnaps, Süße!«

Aiden gab gegenüber von mir einen zustimmenden Laut von sich. Luke seufzte, erhob sich ächzend und war wenige Minuten später mit einer Flasche zurück. Die durchsichtige Flüssigkeit darin schimmerte im Schein des Feuers. Paul und Isaac halfen mir, das dreckige Geschirr in die Küche zu bringen. Dann suchten wir in den Hängeschränken nach Schnapsgläsern und setzten uns wieder zu den anderen.

Paul drückte mir wortlos eine kleinere Flasche in die Hand. Ich sah auf das Etikett: Orangensaft. Dann reichte er mir eins der kleinen Gläser, und ich lächelte ihn dankbar an. Das mochte vielleicht nur eine kleine Geste sein, doch sie gab mir das Gefühl dazuzugehören, als meine Freunde miteinander auf dieses Wochenende anstießen.

Mit einem belustigten Ausdruck in den Augen schlug Aiden vor, *Ich hab noch nie* zu spielen. Reihum mussten wir den Satz *Ich hab noch nie…* zu Ende führen. Alle, die das, was beschrieben worden war, schon einmal getan hatten, mussten trinken. Und obwohl es bedeuten würde, etwas von mir preiszugeben, war das in diesem Augenblick mit dem Geräusch des knisternden Feuers im Hintergrund gar keine so beängstigende Vorstellung mehr, wie sie es vor gar nicht allzu langer Zeit einmal gewesen war.

»Okay, ich fang an«, verkündete Trish und füllte währenddessen alle Gläser. Dann sah sie grinsend in die Runde. »Ich stand noch nie auf eine Dozentin.« Sie führte das Glas an ihre Lippen. »Für Bowie und Lou gilt natürlich auch Dozent«, fügte sie lachend hinzu, als sie es wieder absetzte. Aiden, Paul und Luke tranken und gaben sich dann eine Faust.

»Okay, ich bin dran«, sagte Bowie. »Ich habe noch nie einen Bikini beziehungsweise eine Badehose als Unterwäsche getragen, weil ich vergessen hatte zu waschen.«

»O Gott, wow.« Luke schüttelte lachend den Kopf und ließ sein Glas stehen. Nur Bowie, Isaac und ich grinsten und legten den Kopf in den Nacken, um zu trinken.

»Ich habe noch nie heimlich etwas von meinen Mitbewohnern aufgegessen und danach behauptet, dass ich es nicht gewesen bin«, sagte Paul und sah in die Runde.

Isaac schien einen Moment zu zögern, trank dann aber.

In dem Moment sprang Paul auf und zeigte mit dem Finger auf ihn. »Ich *wusste* es!«

Isaac sah ihn zerknirscht an und hob beide Hände. »Sorry, Mann! Ich war mir sicher, dass du auch trinken würdest.«

Paul ließ sich erst schnaubend wieder auf den Boden fallen, führte das Glas dann breit lachend an seine eigenen Lippen. »Scheiße, du hättest gerade dein Gesicht sehen müssen!« Wir alle mussten mitlachen, als hinter Isaacs Brille einzelne Blitze hervorschossen.

Nachdem erst Luke, dann Aiden an der Reihe gewesen waren, wusste ich, dass Paul, Luke, Isaac und Bowie schon einmal gelogen und Komplimente verteilt hatten, um jemanden ins Bett zu kriegen. Und Aiden und Luke genauso wie ich schon einmal überraschend beim Masturbieren erwischt worden waren.

Als ich das Glas von den Lippen absetzte, merkte ich, wie Paul mich ansah. Die Augen waren viel dunkler als sonst. Der gleiche selbstvergessene Blick wie gestern, als ich nur in meiner Leggins und diesem dünnen BH vor ihm gestanden und er mich angesehen hatte mit Hunger in den Augen. Mir wurde heiß, es kribbelte auf meiner Haut, und ich räusperte mich schnell. »Ich habe noch nie beim Lesen geweint«, sagte ich schnell und trank zusammen mit Trish mein Glas leer. Und mit ihm.

»Ich hab noch nie«, fing Aiden an und überlegte kurz, »etwas gegessen, was vorher auf den Boden gefallen ist.« Dann sah er Trish grinsend an.

»Das ist richtig fies«, beschwerte sie sich. »Ich war elf, und ich liebe Pizza. Das ist ewig her, und ich verstehe nicht, wieso wir da immer drüber reden müssen!« Ich lachte, als Trish trank, weil sie Aiden aus ihren grauen Augen anfunkelte und dabei trotzdem nicht wirklich wütend aussehen konnte.

Wir spielten Runde für Runde. Auch als das Feuer in dem Kamin schon längst heruntergebrannt war und ich mich langsam müde gegen Trish lehnte. Und die Fragen wurden immer skurriler, die Stimmung immer ausgelassener. Ich hatte erfahren, dass Isaac schon mal allein einen ganzen Kuchen gegessen und Bowie und Trish Sex in einem Kino gehabt hatten. Dass Paul, Aiden und Bowie alle schon mal einen Dreier gehabt und sich an irgendeinem Punkt in ihrem Leben gewünscht hatten, mit einer anderen Person den Körper tauschen zu können, um dem eigenen zu entfliehen. Dass Trish wegen ihres Alters gelogen und Aiden mit Fans von *Goodbye April* geschlafen hatte.

Irgendwann meinte Bowie, dass sie genug getrunken hatte. Sie ging nach oben, kam mit mehreren Fläschchen Nagellack zurück und verkündete, dass sie Trish und mir jetzt die Fußnägel lackieren würde. Wir setzten uns zusammen an eine Ecke des Sofas, unterhielten uns leise, während Bowie mit meinen Füßen anfing und um uns herum Sätze durch die Luft wirbelten. *Ich hab bei Target noch nie etwas geklaut. Ich hab noch nie jemanden entjungfert. Ich hab noch nie abgeschrieben, weil ich wusste, dass ich den Kurs sonst niemals bestehe.*

Trish saß auf dem Boden, mit dem Rücken gegen das rote Sofa gelehnt, und betrachtete stirnrunzelnd erst meine fertig lackierten Fußnägel, dann ihren kleinen Zeh, über den Bowie gerade pinselte.

Plötzlich entbrannte zwischen Aiden, Paul, Luke und Isaac nach der nächsten Runde eine wilde Diskussion, ob Aiden und Paul letztes Jahr wirklich einmal nackt um das Haus gerannt waren. Egal, was die beiden sagten, Luke war nicht davon abzubringen, dass er ein Beweisvideo sehen wollte. Trish erklärte ihm lachend, dass sie jedes Jahr die Handys ausmachen würden. Sie schwor aber, dass die beiden das wirklich gemacht hatten.

Luke verschränkte die Arme vor der Brust. »Okay, dann macht es noch mal! Scheinbar hab ich ja echt was verpasst!«

Aiden und Paul sahen sich an, nickten. Dann folgte ein zweistimmiges, bestimmtes: »Okay!«

Paul

»Ihr zwei habt manchmal echt nur Scheiße im Kopf!«, meinte Trish, lachte aber.

Louisa sah auf. Die Knie angezogen, die nackten Füße von sich gestreckt. Der bescheuerte Nagellack stank das ganze Wohnzimmer voll, aber so verflucht süß, wie sie dasaß und auf ihre Zehen pustete, war es das wohl wert. »Ihr macht das jetzt aber nicht wirklich?«, fragte sie überrascht, eine ihrer dunklen Augenbrauen in die Höhe gezogen, während sie zwischen uns hin und her sah.

»Doch!« Wir nickten beide. Ich ließ irgendeine Floskel darüber, dass es um Ehre gehen würde, vom Stapel, während Isaac und Luke Aiden und mir lachend auf die Schultern klopften.

Draußen war es arschkalt. Schneidender Wind kroch mir unter das Shirt. Auf der Veranda gaben Aiden und ich uns die Hand, dann zählte

Bowie von drei abwärts. Bei zwei ein Lachen, bei eins meine Hände am Saum meines Shirts, bei null zog ich es mir über den Kopf. Aiden tat es mir gleich. Der Rest folgte, bis wir nur noch Socken und Schuhe trugen. Und dann rannte ich los. Trish stand in der Haustür und feuerte uns an, während Louisa ungläubig an ihr vorbeisah. Ich hörte noch, wie Luke sich lautstark bei Trish beschwerte, dass es eine verfluchte Schande sei, dass sie tatsächlich unsere Handys eingesammelt hatte.

Ich war Aiden dicht auf den Fersen, rannte mit ihm um das Haus. Schritt für Schritt brach das Lachen mehr aus mir heraus. Zurück auf der Veranda, klatschten Aiden und ich ab, rissen grölend die Hände in die Luft, als Luke uns beiden einen Shot reichte, den wir sofort herunterkippten. Das hier war völlig lächerlich und kindisch und einer dieser Momente im Leben, in denen ich so glücklich war, dass es fast schon wieder wehtat. In denen ich vergaß, was ich verschuldet hatte, und einfach nur ein zweiundzwanzigjähriger Kerl war, der mit seinen Freunden unglaublich viel Spaß hatte und seinen Weg im Leben erst noch finden musste.

Louisa

Mitten in der Nacht wachte ich von leisen Schritten auf knarzenden Dielen auf, vom leisen Quietschen meiner sich öffnenden Tür. Ich spürte, wie das Bett neben mir einsank, doch ich war viel zu müde, um meine Augen zu öffnen. Mich umhüllte der Geruch nach Wald, und da war ein raues Flüstern an meinem Ohr: »Ich hab dich vermisst, Feuermädchen.« Warmer Atem, der über meine Haut strich. Blinzelnd öffnete ich die Augen. Langsam. Und als mich irgendwo auf der Schwelle zwischen Traum und Realität ein Blick aus den dunklen Augen einfing, war es mir egal, ob das hier echt war oder nicht. Mit einer Hand hob Paul mein Kinn an, die andere vergrub er in meinen Locken, dann küsste er mich. Unendlich sanft und so federleicht. Und mir wurde schwindelig von der Art, wie er mich ansah.

Ich dachte, er würde es bereuen, dass er gestern Nacht nicht mit mir geschlafen hatte. Dass er hier wäre, um diesen Fehler zu korrigieren. Doch er zog mich nur fest an sich, legte die Arme um mich. Und im nächsten Moment war ich schon wieder eingeschlafen.

22. KAPITEL

Louisa

Als ich am eigentlich drittschlimmsten Tag des Jahres aufwachte, stellte ich fest, dass mein Traum von letzter Nacht keiner gewesen war. Paul lag hinter mir, einen Arm über meinem Bauch, das Kitzeln seines Bartes an meiner Schulter. Unsere Beine waren so ineinander und in die Decke verschlungen, dass ich mich kein Stück bewegen konnte. Das beständige Schlagen seines Herzens an meinem Rücken. Beim Gefühl seines ruhigen, regelmäßigen Atems in meinem Nacken musste ich gegen meinen Willen in mein Kissen lächeln. Ohne weiter darüber nachzudenken, verschränkte ich meine Finger mit seinen, meine Hand verschwindend klein in seiner. Wenn es diesen Mann gab, dessen Nähe mir auf eine emotionale Art einerseits so bedrohlich erschien, der mir andererseits aber ein Gefühl von Sicherheit gab und mich wie ich selbst fühlen ließ – vielleicht konnte dieser Tag dann auch ein Tag wie jeder andere werden.

»Ich habe eine Schwäche für dein Lächeln«, murmelte Paul verschlafen. Der plötzliche Klang seiner dunklen Stimme rieselte als angenehmer Schauer durch meinen Körper. Er drückte mich enger an sich, und seine Finger strichen in trägen Kreisen über meine Rippen, während er seine Lippen an die Stelle hinter meinem Ohr presste.

»Woher willst du wissen, dass ich lächle?«, fragte ich provokant.

»Ich weiß es.«

Dann packte er mich und drehte mich herum, sodass ich direkt vor ihm lag. Nasenspitze an Nasenspitze und mit den Händen auf der nackten Haut seiner Oberarme. Nur unbedeutende Zentimeter zwischen mir und seinen Lippen. Schnell biss ich mir auf meine, wenn auch zu spät. Pauls Mundwinkel zuckten bereits amüsiert, bis ein zufriedenes Grinsen seine Lippen umspielte. »Du hast gelächelt, Louisa«, sagte er.

Ich rollte mich mit einem leisen Lachen auf ihn und drückte ihm einen Kuss auf den Mund. Rittlings saß ich auf ihm, während meine Finger den Linien seiner Tätowierungen folgten. »Ich mag dich übrigens auch«, sagte ich schließlich leise.

Paul grinste verschmitzt. »Ich weiß.«

Paul

Ich hatte das Erstaunen in Louisas Augen gesehen, nachdem sie mich so gedankenverloren geküsst hatte. Und ich kam nicht umhin, zu bemerken, dass es mir gefiel, wie sie in meiner Gegenwart weniger bedacht war, weniger ernst, weniger von ihrer Vernunft gelenkt. Wie der Klang ihres hellen Lachens in immer kürzeren Abständen ertönte.

Mit hinter dem Kopf verschränkten Armen betrachtete ich Louisa, die sich nach frischen Klamotten kramend über ihren Rucksack beugte. Und, heilige Scheiße, ich genoss die Aussicht auf ihre nackten Beine und diesen süßen, runden Hintern definitiv. Konnte mir das Grinsen nicht verkneifen, als sie sich noch ein bisschen mehr bückte und das Shirt, das sie trug, dabei ein winziges Stück nach oben rutschte – aber ein verdammt bedeutendes. Ich heftete meinen Blick auf schwarze Spitze und ihren Po, den sie mir so offensichtlich präsentierte. Unwillkürlich erinnerte mich dieser Moment an den Tag, als ich sie auf dem Campus angesprochen hatte, nachdem sie im Firefly wenige Tage zuvor in mich hineingerannt war. Das lag erst zwei Monate zurück, und doch schaffte es dieses Mädchen mit den eisblauen Augen schon jetzt, dass meine Regeln sich seitdem in Luft aufzulösen schienen.

Keine Nähe, keine Dates und ganz sicher keine Gefühle.

Louisa zu erzählen, wie ich über die Welt dachte, sie in den Armen zu halten und mit ihr im selben Bett zu schlafen war verdammt noch mal viel mehr Nähe, als ich jemals mit einer Frau gehabt hatte. Die Tatsache, dass ich erst vor mir und dann vor ihr zugegeben hatte, dass ich sie mochte, war mehr Gefühl, als ich jemals empfunden hatte. Und die Sache mit den Dates war letztendlich wohl nur Auslegungssache. Wie so oft im Leben lagen das, was man sich wünschte, und das, was man fürchtete, viel zu nah beieinander.

Louisa

Ruhig und schwer lag Pauls Hand an meinem Rücken, während ich meinen Blick durch die Küche schweifen ließ. Ungläubig und mehrmals blinzelnd. Ich konzentrierte mich auf den sanften Druck seiner Fingerspitzen. Sah die bunten Ballons, den gedeckten Holztisch, auf dem sich unzählige Teller und Schalen mit Essen türmten, die brennenden Kerzen auf dem Kuchen mit der dunklen Glasur in Trishs Händen. Und über allem hing der Duft nach Schokolade. Ein durcheinander gerufenes »Happy Birthday, Lou!« wirbelte durch die Luft, und ein leiseres, raueres »Alles Gute, Feuermädchen« erklang direkt an meinem Ohr.

Das war einer dieser Momente im Leben, in dem die Realität nur Stück für Stück zu einem durchsickert. In denen man zwar begreift, was passiert, aber ein Teil des Verstandes es doch nicht realisiert. Ein eingefrorener Moment mit Sekunden, die wie Minuten vergehen.

Bowie, Aiden, Trish, Isaac, Paul und Luke. Lachende Gesichter, ein riesiger Geburtstagskuchen. Trish, die mich mit goldenem Glitter überschüttete, und Bowie, die mit einem Lachen die Mandelaugen verdrehte und meinte, sie hätte gehofft, diese Glitzersache wäre ein Witz gewesen. Genauso wie die goldene Pappkrone, die Trish mir auf die

Locken setzte. Wie auf Autopilot pustete ich Kerzen aus. Kein Wort, das meine Lippen verließ, dafür ein Sturm an Gedanken. Alles passierte in mir drin, draußen war ich wie erstarrt. Ich bemerkte ein verdächtiges Brennen in den Augen. Ich schluckte, doch dann kamen die ersten Tränen. Wie war es möglich, dass ich fünf Jahre lang nicht geweint hatte und es, seit ich in Redstone war, ständig zu tun schien? Und dass es sich trotzdem so anfühlte, als würde ich das Leben doch wieder Stück für Stück zu fassen kriegen?

Ich weinte, weil ich es so satt hatte, immer stark zu sein. Und weil das der mit Abstand schönste drittschlimmste Tag des Jahres war. Ich weinte und lachte und weinte dann wieder. Und anstatt das ins Lächerliche zu ziehen, wurde ich von diesen Menschen fast zerquetscht, als sie mich alle auf einmal in den Arm nehmen wollten. Eine Gruppenumarmung, in deren Mitte ich irgendwann zwischen Tränen und Lachen und Ellenbogen nach Luft schnappen musste.

Dann machten wir uns über das Essen her. Trish hatte French Toasts und Pancakes gemacht, es gab die ganzen Reste vom vorigen Abend, kleine, bunt glasierte Muffins mit jeweils einer Kerze darauf, die Bowie gebacken hatte. Es war viel zu viel, und ich probierte von jedem Teller und aus jeder Schale etwas.

Bowie schenkte mir ein schwarzes Shirt mit der Aufschrift *One drink to rule them all* und einer Kaffeetasse darunter, das ich sofort anzog. Trish überreichte mir lächelnd einen dunkelroten Umschlag. Darin waren ein Polaroidfoto, auf dem wir beide bei Aiden im Zimmer auf dem Sofa saßen, eine riesige Schüssel Popcorn zwischen uns. Wir hatten offensichtlich nicht bemerkt, dass wir fotografiert wurden, die Gesichter einander lachend zugewandt. Trishs Hand auf meiner Schulter, so als wäre sie kurz davor, mir ein Geheimnis anzuvertrauen. Neben dem Foto fand ich in dem Umschlag zwei Tickets für einen Poetry Slam, der im Januar im The Book Nook stattfinden würde.

»Die zweite Karte ist natürlich für mich«, merkte Trish an und spielte an dem goldenen Ring in ihrer Nase herum. »Wehe, du nimmst jemand anderen mit!« Sie grinste.

Von Aiden bekam ich ein Originalkinoplakat vom ersten Teil von *Der Herr der Ringe*, das ich ganz aufgeregt auseinanderrollte. Zurück auf dem Campus würde ich es an der Wand über meinem Schreibtisch aufhängen. Isaac und Luke schenkten mir einen Gutschein für The Book Nook.

Noch immer konnte ich es nicht fassen, dass sie das für mich gemacht hatten. Ich mochte keine Überraschungen, weil die wenigsten gut und die meisten schlecht waren. Und doch saß ich hier und wurde eines Besseren belehrt.

»Und das«, sagte Trish feierlich und reichte mir noch ein Geschenk, »ist von Mel.« Eine dunkelblaue Schachtel. Darin eine im Licht glänzende Goldkette mit einem winzigen Anhänger daran: ein winziger, filigraner Schlüssel. Langsam dämmerte mir, dass wahrscheinlich sie der Grund war, wieso plötzlich alle von meinem Geburtstag wussten. Vorsichtig und mit gemischten Gefühlen faltete ich den Brief auseinander, der am Grund der Schachtel lag. Dünnes Papier knisterte zwischen meinen Fingern.

Liebes Schwesterherz,

es tut mir leid! Ich kann mir vorstellen, dass du zuerst gar nicht begeistert gewesen bist, dass plötzlich alle von deinem Geburtstag wissen. Und ja, ich weiß, wie sehr du Überraschungen hasst. Und ja, ich weiß auch, wie du zu deinem Geburtstag stehst, seit Dad nicht mehr da ist. Ich meine, du bezeichnest ihn nach seinem Tod und Thanksgiving als drittschlimmsten Tag im Jahr. Ich vermisse Dad auch jeden einzelnen Tag, und ich vermisse seinen lustigen Geburtstagstanz, den er immer für uns aufgeführt hat, mindestens so wie du.

An dem Abend im Heaven, als wir danach noch im Firefly saßen, habe ich Trish und Bowie von deinem Geburtstag erzählt, als du kurz auf der

Toilette gewesen bist. Die beiden können dir vielleicht nicht Dads legendären Geburtstagstanz bieten, aber ich habe gesehen, wie gern diese Menschen dich haben (das dachte ich schon vor der letzten Flasche Wein, haha). An diesem Abend war ich so wahnsinnig glücklich darüber, dass du mich wieder an deinem Leben hast teilhaben lassen. Und noch mehr darüber, dass ich sehen konnte, dass du wieder angefangen hast zu lachen. Ich nehme stark an, dass das mit ihnen zu tun hat: mit Aiden, Trish, Bowie und den anderen. Ich möchte einfach, dass du diesen Tag wieder genießen kannst!

Also, Louisa: Ich wünsche dir alles, alles Liebe zum Geburtstag. Du bist die beste kleine Schwester, die man sich nur wünschen kann (auch wenn es eine Schande ist, was du mit deinen Locken gemacht hast). Vielleicht habe ich es dir nicht oft genug gesagt, aber ich bin unglaublich stolz auf dich. Darauf, dass du dich von nichts und niemandem unterkriegen lässt. Mir ist bewusst, dass du es wahnsinnig schwer gehabt hast, so viel schwerer als ich, weil dir der Halt gefehlt hat. Und es gab Zeiten, da hätte ich so viel mehr für dich da sein müssen. Das ist etwas, das ich leider nicht mehr ändern kann. Aber ich kann jetzt für dich da sein und einfach nie mehr damit aufhören!

In der kleinen Schachtel findest du eine Halskette mit einem Schlüsselanhänger. Er soll dich immer daran erinnern, dass du alle Türen aufsperren kannst, die du nur willst. Ganz egal, wie schwer es dir auch erscheinen mag – es liegt ganz an dir. Es liegt in dir. Dad hätte gesagt, du musst immer nach vorn sehen, weil du hinten sowieso keine Augen hast! Und das ist so ziemlich die gleiche Botschaft. Du schaffst alles, was du nur willst!

Fühl dich auch von Robbie und Mary ganz fest gedrückt, und rufe mich SOFORT an, wenn du wieder in Redstone bist, damit ich weiß, ob du sauer auf mich bist oder dich gefreut hast. Hab ein wunderschönes Wochenende, und genieße jede Sekunde, weil du nur dieses eine kostbare Leben hast!

Ich liebe dich

Mel

PS: Wenn du einen Rat von deiner großen Schwester willst, dann frag sexy Paul nach einem Geburtstagskuss :)

Ganz langsam faltete ich den Brief wieder zusammen. Ich hatte die Stirn gerunzelt, innerlich gelacht, die Augen verdreht, hatte mit den Tränen zu kämpfen gehabt und ganz am Ende bei Mels PS wieder die Augen verdreht. Und dann hatte ich ihn noch einmal gelesen. Und noch einmal. Auch wenn ihr bewusst gewesen war, dass ich meinen Geburtstag nicht hatte feiern wollen, konnte ich nicht böse auf sie sein. Sie hatte es nett gemeint, und ja, auch wenn ich Dad heute wahnsinnig stark vermisste und es mir irgendwie wehtat, genoss ich diesen Tag – etwas, das ich mir vor einigen Wochen niemals hätte vorstellen können.

Nachdem Bowie mir die goldene Kette geschlossen hatte, sahen plötzlich alle erwartungsvoll Paul an.

Der verschränkte seine Arme hinter dem Kopf, ein Blitzen in den Bernsteinaugen. »Mein Geschenk bekommt Louisa heute Nacht«, erklärte er mit einem rätselhaften Lächeln. Sofort sah ich wieder Mels Worte vor mir. *Frag sexy Paul nach einem Geburtstagskuss.* Konnte ich Paul vielleicht auch nach etwas anderem fragen, weil ich mir diesen Kuss heute Morgen schon selbst genommen hatte?

Paul

Scheiße, das hatte jetzt irgendwie falsch geklungen. Verdammt falsch. Momentaufnahmen von Lukes anzüglichem Grinsen, Aidens erhobener rechten Augenbraue. Isaacs Lachen, das er mit einem Räuspern zu überspielen versuchte. Und Louisa, deren Blick unter dichten Wimpern ich kein bisschen verstand. Nicht, dass ich ein Problem damit hätte, ihr *diese* Art von Geschenk zu machen. Die Vorstellung gefiel mir. Sehr sogar. Noch vor wenigen Wochen hatte ich diese unfassbare Leere in mir mit Sex gefüllt. Aber Louisas Lachen füllte sie auf eine andere und bessere Art aus.

»Gott, Leute, habt ein bisschen mehr Vertrauen in mich!«, sagte ich mit erhobenen Händen und beförderte unter den Blicken der anderen zwei Pancakes auf meinen Teller.

»Ich bin gespannt«, sagte Louisa schließlich und spießte etwas von dem Kuchen auf ihre Gabel. Dabei umspielte für einen kurzen Moment dieser ironische Zug ihre vollen Lippen. Sie sah in die Runde. Erst ernst und bedacht, dann langsam mit einem Lächeln. Ein Blick für jeden einzelnen von uns. Ihre Augen glänzten immer noch oder wieder verdächtig. Als sie vorhin wie erstarrt vor uns gestanden hatte, war mir das Herz für einen kurzen Moment in die Hose gerutscht – plötzlich hatte ich befürchtet, dass Trish es doch übertrieben hatte. Schließlich musste es doch einen Grund dafür geben, dass Louisa uns nichts von ihrem Geburtstag erzählt hatte. Ein verflucht erleichtertes Ausatmen, als ich trotz der Tränen dieses Funkeln in ihren blauen Augen gesehen hatte. Ich war mir nicht sicher, ob sie geweint hatte, weil sie traurig oder glücklich war oder beides. Aber jetzt, mit diesem übertrieben lächerlichen goldenen Glitzer in ihren Locken, war ihr Lachen so breit – so wollte ich dieses Mädchen jeden Tag sehen. Und *ich* wollte der Grund dafür sein. Ich wollte der Grund für das glückliche Strahlen auf ihrem Gesicht sein – und vielleicht war ein verdammt gutes Geschenk der erste Schritt in diese Richtung.

»Danke«, sagte Louisa schließlich schlicht und strich sich in dieser für sie typischen Geste die grellen Locken hinter die Ohren.

Bowie stupste ihr in die Seite und meinte: »Na, du bist jetzt eben eine von uns!«

»Bei dir klingt das wie eine Drohung«, sagte Aiden.

»Oder wie ein richtig übles Versprechen!«, ergänzte ich lachend. Trish aber stemmte einen Arm in die Hüfte und betrachtete uns mit einem funkelnden Blick aus den grauen Augen. »Jetzt reißt euch mal zusammen, Jungs. Das hätte einer dieser super emotionalen Momente werden können!« Sie versuchte ernst zu schauen, doch dann musste der blonde Zwerg selbst lachen. Nur Sekunden später fielen Isaac und Luke ein.

»Eigentlich tun wir dir nur einen ziemlichen Gefallen, Summers«, warf ich grinsend ein, »wir gleichen deine Überemotionalität wieder aus, und man könnte sogar behaupten, dass du eigentlich auf uns angewiesen bist!«

Zustimmend nickte Aiden. »Jap, das ist der Grund, wieso diese Freundschaft schon so lange funktioniert!«

Trish warf einen finsteren Blick in die Runde. »Seid froh, dass ich so viel Liebe zu geben habe. Bei diesem verrückten Haufen hier würde das unter normalen Umständen nämlich niemals für alle reichen!«

»Wo sie recht hat, hat sie recht«, stimmte Louisa ihr grinsend zu und schob sich ein weiteres Stück Schokoladenkuchen in den Mund, die Augen dabei genießerisch geschlossen. Die lächerliche Pappkrone rutschte ihr dabei beinahe vom Kopf, was irgendwie verdammt süß aussah.

Nach dem Essen holte ich meine Polaroidkamera, um ein Erinnerungsfoto für Louisa zu schießen. Die Krone wurde wieder gerade gerückt. Aiden und Luke hoben sie auf ihre Schultern, davor standen Bowie, Trish und Isaac mit in die Höhe gereckten Händen mit den Luftballons darin. Und ich ein Stück weiter vorn, um mit ausgestrecktem Arm alle auf das Bild zu bekommen. Als ich auf den Auslöser drückte, warf Trish noch mehr von ihrem komischen, goldenen Glitzer in die Luft, und das Foto ... es war perfekt. Ich drückte es Louisa in die Hand, die ich einen Augenblick zu lange festhielt.

»Danke«, hauchte sie mit einem Funkeln in den tiefblauen Augen.

Ich strich mit dem Daumen über ihre Hand, die ich immer noch in meiner hielt, als plötzlich etwas Klebriges in meinem Gesicht landete. Verfluchte Scheiße! Bowie hatte mir einen ihrer beschissenen Muffins ins Gesicht geworfen.

»Was zum Teufel?!«

»Lou ist heute unser Geburtstagskind und für uns alle da, also hör auf, sie ständig anzugraben und mit deinen Blicken auszuziehen!«, beschwerte Bowie sich lachend.

Keine Sekunde später landete ein Muffin in ihrem eigenen überraschten Gesicht. Stille. Überrascht blickten alle auf die Person, die ihn geworfen hatte: Louisa, die schon den nächsten Muffin in die Hände nahm.

Sie zuckte mit einem belustigten Funkeln in den blauen Augen die Schultern. »Ich hatte das Gefühl, dich verteidigen zu müssen, Bad Boy«, raunte sie mir zu.

Kurz darauf hatte Trish den nächsten Muffin im Gesicht, leckte sich die bunte Glasur von den Lippen, bevor der nächste Louisa an ihrer Wange traf. Sie warf den Kopf in den Nacken und lachte hell und klar. Rannte kreischend vor Aiden davon, der mit dem nächsten auf sie zu zielen versuchte.

Ich stand einfach nur da und sah sie an, dieses Mädchen aus Feuer. Bowie hatte absolut recht gehabt: Sie war eine von uns.

Louisa

Abends sprang Trish plötzlich vom Sofa auf und verkündete, dass sie mit mir tanzen wolle, weil das an einem Geburtstag Pflicht sei. Und bevor ich überhaupt reagieren konnte, griff sie schon nach meiner Hand und zog mich auf die freie Fläche zwischen Sofa und Regal. Ich warf Bowie einen gespielt verzweifelten Blick zu, doch sie pustete sich nur in aller Ruhe den schwarzen Pony aus der Stirn und grinste mich an. Ein leichtes Kopfschütteln. Musik, die laut gedreht wurde. Bis auf den Anschlag. *On Melancholy Hill* von den Gorillaz. Sanfter Bass, kraftvolle und weiche Töne. Trish lachte, wirbelte mit ausgestreckten Armen um mich herum und griff anschließend wieder nach meinen Händen. Für einen Moment schloss ich die Augen, dann bewegte ich mich mit ihr, vergaß, dass Paul mich dabei aus dunklen Augen beobachtete. Vergaß, dass alle anderen immer noch auf dem großen, roten Sofa saßen und uns zusahen. Vergaß, dass ich vor allen hatte weinen müssen. Vergaß, dass ich so nicht war. Denn wenn dieser Tag so perfekt sein konnte, konnte ich dann nicht alles sein, was ich wollte?

Trish und ich drehten uns, und Haare flogen durch die Luft. Luke und Isaac begannen sich in so albernen Bewegungen durch das Wohnzimmer zu bewegen, dass ich mich fast an meinem Lachen verschluckte. Der Refrain setzte ein, Aiden packte mich mit einem Grinsen und wirbelte mich im Rhythmus der Musik durch die Luft, meine Hände auf seinen Schultern. Er drehte sich immer schneller, und ich kreischte und lachte, bis ich wieder Boden unter den Füßen hatte. Bowies Armreife klimperten, als wären sie Teil der Musik. Sie wirbelte mit Trish umher. Ich lächelte, weil ich die beiden zusammen glücklich sehen wollte. Und ich tanzte, ließ mich in diesen Moment fallen. In den Rhythmus, den Takt, das Gefühl von Freiheit. Das Gefühl des Ich-Seins. In meinem Bauch war es warm und kribbelig und voller Glück. Und egal, was passieren würde, an dieses Gefühl und diesen Moment würde ich mich ewig erinnern. Dessen war ich mir absolut sicher.

Kaum hatte ich den Gedanken zu Ende gedacht, stand Paul direkt vor mir. Ganz selbstverständlich griff er nach meiner Hand, zog mich langsam an sich, während er seine Hand an meinen unteren Rücken schob. Als seine rauen Finger dabei einen Streifen meiner erhitzten Haut berührten, schluckte ich schwer. Meine Hüfte lag an seiner. Unser Rhythmus war zu langsam, um zur Musik zu passen. Doch das war egal. Ich legte den Kopf ein Stück in den Nacken, um ihn ansehen zu können. Bernsteinaugen, die mich unentwegt und unergründlich anblickten. Als Paul mich anlächelte und ich seine Grübchen sah, lächelte ich zurück. Irgendetwas zwischen uns war dabei, sich zu verschieben. Unsere Augen führten ein Gespräch mit mehr Subtext, als ich verstand.

»Wenn du willst, bekommst du jetzt dein Geschenk«, flüsterte Paul mir ins Ohr, als das Lied zu Ende war, das inzwischen vertraute Kratzen seines Bartes an meinem Hals. Und mein Herz machte einen Satz, als ich ihm schließlich nach draußen folgte, meine Hand immer noch in seiner. Kein einziges Mal drehte ich mich nach den anderen um. Der Moment war aufgeladen. Mit mir und meinen Gedanken und allem, was möglich war.

23. KAPITEL

Louisa

Ich kann nicht sagen, womit ich gerechnet hatte. Ich weiß es nicht. Aber nicht damit.

Immer wieder fuhr ich mir mit den Fingern durch die Locken, weil ich nicht wusste, was ich sagen sollte, und sah Paul ungläubig an.

Doch er zuckte nur mit den Schultern und strich sich das dunkle Haar lässig aus der Stirn. Der Klang seiner Stimme durchdrang die Dunkelheit. »Ich weiß, wie sehr du die Sterne liebst, Louisa. Und an deinem Geburtstag solltest du sie sehen können«, sagte er schlicht.

Einen Augenblick lang sah ich ihn einfach nur an, weil sein Blick mehr sagte als seine Worte. Er tat es als eine Kleinigkeit ab, doch das war es nicht. Und egal, was er mich auch glauben lassen wollte, das hier war ... wunderschön. Das hier war *Etwas*.

Pauls dunkelgrüner Pick-up stand nicht mehr direkt vor dem Haus, sondern dort, wo ich vorgestern nach unserer Ankunft verloren im Anblick der untergehenden Sonne gestanden hatte. Doch jetzt war die Nacht schwarz, und das einzige Licht kam von den Sternen und den sanft schimmernden Lampions, die an allen Seiten der Ladenfläche befestigt waren. Darauf lagen eine ausgebreitete Decke, Kissen an Kissen, daneben zwei Windlichter.

»Aber ich bin natürlich nicht so selbstlos, wie du vielleicht denkst«, sagte Paul mit diesem Grinsen, »ich hab nur *eine* Decke.«

Ich verdrehte die Augen, und in Wahrheit dachte ich: *Als ob mich das stören würde, Bad Boy!* Ich fragte mich, wann er das vorbereitet hatte. Ob ihm jemand geholfen hatte. Ob er das schon länger geplant hatte. Wieso er sich so offensichtlich Mühe gab – für mich. Fragen über Fragen und Antworten, die ich mich nicht zu denken traute.

Als er mich auf die Ladefläche hob, seine Hände an meinen Hüften, und die Decke über uns ausbreitete, war es, als wären wir allein auf der Welt. Zwei Punkte, die zu irgendeinem Zeitpunkt vergessen worden waren, getrennt vom Rest des Planeten. Aber das machte nichts, weil *wir* es waren, die den Sternen zusahen, wie sie über den Horizont flossen. Wie sie schließlich von den Bergen verschluckt wurden. Mein Blick war in die Unendlichkeit des Himmels und des Universums irgendwo dahinter gerichtet. Ich spürte federleicht Pauls Fingerspitzen an meinen, dachte mir, dass es seltsam war, wie ich diese sanfte Berührung wie ein Vibrieren in meinem ganzen Körper zu spüren schien. Und das, obwohl er mich die letzten beiden Nächte festgehalten hatte, ich mich von ihm hatte küssen und berühren lassen und wir beinahe auch die letzte Grenze überschritten hatten.

Ich zeigte Paul die Sternenbilder, die ich kannte, die kleinen Anhaltspunkte, mit denen er diese auch ohne meine Hilfe zusammensetzen konnte. Sein Blick folgte meiner ausgestreckten Hand über den Horizont. Ich redete und redete, füllte die Nacht mit meinen Gedanken. Und ich erzählte ihm, dass mir die Nacht nie Angst gemacht hatte, auch als Kind nicht. Weil Sterne Dunkelheit bräuchten, um zu leuchten. Und weil sie immer da wären, etwas Verlässliches. Ein Blick in den Himmel und ganz egal, was auch um mich herum passiert war, diese eine Sache hatte sich niemals geändert. Und das würde sie auch in Tausenden von Jahren nicht tun.

»Ich mag, wie du denkst«, sagte er. Das Licht der Windlichter flackerte in Schatten über sein Gesicht.

»Ich mag, wie du zuhörst«, antwortete ich und blickte Paul an. Er war einer dieser Menschen, die *wirklich* zuhörten. Als würde er jedes einzelne Wort, das ich jemals zu ihm gesagt hatte, an irgendeinem besonderen Ort bewahren – so aufmerksam und bedacht, wie er die Motive für seine Fotografien wählte. Für mich war das keine Selbstverständlichkeit. Zu oft war ich Menschen begegnet, die die wahre Bedeutung von Worten nicht begriffen. Und Paul? Er verstand die, die ich sagte, und die, die ich unausgesprochen ließ.

Wir teilten uns diese Nacht, unsere Worte, unsere Gedanken. Wir teilten uns eine Thermoskanne mit Tee, eine Decke und schließlich eine Zigarette. Ihr Glühen war wie ein weiterer Stern, der aber uns allein gehörte.

»Wenn wir genau jetzt eine Sternschnuppe sehen würden, was würdest du dir wünschen?«

»Wünsche sind gefährlich«, sagte ich leise.

Paul lachte sein tiefes, raues Lachen mit den Grübchen und den fächerförmigen Fältchen um die Augen. Ich fragte ihn, wieso. »Weil deine Antworten nie zu meinen Fragen passen und trotzdem perfekt sind, Feuermädchen.«

»Und deine Fragen klingen immer nach mehr als dem, was du sagst«, erwiderte ich ernst.

Paul verschränkte die Arme vor der Brust, seine Mundwinkel zuckten. »Also, was würdest du dir wünschen, Louisa?«

Weil Wünsche und Sehnsüchte zu viel über Menschen verraten konnten, überlegte ich, was ich sagen sollte. Doch dann sah ich, wie Paul mich nachdenklich musterte. Ich sah Wärme und ehrliches Interesse in seinen Augen. Und ich sah die Lampions, die um uns herum leuchteten. Ich sah einen Herzensbrecher, der das hier für mich gemacht hatte.

»In diesem Augenblick? Gar nichts. Dieser Tag hier ist perfekt, das alles hier«, mit einer vagen Geste umfasste ich Pauls Pick-up, »das ist der beste Geburtstag überhaupt!« Ich sah ihm fest in die Augen, während ich das sagte.

»Und wenn dieser Moment anders wäre, als er ist? Erzähl mir etwas Ehrliches, Louisa. Sag mir etwas, das du dir von ganzem Herzen wünschen würdest.«

Ich schluckte, begann erst zögerlich, dann immer schneller zu sprechen: »Ich würde mir wünschen, zu wissen, was ich wirklich will. Ich hab eine Bucket List für mein Leben, Dinge, die ich unbedingt erleben will. Eines Tages. Ich will die Polarlichter sehen, nach Europa reisen, und am allermeisten nach Paris. Ich will an den Ort, an dem die größten Literaten des 20. Jahrhunderts ihre Bücher geschrieben haben. Vielleicht eines Tages selbst einen Roman schreiben, wenn ich den Mut dazu finde. Und ich will in einem Iglu schlafen und mit Delfinen schwimmen und noch tausend andere Dinge. Irgendwie bleibt es ständig bei diesem Irgendwann. Ich wünsche mir, ich würde diese Dinge einfach tun, einfach anfangen. Und dass ich dabei aber wüsste, was diese eine große Sache ist, die ich vom Leben will.«

Amüsiert musterte Paul mich. »Du steckst voller Überraschungen. Wer hätte gedacht, dass es einer deiner größten Wünsche ist, in einem Iglu zu übernachten«, lachte er und schob die Decke nach oben, die mir unbemerkt von den Schultern gerutscht war. »Dir ist schon klar, dass das arschkalt ist, oder?«

Ich neigte den Kopf, sah in die dunklen Augen. »Du könntest mich wärmen«, kam es mir da schon über die Lippen.

»Louisa Davis«, sagte Paul, und dieses unverschämte Grinsen breitete sich auf seinen Lippen aus, »flirtest du gerade etwa mit mir?«

»Vielleicht. Vielleicht denke ich auch einfach nur praktisch.« In meinem Bauch tanzten Schmetterlinge, als ich mich ohne weitere Worte gegen ihn lehnte.

Er legte den Arm um mich, zog mich fester an sich. »Ich kann dir nicht sagen, was du vom Leben willst. Aber wenn du möchtest, dann trete ich dir in den Arsch, damit du mit deiner Liste anfängst«, sagte er, und der Bass seiner Stimme fuhr mir dabei durch den Körper. »Luca und ich fliegen im Sommer meistens für ein paar Wochen nach Deutschland. Unser Cousin Basti ist ein echt cooler Kerl und wohnt in Berlin. Komm doch nächstes Mal einfach mit. Und theoretisch kannst du von dort den Zug nehmen und bist ein paar Stunden später in Paris.«

»Ich kann doch nicht einfach mit dir nach Deutschland fliegen!«, sagte ich überrascht.

Doch Paul zuckte nur mit den Schultern. »Wieso nicht? Geht es nicht darum, die Dinge einfach zu machen?«

Seine Finger fuhren meinen Arm unter der Decke auf und ab, und schon wieder hielt er mich fest. Er bewegte leicht seinen Kopf, und ich seufzte, als ich das leichte Kitzeln seines Bartes an meiner Schläfe spürte. Von irgendwoher zauberte er plötzlich ein Päckchen und reichte es mir. Sagte leise »Happy Birthday« an meinem Ohr.

Mit einem leisen Knistern in der nächtlichen Stille schlug ich das Papier zur Seite. Und als ich sah, was darin zum Vorschein kam, schlich sich ein Lächeln auf mein Gesicht: ein braunes Notizbuch, welches meinem eigenen ähnelte, doch dieses war nicht kurz davor auseinanderzufallen. Sanft und bedacht strich ich erst über das weiche Leder, anschließend die leeren Seiten, die nur darauf warteten, von mir mit den schönsten Wörtern und Sätzen gefüllt zu werden.

Dass Paul mir ein Notizbuch schenkte, das neu war und trotzdem alt aussah, zeigte, wie aufmerksam er tatsächlich war. Und gerade, als ich es wieder zuklappen wollte, segelte ein zusammengefaltetes Blatt Papier aus den Seiten direkt auf meinen Schoß. Vorsichtig faltete ich es auseinander.

Das Lächeln in meinem Gesicht wurde breiter und breiter. Weil das das mit Abstand schönste Geschenk überhaupt war: eine Bleistiftzeichnung von einem Phönix. Ausgebreitete Flügel mit detailliert ausgearbeiteten Federn, den Kopf Richtung Himmel erhoben. Schwanzfedern, die bereits in Flammen standen. *Feuermädchen* stand darunter in Pauls markanter Schrift. Geschwungene, zarte und doch zugleich kräftige Linien.

Ich dachte an eine andere Nacht, einen anderen Sternenhimmel. An einen Holzsteg. Wir waren dieselben, und irgendetwas zwischen uns war trotzdem komplett anders. Wie ich Paul erzählt hatte, dass der Phönix mein liebstes mythologisches Tier war. So wie dieser am Ende seines Lebenszyklus verbrannte und aus seiner Asche wiedergeboren wurde, so wollte auch ich aus dem Feuer in mir neue Kraft schöpfen, statt mich unterkriegen zu lassen.

In mir breitete sich ein warmes Gefühl aus. Ich lächelte Paul an. »Danke«, hauchte ich, »das ist wunderschön!« Ich wusste nicht, was ich sonst hätte sagen sollen. Das Gefühl in meiner Brust war zu weit und groß, um es benennen zu können. Ich reichte Paul das Notizbuch, weil es da noch dieses eine Wort gab, das er mir hatte aufschreiben wollen. Vielleicht war es verrückt, aber ihm dabei zuzusehen, wie er den Stift konzentriert in den Händen hielt, eine geschwungene Linie an die nächste setzte, in ein Buch, das ich mit meinen Worten füllen würde – das fühlte sich mindestens so intim an wie die letzten beiden Nächte in seinen Armen eingeschlafen zu sein.

Paul

»Auch wenn die Umstände echt beschissen waren, bin ich froh, dass du mir das mit deinen Eltern erzählt hast«, sagte ich schließlich in die Stille hinein. Weil es mir wichtig war, dass Louisa das bewusst war. Sie sollte wissen, dass ich bemerkte, wie viel Bedeutung es hatte, wenn sie einem etwas über ihr Leben erzählte. Etwas Wahres.

»Ich auch«, sagte sie und blickte zu mir nach oben. Ich konnte mir unmöglich vorstellen, wie es für sie gewesen sein musste, ihren Dad auf diese tragische Art und Weise zu verlieren. Ihn sterben zu sehen. Erwachsen zu sein, weil ihre Mom es plötzlich nicht mehr gewesen war und ihr Kind in all der Trauer vergessen hatte.

Louisa mochte sich selbst als kaputt oder zerbrochen betrachten. Doch ich bewunderte sie für ihre Entschlossenheit. Ihre Stärke. Ihren ernsten Blick auf die Welt, in den sich in manchen Momenten diese sorglose Freude schlich. Dinge, die sie in meinen Augen nur noch anziehender machten.

»Ach ja?«, fragte ich überrascht.

»Ja.« Sie nickte bestimmt. »Wahrscheinlich hätte ich den Mut sonst nie gehabt. Und ich habe das ernst gemeint, Paul: Bei dir habe ich das Gefühl, dass du all das siehst, was hinter meiner Fassade ist!«

Das war das erste Mal, dass Louisa von sich aus ihre Mauern ansprach, ihre Fassaden, ihre Masken. Dinge, hinter denen sie sich zu verstecken versuchte. Ich war überrascht von dieser Offenheit, wie ich gleichzeitig von dem warmen Gefühl in mir überrascht war.

Die Windlichter warfen flackernde Schatten auf Louisas Gesicht, und ich legte meine Hand an ihre Wange, zeichnete Linien zwischen ihren Sommersprossen, bevor ich wieder anfing zu sprechen. »Bitte hab niemals Angst, mir irgendetwas zu sagen, Louisa. Verdammt, egal, was du mir erzählst … Es sorgt nur dafür, dass ich dich besser verstehe. Aber niemals dafür, dass ich dich irgendwie anders sehen würde, als ich es tue. Ich würde dich nie für etwas verurteilen!« Ein letztes Mal strich ich über ihre Wange, lachte dann verbittert auf. »Und glaub mir, wenn es um verkorkste Familien geht, kenne ich mich ziemlich gut aus. Bei uns zu Hause geht es nur um scheiß Geld, um Ansehen, um Macht. Und es ist so, als würde dieser ganze verdammte Reichtum alle Emotionen im Keim ersticken. Luca und ich sind nicht mit dem Gefühl aufgewachsen, dass wir bedingungslos geliebt werden. Es gab und gibt nämlich immer Bedingungen. Manchmal dachte ich, meine einzige Aufgabe wäre es, endlich kein Kind mehr zu sein, um meine Rolle in diesem ganzen Theater einnehmen zu können. Weil ich als Erwachsener mehr Geld für die Familie einbringe als koste.« Seufzend fuhr ich mir über den Bart. Unwillkürlich stellte ich mir die Frage, ob Louisa *mich* anders sähe, wenn sie die dunklen Details meiner Vergangenheit kennen würde. Denn immerhin machten unsere vergangenen Taten uns letztendlich zu den Menschen, die wir waren. Und vielleicht war es nach all den Jahren endlich an der Zeit, jemandem die Wahrheit zu sagen – nein, nicht *jemandem*, sondern diesem furchtlosen und zugleich verletzlichen Mädchen, das mich meine Regeln brechen und alles infrage stellen ließ. Schwer schluckte ich, und als würde sie spüren, welchen beschissenen inneren Kampf ich gerade ausfocht, schenkte sie mir dieses Lächeln, bei dem ich glauben wollte, dass es allein für mich bestimmt war. Scheiße, für sie wollte ich ein besserer Mensch sein. Aber bedeutete das nicht auch, dass ich ihr die Wahrheit schuldete? Sollte Louisa nicht wissen, worauf sie sich da einließ? Auf was für eine Art Mensch?

Und dann waren die dunklen Schatten wieder da, meine Dämonen zwischen uns. Ich konnte die Wut, die ich in dieser Nacht empfunden hatte, beinahe körperlich spüren, hörte all die beschissenen Worte, die ich Heather entgegengeschleudert hatte – weil ich schon immer schnell die Fassung verloren hatte. Und wie alles außer Kontrolle geraten war, während die Bäume sich unter dem Gewicht des tosenden Windes gekrümmt hatten. Heathers kirschroter Mund, den ich Stunden zuvor geküsst hatte, zu einem stummen Schrei verzerrt. Der Schock in ihren Augen. Die grellen Lichter, die immer näher gekommen waren. Gleichzeitig viel zu langsam und viel zu schnell. Übelkeit stieg in mir auf bei dem Gedanken daran, was ich getan hatte. Eine Endlosschleife aus Was-wäre-gewesen-wenn-Fragen, die statt Antworten nur noch mehr Fragen nach sich zog.

Erst als die Schatten sich plötzlich lichteten, bemerkte ich den Gesichtsausdruck, mit dem Louisa mich musterte. Sie lehnte sich zu mir mit diesen Wahnsinnsaugen, sah mich an, als würde nichts davon eine Rolle spielen. Und natürlich würde ich nichts lieber tun, als ihr zu glauben.

»Was ist los?«

Eine Frage, so einfach, wie die Antwort kompliziert war.

Mit beiden Händen rieb ich mir über das Gesicht. »Louisa, ich bin kein guter Mensch«, begann ich, und die Übelkeit wurde immer schlimmer, eine fest zudrückende Klaue um mein kaputtes Herz. »Es gibt da etwas, das du wissen solltest. Etwas, das ich getan habe.«

Dann herrschte Stille, weil ich nicht wusste, wie ich in Worte fassen sollte, dass ich jemanden umgebracht hatte und nur das Geld meiner Familie mich vor den Konsequenzen gerettet hatte.

Louisa

Sciamachy, der Kampf gegen imaginäre Feinde und die eigenen Schatten. Ein Wort, das in diesem Moment den gequälten Blick, mit dem Paul mich bedachte, besser beschrieb als alles andere. Und ich sah etwas in seinen dunklen Augen, das ich dort niemals zuvor gesehen hatte: Angst.

»Was auch immer du getan hast, es wird nichts ändern«, sagte ich bestimmt, jedes einzelne Wort dabei eine absolute Wahrheit. Ich wollte nicht, dass Paul mich über meine Vergangenheit definierte, also würde ich es anders herum natürlich auch nicht tun. Und es tat weh zu sehen, wie er sich quälte, wie er mit sich kämpfte, felsenfest davon überzeugt, dass er nicht gut genug für mich war. Dass er mich auf irgendeine Art und Weise nicht verdient hätte.

In diesem Augenblick kam ich nicht umhin zu bemerken, wie sehr das neue Wort, das Paul gestern mit mir geteilt hatte, zu ihm zu passen schien: Weltschmerz.

»Meine größte Angst ist immer gewesen, dass die Menschen sehen könnten, wie kaputt ich wirklich bin. Und dass ich diese Menschen dann verliere, sobald ich mich ihnen gegenüber öffne«, sagte ich leise und war überrascht über mein Geständnis. Doch um die Leere in seinen Augen zu vertreiben, war ich in diesem Augenblick bereit, über unser beider Schatten zu springen.

Ich sah, wie Paul zu seinen Freunden stand. Ich sah seine Loyalität. Ich sah, wie verständnisvoll er war, in jeder Situation das Richtige sagte. Ich sah, wie er seinen Bruder vor seiner eigenen Familie beschützte, auch wenn das für ihn letztendlich bedeutete, sich nicht ganz von dieser lösen zu können. Und könnte er mich beschützen, er würde es ohne zu zögern tun. Er war einer dieser Menschen, die alles für einen taten, sobald man ihnen wichtig geworden war. Er war impulsiv und trotzdem reflektiert, er war leidenschaftlich, intelligent, manchmal wie ein kleiner Junge und den Rest der Zeit ein Mann. Nein, Paul war nicht perfekt, aber ich sah all das Gute in ihm. Und ich wünschte mir, dass auch er das sehen könnte.

»Du hast mir gezeigt, dass das Dinge sind, die für dich keine Rolle spielen, weil du mich siehst, wie ich bin. Und das tun sie für mich auch nicht. Ich kenne dich, Paul, zumindest das, was zählt. Dafür brauche ich keine Vergangenheit.« In einer fließenden Bewegung setzte ich mich auf seinen Schoß, die Arme um seinen Hals. Ich wollte ihm nah sein, so nah es in diesem Augenblick ging. Und ich sah ihn einfach nur an, verlor mich in der Dunkelheit. Es war der Versuch, ihm mit meinen Blicken zu sagen, was ich nicht in Worte fassen konnte, meine Nasenspitze an seiner: dass es nur ihn und mich gab, keine Vergangenheit und keine Zukunft. Alles, was zählte, war das Hier und Jetzt.

Paul murmelte meinen Namen, tat es einmal. Zweimal. Verzweifelt. Sein warmer Atem strich über meine Lippen.

»Ich will es nicht wissen«, flüsterte ich. »Und ich brauche es auch gar nicht zu wissen. Ich kenne dich und den Menschen, der du bist. Und selbst wenn du es mir sagen würdest ... es würde sowieso nichts daran ändern, dass ich mich ... in dich verliebt habe!«

Die Welt blieb endgültig stehen, ein für alle Mal. In mir ein Gefühl so groß und laut, wie die Nacht still war. Sterne flossen über den Himmel, und entsetzt realisierte ich, was ich da gerade ausgesprochen hatte. Unmöglich, dass Paul es nicht gehört hatte. Ein Blick in seine geweiteten dunklen Augen schrie mir das Ja förmlich entgegen. Ich hatte ihn getroffen, völlig unvorbereitet. Und obwohl ich immer noch wie erstarrt auf ihm saß, seinem Blick auswich, hatte ich für einen Wimpernschlag doch den Schock in seinen Augen gesehen.

Meine zitternden Hände. Mein rasendes Herz. Blut, das mir in den Ohren rauschte. Panik, dass ich das hier nun endgültig zerstört haben könnte. Ich hatte die Worte herunterschlucken wollen, doch mein Mund war übergelaufen.

Ich wollte aufstehen, doch kräftige Hände schlossen sich fest um meine Unterarme. »Sieh mich an!«, sagte Paul.

Doch ich wollte nicht hören, was er mir zu sagen hatte, weil mein Herz sich anfühlte, als wäre es aus Glas.

»Verdammt, sieh mich an, Louisa!«, wiederholte er seine Worte, bestimmter dieses Mal. Dunkler. Nachdrücklicher. Und mit einem Tonfall, der mich das tun ließ, was er verlangte.

Langsam hob ich also den Kopf, sah ihn an. Und ertrank in seinen ernsten Augen, vergaß zu schwimmen. Mein Herz und ich, rettungslos verloren.

»Bevor du davonrennst, kann ich vielleicht auch etwas dazu sagen?«

Ich wollte protestieren, behaupten, dass das nichts zu bedeuten hatte. Dass mir das nur herausgerutscht war. Doch wir wussten beide, dass das eine Lüge war. Gedanken konnten zerbrechlich sein, doch solange man sie in seinem Innersten behielt, brachen sie nicht. Ausgesprochen, ließen Worte sich nicht mehr zurücknehmen.

Paul beugte sich nach vorn, das dunkle Haar fiel ihm in die Stirn. Die Luft vibrierte im Takt unserer Herzen, und dann nahm er mein Gesicht in seine Hände, strich mir mit seinen Daumen über die Wangen. Die Berührung seiner Finger hinterließ eine Gänsehaut auf meinem ganzen Körper.

Meistens weiß man nicht, wenn etwas Neues beginnt. Nicht sofort und schon gar nicht in dem Augenblick selbst. Wenn überhaupt, begreift man es erst viel später, wenn man zurückdenkt.

Aber manchmal ist es anders. Manchmal spürt man es in dem Bruchteil dieser Sekunde, in der es passiert.

Paul blickte mich immer noch an, und seine Mundwinkel zuckten. Das war diese Sekunde. Und dann sagte er einen Satz, der alles veränderte.

Paul

»Ich habe mich auch in dich verliebt, Feuermädchen«, sagte ich.

Ich spürte das Zittern von Louisas Händen an meiner Brust. Und, Scheiße, ich hatte mindestens so viel Angst wie sie – vor Nähe, vor Gefühlen. Aber es war die Wahrheit. Niemals hätte ich gedacht, dass ich das jemals wieder zu einer Frau sagen würde. Schon gar nicht zu einer, die so offensichtlich zu gut für mich war. Die meine Vergangenheit nicht einmal kennen wollte.

Ich hielt den Atem an. Dieses Mädchen war im wahrsten Sinne des Wortes in mein Leben gestolpert, hatte, ohne es zu wissen, einfach alles auf den Kopf gestellt. Und wenn ich ehrlich zu mir selbst war, dann hatte ich schon am Lake Superior etwas für sie empfunden. Und es hatte einfach keinen Sinn, wenn ich mich selbst weiter belog.

»Was?« Louisa war wie erstarrt, blickte mich ungläubig an. Tiefblaue Augen unter dichten Wimpern, verschmierter Mascara und feine, schwarze Spuren um ihre Augen. Die Locken zerzaust und statisch aufgeladen von der Decke um ihre Schultern. Die Wangen gerötet von der kalten Luft und überall Reste von goldenem Glitzer. Ich glaube, sie hat nie schöner ausgesehen als in diesem Moment.

Ein Atemzug. Zwei Atemzüge. Dann begann ein Lächeln ihre Lippen zu umspielen. Es war weder dieses spöttische, noch dieses sorglose, es war ein anderes. Dieses Mal wusste ich mit absoluter Sicherheit, dass es allein für mich bestimmt war.

»Ich glaube, das wäre jetzt ein ziemlich guter Zeitpunkt, um mich zu küssen.«

Das ließ ich mir verdammt noch mal nicht zweimal sagen. Sanft zog ich sie an mich und küsste sie, wie ich noch nie eine Frau geküsst hatte. Weil Louisa nicht nur meinen Körper berührte, sondern tief darunter auch mein abgefucktes Herz.

Wie Phönix aus der Asche

24. KAPITEL

Louisa

Dick und schwer prasselten die Regentropfen gegen die Fensterscheiben des Firefly, während ich den Milchschaum meines Cappuccinos mit dem Löffel im gleichen Rhythmus von links nach rechts schob. Weil außer uns beiden niemand da war, hatten Trish und ich es uns direkt an der Theke gemütlich gemacht – zwei große Becher mit Kaffee, das Buch, das ich gerade las, und unsere Lernunterlagen auf dem dunklen Holz verteilt.

Zwar hatten die Vorlesungen gestern offiziell wieder begonnen, doch die meisten schienen an das Thanksgiving-Wochenende bei ihren Familien noch ein paar Tage drangehängt zu haben. Die Stille auf dem Campus wirkte unnatürlich, genauso wie die Ruhe, die im Firefly herrschte. Vor den ersten Kursen am Vormittag hatten sich ein paar Studenten ihren morgendlichen Kaffee geholt, aber es war kein Vergleich gewesen zu der sonstigen Flut, die das Café vor zehn Uhr zu überschwemmen drohte.

Wenn ich die Augen schloss, hörte sich der Regen ein bisschen wie das Rauschen des Meeres an. Kein einziger Sonnenstrahl brach durch die Wolken und Fenster, und so flackerte trotz der frühen Uhrzeit Kerzenlicht über die rot gestrichenen Wände. Je stärker das Rauschen des Regens, je lauter das Prasseln der Tropfen draußen wurde, desto gemütlicher war es hier drinnen.

Gedankenversunken schloss ich meine Finger um die heiße Kaffeetasse und erinnerte mich an die Nacht meines Geburtstags, als Paul und ich ebenfalls vom Regen überrascht worden waren. Gerade als ich auf der Ladefläche seines Pick-ups zitternd und mit rasendem Herzen auf seinem Schoß gesessen hatte, seine Hände erst fest um meine Hüften, dann mein Gesicht umfassend, war der erste Tropfen auf meiner Nase gelandet. Doch Paul hatte mich festgehalten. Und als es schließlich zu nieseln anfing, hatte er mich immer noch festgehalten. Als der Regen stärker wurde, hatte er das nur mit seinem schönen Lachen quittiert, genauso wie mein leises Aufschreien. Er hatte mich geküsst, seine Zunge fiebrig und heiß mit meiner getanzt. Und gleichzeitig so unendlich sanft. Erst als uns der Regen über das Gesicht gelaufen war, war Paul aufgesprungen und hatte die Sachen im Fahrerhaus verstaut, bevor er mit mir lachend ins Haus gerannt war. Hand in Hand. Die ganze Nacht hatten wir wach gelegen und uns kleine Geheimnisse übereinander verraten, während der Regen gegen das Fenster prasselte. Kleine Dinge, die sonst niemand auf der Welt wusste. Dass ich früher unsterblich in den *Herr-der-Ringe*-Charakter Aragorn verliebt gewesen und es vielleicht immer noch ein bisschen war, und er Trish früher einmal geküsst hatte, weil sie hatte wissen wollen, wie es sich mit einem Kerl anfühlte. Es hatte ihr nicht gefallen. Er erzählte mir, dass er mit neun Jahren felsenfest davon überzeugt gewesen war, eines Tages Astronaut zu werden und einen neuen Planeten zu entdecken, und ich ihm, dass ich mir schon vom ersten Augenblick an vorgestellt hatte, wie es wäre, ihn zu küssen.

Als wir am Sonntag zurückgefahren waren, waren wir wahnsinnig müde gewesen, und ich vermute, er war mindestens so durcheinander wie ich. Er hatte mir noch geholfen, meine Sachen nach oben in die WG zu tragen, an der Tür seine Fingerspitzen an meinen und ein Blick aus dunklen Augen, als ich zu ihm hinaufgeblickt hatte.

Das war inzwischen zwei Tage her, und seitdem hatte ich Paul weder gesehen noch etwas von ihm gehört. Trish hatte gesagt, ich wäre das Beste, was ihm hätte passieren können, als ich ihr gestern Abend nach einem langen Tag in der Bibliothek zögerlich erzählte, wie ich meine

Gefühle völlig überraschend und impulsiv erst mir selbst, dann Paul gestanden hatte.

Neben mir seufzte Trish gequält auf und inhalierte ihren Cappuccino förmlich. Mit einem leisen Rascheln und einer leichten Bewegung ihrer Hand schob sie ihre Lernunterlagen zur Seite und wandte sich mir zu, den Kopf auf den Arm gestützt. »Ich brauche eine Pause, Lou!«, verlangte sie. Der goldene Ring in ihrer Nase reflektierte das Licht der Kerzen.

»Wir haben doch gerade erst angefangen«, sagte ich kopfschüttelnd und strich mir meine Locken zurück.

Trish verschränkte lachend die Arme vor der Brust. »Ach, komm schon, als wärst du heute bei der Sache! Ich hab genau gesehen, wie du Löcher in die Luft gestarrt hast!«

Für den Moment gab ich mich geschlagen und füllte unsere Tassen mit frischem Espresso, heißer Milch und cremigem Milchschaum auf. Dann setzte ich mich wieder auf einen der Barhocker zu Trish.

»Über Thanksgiving hab ich wirklich großartig verdrängt, wie wenig ich bisher für die Midterms gemacht habe«, stöhnte Trish. »Und glaub mir, ich liebe Literatur. Aber diesen ganzen Scheiß über die Epochen bekomme ich einfach nicht in meinen Kopf rein. Und bei so vielen Kursen frage ich mich, wieso wir nicht mehr über Romane sprechen, die *heute* gelesen und diskutiert werden. Ich habe manchmal das Gefühl, mich nur in der Vergangenheit zu bewegen!«

»Bei Letzterem kann ich dir leider nicht helfen«, lachte ich auf und schob mir einen Löffel des Milchschaums in den Mund. »Aber was Literaturgeschichte und Epochen angeht: Da kann ich dir gern beim Lernen helfen, ich finde das super interessant.«

Trish sah mich ungläubig an und sagte schließlich: »Du bist seltsam, Lou! Aber ich hab dich lieb!« Sie nahm einen Schluck von ihrem Cappuccino. »Und wenn du mir ein bisschen beim Lernen helfen könntest, wäre das echt mega!«

»Als Belohnung nehme ich dich zu einem Poetry Slam mit. Ich hab da nämlich Karten geschenkt bekommen, und mir wurde gesagt, dass es besser wäre, *dich* mitzunehmen.«

Betont elegant neigte Trish den Kopf. »Wie wahr, Teuerste!«, sagte sie zufrieden. »Es wird mir eine Freude sein, Euch zu diesem höchst einmaligen Ereignis zu begleiten!«

Lachend schüttelte ich den Kopf. »Tausend Dank! Wie glücklich ich mich doch schätzen kann, eine derart großzügige Freundin wie Euch zu haben!«

»Wenn wir schon bei guten Freunden sind…«, sagte Trish und sah mich plötzlich mit einem ernsten Blick aus den grauen Augen an. »Du hast zwar gesagt, ich soll Bowie vertrauen, und damit hast du auch absolut recht. Aber ich habe sie gestern trotzdem auf diese Sache mit Isaac angesprochen, weil ich mich selbst irgendwie ganz verrückt damit gemacht habe.«

Ich nickte, weil ich mir so etwas schon gedacht hatte. Trish war einer dieser Menschen, die vor Gefühlen nur so übersprudelten, und ganz sicher niemand, der seine Meinung und Gedanken für sich behalten konnte – zumindest nicht für lange Zeit.

Sie erzählte mir, dass Bowie sehr verständnisvoll reagiert hatte, weil ihr anscheinend selbst schon aufgefallen war, dass Isaac womöglich mehr in dieser Freundschaft zu sehen schien, sie sich dabei aber nichts gedacht hatte, weil es für sie sowieso immer nur um Trish ging.

»Bowie hat gesagt, die Bad-Chick-Zeiten seien vorbei, und ich hätte sie gezähmt! Und deshalb absolut nichts zu befürchten«, sagte Trish schließlich.

»Und das alles nur mit einem T-Shirt und einem heißen Kuss in einem eurer Hörsäle«, sagte ich, doch Trish verdrehte die Augen. Das feine Lächeln aber blieb. Und es stahl sich auch eins auf meine Lippen, weil ich Bowie und Trish zusammen glücklich sehen wollte und ich wirklich der Meinung war, dass Trish von Isaac überhaupt nichts zu befürchten hatte.

»Ich meine, ich vertraue ihr«, erklärte sie. »Aber ich musste es in diesem Fall einfach von ihr selbst hör...«

Wir zuckten beide zusammen, als schließlich doch jemand das Firefly betrat. Begleitet von dem leisen Bimmeln der Glöckchen an der Tür, wehte ein Schwall eisiger Luft durch den Raum. Ich drehte mich um.

Paul kam mit federnden Schritten auf uns zu. Die dunkle Wollmütze zog er sich im Gehen vom Kopf, um sich anschließend durch die Haare zu strubbeln.

Die letzten Tage mit ihm auf dieser Hütte hatten sich angefühlt wie eine alternative Wirklichkeit. Wie eine Geschichte, die parallel zu einer anderen verläuft, ein zweiter Handlungsstrang neben unserer Realität. Und ich war mir plötzlich nicht mehr sicher, was die Nähe, die wir geteilt hatten, letztendlich zu bedeuten hatte. Dieses Wochenende war wie im Inneren einer Schneekugel gewesen, und über allem schwebte die Frage, was das für das Leben auf dem Campus zu bedeuten hatte. Zählten Worte wie *Ich habe mich in dich verliebt* auch hier in der realen Welt?

»Was liest du, Feuermädchen?«, murmelte Paul dicht an meinem Ohr und legte mir von hinten die Arme um die Taille. Der dunkle, warme Klang seiner Stimme vertrieb mit diesen vier Worten jeden einzelnen meiner zweifelnden Gedanken. Ich ließ mich gegen seine Brust sinken, genoss das Gefühl seiner Arme um mich, das Kribbeln auf meiner Haut, die seine Berührungen in mir auslösten. Und es war mir egal, dass seine Jacke klitschnass vom Regen draußen war.

»*Ein wenig Leben*«, antwortete ich Paul schließlich und strich über die vielen Rillen am Buchrücken, die zeigten, dass ich das Buch nicht zum ersten Mal in den Händen hielt. »Es ist eine der schönsten und zugleich traurigsten Geschichten, die ich je gelesen habe.«

Leicht drehte ich den Kopf, um ihn ansehen zu können. Ein langer Blick aus Bernsteinaugen. Dazu das unverschämte Grinsen und dann Sekunden später seine Lippen auf meinen. Meine Lippen auf seinen. Obwohl wir nicht allein waren, entfuhr mir ein leises Seufzen bei der

Art, wie er mich küsste. Mein Herz flatterte. Und, nein, es hatte sich definitiv nichts geändert.

»Ähm ... Leute«, räusperte sich Trish. »Ich freue mich ja wirklich für euch. Ihr seid echt Zucker. Aber Brian bringt mich um, wenn ich es euch direkt hier an der Theke treiben lasse!«

Paul lachte an meinen Lippen. Dann löste er sich von mir, wuschelte Trish durch das offene Haar und stellte sich ganz selbstverständlich hinter die Bar, um sich eine Cola aus dem kleinen Kühlschrank zu holen. »Ich brauche dich, Louisa!«, sagte er grinsend und sah mich mit einem Blitzen in den Augen an.

Trish schüttelte lachend den Kopf. »O Gott, Berger, manchmal bist du wirklich so dramatisch!«

»Genauer gesagt, brauche ich deine Gesellschaft«, fuhr er unbeirrt fort und lehnte sich uns gegenüber an die Theke. »Ich wollte dich fragen, ob du mich zum Tätowierer begleiten möchtest. Also jetzt!«

Ich legte den Kopf schief, sah ihn an. Sofort tauchten in meinem Kopf Bilder von Pauls definierten Muskeln auf, von den verschlungenen Linien auf seinem linken Oberarm und den Schattierungen auf seinem Bauch. Unwillkürlich stellte ich mir die Frage, was für ein Motiv er sich wohl stechen lassen würde. Und wo.

»Ich sterbe nicht vor Langeweile, und du hast die Möglichkeit, mich stundenlang oben ohne anstarren zu können, ohne dass es gruselig ist!«, versuchte er mich mit einem schiefen Grinsen zu überzeugen. Wie so oft hatte Paul meine Gedanken erraten, zumindest einen Teil davon. Und tatsächlich gefiel mir die Vorstellung, ihn zu begleiten. Dass er mich dabeihaben wollte. Ich als Teil seiner Welt.

»Ist ja nicht so, als hätte ich dich nicht schon halbnackt gesehen«, sagte ich trotzdem. »Oder komplett nackt«, schob ich hinterher, als ich an das Wettrennen um die Hütte dachte. Ich biss mir auf die Unterlippe, versuchte das Grinsen zu unterdrücken. Und vielleicht auch das, was ich sonst noch gesagt hätte.

Ein intensiver Blick in meine Augen und auf das, was tief dahinter lag. Irgendwo auf dem Grund meiner Seele. »Vielleicht hast du nicht genau genug hingesehen, Louisa.«

»O Gott, Lou, bitte geh mit ihm mit, bevor ich mir weiter dieses verbale Vorspiel anhören muss«, murmelte Trish.

Und dann war da sein tiefes Lachen, als er sich zu ihr nach vorn beugte: »Summers, du erinnerst dich schon noch an die ganzen pikanten Details, die du mir während der gesamten verdammten Highschool-Zeit um die Ohren gehauen hast, oder? Und zwar gegen meinen Willen! Zum Beispiel diese Sache mit Amber Cater, die von dir wollte, dass du –«

»Komm schon, Lou! Geh mit ihm mit«, sagte Trish, ohne Paul aus den Augen zu lassen.

Die beiden starrten sich an, lieferten sich ein Blickduell und fochten etwas aus, das Jahre zurücklag. Das Lachen konnte ich nur schwer unterdrücken. Wenn Aiden, Trish und Paul zusammen waren, dann waren sie manchmal wie kleine Kinder. Diese besondere Verbundenheit, die man nur hatte, wenn man sich schon sehr jung kennengelernt hatte.

»Aber –«, warf ich schließlich ein.

»Es ist eh nichts los«, meinte Trish und umfasste mit einer vagen Geste den ganzen Raum. »Außerdem hättest du in zwei Stunden eh Schluss. Ich komm hier schon klar! Und zur allergrößten Not frag ich Madison einfach, ob sie ein bisschen früher kommen kann.«

Ich brauchte nicht einmal fünf Minuten, um Rucksack und Jacke hinten aus dem Mitarbeiterraum zu holen, meine Sachen zusammenzupacken und mir noch eine Cola für den Weg aus dem Kühlschrank zu schnappen.

»Viel Spaß mit deiner Freundin, Berger!«, rief Trish Paul hinterher, als wir schon an der Tür waren. Und wir drehten uns gleichzeitig noch einmal um.

»Er ist nicht –«

»Sie ist nicht –«

Trishs Blick fiel auf unsere ineinander verflochtenen Hände. »Jap, ist klar!«

Obwohl ich die meiste Zeit direkt auf dem Campus verbrachte, war Redstone mir inzwischen so viel vertrauter. Überall gab es Orte voller kleiner Erinnerungen. Das kleine Bistro an der Ecke, in dem Paul und ich uns Bagels und Blaubeermuffins holten. Zwei braune Papiertüten in unseren Händen. Die kleine Straße mit den Cafés und Bars, irgendwo dazwischen das Heaven mit dem geschwungenen Schriftzug über dem Eingang. Das The Book Nook mit den dunkelgrünen Fensterrahmen. Und überall der Kontrast zwischen alten Häusern und in Neonfarben leuchtenden Reklametafeln. Weit dahinter und über den Dächern schimmerten schneebedeckte Bergspitzen in der Sonne, die nach dem Regen langsam wieder durch die Wolken brach.

Nebeneinander liefen wir durch die Straßen, und als ich mir meinen Schal enger um den Hals wickelte, zog Paul seine Wollmütze aus. Wortlos schob er sie mir über die Locken, während ich einen Moment lang seinen Becher für ihn hielt, heißer Kaffee unter kalten Fingerspitzen. Und in mir eine ungewohnte Wärme.

Das *Magic Ink* lag in einer schmalen Seitenstraße, winzig und fast zu übersehen zwischen all den Cafés, als hätte jemand versucht, es noch irgendwie dazwischenzuquetschen. Goldene Bilderrahmen auf schwarzen Wänden, darin farbige Motive und Fotografien von bereits gestochenen Tattoos. Aus den Lautsprechern drang *Come as you are* von Nirvana, aus dem durch eine eingezogene Wand abgetrennten Bereich Gelächter und das beständige Surren von Tätowiernadeln – beides zusammen eine ganz eigene Melodie.

Der Mann hinter dem Tresen schlug mit Paul ein und stellte sich mir anschließend als Mike vor. Er war ein Riese mit einem grauen Vollbart und dem Gesicht als einziger nicht tätowierten Stelle. Seine dunklen

Augen aber blickten freundlich, und die tiefen Falten in seinem Gesicht saßen an den richtigen Stellen. Sie zeigten, dass er vermutlich viel und gern lachte. Er führte uns nach hinten in einen der kleinen Räume mit einer schwarzen Liege in der Mitte. Das Licht brannte hier viel heller von der Decke. Aus einem schwarzen Hängeschrank holte Mike schwarze und weiße Farbe aus kleinen Dosen und bereitete auf dem schmalen Tisch neben der Liege alle Utensilien vor.

Als Paul sich das Shirt über den Kopf zog, damit Mike die entsprechenden Hautstellen desinfizieren und die Vorlagen für die beiden neuen Tätowierungen auf seine Haut bringen konnte, sah ich hin. Ungeniert und offen. Wenn ich ihm in einer Nacht voller Sterne meine Gefühle hatte gestehen können, dann konnte ich meinen Blick auch über seinen muskulösen Körper wandern lassen, ohne deshalb verlegen zu sein. Wenn ich es schaffte, über meine Emotionen zu sprechen, dann konnte ich alles tun, was ich wollte.

»Bereit?«, fragte Mike schließlich mit der Nadel in der Hand, deren Summen bereits den Raum erfüllte.

Ein festes Nicken. »Bereit«, sagte Paul und verschränkte die Arme hinter dem Kopf, als die Nadel erste schwarze Linien auf seinen Oberkörper zog. Und er zwinkerte mir grinsend zu.

Sechs Stunden später fuhr die Nadel immer noch unermüdlich über Pauls Haut, inzwischen jedoch in dunklen Schatten über seinen linken Unterarm. Er sah erschöpft aus und doch auf eine Art und Weise wach, wie ich es noch nie an ihm gesehen hatte. Wahrscheinlich jagte das Adrenalin durch seinen Körper. Die Aufregung, etwas für die Ewigkeit auf der Haut zu tragen.

In den ersten Stunden hatten wir den kleinen Raum noch mit dem Duft von Blaubeermuffins gefüllt. Und mit unseren Worten. Es waren nicht viele gewesen, doch genug, um die Grübchen zu sehen, wenn Paul lächelte. In den nächsten Stunden war er immer stiller geworden. Und ich hatte immer öfter diese steile Falte auf seiner Stirn gesehen, wenn Mike über eine besonders schmerzhafte Stelle zu stechen schien.

Ich ging noch einmal los, um uns einen Kaffee zu holen, brachte Mike auch einen Becher mit. Las in dem Ledersessel gegenüber von Paul erst in *Ein wenig Leben,* fing dann aber an zu lernen und meine Unterlagen Seite für Seite durchzugehen. Wenn ich zwischendurch hochsah und Paul meinen Blick bemerkte, verzogen meine Lippen sich jedes Mal unwillkürlich zu einem leisen Lächeln.

Und als mein Kopf zugleich voll und leer war, keine einzige Formel, keine einzige Gleichung mehr hineinzupassen schien, schlug ich schließlich auf angezogenen Knien mein Notizbuch auf. Nicht mein altes, sondern das, das Paul mir zum Geburtstag geschenkt hatte. Statt mit den schönsten Wörtern und Sätzen, denen ich Tag für Tag begegnete, füllte ich es mit ersten Ideen für meinen Artikel in der *Storylines.* Die Vorstellung, dass diese Wörter im Januar vom gesamten RSC gelesen werden konnten, sorgte zwar noch immer für ein flaues Gefühl in meinem Magen, aber die Freude überwog. Es war ein weiterer Schritt in die richtige Richtung – auf einem Weg, auf dem ich viel zu lange am selben Platz stehen geblieben war.

»So. Fertig, Mann«, murmelte Mike schließlich.

Paul fuhr sich mit der rechten Hand seufzend übers Gesicht. Innerhalb der nächsten Sekunden verstummte das Surren, und nach all den Stunden war es, als würde etwas fehlen.

In gleichmäßigen Bewegungen wischte Mike erst die überschüssige Farbe von der tätowierten Haut und cremte sie dann großzügig ein. Anschließend verschwand er mit einer Zigarette nach draußen und versprach das Tattoo gleich so einzupacken, dass kein Schmutz herankam oder es an der Kleidung aufrieb.

»Danke für deine Gesellschaft«, sagte Paul und sah mich ernst an.

»Danke für die Aussicht«, erwiderte ich und spielte auf das an, was er zuvor im Firefly gesagt hatte. Ließ meinen Blick betont provokant über seine breiten Schultern, die definierten Bauchmuskeln und seine Tätowierungen wandern – die alten und die neuen.

Einen Moment lang musterte er mich amüsiert, dann drang das schöne Lachen aus seiner Kehle. Das mit den Grübchen und den fächerförmigen Lachfältchen um die Augen.

Eigentlich war ich keines dieser Mädchen, die auf tätowierte Kerle standen. Aber bei Paul ... bei ihm war es etwas anderes. Weil ich Geschichten liebte und weil ich wusste, dass die Tinte auf seiner Haut nicht nur seine erzählte. Ich stand auf, setzte mich neben ihn auf die Liege, Haut an Haut. Gedankenverloren strichen meine Fingerspitzen über das großflächige Tattoo an seinem Bauch, über feine Linien, die sich an manchen Stellen von der Haut abhoben. Es war komisch, wie ich die Unebenheiten dieses Löwenkopfes nach mehreren Nächten in seinen Armen schon in und auswendig zu kennen schien.

Schließlich hob ich meinen Blick, und Paul fing ihn auf. Sein Gesicht war jetzt ganz nah vor meinem, unsere Nasenspitzen berührten sich fast.

»Was steht hier?«, fragte ich schließlich und deutete auf die Stelle unter seinem linken Brustmuskel, unter dem nun in insgesamt vier übereinanderstehenden Zeilen etwas auf Deutsch geschrieben stand. Die Haut um die einzelnen Buchstaben war gerötet und die Schrift so kraftvoll und breit, wie die Blicke, mit denen er mich bedachte, intensiv waren.

»*Neue Wege entstehen, indem wir sie gehen*«, sagte er auf Deutsch. Ich liebte den Klang dieser Sprache aus seinem Mund – unter anderem, weil seine Stimme tiefer und dunkler zu sein schien, wenn er diese fremden Worte aussprach. »Es ist ein Zitat von Nietzsche und eine eher spontane Entscheidung gewesen. Der Termin war eigentlich nur für das Tattoo am Arm, aber es hat sich einfach richtig angefühlt«, erklärte Paul. »Übersetzt heißt es ungefähr so viel wie, dass wir im Leben jederzeit eine neue Richtung einschlagen können, indem wir uns dazu entschließen und einfach anfangen. Ein Gedanke, der mir wirklich gut gefällt!«

Ich nickte. »Ich kann verstehen, dass du dich dafür entschieden hast!«
Paul ließ seine Finger durch meine Haare gleiten, spielte mit einer meiner Locken.

Dann ließ ich meinen Blick weiter zu seinem linken Unterarm wandern. Während die neuen Linien tiefschwarz glänzten, schien die Tätowierung an seinem Oberarm im Kontrast dazu eher grau zu schimmern: Die Sanduhr mit all ihren verschnörkelten Ornamenten am Oberarm, über die Paul nicht hatte sprechen wollen. Die ich gerade das erste Mal wirklich betrachtete. Doch ich fragte ihn nicht danach, akzeptierte, dass er über diese eine Tätowierung nicht sprechen wollte, auch wenn ich glaubte, auf der Innenseite eine längliche Narbe zu entdecken. Nur wir, ohne Vergangenheit – das hatte ich ernst gemeint.

Die verschlungenen Linien auf dem Oberarm liefen über die Armbeuge in Nebelschwaden über, wurden zu in allen Formen von Grau und Schwarz schattierten Wolken, unter denen sich eine atemberaubende Landschaft abzeichnete: Berge, Wälder, ein Wasserfall und ganz viel Himmel. Mit einer Hand immer noch Kreise auf die warme Haut seines Bauches zeichnend, beugte ich mich leicht nach vorn. Fasziniert von all den Details, die ich nach und nach ausmachte: Die kleine Sonne zwischen den Wolken, die winzigen Vögel am Himmel, das schäumende Wasser am Ende des Wasserfalls. Über sechs Stunden später und auf Pauls Haut ein Bild für die Ewigkeit.

»Und was ist die Geschichte hinter diesem Tattoo?«

»Du bist so verflucht neugierig, Louisa«, meinte Paul belustigt, doch seine dunklen Augen sagten, dass ihn das kein Stück störte.

»Ja, ich schätze, bei dir bin ich das«, gab ich zu. Weil das die Wahrheit war. Und weil ich meine Gedanken bei ihm nicht länger zurückhielt.

»Natur bedeutet für mich Freiheit. Wenn ich beim Laufen bin und um mich herum nichts ist als Wälder und Himmel, fuck, dann fühle ich mich so frei wie nirgends sonst. Das Tattoo soll mich daran erinnern, dass es diesen einen Ort für mich gibt.«

Gerade wollte ich ihm von dem Haus am Waldrand erzählen, von dem Geräusch des Windes, wenn er durch die Blätter fuhr, und dass das mein Gefühl von Freiheit gewesen war. Doch da kam Mike wieder herein, und ich rutschte von meinem Platz neben Paul. Sah dabei zu, wie er die beiden Tätowierungen ein letztes Mal eincremte und in Folie einwickelte.

Noch einen Augenblick lang betrachtete ich Paul von der Seite. Die markanten Gesichtszüge, den Schwung seiner Nase, das dunkle Haar, das ihm wie immer in die Stirn fiel. Seinen linken Arm, der inzwischen komplett mit Bildern in Schwarz und Grau übersät war und dabei etwas von seiner eigenen Geschichte preisgab. Über den Menschen, der er war. Und ich erinnerte mich daran, wie ich mir zu Beginn des Terms vorgenommen hatte, statt tragischer Heldin die Erzählerin meiner eigenen Geschichte zu sein. Etwas, an das ich mich selbst erinnern wollte. Und wie sollte das besser gehen, als mir meine Geschichte auf die Haut schreiben zu lassen?

Tief atmete ich ein und aus. Und dann fragte ich Mike mit einem Mund, der schneller war als meine Gedanken, ob er heute noch Zeit für eine weitere Tätowierung hätte.

Paul

Heilige Scheiße! Ich musterte Louisa, während Mike mein fertiges Tattoo in Folie einpackte, um es in den ersten Stunden zu schützen. Ein spontanes Tattoo? Louisa, die vernünftig war. Ernst. Bedacht. Mein Feuermädchen, das sich die Dinge zuerst durch den Kopf gehen ließ, sie von allen Seiten aus betrachtete.

»*Du* willst ein Tattoo?«, versicherte ich mich.

Immer noch ungläubig betrachtete ich sie, wie sie sich erst langsam die Locken nach hinten strich und dann das Kinn nach vorn reckte. Ein festes Nicken. Und ich wusste, dass es sinnlos wäre zu versuchen, ihr das auszureden. Louisa war ganz sicher niemand, den man von seiner Meinung abbringen konnte – nicht, wenn sie sich einer Sache sicher war.

Einen Moment lang sah Mike zwischen uns beiden hin und her, dann lachte er mit einem Augenzwinkern auf. »Du hast deine Kleine gehört, Paul. Sie will ein Tattoo!«

An Louisa gewandt, meinte er nach einem kurzen Blick auf die Uhr: »Ich hätte noch eine Stunde Zeit, bis der Nächste kommt. Wenn es also kein großes Motiv ist, dann kann ich dich da noch reinschieben. Hast du irgendwas dabei? Ein Bild von dem, was du dir vorstellst?«

Zwei gespannte auf Louisa gerichtete Augenpaare. Und dann passierte etwas, mit dem ich ganz sicher nicht gerechnet hatte. Etwas, das mir niemals in den Sinn gekommen wäre.

Louisa stand auf, das Notizbuch, in das sie vorhin noch geschrieben hatte, in den Händen. Und sie zog die Zeichnung, die ich ihr zum Geburtstag geschenkt hatte, zwischen den Seiten hervor. Zerknittertes und weiches Papier, so als hätte sie es seit dieser Nacht mehrfach auseinander- und wieder zusammengefaltet. »Ich hätte gerne das hier«, sagte sie und deutete auf den Phönix, »aber nur halb so groß, damit er auf mein Handgelenk passt. Würde das gehen?«

»Klar! Aber dann müssten wir ein paar der feinen Linien rauslassen. Je kleiner wir das machen, desto größer ist sonst die Gefahr, dass sie später irgendwann verschwimmen oder ineinanderlaufen«, erklärte Mike, während ich gar nicht mehr wusste, was ich sagen sollte. »Farbe?«

Louisa legte den Kopf schief, überlegte einen Moment, dann sagte sie: »Wenn ich das schon mache, dann das volle Programm!« Ihre Lippen verzogen sich zu einem Grinsen, während ich sie immer noch kopfschüttelnd anblickte. Meine tätowierte Haut unter der Folie pochte, und irgendwo dahinter auch mein verfluchtes Herz.

Während Mike mit Louisa noch die Einzelheiten für das Tattoo durchging, ließ ich mich in einen der schwarzen Ledersessel fallen und betrachtete sie von der Seite. Ich konnte es immer noch nicht fassen, dass ihr erstes Tattoo ausgerechnet ein Motiv sein sollte, das *ich* gezeichnet hatte. Ich hatte ihr etwas schenken wollen, was etwas zu bedeuten hatte. Aber das hier war ganz sicher nicht meine Intention gewesen. Es fühlte sich so verdammt ... intim an. Als würden wir ein Geheimnis miteinander teilen, von dem niemand sonst etwas ahnte. *Am Ende seines Lebenszyklus verbrennt er und wird aus seiner Asche wiedergeboren*, hatte sie am Lake Superior zu mir gesagt. Und, ja, letztendlich konnte ich mir kein besseres Motiv für sie vorstellen. Für dieses starke Mädchen, das sich von nichts und niemandem unterkriegen ließ.

Louisa sagte zwar nichts, aber als der erste Nadelstich ihre Haut traf, bemerkte ich, wie sie sich erst auf die Unterlippe biss, dann die Augen zusammenkniff. Das Kräuseln ihrer von Sommersprossen übersäten Nase. Kein Wunder, die Haut an dieser Stelle war verdammt dünn und empfindlich – und das beim ersten Tattoo. Ich stellte mich neben sie, nahm wortlos ihre rechte Hand in meine und hielt sie fest, als Mike erst die Outlines stach und den Phönix anschließend mit verschiedenen Orange- und Rottönen füllte. Zwischendrin setzte er ein paar wenige gelbe Akzente. Louisa beschwerte sich kein einziges Mal oder fragte nach einer Pause, drückte nur meine Hand. Ein entschlossener Ausdruck lag in ihren Ozeanaugen, wie immer, wenn sie sich einer Sache sicher war.

Und ich? Ich war unglaublich stolz auf sie.

Eine dreiviertel Stunde später betrachtete Louisa gedankenverloren die leuchtenden Farben an ihrem Handgelenk: ein Phönix mit ausgebreiteten Flügeln. Sie drehte ihren rechten Arm im Licht, betrachtete die Linien auf ihrer Haut von allen Seiten. Eingehend und bedacht, wie sie die Dinge meistens tat. Dieses Tattoo und dazu diese Locken, Ton in Ton und ein Motiv, das ich irgendwann fotografieren würde. Als Louisa ihren Arm schließlich wieder sinken ließ, breitete sich langsam ihr süßes Lächeln auf ihrem Gesicht aus. Und das Strahlen reichte bis zu ihren tiefblauen Augen.

»O Gott, Paul. Ich hab ein Tattoo!«, sagte sie plötzlich doch aufgeregt, als wir schließlich nach draußen in die Dämmerung traten. Meine Mütze war wieder auf ihren Locken. Ihre Augen glänzten im Schein der Laternen, als sie zu mir aufblickte.

Ich nickte, und meine Lippen verzogen sich unwillkürlich zu einem Grinsen. »Jap, und das geht nie wieder weg, *Kleine*!«

Erst betrachtete Louisa mich mit einem ernsten Gesichtsausdruck, dann boxte sie mich kichernd in die Seite. So leicht und unbeschwert. Als ich sie kennengelernt hatte, hatte sie ihre Narben unter ihren grellen Locken, hinter dem ironischen Zug um ihre Lippen und dieser sorgfältig errichteten Mauer versteckt. Jetzt aber trug Louisa ihre Narben wie Flügel. Nicht in jedem Moment, aber in Augenblicken wie diesen.

»Ich hab wahnsinnig Hunger«, sagte sie, als sie sich mit einem Seufzen auf den Beifahrersitz meines Pick-ups fallen ließ. »Hast du Lust, noch irgendwo was zu essen?« Ihr intensiver Blick schien das zu sagen, was auch mir in diesem Moment durch den Kopf ging: Dass dieser Tag nicht zu Ende gehen sollte. Noch nicht.

25. KAPITEL

Paul

Schon bevor ich die Tür zur Küche aufstieß, hörte ich Giovanni laut und schief singen. Ich fragte ihn, ob er zwei Pizzen für uns machen könnte, sobald er zwischendurch einmal Zeit hätte. Normalerweise hätte ich sie schnell selbst gemacht, aber ich wollte den Arm mit dem frisch gestochenen Tattoo nicht unnötig bewegen. Und ein Teil von mir hatte auch einfach absolut keine Lust, Teig zu kneten und zu Pizzen zu formen, wenn ich meine Zeit doch damit verbringen konnte, das Mädchen mit den tiefblauen Augen zum Lachen zu bringen. Mit der anderen Hand machte ich trotzdem noch einen gemischten Salat, legte ein paar Stückchen frisches Baguette dazu. Danach schnappte ich mir einen der großen, flachen Teller und belegte ihn mit in Würfel geschnittenem Käse, Parmaschinken, Tomaten mit Mozzarella und Basilikum, gegrillten Peperoni, gebratenen Zucchinischeiben und Meeresfrüchten.

Mit dem Essen in der einen, zwei Cola in der anderen Hand schob ich mich Louisa gegenüber auf die Bank. Dies war mein Lieblingstisch im Luigi's, weil man hier hinten fast alles im Blick hatte und dennoch das Gefühl, für sich zu sein. Louisas grelle Locken glänzten im Schein der untergehenden Sonne, die durch das Fenster brach und den kleinen Raum mit den hellen Holztischen und dunkelgrünen Platzsets in ein schimmerndes Licht tauchte.

Über die brennende Kerze in unserer Mitte hinweg lächelte Louisa mich an, spießte dann ein Stück Käse auf und schob es sich in den Mund. Einen kurzen Moment lang sah ich sie einfach nur an: Das Strahlen ihrer tiefblauen Augen, das Muttermal am rechten Mundwinkel, ihre volle Lippen. Das hier ... das mit uns, keine Ahnung, wie das passiert war, was da gerade immer noch passierte. Aber diese Nähe fühlte sich zweifellos wie etwas an, an das ich mich nicht nur gewöhnen könnte, sondern auch wollte. Genau wie die Tatsache, Louisa mit hierher genommen zu haben, ihr zu zeigen, wo ich zusammen mit Aiden arbeitete. Es schien eine Ewigkeit her zu sein, dass ich – abgesehen von meinen engsten Freunden – jemanden auf diese Art an meinem Leben hatte teilhaben lassen. Und bei ihr verspürte ich plötzlich den Wunsch, ihr alles von mir zu zeigen: all das Gute, all das Schlechte.

»O Gott, ist das Käse im Rand?«, fragte Louisa mit geweiteten Augen, nachdem ich die Pizzen aus der Küche geholt und sie den ersten Bissen probiert hatte.

Grinsend nickte ich. »Du hast mal gesagt, Käse macht alles noch tausend Mal leckerer!«

Ihre Lippen verzogen sich zu diesem typischen Lächeln. »Bitte hör niemals damit auf, dir alle meine Vorlieben zu merken.«

»Ich erinnere mich an alles, Louisa«, sagte ich ernst, zwinkerte ihr dann aber zu. Das Blau ihrer Ozeanaugen erschien mir mit einem Mal eine Nuance dunkler zu sein, und ich war mir sicher, dass sie nur zu gut wusste, dass das ziemlich eindeutig zweideutig gemeint gewesen war.

Ich griff nach einem Pizzastück von ihrem Teller. Zuerst kniff Louisa ihre Augen gefährlich zusammen, doch als ich ihr im Gegenzug ein Stück meiner eigenen Pizza auf den Teller schob, sah ich wieder das Funkeln darin. Immer öfter zeigte sie mir ihre freche, fordernde und unbeschwerte Seite. Und ich bekam einfach nicht genug davon, sie so zu sehen. Zu sehen, dass sie bei *mir* so sein konnte. Nicht nur berührte es jedes Mal aufs Neue etwas in mir, es gab mir auch das Gefühl, als würde Louisa in diesen Momenten mir gehören.

»Wieso eigentlich Philosophie?«, fragte Louisa plötzlich. Das Sonnenlicht ließ ihre Locken golden leuchten. Ein Heiligenschein, der sie umgab.

Ich dachte kurz nach. Früher hätte ich gesagt, es ginge um Schuld.

Um meine Suche nach Antworten auf das, was ich getan hatte. Um mich nicht damit auseinandersetzen zu müssen, dass Menschen wie mein Vater mit ihrem Geld alles wegmachen und unter den Teppich kehren konnten.

In jener Nacht hatte ich ihn voller Verzweiflung angerufen. Er hatte mich abholen und nach Hause fliegen lassen, und das war es dann gewesen. Wir hatten nie wieder darüber gesprochen.

Ja, am Anfang war es um Lösungen für Fragen gegangen, auf die man letztendlich nie eine Antwort bekam. Als würde ich die Welt fragen, wieso sie war, wie sie war, mit all ihren guten und schlechten Seiten.

»Hmmm... vielleicht ein bisschen aus Weltschmerz«, gab ich zu, »und weil ich denke, dass man so viel mehr bewegen kann, wenn man es besser versteht oder das zumindest versucht! Ich weiß, dass viele Leute sagen, man würde bei Philosophie nichts tatsächlich Greifbares lernen, aber ich sehe das anders. Letztendlich lernt man zu denken, und ich finde, das ist die wichtigste Eigenschaft, die wir Menschen haben. Dass wir unseren Verstand nutzen können, im Idealfall, um etwas Gutes zu bewirken.«

Ein feines Lächeln umspielte Louisas Lippen. »Das heißt, du würdest am liebsten die Welt verändern?«, fragte sie und beugte sich über den Tisch näher zu mir, strich sich dabei eine ihrer Locken aus dem Gesicht.

»Ich glaube, alle guten Menschen würden am liebsten die Welt verändern. Ob sie es können, ist natürlich wieder eine andere Sache. Den meisten fehlen die Mittel oder der Mut. Oder beides«, sprach ich meine Gedanken aus.

Louisa stützte das Kinn auf ihre verschränkten Finger und musterte mich nachdenklich, bevor sie langsam und bedacht sagte: »Ich glaube, *du* bist einer dieser Menschen, die den Mut haben, Paul.«

Ich schluckte schwer. Wegen des Wissens, dass Louisa niemals etwas sagte, dass sie nicht auch absolut genauso meinte. Und noch mehr wegen ihres Blicks aus diesen Wahnsinnsaugen, der in diesem Augenblick so offen war, dass ich bis auf den Grund der Ozeane sehen konnte. Die Aufrichtigkeit darin, das Vertrauen, die Wärme.

Ich fuhr mir durch die Haare, wusste im ersten Moment nicht, wie ich reagieren sollte. Ja, ich hatte mich in sie verliebt. Und doch traf mich die Art, wie Louisa mich ansah, jedes Mal aufs Neue mit voller Wucht. Den Blick nur auf das Gute in mir gerichtet. Nach wie vor war ich der Meinung, dass ich sie absolut nicht verdient hatte. Aber das bedeutete nicht, dass ich nicht alles dafür geben würde, sie glücklich zu machen.

»Und weißt du schon, wie du die Welt retten willst?«, fragte sie mich mit blitzenden Augen.

Ich lachte, während ich nach einem Stück Pizza griff. »Louisa, du denkst, ich könnte die Welt retten? Ich bin Student, kein Superheld!«

»Du könntest aber einer sein«, meinte sie und legte nachdenklich einen Finger an die Lippen, »aber eher einer von der düsteren Sorte. Batman zum Beispiel.«

»DC? Du willst mich zu einem DC-Helden machen? Ernsthaft?«, sagte ich und taxierte Louisa. »Das tut verdammt weh. Das ist, als würdest du sagen, dass Star Wars immer noch Star Wars ist, seit Disney die Filme macht...«

»Moment mal«, unterbrach sie mich, und ihre Nase mit den Sommersprossen kräuselte sich dabei auf diese verflucht süße Art. »Das ist ja wohl ein riesiger Unterschied. Mit Star Wars hast du recht, das ist nicht mehr dasselbe und hört für mich einfach nach der sechsten Episode auf. Wobei ich Rogue One wirklich wahnsinnig toll fand. Aber dieser ständige Kampf zwischen Marvel und DC? Ich meine, klar hat Marvel die eindeutig besseren Filme, aber die Helden bei DC sind an sich gar nicht so schlecht, wenn man sich mal die Comicvorlagen ansieht.«

Langsam und abwartend verschränkte ich die Arme vor der Brust. »Du findest, dass Aquaman ein cooler Held ist?«, wollte ich wissen.

Louisa rutschte unruhig auf ihrem Platz hin und her. »Ähm … ja, okay, in dem Fall …«

Dann spürte ich das Kitzeln in meinem Bauch. Immer weiter zog es seine Bahnen und brach schließlich als Lachen aus mir heraus.

Als Louisa einfiel, ihr helles Lachen erklang und sie den Kopf schließlich in den Nacken warf, konnte ich nicht anders, als sie einfach nur anzusehen.

Louisa

In diesem Moment zwischen dem Licht von Kerzen und dem Geschmack von geschmolzenem Käse auf der Zunge verliebte ich mich noch ein Stück mehr in diesen sanften und zugleich impulsiven Mann mit dem Sturm in den Augen. Paul, der meine Hand hielt, während ich mein erstes Tattoo bekam, die Welt zu einem besseren Ort machen wollte und mit mir über Superhelden diskutierte.

Wir lachten und lachten und lachten. Und ich glaube, den Grund dafür hatten wir schon nach den ersten Sekunden vergessen.

»Was willst du mit deinem Leben tun, jetzt, wo du weißt, dass diese Superhelden-Sache keine Option ist?«, wollte ich wissen, als wir uns wieder beruhigt hatten.

»Ich habe keine Ahnung, wohin es mich irgendwann führen wird, aber wenn ich die Chance haben werde, das zu tun, was ich wirklich möchte, dann wäre ich gerne Fotojournalist. Man muss in der Lage sein, Veränderungen schnell zu realisieren, das Unerwartete vorauszusehen und in den verschiedensten Situationen besonnen zu reagieren. Und wenn man das schafft, dann kann man die Welt vielleicht wirklich zu einem besseren Ort machen, indem man Menschen, die es nicht sehen wollen oder können, die Wahrheit zeigt.«

Ich nickte wild, weil das, was Paul da sagte, einfach perfekt zu ihm passte. Es musste so viel mehr Menschen wie ihn geben!

»Was ist mit dir, Feuermädchen? Wieso studierst du ausgerechnet Mathe?«

Mit dieser Frage stellte er mir eine, deren ehrliche Antwort mich in den letzten Wochen und vor allem Tagen immer häufiger beschäftigt hatte.

»Ganz ehrlich, ich kenne wirklich absolut niemanden, der Worte und Geschichten so sehr liebt wie du, Louisa. Nicht einmal Trish. Gott, auf der Bucket List deines Lebens steht sogar, dass du eines Tages einen Roman schreiben willst. Ich meine, du hast sogar diesen ganz speziellen Gesichtsausdruck, wenn es um Literatur geht. Du hast dann so ein Funkeln in den Augen, und dein Lächeln ... es ist ein anderes als sonst«, sagte Paul und nahm sich wieder ein Stück Pizza von meinem Teller, schob dafür eines von seiner auf meinen. Und wie er mich dabei ansah, so intensiv und warm und liebevoll, ließ mein Herz schneller schlagen.

»Mathe ist etwas, auf das ich mich verlassen kann«, erklärte ich und spielte gedankenverloren mit einer meiner Locken. »Es gibt klare Regeln und Strukturen, die man befolgen muss, um ans Ziel zu kommen. Es gibt ein eindeutiges Richtig oder Falsch und nichts dazwischen. Keinen Interpretationsspielraum. Ich mag es, dass es keine Überraschungen gibt und ich genau weiß, was mich erwartet ...«

Ich biss mir auf die Unterlippe und hielt inne. Denn Paul hatte recht. Letztendlich sollte es mich auch gar nicht überraschen, dass ihm das nicht entgangen war. Ja, ich liebte Zahlen, aber es war nicht zu vergleichen mit meiner bedingungslosen Liebe zu Wörtern, zu Sätzen, zu Texten. Kein Vergleich zu dem, was Literatur in meinen Augen zu leisten imstande war. Und was sie in mir auslöste.

»Das klingt zwar wie eine Erklärung, aber auch ein bisschen wie etwas, auf das ein Aber folgt«, sagte Paul ernst. Und so, wie er mich aus seinen dunklen Augen ansah, wusste ich, dass ihn das alles *wirklich* interessierte.

»Ehrlich gesagt«, nervös knetete ich im Schoß meine Finger, »ich mache das wirklich gerne. Aber ich bin mir inzwischen nicht mehr so sicher, ob es das ist, was ich *wirklich* will.«

»Wenn es um Literatur geht, könntest du doch deine eigenen Regeln und Strukturen aufstellen, Louisa. Ist das nicht sogar viel besser?«

»Vielleicht«, murmelte ich. »Vielleicht habe ich auch einfach Angst, etwas, das ich liebe, zum Beruf zu machen. Was, wenn es schiefgeht? Was, wenn ich am Ende das verliere, was mich glücklich macht? So gehört es nur mir allein!«

»Ich denke nicht, dass das passiert«, sagte Paul sanft. »Nicht bei dir. Ich meine, es gibt nicht viele Menschen, die so stark und entschlossen sind wie du. Außerdem legen sich doch die wenigsten gleich am Anfang auf ein Hauptfach fest. Du kannst im nächsten Term einfach ein paar Kurse besuchen und mal schauen, wie es dir gefällt.«

Mit jedem einzelnen Wort, das er sagte, spürte ich, wie sehr er an mich glaubte. Einfach so und bedingungslos.

Ich neigte den Kopf und lächelte ihn an. »Ich glaube, das Problem ist einfach, dass ich mir nicht sicher bin, was ich den Rest meines Lebens tun möchte.«

»Wir sind Anfang zwanzig.« Er lachte. »Es ist völlig normal, nicht zu wissen, was man den Rest seines Lebens machen möchte.«

Von der Außentreppe meines Wohnheims sah ich Paul hinterher, wie er nach Hause lief, die linke Hand in der Hosentasche seiner Jeans vergraben, in der rechten Hand ein Feuerzeug, mit dem er sich eine Zigarette anzündete. Die Nacht war mondlos und kalt. Trotzdem blieb ich dort im Schein der Laternen stehen, bis sie ihn verschluckt hatte. Und ich dachte an die Bedeutung seines neuen Tattoos am Unterarm. Plötzlich musste ich schlucken. *Was, wenn es für dich gar kein Ort ist, Louisa? Was, wenn es ein anderer Mensch ist, der dir das Gefühl von Freiheit gibt? Was, wenn es Paul ist?*

Wenn ich mit ihm zusammen war, dann war es, als könnte ich nach den Sternen greifen. Als wäre der Himmel nah und die Welt unendlich.

Lagom

26. KAPITEL

Louisa

»Ich meine, wenn diese beiden Kurse in *Probability Theory* nicht wären, hätte ich auch deutlich weniger Angst vor den anstehenden Prüfungen. Klar, ich muss auch für alles andere super viel machen, aber das ist irgendwie zu schaffen. Aber Wahrscheinlichkeitsrechnung? Da wird mein Kopf zu einem schwarzen Loch, in dem alles, was ich lerne, verschwindet«, sagte ich verzweifelt zu Mel und warf dabei einen Blick auf meinen aufgeklappten Laptop. Immer noch war ich mir unsicher, ob ich mich freuen oder panisch werden sollte, weil der Kurs heute ausfiel.

Seufzend legte ich die Füße auf meinen schmalen Schreibtisch, die linke Hand auf den Oberschenkel und begann mir die Nägel zu lackieren. Den kleinen Finger als Erstes, den Daumen als Letztes. Tiefes Schwarz und helle Haut.

»Schatz, ich verstehe sowieso nicht, wieso jemand freiwillig Mathe studiert«, lachte Mel. »Aber sieh's positiv: Weil du heute eh nicht hinkannst, kannst du den Morgen dazu nutzen, mit deiner großartigen, großen Schwester zu skypen und ...«, sie verschwand kurz aus dem Bild und kehrte mit einer verschlafenen Mary in den Armen zurück, die die kleinen Ärmchen um Mels Hals gelegt hatte, »... das Problem zumindest kurzfristig verdrängen!«

Ich schnaubte. »Wieso habe ich bei so vielen Dingen, die du mir sagst, das Gefühl, dass es genau das Gegenteil von dem ist, was du mir als *meine großartige, große Schwester* raten solltest?«, sagte ich kopfschüttelnd und begann auch die Finger der rechten Hand zu lackieren.

Dieses Mal den Daumen zuerst. Aber immer noch tiefes Schwarz und helle Haut.

»Wir haben dich an Thanksgiving vermisst, Lou«, meinte Mel.

Ich euch auch, dachte ich und pustete auf den Nagellack.

»Lulu!«, brabbelte Mary. *Me and Mommy love Daddy* stand auf ihrem kleinen, roten Pulli. Ich lächelte bei dem Anblick der beiden. Blaue und grüne Augen. Und in meinem Kopf das Bild eines wolkenlosen Himmels über dunkelgrünen Tannen.

Den Feiertag mit ihnen zu verbringen hätte ich schön gefunden – natürlich. Aber diesen Tag mit Freunden statt einer Familie, die letztendlich doch nicht die eigene war, verbracht zu haben erschien mir auch im Nachhinein die bessere Alternative gewesen zu sein. Robbies Eltern war ich ein paarmal begegnet, und die Browns wirkten auf den ersten Blick zunächst vielleicht etwas zurückhaltend und verschlossen, waren aber sehr warmherzige Menschen, wenn man sie erst einmal besser kannte. Doch es war eben nicht *meine* Familie, und an Tagen wie Thanksgiving fühlte sich das schnell an wie eine Leerstelle.

Mel fragte mich nach dem Wochenende in den Bergen. Und mein Herz suchte nach einer Antwort, war voller überquellender Gefühle und Empfindungen. Und ich irgendwo dazwischen.

»Richtig schön«, sagte ich schließlich, spürte, wie meine Lippen sich dabei zu einem Lächeln formten. Mit den Fingerspitzen berührte ich den kleinen, goldenen Schlüssel an der Kette um meinen Hals. »Danke noch mal für das Geschenk«, sagte ich, »und in diesem speziellen Fall auch dafür, dass du ignoriert hast, wie sehr ich Überraschungen hasse!«

»Das heißt, du hattest einen schönen Geburtstag?« Auf dem Bildschirm meines Laptops sah ich, wie sich ein Lächeln auf Mels Gesicht ausbreitete, während sie Mary immer wieder über den Kopf streichelte.

Ich nickte. Ich erzählte Mel von dem Schokoladenkuchen mit den Kerzen, dem leckeren Brunch und der Mühe, die sich alle gegeben hatten. Von dem atemberaubenden Ausblick auf Redstone, von dem ersten

Abend, als wir alle um das Feuer gesessen und Marshmallows über die Flammen gehalten hatten. Nur das mit Paul, was sich da zwischen uns verschoben hatte, ließ ich zunächst aus. Ich erzählte von unserem Thanksgivingessen, von dem Mac and Cheese, das ich zusammen mit Aiden gemacht hatte, und wie er nachts zusammen mit Paul einmal nackt um das Haus gerannt war, während wir auf der Veranda gestanden hatten.

»Moment mal«, unterbrach Mel mich aufgeregt und stellte ihre Kaffeetasse vor sich ab. »Aiden hat sich ausgezogen, um zusammen mit Paul um dieses Haus zu rennen? Komplett nackt?«

Ich nickte. »Na ja, fast. Socken und Schuhe hatten sie noch an. Es ging um irgendeine Wette, ich weiß es schon gar nicht mehr. Aber die beiden kommen zusammen immer auf irgendwelche verrückten Ideen. Trish hat mir versichert, dass da auf jeden Fall noch Luft nach oben ist!«

»Gott, Lou! Aiden war nackt und ich nicht da, um das zu sehen. Das ist eine Schande«, seufzte Mel theatralisch auf und band sich ihre Locken zu einem Knoten zusammen. Marys kleine Hände versuchten immer wieder, deren Spitzen zu fassen zu kriegen.

»Bitte, nicht schon wieder«, stöhnte ich und sah Mel streng an, als ich mich an die Nacht im Firefly erinnerte. Den Wein brauchte meine Schwester scheinbar nicht zwangsläufig für ihre Fantasien von meinem Mitbewohner.

Als es einen Augenblick später klopfte und Aiden mit einem schiefen Grinsen mein Zimmer betrat, zuckten wir beide zusammen. Erst ich, dann Mel.

»Ich dachte mir, wenn ich eh schon mal unterwegs bin, dann bringe ich meiner Mitbewohnerin gleich Frühstück mit«, sagte er und drückte mir einen Kaffeebecher und eine braune Papiertüte vom Firefly in die Hand. Als ich die Tüte öffnete, war ein Stück von dem leckeren Schokoladenkuchen darin. Ich grinste. »Also, daran könnte ich mich gewöhnen.«

»Lieber nicht! Sieh's als Dankeschön dafür an, dass du mir am Wochenende mit deinem Mac and Cheese meine Ehre gerettet hast!«

Er zwinkerte mir mit einem Blitzen in den blauen Augen zu. Dann entdeckte er Mel auf dem Bildschirm meines Laptops, beugte sich vor und winkte ihr grinsend zu. »Was geht, alte Schachtel?«

»Ich dachte, wir hätten im Heaven geklärt, dass ich immer noch jung, wild und frei bin?«, sagte Mel und funkelte Aiden durch den Bildschirm hindurch an. Doch ich sah das Zucken ihrer Mundwinkel.

Aiden zwinkerte ihr zu. »Verdammt, wie konnte ich das nur vergessen!«

»Sei froh, dass meine Tochter auf meinem Schoß sitzt, sonst würde ich dir jetzt etwas weniger Schmeichelhaftes über deine Jugend entgegenschleudern«, sagte Mel und schenkte Aiden ihr unschuldigstes Lächeln.

Sie prustete los, als meine Zimmertür wieder ins Schloss fiel. »O Gott, denkst du, er hat gehört, was ich gesagt habe?«

Amüsiert hob ich eine Augenbraue, bevor ich einen Schluck von meinem Kaffee trank. Dann sagte ich lachend: »Ich wünsche es dir sogar, Schwesterherz! Vielleicht hörst du dann endlich damit auf, dir meine Freunde nackt vorzustellen?«

Sie neigte leicht den Kopf. »Zählt Paul theoretisch auch zu deinen Freunden?«, neckte sie mich.

Automatisch wanderte mein Blick bei der Erwähnung seines Namens zu dem Polaroidfoto, das mit einem Stück Tesafilm an der Wand vor mir klebte, direkt unter dem *Herr der Ringe*-Plakat. Paul hatte es an dem Tag nach meinem Geburtstag nach dem Aufstehen gemacht. Vor dem großen Spiegel des Zimmers, in dem ich geschlafen hatte. Er stand hinter mir, in der rechten Hand seine Kamera, den linken Arm um meinen Bauch gelegt, den Kopf mit den vom Schlaf noch zerzausten, dunklen Haaren mir zugewandt. Das für ihn typische Grinsen umspielte seine Lippen, während er mich ansah. Und ich lehnte mich in einem seiner Shirts mit dem Rücken an seine nackte Brust, streckte unseren Spiegelbildern die Zunge raus.

Plötzlich fiel mir auf, dass Mel schon länger nichts mehr gesagt hatte. Oder war ich diejenige, die mit dem Schweigen begonnen hatte?

Nachdenklich musterte sie mich, die dunklen Augenbrauen leicht zusammengezogen. Meine große Schwester, der nichts entging. Die mich viel zu gut kannte. »Was ist los, Lou?«, fragte sie mich, diesen Du-kannst-mir-alles-sagen-Blick in den blauen Augen.

Vorsichtig strich ich mit den Fingerspitzen über das glänzende Papier des Fotos. Und da war dieses warme Flattern in meinem Inneren. Eine Gänsehaut auf meiner Haut. Von den Armen ausgehend, breitete sie sich über meinem Körper aus.

Ich sah glücklich aus auf dem in einem Quadrat gefangenen Augenblick. Und Paul tat es auch.

»Ich ... ich habe mich verliebt«, gestand ich leise.

Wir schwiegen. Und ich befürchtete schon, dass Mel mich womöglich nicht verstanden hatte. Dass ich es noch einmal aussprechen musste. Ich setzte an, um diese vier Worte zu wiederholen.

»... in Paul«, sagte Mel da und stellte damit das Offensichtliche fest. Ich nickte. Nervös fuhr ich mir durch die Locken. »Aber ich ... Das mit uns ...«

»Du magst ihn wirklich«, meinte Mel und führte meine Gedanken damit erneut zu Ende. »Also so richtig, richtig. Ich meine, er muss dir wahnsinnig wichtig sein, wenn du mir das erzählst, Schatz. Du erzählst mir nie von den Kerlen, mit denen du was am Laufen hast. Hast du nie getan.« Dieses Mal sah Mel mich ernst an. Und von einer Sekunde zur anderen war das Herumgealbere weg. Sie lehnte sich zurück und hörte mir zu. So richtig. Ganz die große Schwester, die immer für mich da war.

Und ich erzählte ihr alles. Vom Anfang bis zum Ende.

Als ich fertig war, blickte Mel mich mit geweiteten Augen an und strich sich eine der dunklen Locken, die sich aus ihrem Dutt gelöst hatte, aus dem Gesicht. »Ach. Du. Scheiße!«, sagte sie. »Erstens: Wie konntest du über diese Sache die ganze Zeit lang kein einziges Wort verlieren? Zweitens: Verheimliche deiner Schwester nie wieder solche pikanten Details! Und drittens«, ihr Blick wurde sanft, »du scheinst ihm wirklich wichtig zu sein. Ich habe gesehen, wie er dich ansieht. Du siehst genauso aus, wenn du über ihn redest!«

Es gibt da etwas, das du wissen solltest. Etwas, das ich getan habe. Pauls Geständnis schoss mir für einen Augenblick durch den Kopf. Die Angst in seinen Bernsteinaugen. Doch ich meinte meine Worte immer noch ernst. Ich wollte es nicht wissen, weil es keine Rolle spielte.

»Er ist ... Da ist irgendetwas Dunkles in ihm, und vielleicht wird mir das irgendwann um die Ohren fliegen. Aber er ist aufmerksam und intelligent und loyal und witzig ... und ich fühle mich sicher bei ihm. Ich habe das Gefühl, da ist plötzlich ein Mensch, der mich wirklich versteht und so tickt wie ich. Und ja«, ein Grinsen breitete sich langsam auf meinem Gesicht aus, »du hattest recht, er ist echt *Scheiße heiß*!«

Wir lachten beide auf, und ich zog die Knie an, bevor ich weitersprach: »Wenn wir schon bei Neuigkeiten sind ...« Ich schob den Stoff meines dunkelblauen Pullis an meinem linken Arm ein Stück nach oben und hielt mein Handgelenk in die Kamera. Die tätowierte Haut glänzte in unendlichen Schattierungen von Orange, weil ich das Tattoo gerade erst eingecremt hatte.

»Was? Oh mein Gott. Oh. Mein. Gott«, stammelte Mel und sah mich fassungslos an. »Du hast ein Tattoo«, stellte sie überflüssigerweise fest. »Es sieht wirklich wunderschön aus. Und es passt so gut zu dir!«

»Paul hat den Phönix gezeichnet und mir zum Geburtstag geschenkt«, erklärte ich.

»Ach Schwesterherz, ich könnte nicht stolzer auf dich sein. Du hast dir den bösen Jungen vom RSC geangelt, dir spontan ein Tattoo stechen lassen, das verdammt noch mal so wirkt, als wäre das irgend so eine Art Liebesschwur zwischen euch beiden, und sitzt hier und redest mit mir, statt zu lernen.« Mel grinste breit und zufrieden.

»Gott, Mel, wenn du das so sagst, klingt das völlig falsch«, beschwere ich mich und verdrehte die Augen. »Ich hätte mir so oder so einen Phönix stechen lassen. Dass ausgerechnet Paul mir einen gezeichnet hat, der mir dann auch noch so gut gefallen hat, war wirklich nur Zufall.«

Nachdenklich musterte Mel mich, öffnete den Mund, schloss ihn dann aber gleich wieder. Als sie dann doch wieder zu sprechen anfing, war der Blick, mit dem sie mich bedachte, tatsächlich voller Stolz. Die pure, echte Version davon. Und ich konnte mich auch täuschen, vielleicht war es nur die Spiegelung des Bildschirms, doch in Mels hellen Augen schienen Tränen zu glänzen. »Vielleicht liegt es an Paul oder deinen Freunden oder all deinen Kursen, die nichts mit Wahrscheinlichkeitsrechnung zu tun haben. Vielleicht auch an Redstone oder dem College. Aber, Lou, du siehst verdammt glücklich aus.« Mel schien zu schlucken und zögerte, bevor sie weitersprach. »Das denke ich schon eine ganze Weile. Und das ist das, was ich mir immer für dich gewünscht habe. Dass meine kleine Schwester wieder mehr lacht, und das tust du eindeutig. Was auch immer genau dich gerade so glücklich macht, halt es fest, Schatz!«

Ich blinzelte und schluckte. Und mir wurde klar, wie recht Mel hatte. Es war schon komisch, wie man fünf Jahre lang auf der Suche nach etwas sein konnte und es in dem Moment, in dem es direkt vor einem stand, beinahe nicht begriff. Aber dieses neue Leben, das anfangs nur aus der Flucht vor meinem alten bestanden hatte – plötzlich fühlte es sich tief in meinem Bauch warm und richtig an. *Lagom*, kam mir das schwedische Wort in den Sinn: nicht zu wenig, nicht zu viel, sondern genau richtig.

Paul

Zusammen mit dem Dezember wurde die Kälte frostiger und der Wind eisiger. Und trotzdem hatte Louisa in der letzten Woche begonnen, mich morgens beim Laufen zu begleiten, wenn sie nicht arbeiten musste. Obwohl ich wahnsinnig oft auf sie warten und auf der Stelle joggen musste, weil sie deutlich langsamer war als ich, genoss ich es, neben ihr durch den Wald zu jagen. Sie verstand, was mir die Natur bedeutete, und füllte sie nicht mit unnötigen Worten. Wir beide nebeneinander, schnell atmend und dem beständigen Rhythmus unserer Füße erst auf hartem Asphalt, dann auf weichem Waldboden lauschend – das war groß. Manchmal saßen wir auch nur auf dem großen Stein in der Mitte der Lichtung, an der mein Weg immer vorbeiführte, und schwiegen gemeinsam, Louisas Kopf an meiner Schulter. *Shinrinyoku,* sagte sie dort einmal leise, mit einem Funkeln in den Ozeanaugen, die an diesem Tag blau waren wie der Himmel. Ein japanisches Wort, das in etwa so viel bedeutete wie *ein Bad im Wald nehmen.* Durch den Wald laufen in dem Bewusstsein, dass man sich dadurch besser fühlt. Erholter.

Und plötzlich hatte das Laufen nichts mehr damit zu tun, diese verdammte Wut in mir hinaus in die Welt zu brüllen. Ich fühlte mich nicht mehr so extrem getrieben, wenn ich einen Schritt vor den anderen setzte. Ich lief, weil mit Louisa zu laufen einfach ... Es fühlte sich einfach gut an. Genauso wie die Netflix-Abende bei mir in der WG, in denen wir zusammen *How to Sell Drugs Online (Fast)* ansahen. Ich hatte Louisa von der deutschen Serie erzählt, und sie bestand darauf, zumindest ein paar Minuten im Original anzusehen. Plötzlich begann sie laut loszuprusten. Ihr schönes, helles Lachen wirbelte durch das Wohnzimmer. Sie tippte mir grinsend auf die Brust, als ich sie nach dem Warum fragte, und sagte: »Wegen dir dachte ich, dass Deutsch bei jedem so wahnsinnig heiß klingen würde. Tut es aber nicht!«

Anschließend bettelte sie mich so lange an, ihr wieder aus *Die unendliche Geschichte* vorzulesen, bis ich schließlich nachgab. Louisa lag zwischen meinen Beinen, den Kopf an meine Brust gelehnt. Und ich hielt das Buch in der einen Hand, während ich die andere immer wieder durch ihre Feuerlocken gleiten ließ.

Obwohl wir uns seit Thanksgiving beinahe jeden Tag gesehen hatten, hatte ich trotzdem das Gefühl, als wäre das nicht genug. Dass ich mehr wollte. Ich hatte sie sogar mitgenommen, als ich mich das letzte Mal mit

Luca getroffen hatte, was sich seltsam und schön zugleich angefühlt hatte. Erst war ich überrascht gewesen, dass die beiden sich bereits zu kennen schienen, aber dann erinnerte ich mich an den Tag von Lucas Date, an dem Louisa im Firefly gearbeitet hatte. Ich war mir sicher, dass er sie mochte – Luca hätte Louisa sonst nie mit seinen Scherzen aufgezogen, wie er es in der Regel bei Aiden und Trish machte. Zusammen mit den beiden, Bowie und Louisa, war ich am Dienstag, Mittwoch und gestern in der Bibliothek gewesen, um für die unaufhaltsam näher rückenden Midterms zu lernen. Und ich erwischte mein Feuermädchen ständig dabei, wie sie mich beim Lernen anstarrte. So wie sie sich jedes Mal auf ihre Unterlippe biss, wenn sie zu mir herübersah, die tiefblauen Augen auf mich und gleichzeitig in die Ferne gerichtet, war mir mehr als bewusst, was sie sich gerade vorstellte. Und jedes Mal, wenn ich sie dabei erwischte, wich sie meinem Blick nicht aus, sondern hielt ihm stand – so wie sie es schon bei unserer ersten Begegnung getan hatte. In diesen Momenten kostete es mich all meine Selbstbeherrschung, sie nicht zu packen und hinter mir herzuzerren. Irgendwo hinein mitten zwischen die Regale voller staubiger Bücher, nur um sie zu spüren. Endlich in ihr zu sein. Einmal schrieb ich *Kopfkino* auf einen Zettel und schob ihn ihr zu. Louisa googelte das deutsche Wort, und als sie dann von ihrem Laptop aufsah, war da dieser verführerische Kontrast aus der leichten Röte auf ihren Wangen und dem frechen Grinsen auf ihren Lippen.

Ich hatte viel Sex gehabt. Viele One-Night-Stands mit vielen Frauen. Doch bei Louisa war plötzlich alles anders, weil sie mir etwas bedeutete. Weil dieses ungewöhnliche Mädchen mir schon vom ersten Augenblick an unter die Haut gekrochen war. Deshalb wollte ich sie nicht einfach flachlegen. Ich wollte, dass es für Louisa perfekt war, wenn es so weit war.

Aiden und ich trafen uns vor dem Firefly. Ich berührte seine Faust mit meiner, als ich vor ihm zum Stehen kam. Wie immer zu spät. Louisa saß in einem ihrer Kurse, aber Trish arbeitete heute und hatte unseren

Kaffee schon fertig, als wir das Café betraten. Mit jeweils einem Becher in der Hand machten wir uns zusammen auf den Weg zum Literaturgebäude, wo im Untergeschoss die Redaktion der *Storylines* war. Heute standen die Fotos mit den Abgängern vom RSC an, die ich Aiden zu Beginn des Terms versprochen hatte. Von den insgesamt fünfzehn Leuten musste ich jeweils zwei Bilder schießen. Das erste ein Porträt, das zweite, wie sie in Pantomime versuchten, ihren Beruf darzustellen. Ich konnte schwer abschätzen, wie lange die Session dauern würde, weil ich dabei auf jede Person individuell eingehen musste. Manche Leute fühlten sich vor einer Kamera total wohl, wieder andere wirkten so wie Trish auf einen Schlag völlig unnatürlich, sobald die Linse sich auf sie richtete. Dann war es meine Aufgabe, herauszufinden, wie mein Gegenüber sich am besten entspannen konnte. Und obwohl das manchmal anstrengend war, fotografierte ich Menschen sogar noch lieber als die Natur, weil jeder von ihnen eine andere Geschichte erzählte. Weil jede einzelne Falte von glücklichen oder traurigen Erinnerungen zeugte, jede Mimik und Geste von anderen Erfahrungen herrührte und es in den Augen eines Menschen manchmal eine ganze Welt zu entdecken gab.

Die kahlen Bäume reckten ihre Äste dem Himmel entgegen. »Ich wollte mich übrigens noch bei dir entschuldigen«, sagte Aiden wie aus dem Nichts, als wir das Firefly auf dem gewundenen Weg über den fast leeren Campus hinter uns ließen, »was inzwischen echt überfällig ist.«

Überrascht sah ich ihn an.

»Es tut mir leid, wie ich dich nach diesem Streit mit Lou angefahren habe und wie wütend ich gewesen bin«, sagte er. »Mann, inzwischen ist mir klar, dass du wirklich etwas für sie empfindest! So hab ich dich seit Heather nicht mehr gesehen.«

Am meisten überraschte mich nicht das, was er sagte, sondern die Tatsache, dass er den Namen meiner Ex sagte, ohne dass ich die Fassung verlor, ohne dass die Dunkelheit all der Erinnerungen über mich hereinbrach.

Spielerisch boxte ich ihm in die Seite. »Du musst dich nicht entschuldigen, Alter. Ich habe mich wie ein verfluchtes Arschloch aufgeführt. Ich glaube sogar, ich hab es gebraucht, dass mir jemand sagt, was Sache ist. Und dass du immer alle um dich herum beschützen willst, macht dich erst zu so einem guten Freund!«

Erleichtert grinste Aiden mich an. »Ist das ein Freifahrtschein, dass ich dir immer wieder sagen darf, was für ein Arsch du bist?«

»Übertreib es nicht, Cassel«, knurrte ich, bevor ich einen Schluck von meinem Kaffee nahm. Doch er lachte nur. Und insgeheim war ich froh darüber, dass es so leicht zwischen uns war.

Als Aiden erneut zu sprechen begann, klang er leiser: »Du wirkst glücklich, Berger. Und nach allem, was passiert ist, nach dieser ganzen Scheiße, ist das echt großartig!« Er klopfte mir auf die Schulter. »Du sollst wissen, dass du das wirklich verdient hast.«

Ich schluckte. Und brummte ein unverständliches Danke. Es berührte mich, dass Aiden so dachte. Auch wenn ich nach wie vor mit dem Gefühl zu kämpfen hatte, dass Louisa im wahrsten Sinne des Wortes zu gut für mich war – obwohl sie in ihrer geduldigen und bedachten Art alles dafür tat, um mich vom Gegenteil zu überzeugen.

»Und was ist mit dir? Irgendetwas Neues?«, fragte ich Aiden. Zum einen, um von mir abzulenken, zum anderen, weil ich es wirklich wissen wollte. In unserem ersten Term am RSC hatte er mit ein paar Frauen etwas am Laufen gehabt, aber seitdem hatte ich kaum noch etwas mitbekommen. Entweder waren da keine gewesen, oder Aiden sprach einfach nicht mehr darüber. Doch ich war sein bester Freund, mir würde er es sagen. Ich vermutete eher, dass es nichts gab, was es wert wäre, erzählt zu werden.

Aiden kickte grinsend einen kleinen Stein vor sich her. »Erinnerst du dich an die kleine Blonde, neben der ich im letzten Term in dem einen Musiktheorie-Kurs saß?«

»Ja, Hailey, oder?«, sagte ich.

Aiden nickte. Ein paar Wochen lang hatten die beiden etwas miteinander gehabt, bis es dann plötzlich wieder zu Ende gewesen war. Und trotzdem stand Hailey danach immer noch bei jedem Gig in der ersten Reihe, weil Aiden einfach einer dieser Kerle war, die Frauen mit Respekt behandelten, egal, ob Gefühle im Spiel waren oder nicht. Weil er nicht der Typ für One-Night-Stands war, sondern es bei ihm irgendwie immer *mehr* gab – leider hatten Trish und ich auch oft mit ansehen müssen, wie genau das ausgenutzt worden war.

»Nach Thanksgiving war ich zwei Mal bei ihr, und es war echt verdammt gut«, sagte er und rieb sich in Gedanken versunken über das Kinn. »Hailey weiß definitiv, was sie will.«

Ich musterte Aiden. Da war zwar das für ihn typische breite Grinsen, doch seine Augen erreichte es nicht wirklich. Für einen Moment blitzte hinter seiner Fröhlichkeit ein Schatten auf.

»Trotzdem siehst du gerade irgendwie nicht so aus, als würdest du dich wirklich drüber freuen«, sprach ich meine Beobachtung vorsichtig aus. Aiden war in meinen dunkelsten Stunden für mich da gewesen, als ich selbst nicht mehr in den Spiegel hatte sehen können. Es war das Mindeste, bei meinem besten Freund nachzuhaken, wenn ich das Gefühl hatte, dass etwas nicht in Ordnung war.

Aiden seufzte gequält auf. »Du hast recht«, gab er schließlich zu, »Irgendwie geht es mir langsam wirklich auf die Nerven, dass alles immer in diesen lockeren Geschichten endet, weil ich einfach nichts fühle. Ich meine, ich kann mich echt null beschweren, ich hab guten Sex und das alles. Aber ich will mich wieder verlieben können.«

Stille. Unter anderem, weil ich ihn zum ersten Mal verstand.

Auch wenn ich nicht wirklich wusste, was ich sagen sollte, öffnete ich doch den Mund, um etwas zu erwidern. Doch genau in diesem Moment kam Aiden mir zuvor. »Ich habe Mayas Bruder gesehen. Das letzte Mal, als wir im Heaven waren«, sagte er plötzlich leise.

Ich starrte ihn ungläubig an, hatte gar nicht bemerkt, wie ich stehen geblieben war. Zwei Schritte lief Aiden noch weiter, bis er bemerkte, dass ich nicht mehr neben ihm war.

Es war der letzte Sommer vor dem College gewesen, in dem Aiden Maya kennengelernt hatte. Das Mädchen mit den leuchtend grünen Augen hatte die Liebe zur Musik mit ihm geteilt. Die beiden hatten die Finger nicht voneinander lassen können, waren mindestens so widerlich süß gewesen wie Bowie und Trish. Hatten Zukunftspläne geschmiedet. Und am Ende dieses Sommers war Maya weg gewesen. Sie hatte ihm eine Nachricht geschrieben, dass es ihr leidtun würde. Vier Wörter. Aiden hatte niemals erfahren, wieso sie gegangen war.

»Weißt du, ich denke immer noch an sie. Viel zu oft, dabei habe ich sie vor drei Jahren das letzte Mal gesehen«, gab Aiden zu.

Ich schüttelte immer noch ungläubig den Kopf. Scheiße, wie hatte ich die ganze Zeit lang nicht bemerken können, dass mein bester Freund immer noch an dieses Mädchen dachte, das ihm das Herz gebrochen hatte?

»Es hat auch absolut keinen Sinn, ihr immer noch hinterherzutrauern«, sprach Aiden da weiter mit einem Blick, der deutlich sagte, dass er gerade ganz woanders war. »Aber trotzdem denke ich an sie. Vergleiche jede einzelne Frau mit ihr. Und ich frage mich immer noch, wieso sie sich nicht einmal von mir verabschiedet hat ... Einen Moment lang habe ich mit dem Gedanken gespielt, ihren Bruder anzusprechen, dabei bin ich mir nicht einmal sicher, ob er überhaupt noch weiß, wer ich bin.« Er lachte bitter auf. »Und was hätte ich auch sagen sollen? Fragen, wie es seiner Schwester geht? Ihn bitten, mir Mayas Nummer zu geben?«

»Okay«, sagte ich langsam, »ich werde ehrlich sein, Cassel: Letztendlich hast du jetzt sowieso nur zwei Möglichkeiten, zwischen denen du dich entscheiden kannst.«

Fragend sah er mich an.

»Entweder du vergisst Maya endgültig und schaust nach vorn. Oder, wenn du sagst, du kannst sie nicht vergessen, dann such sie. Wenn ihr

Bruder immer noch in Redstone wohnt, dann dürfte es ja nicht so schwierig sein, etwas herauszufinden. Finde sie, und frag sie, warum sie gegangen ist. Vielleicht wird die Antwort dir nicht gefallen und das Gegenteil von dem sein, was du hören willst, aber dann kannst du weitermachen.«

Skeptisch sah Aiden mich an, seufzte dann aber. »Ich sag das ja nur ungern, Berger, aber ich glaube, du hast recht!«

Grinsend klopfte ich meinem besten Freund auf die Schulter. »Schau uns nur an, Cassel. Hier stehen wir beide, reden über Gefühle, Liebe und das ganze Zeug!«

»Scheiße, das College hat uns wirklich weich gemacht, oder?«, stimmte Aiden mir zu.

Dann sahen wir uns grinsend an, sagten gleichzeitig: »Oder Trish war es!« Und lachten gemeinsam.

»Aber Berger?«

»Hmm?«

»Ich bin nicht derjenige von uns beiden, der so bescheuerte Regeln aufgestellt hat, nur um dann jede einzelne davon zu brechen. Ich meine, wie lange hat Lou noch mal gebraucht, um dich gleich alle drei vergessen zu lassen?«

Ich schwieg und steckte mir eine Zigarette an. Und während ich den Rauch langsam in die eisige Luft blies, drehte ich mich zu meinem besten Freund um. »Cassel?«

»Ja?« Ein fragender Blick.

»Fick dich!«

Winternachtstraum

27. KAPITEL

Paul

Den Pick-up hatte ich wie immer an unserem Platz unter den Tannen geparkt. Grün vor Grün.

Der Blick über den von einer dünnen Eisschicht bedeckten Lake Superior war auch jetzt im Dezember atemberaubend. Ein in der Sonne schimmernder Spiegel des eisblauen Himmels. Dahinter die dunkelgrünen Tannen vor einer schneebedeckten Bergkette.

Ich machte ein spontanes Foto von Luca, wie er mit zerzausten Haaren unter seiner schwarzen Beanie auf der Ladefläche meines Pick-ups saß, einen riesigen Burger in den Händen, ein breites Grinsen im Gesicht. Eine Decke über den Knien, weil die Temperaturen inzwischen echt eisig waren, keiner von uns beiden aber auf diese Ausflüge hierher verzichten wollte. Weil, verdammt, das waren wir – Luca und ich.

Zwei Mal lang. Zwei Mal kurz. Luca hatte mit seinem schiefen Lächeln an die Scheibe geklopft und sich eine Kopfnuss eingefangen, als er seine Füße schon wieder auf das Armaturenbrett gelegt hatte. Wir hatten uns bei unserem Lieblingsburgerladen am Ende der Hauptstraße etwas zu essen geholt. Ich hatte ihn zu oft Kleiner genannt und er sich fast jedes Mal mit einem grimmigen Blick in den grünen Augen darüber beschwert. Alles wie immer. Nur die Villa meiner Eltern, mein altes Zuhause hinter den schmiedeeisernen Toren, hatte anders ausgesehen. Das imposante Gebäude war jetzt schon voller Lichterketten und anderem Weihnachtsschmuck, völlig lächerlich und übertrieben zur Schau gestellt. Einen Moment lang hatte ich schwer schlucken müssen. Hatte die Frage im Kopf gehabt, wohin ich dieses Jahr an Weihnachten fahren würde. Letztes Jahr hatte ich die Feiertage bei Aiden und seiner Familie verbracht. In den beiden Jahren davor war ich bei den Summers gewesen, und ich war mir sicher, dass Lilly und Matthew mich auch jetzt wieder mit offenen Armen aufnehmen würden. Dennoch war es so anstrengend, sich über etwas, das für andere eine Selbstverständlichkeit war, Gedanken machen zu müssen und ständig nur ein beschissener Gast zu sein.

Doch statt Luca an dieser düsteren Richtung, die meine Gedanken einschlugen, teilhaben zu lassen, erzählte ich ihm von den Stapeln an Unterlagen, die ich bis zu den anstehenden Midterms noch durchgehen musste, und was es bei Aiden und Trish Neues gab. Wir saßen einander gegenüber, Fußsohle an Fußsohle.

Mit einem Grinsen erkundigte ich mich nach der Aufführung des Wintermusicals nächsten Monat an seiner Highschool. Unter gar keinen Umständen würde ich mir Lucas Auftritt entgehen lassen – doch bei der Frage verfinsterte sich seine Miene schlagartig. Scheinbar hatte Rektor Baker seine Teilnahme an der Theater-AG bis zur Aufführung des Sommermusicals verlängert. Es hatte einen *lustigen*, wie Luca immer wieder betonte, Vorfall gegeben, in den das Verschwinden wichtiger Requisiten und natürlich mein kleiner Bruder verwickelt gewesen waren. Ich lachte bei jedem einzelnen Detail, das er mir erzählte, doch mein Mitleid wegen seiner Bestrafung hielt sich in Grenzen.

»Ach komm, so schlimm kannst du es auch wieder nicht finden«, sagte ich, als Luca sich über die nervigen Proben beschwerte, »immerhin kannst du in der Schule so mehr Zeit mit Katie verbringen.«

»Ja, stimmt schon«, gab er mir widerstrebend recht und überkreuzte die Beine. Aus irgendeinem Grund klang er plötzlich traurig.

Nachdenklich betrachtete ich meinen kleinen Bruder, der meinem Blick auswich. Minuten vergingen. Dann stupste ich mit meinem Fuß gegen seinen, sagte: »Egal, was es ist. Du kannst es mir erzählen, Luca!«

Noch mehr Minuten vergingen.

»Ich ... Katie macht nächstes Jahr ihren Abschluss«, sagte Luca, während er die Hände in seinem Schoß unruhig knetete. Er legte den Kopf in den Nacken und betrachtete die Spitzen der Tannen und das Blau des Himmels über uns.

»Komm schon, Kleiner. Was ist das Problem?«, hakte ich vorsichtig nach. »Will sie zum Studieren wegziehen?«

Nur zu gut wusste ich, wie schnell die Entscheidung für verschiedene Colleges das Ende einer Beziehung bedeuten konnte. Ich hatte Luca nicht allein bei unseren Eltern zurücklassen, hatte irgendwie in seiner Nähe bleiben wollen. Für den Fall der Fälle. Und hätte Heather nicht so verständnislos darauf beharrt, dass ich mit ihr kommen sollte, wäre es sicher nicht zu diesem beschissenen Streit gekommen. Vielleicht wäre in dieser Nacht nichts von all den furchtbaren Dingen passiert, und vielleicht wäre niemand gestorben. Schwer schluckte ich, ballte meine Hände für den Bruchteil einer Sekunde zu Fäusten und konzentrierte mich wieder auf Luca.

»Nein, das ist es nicht«, sagte er und blickte mich an. »Sie will in der Nähe von ihrer Mom bleiben und will deshalb ans RSC. Sie hat auch schon eine Zusage.«

»Aber das klingt doch gut, Mann. Das heißt, dass sie in deiner Nähe bleiben wird!«

»Ja, schon ...« Unruhig rutschte Luca vor mir auf der Ladefläche hin und her, und da dämmerte mir langsam, was das eigentliche Problem war. »Liegt es daran, dass sie dann auf dem College ist und du immer noch auf die Highschool gehst?«

Luca gab einen zustimmenden Brummlaut von sich. »Ach, Scheiße!«, stöhnte er und rückte genervt seine schwarze Beanie zurecht.

Sonst war ich immer jemand gewesen, der nicht über Gefühle geredet hatte – vor allem nicht über meine eigenen. Und plötzlich wollten alle mit mir über Liebe sprechen. Ich seufzte. Erst Aiden, jetzt Luca. Als ich ihm das letzte Mal zu helfen versucht hatte, hatte ich mich wie der letzte Heuchler gefühlt, weil ausgerechnet ich, Paul Berger, meinem kleinen Bruder Ratschläge in Sachen Liebe gegeben hatte. Ein Teil von mir tat das vielleicht immer noch, aber der größere, wichtigere Teil wusste plötzlich, wie es sich anfühlte, wenn da ein Mädchen war, das einem etwas bedeutete. Ich wusste es, obwohl ich so verkorkst war. Und plötzlich fiel es mir nicht mehr so schwer, die richtigen Worte zu finden.

»Scheiße, sie wird mich vergessen, Paul«, brach es da plötzlich doch aus Luca heraus, die grünen Augen weit aufgerissen. »Katie wird ans College gehen, neue Leute kennenlernen, neue und vor allem ältere Kerle ... und ich bin dann der uncoole Typ, der zwei Jahre jünger ist und auf die Highschool geht! Vielleicht passiert es nicht sofort, aber da wird sie keinen Bock drauf haben. Mann, nicht auf Dauer jedenfalls.«

Ich fuhr mir über den Bart, musste ein Lachen unterdrücken. Das Szenario, das er da beschrieb, passte so gar nicht zu der Katie, die ich im Firefly kennengelernt hatte. Dieses Mädchen, das mit ihren siebzehn Jahren durch die Welt lief, als würde sie ihr gehören. Die genau zu wissen schien, was sie wollte, und keinerlei Hemmungen hatte, genau das für sich selbst einzufordern.

»Jetzt komm mal wieder runter, Kleiner«, sagte ich deshalb bestimmt, »und sei nicht so negativ! Katie ist es so was von scheißegal, was andere von ihr denken, das weißt du besser als ich. Wieso sollte es sie interessieren, was jemand davon hält, nur weil ihr Freund nach ihr seinen Abschluss macht? Es geht um euch beide, und das ist das Einzige, was zählt!«

Zweifelnd runzelte Luca die Stirn. »Meinst du?«

»Ja«, sagte ich. Ein Nicken. »Außerdem hat Katie sogar ein Auto. Ihr könnt euch also echt oft sehen. Nächstes Jahr wirst du sechzehn, kannst selbst deinen Führerschein machen und dir mein Auto ausleihen, um ...«

»Moment«, schlagartig hellte Lucas Gesicht sich auf. »Ich dürfte mir den Pick-up ausleihen?«

Ein Schulterzucken. »Klar. Ich will nicht schuld daran sein, wenn mein kleiner Bruder vor lauter Liebeskummer seinen Abschluss nicht schafft.«

»Chillig!« Das für ihn typische schiefe Lächeln stahl sich auf seine Lippen. Die offensichtliche Freude in seinem Gesicht brachte mich zum Schmunzeln. Mit der Aussicht auf mein Auto schien das College-Problem mit Katie zumindest teilweise vergessen zu sein.

»Liebe ist die stärkste Macht der Welt«, zitierte ich mit einem Augenzwinkern Mahatma Gandhi.

Plötzlich merkte ich, wie Luca mich ungläubig anstarrte. »Lou scheint dir ja echt gutzutun!«

Ich sah ihn bloß fragend an, zog mir die Wollmütze tiefer in die Stirn.

»Na, du hast mich kein einziges Mal angekackt.« Er grinste frech. »Und mir sehr bereitwillig geholfen! Mir sogar angeboten, mir dein heiliges Auto zu leihen. Nicht zu vergessen dieser Spruch über die Liebe gerade. Alter, seit wann sagst du solche Sachen?«

Stille.

»Mann, das war Gandhi. Nicht ich«, brummte ich genervt.

Stille. Und das Geräusch des Windes, wie er durch die Tannen wehte.

»Kann ich dich was fragen, Paul?«, wollte Luca irgendwann wissen. Auf einen Schlag klang er vorsichtig und unsicher, als wäre er sich tatsächlich nicht sicher, ob ich ihm nicht doch noch den Kopf abreißen würde. Kein Wunder, wenn man bedachte, wie ich ihn in den vergangenen Jahren teilweise angefahren hatte, sobald er mich unwissend etwas gefragt hatte, das nur im entferntesten Sinn mit Heather und dieser Nacht zu tun gehabt hatte.

Ich nickte.

Luca sah mich mit einem ernsten Ausdruck in den grünen Augen an. »Ist Lou deine Freundin?«

Erstaunt betrachtete ich meinen kleinen Bruder. Und dann ließ ich meinen Blick für einen kurzen Moment über den in der Sonne glitzernden See schweifen. Die Berge in der Ferne. Den Holzsteg, an dem

Louisa sich so selbstverständlich auf meinen Schoß gesetzt hatte, um einen zweiten ersten Kuss einzufordern.

»Ich weiß es nicht.«

»Katie sagt, Typen wie du haben keine Freundin.«

Ich lachte und steckte mir eine Zigarette an. »Na, wenn Katie das sagt, muss es wohl stimmen, Kleiner«, sagte ich ironisch. Aber ich beugte mich vor und boxte ihm dabei spielerisch in die Seite. Er sollte nicht denken, dass er seinen großen Bruder nicht alles fragen konnte, was er wollte. Nicht mehr.

Mit einem breiten Grinsen verschränkte Luca die Arme vor der Brust. »Ich hab gesehen, wie ihr euch geküsst habt«, sagte er langsam. »Wenn du mich fragst, ist sie deine Freundin!«

Amüsiert blickte ich ihn an und blies den Rauch meiner Zigarette in Richtung des strahlend blauen Himmels über uns. »Ach ja?«

Ein ernsthaftes Nicken. »Seit ich Katie geküsst habe, sind wir zusammen. So einfach ist das«, erklärte er, und das Grün seiner Augen blitzte im Licht der Sonne. »Brauchst dieses Mal vielleicht doch *du* ein paar Ratschläge von mir?«

»Übertreib's nicht, Kleiner«, knurrte ich, »ich weiß sehr gut, was ich tue.«

Eigentlich hatte ich die meiste Zeit keine Ahnung, was genau ich eigentlich tat. Aber für meinen kleinen Bruder wollte ich immer noch ein Vorbild sein, weil meine Eltern es ihm nicht waren. Ich wollte jemand sein, zu dem er aufblicken konnte.

Betont entspannt nahm ich einen letzten Zug von meiner Zigarette, beugte mich dann grinsend zu ihm nach vorn. Ich senkte die Stimme: »Diese Sache mit dem Küssen, Luca ... Wie ist das mit Katie so? Hat sie es drauf?«

Innerhalb von Sekunden verdüsterte sich Lucas Gesichtsausdruck. Finster sah er mich an. Dennoch sah ich die leichte Röte auf seinen Wangen. »Wie oft noch: Darüber werde ich nicht mit dir sprechen!«

»Willst du keine Ratschläge von jemandem, der ein echter Gott auf diesem Gebiet ist?«

»Alter, was ist los mit dir?«

»Okay, Bruderherz«, lächelte ich zufrieden. »Du bekommst von mir keine Tipps, wie das mit dem Rummachen ist, und du erteilst mir keine Ratschläge, wer meine Freundin ist und wer nicht.«

Mit einem grimmigen Ausdruck in den Augen erwiderte Luca meinen Handschlag.

Nachmittags fuhr ich ihn nicht nach Hause zu unseren Eltern, sondern zu Katie. Auf der bereits weihnachtlich geschmückten Veranda winkte Schneewittchen mir lächelnd mir zu, bevor ich mich mit einem Hupen Richtung Redstone verabschiedete. Ein kurzer Blick in den Rückspiegel, und ich sah, wie Katie sich lächelnd gegen Luca lehnte, sein Kinn auf ihren schwarzen Haaren mit den blauen Spitzen. Sie stellte sich auf die Zehenspitzen, um ihn zu küssen, riss ihm Sekunden später seine Beanie vom Kopf und rannte damit lachend ins Haus. Er war ihr dicht auf den Fersen.

Katie sagt, Typen wie du haben keine Freundin, schossen mir Lucas Worte durch den Kopf. Vielleicht war es an der Zeit, seiner Kleinen das Gegenteil zu beweisen.

Als ich den Lake Superior auf dem Highway schließlich wieder hinter mir ließ und Redstone und der Campus immer näher kamen, dämmerte mir langsam, dass ich tatsächlich das wollte, was mein kleiner Bruder hatte. Je mehr ich darüber nachdachte, desto lauter und intensiver wurde der Wunsch, dass Louisa tatsächlich *mir* gehören sollte. Ganz. Ich wollte sie endlich komplett spüren, alles von ihr.

Ich wollte wirklich eine ernsthafte Beziehung. Ich wollte sogar Händchen halten, verdammt. Ich wollte diesen ganzen Scheiß machen, den man offensichtlich tat, wenn man eine Freundin hatte.

Louisa

In vorsichtigen Bewegungen fuhr ich mit den Fingerspitzen über den bunten Einband des Buches, das zwischen Paul und mir auf der dunklen Holztheke lag. *The Never Ending Story* stand dort in so großen Buchstaben, dass der Titel fast das ganze Cover einzunehmen schien. Ein warmes Gefühl machte sich in mir breit, als Paul mich ansah. Meine Haut kribbelte. Mit ihm zusammen zu sein fühlte sich so leicht an. So echt und ernst. Wenn wir joggen gingen und er so selbstverständlich auf der Stelle lief, bis ich ihn eingeholt hatte. Wenn wir uns mit Bowie, Trish und Aiden trafen und er vor ihnen meine Hand in seine nahm, als wäre es das Normalste der Welt. Wenn wir zusammen über den Campus liefen und er sich mit diesem Grinsen von mir verabschiedete. Und mich küsste. Wenn er mir neue, schöne Worte ins Ohr flüsterte und ich sie in mein Notizbuch schrieb. Wenn wir zusammen *Vampire Diaries* ansahen und er sich nicht darüber beschwerte. Weil er wusste, dass ich am Ende sowieso in seinen Armen einschlafen würde und er in Ruhe umschalten könnte.

Trotzdem traute ich mich nicht, ihn zu fragen, was genau das mit uns war. Ich fühlte mich noch nicht mutig genug, es auszusprechen, und hatte Angst, etwas kaputt zu machen. Und Ängste waren etwas, das tiefer saß als alles andere.

»Die unendliche Geschichte?«, fragte ich ihn schließlich und machte zwei Cappuccini für die beiden Mädchen, die direkt an einem der Tische am Fenster saßen. Füllte die Tassen in routinierten Bewegungen mit frischem Espresso, heißer Milch und cremigen Milchschaum, den ich in dem kleinen Kännchen gerade noch geschwenkt hatte.

Pauls Mundwinkel zuckten. »Ich hab es in der Bibliothek gefunden, und ich dachte mir, wenn ich dir schon vorlese, dann solltest du verstehen, um was es eigentlich geht.«

Er sah mich an, der Blick seiner dunklen Augen folgte jeder meiner kleinen Bewegungen. Er hatte mich immer schon intensiv angesehen. Doch schon in den letzten Tagen war mir aufgefallen, dass etwas anders war. Er sah mich anders an, fast schon verzweifelt und sehnsuchtsvoll. Und zwischendurch plötzlich erstaunt. Seit Paul sich Anfang der Woche mit Luca getroffen hatte, war irgendetwas seltsam an ihm. In mir machten sich meine Ängste bemerkbar. Die Angst, dass er gemerkt hatte, wie kaputt ich wirklich war. Die Angst, einen Menschen zu verlieren, nachdem ich erlaubt hatte, dass er mir wichtig wurde. Und ein Teil von mir fragte sich, ob es vielleicht doch seine Dämonen waren, mit denen er zu kämpfen hatte. *Es gibt da etwas, das du wissen solltest. Etwas, das ich getan habe,* hallte es durch meinen Kopf.

Als Madison kam, brachte ich die beiden Tassen zusammen mit dem Schokoladenkuchen an den Tisch und löste die Schleifen an meiner Schürze. *The Never Ending Story* in meiner Tasche und meine Hand in Pauls, als ich nach Hause lief. Aiden und Trish mussten auch gleich da sein. Wir wollten zusammen einen Filmabend machen, bevor die nächsten anstrengenden Tage anbrechen würden. Und endlose Besuche in der Bibliothek. Der Endspurt vor den Midterms.

Zu Hause schnappte ich mir als Erstes eine Cola aus dem Kühlschrank und setzte mich damit auf den Küchentisch. Meine Beine baumelten entspannt nach unten, ich hielt die Dose in der einen, mein Handy in der anderen Hand. Mel hatte mir ein Foto von Mary geschickt, auf dem sie ein Kleid trug, das ich einmal für sie gekauft hatte. Die Locken fielen mir ins Gesicht, während ich verzückt das Bild betrachtete, doch ich bemerkte, wie Paul mich musterte. Er stand gegen den Kühlschrank gelehnt, die Hände in den Hosentaschen seiner verwaschenen Jeans vergraben. Sah mich immer noch mit diesem seltsamen Blick an. Gerade wollte ich Mel schreiben, als das Handy zwischen meinen Fingern vibrierte.

»Aiden kommt ungefähr eine dreiviertel Stunde später, weil er im Luigi's noch länger braucht«, sagte ich nach einem kurzen Blick auf das

Display zu Paul, und aus irgendeinem Grund zitterte meine Stimme. »Er meint, dass er Trish bei Bowie abholt und sie dann zusammen herkommen.« Kurz zögerte ich, weil Paul sich geräuspert hatte und immer noch nichts sagte. »Wir können ja schon mal einen Film ...«

Und noch bevor ich zu Ende gesprochen hatte, veränderte sich die Stimmung auf einen Schlag. Pauls braune Augen verdunkelten sich, und der intensive Blick aus ihnen bohrte sich in meine. Ernst blickte er mich an. Und ein Knistern erfüllte die Luft, währen der langsam auf mich zukam. Seine Finger an meinen, als er mir erst die Cola, dann das Handy vorsichtig aus den Händen nahm und beides hinter sich neben den Herd stellte. Dabei sah er mir unablässig in die Augen, ließ meinen Blick nicht los. Mein Herz begann wie wild gegen meine Rippen zu schlagen, als ich die alles verschlingende Dunkelheit in seinem Blick erkannte. Ein Lodern, als er sich schließlich zwischen meine Beine stellte. Ganz langsam ließ er seine Hände über meine Oberschenkel gleiten. Seine Fingerspitzen zogen Spuren aus Feuer durch den Stoff meiner Jeans hindurch. Ich spürte das Kitzeln seines warmen Atems an meinen Lippen, doch er küsste mich nicht. Nicht richtig. Stattdessen strich er mit seinen Lippen über meine, verteilte federleichte Küsse in meinen Mundwinkeln, meinem Kiefer, meinem Hals. Und ich keuchte auf, als er plötzlich mit einem festen Griff meinen Hintern umfasste und mich über die Tischplatte näher zu sich zog. Ich prallte gegen ihn, meine Hände an seinen muskulösen Armen. Die Hitze seines Blicks jagte unaufhaltsam durch meinen Körper.

»Vertraust du mir, Baby?«, fragte Paul mich.

Ich wusste nicht, ob es an der Art lag, wie er mich ansah, so sanft und gleichzeitig voller Verlangen, oder an dem rauen Klang seiner Stimme, als er mich *Baby* nannte – aber ich nickte. Ja, ich vertraute ihm. Ich vertraute diesem Mann mehr als sonst irgendjemandem.

Die Welt schien stillzustehen. Da war nur dieser unendlich intensive Blick. Und der Moment wurde zu einer Ewigkeit.

»Ja«, wisperte ich schließlich, weil mein Nicken ihm scheinbar nicht genug gewesen war. »Ja, ich vertraue dir.«

Und dann zog Paul mich fest an sich, folgte mit seiner Zunge erst quälend langsam den Konturen meiner Lippen, bevor er sie mich in meinem Mund spüren ließ. Er küsste mich so hungrig und stürmisch, auf eine rohe Art, vergrub seine großen Hände in meinen Locken, während ich meine Beine instinktiv um seine Hüften schlang. Ich fühlte seine Erektion zwischen meinen Beinen und zog mir in einer fließenden Bewegung meinen Pulli über den Kopf, griff nach dem Saum von Pauls Hoodie und beförderte diesen ebenfalls mit einem leisen Rascheln auf den Küchenboden. Gott, diese breiten Schultern und starken Arme, diese Bauchmuskeln und all die dunkle Tinte und ihre Geschichten auf seiner Haut!

Mit den Fingern folgte ich den Konturen seiner Muskeln, berührte jeden Zentimeter seiner warmen Haut, strich über die feinen Härchen, die sich unter dem Bund seiner Jeans verloren. Und ich dachte nicht nach, als seine Lippen wieder auf meinen lagen. So fordernd, so bestimmt. Ich dachte nicht nach, sondern drängte mich gegen ihn, klammerte mich seufzend an ihm fest. Ich wollte ihn. Den Mann, in den ich mich rettungslos verliebt hatte. Den Mann, der mir mein Lachen zurückgeschenkt hatte.

Er biss mir in die Unterlippe, und ich konnte das Stöhnen nicht mehr zurückhalten, öffnete fieberhaft erst den Knopf, dann den Reißverschluss seiner Jeans. Und ich spürte das Vibrieren seines leisen Lachens an meinen Lippen. »Immer so ungeduldig, Feuermädchen.«

Langsam und ohne meinen Blick loszulassen, stieg er aus seiner Hose. Nur Sekunden später lag eine Hand wieder fest und schwer an meinen Hüften, die andere an meinem Rücken, um meinen BH zu öffnen. Und ich sah, wie Paul schwer schluckte, als dieser zu Boden segelte. Ich blickte zu ihm hinauf, biss mir auf die Unterlippe – Provokation und Versprechen zugleich. Ich nahm seine Hände, legte sie auf meine Brüste.

Für den Bruchteil einer Sekunde schloss ich die Augen, das berauschende Gefühl seiner schweren Hände auf der empfindlichen Haut. Unter dem sanften Druck seiner Finger, seinen bestimmten, nervenaufreibenden Berührungen stöhnte ich auf. Und er keuchte. Sein heißer Atem vermischte sich mit meinem. Beschleunigte Atmung, mein rasendes Herz. Und ich, die auf jede erdenkliche Art elektrisiert war.

Sanft und langsam schob er meine Beine schließlich auseinander. Umkreise mit seiner Zunge meine Nippel, bis ein Zittern meinen Körper durchlief. Küsste eine Spur zwischen meinen Brüsten bis zu meinem Bauchnabel hinab, dann bis zum Bund meiner Jeans. Und dieser wunderschöne und zugleich düstere Mann kniete sich vor mich auf den Boden. Er sah zu mir hinauf, ein träges, verführerisches Lächeln um seine Lippen, während er seine Hände unter meinen Hintern legte und mir die Jeans mit meiner Hilfe von den Beinen streifte. Dann meine Socken. Und schließlich waren seine rauen Finger am Bund meines Höschens. Ein langer, intensiver Blick aus Bernsteinaugen, dann schob Paul es mir wie den Rest von den Beinen.

Ich saß nackt vor ihm, nackt auf so viele verschiedene Arten. In diesem Augenblick, in dem wir beide innehielten, ineinander versunken, blieb die Welt kurz stehen. Das Herz pochte mir laut und schnell gegen die Rippen.

»Oh, Fuck«, keuchte er, völlig darin verloren, den Blick über jeden Zentimeter meiner Haut wandern zu lassen, während seine Finger selbstvergessen die Innenseiten meiner Schenkel entlangfuhren.

Leise stöhnte ich auf. Zu sehen, wie sehr Paul mich wollte, machte mich mehr an als alles andere. Sanft, aber bestimmt schob er meine Beine noch weiter auseinander. Und schon in der nächsten Sekunde spürte ich das Kratzen seines Bartes auf meiner Haut, als seine Lippen seine Finger ersetzten. Federleichte Küsse führten von meinen Kniekehlen in feinen Linien meine Oberschenkel hinauf. Anschließend wieder in sanften Wegen zurück, und ich, die ich verzweifelt aufschreien wollte.

»Paul, bitte ...«, kam es mir über die Lippen, nicht mehr als ein Wispern. Gott, ich wollte ihn. Ich wollte ihn so sehr. Jeder einzelne Einblick auf seine kaputte und gleichzeitig wunderschöne Seele, die er mir in den letzten Tagen und Wochen gewährt hatte, hatten dafür gesorgt, dass ich mich inzwischen mehr nach seinen Berührungen sehnte als jemals zuvor. Und ein winziger Teil in mir glaubte, wenn ich ihm alles von mir gab, würde er endlich verstehen, dass ich ebenso kaputt war wie er. Dass ich niemals zu gut für ihn sein könnte.

Aus den Küssen auf der empfindlichen Haut meiner Schenkel wurden nervenaufreibende, lodernde Linien, die Paul mit seiner Zunge zog. Quälend langsam bewegte er sich nach oben, immer näher dorthin, wo ich ihn haben wollte, während seine Hände fest um meinen Hintern lagen. Ich hatte das Gefühl, in Flammen zu stehen, konnte nicht mehr denken, nur spüren, nur fühlen: Der Druck seiner Finger, die fordernden und bestimmten Bewegungen seiner Zunge, weil Paul genau wusste, was er da tat, das Vibrieren seiner Lippen an meiner Haut, wenn er meinen Namen murmelte.

Plötzlich glitt seine Zunge zwischen meine Beine. Ich keuchte auf, krallte mich mit einer Hand an die Tischplatte, mit der anderen in Pauls Haaren fest. Er begann sich zu bewegen, erst langsam und leicht, dann immer fester und schneller. Jede einzelne Bewegung sandte ein unkontrollierbares Zittern durch meinen Körper. Und als er zu mir heraufsah, während sein Mund mich langsam, aber stetig in den Wahnsinn trieb, gab mir das endgültig den Rest. Die zerzausten Haare mit meiner Hand darin. In seinen Bernsteinaugen lag eine Dunkelheit, wie ich sie noch nie zuvor darin gesehen hatte: allumfassendes, tiefes Braun. Ein dunkles Meer, in dem ich zu ertrinken drohte. In seiner Hitze, seinem Verlangen nach mir, diese ungebändigte Leidenschaft.

»Scheiße«, keuchte er, meine zitternden Beine umfassend, mich festhaltend. »Scheiße, Louisa, du fühlst dich so gut an!«

Ich drückte beinahe verzweifelt den Rücken durch, drängte mich seinem Mund entgegen. Seine Küsse wurden immer stürmischer. Immer verzweifelter.

»Paul.« Sein Name, der als Stöhnen aus meinem Mund kam. Immer und immer wieder. Lodernd jagten seine Stöße durch meinen Körper. Das Holz des Tisches war kühl an meiner nackten Haut, die Hitze seiner Zunge heiß zwischen meinen Beinen. Mein ganzer Körper war elektrisiert, bereit, alles zu tun und alles zu sein, was dieser Mann zwischen meinen Beinen sich wünschte. Das leise Wimmern und verzweifelte Betteln nach mehr, das mir unkontrolliert über die Lippen kam, bemerkte ich kaum. Da war bloß Paul, der mich wollte. Er war das Einzige, das ich sah: Paul, der mich auf diese Art nahm. Paul, der mich ansah, als hätte er immer nur auf mich gewartet. Und er trieb mich weiter und höher, immer höher.

Paul

»Komm für mich, Baby!«, knurrte ich, als ich meinen Mund für einen atemlosen Augenblick von ihr löste. Ich wollte sehen, wie Louisa verdammt noch mal losließ. Für mich. Für mich allein, weil sie mir gehören sollte.

Und dann war meine Zunge wieder in ihr, jeden Zentimeter auskostend. Feuchte, warme Hitze an meinen Lippen. Louisa auf diese Art zu spüren fühlte sich unbeschreiblich an, das Vertrauen, das sie mir entgegenbrachte, indem sie sich mir in diesem Moment so hingab, noch mehr.

Sie sah zu mir herunter mit flatternden Lidern, als wäre ich zwischen ihren Beinen alles, was sie jemals gebraucht hatte. Ihre Lippen glänzten im Licht, waren leicht geöffnet und geschwollen, ihre Augen lustverhangen. Die Feuerlocken zerzaust, weil ich meine Hände in ihnen vergraben hatte, und ihre Wangen gerötet, weil sie mehr von dem wollte, was ich ihr gab.

Sie schnappte nach Luft, stöhnte so verflucht laut und zügellos für mich, als ich neben meiner Zunge einen Finger in sie gleiten ließ. Heilige Scheiße, ich hatte nie etwas Heißeres gesehen als Louisa, die so kurz davor war, zu fallen.

»Ich will …«, versuchte Louisa zu sagen, aber ich gab ihr keine Gelegenheit dazu, fand mit meiner Hand einen ebenso treibenden Rhythmus wie mit meiner Zunge.

Louisa drängte sich mir mit einem Stöhnen entgegen, also gab ich ihr noch mal mehr. Fester, härter. Mit einem leisen Schrei bog sie den Rücken durch, der Schwung ihrer Brüste zeichnete sich gegen das Licht ab. Verdammt, sie wusste genau, wie gern ich sie ansah, und es machte mich an, dass sie absolut keine Hemmungen hatte, mir alles von sich zu zeigen.

Ihre Beine zitterten inzwischen unkontrolliert, doch meine Hand lag fest an ihren Oberschenkeln. Ich legte mir ihre Beine auf die Schultern und hielt sie fest. So wie ich Louisa immer und immer wieder festhalten würde. Mein Griff um ihre Schenkel wurde fester, meine Bewegungen in ihr schneller und schneller. Weniger beherrscht. Da waren nur noch raue Stöße meiner Zunge, ein weiterer Finger, den ich in sie gleiten ließ, der den richtigen Punkt traf. Und ihre Hitze an meinem Gesicht, die weiche Haut ihrer Schenkel. Dinge, die mich mindestens so um den Verstand brachten wie sie. Ein letztes Mal drang ich genussvoll und unendlich tief in dieses Mädchen ein. Verdammt, es fühlte sich an, als würde ich dabei ihr Herz berühren.

Und dann kam Louisa an meinem Mund und schrie meinen Namen. Laut, so laut. Und immer wieder. Sie fiel, ließ sich vor meinen Augen hemmungslos gehen, löste sich auf und setzte sich wieder neu zusammen. Sie kam für mich. Aufbäumend, laut und wild und ein Anblick, der nur für mich bestimmt war. Und in diesem Moment war ich mir absolut sicher, dass auch *sie* mir gehörte.

»Paul«, seufzte sie mit einem trägen Lächeln, als ich einen letzten hungrigen Kuss zwischen ihre Beine hauchte und anschließend aufstand.

Erschöpft sank Louisa gegen meine Brust. Ich hielt sie fest, strich ihr mit einer Hand eine einzelne Locke aus dem Gesicht.

Sie zitterte immer noch, als ich sie in meine Arme nahm und in ihr Zimmer trug. Wir beide gestrandet in ihrem Bett, wo sie halb zwischen meinen Beinen saß, halb auf mir lag. Ihr Atem, der immer noch zu schnell ging, die warme Haut ihrer Oberschenkel an meiner Erektion, ihre Hand an meinem Herz.

Ich wusste nicht, was ich sagen sollte. Hatte keine Ahnung, wie ich jemals beschreiben sollte, was es tief in mir ausgelöst hatte, sie so zu sehen. Stattdessen führte ich ihr rechtes Handgelenk wortlos an meine Lippen, drückte einen möglichst sanften Kuss auf das Tattoo. Und dann bedeckte ich ihr Gesicht mit Küssen, fuhr mit meinen Händen über jeden Zentimeter ihrer weichen Haut. Zog sie näher an mich. Noch näher, noch mehr.

Louisa sah mich aus riesigen Augen an – ungläubig, tief berührt, verletzlich, voller Verlangen und so, als wäre ich in diesem Moment ihre ganze Welt. Heilige Scheiße, langsam begann ich selbst zu glauben, dass ich sie *doch* verdient hatte. Ich nahm ihr Gesicht in meine Hände, biss sanft in ihre Unterlippe und küsste sie. Und sie küsste mich zurück, stürmisch und leidenschaftlich. Ihre Hände wanderten über meine Arme, meine Brust. Sie setzte sich rittlings auf mich, Hände, die jeden Zentimeter meines Körpers berührten. Und ihr Blick, so unendlich auskostend. Ganz langsam bewegte sie sich auf mir, meine Finger fest an ihren Hüften. Und als sie zu mir herunterblickte, fielen ihr die Locken ins Gesicht. Ihre Hände glitten tiefer und tiefer, bis ihre Fingerspitzen schließlich heiß am Saum meiner Boxershorts lagen. Sie rutschte von mir herunter, um sie mir auszuziehen, und kniete sich anschließend zwischen meine Beine.

Ich setzte mich auf, hielt sie an ihrem Handgelenk fest. Sie sollte nicht denken, sie würde mir etwas schulden. Doch als ihr Blick schließlich zwischen meine Beine fiel, löschte das jeden klaren Gedanken in mir aus. Wie sie sich erst auf die Unterlippe biss, ihre Zunge dann vorwitzig ihre Zähne berührte. Ja, sie wollte mich. So sehr wie ich sie.

Langsam ließ ich mich wieder nach hinten sinken, und dann lag meine Erektion schon warm und schwer in ihrer Hand. Und ihre Finger schlossen sich unendlich sanft um mich, bevor sie begannen, sich in einem regelmäßigen Rhythmus auf und ab zu bewegen.

Louisa seufzte. »Das wollte ich schon so lange tun«, sagte sie leise. »Ich hab es mir vorgestellt, wenn ich es mir selbst gemacht habe.«

Gequält keuchte ich auf. Ihre Worte verloren sich, als sie mich tief anblickte. Wie konnte jemand gleichzeitig so süß und so verflucht heiß sein? Sie konnte unmöglich diese Dinge sagen mit diesem wilden Blick in den Augen und erwarten, dass ich mich würde zurückhalten können! Sie verlangte zu viel von mir.

Hinter Louisa schien die untergehende Sonne durch das Fenster und das Orange ihrer Locken, und das verführerische Lächeln auf ihren Lippen leuchtete in goldenem Licht. Nur einen verdammten Wimpernschlag später beugte sie sich vor und ließ mich quälend langsam in ihren warmen Mund gleiten. Und als sie dabei die Augen schloss, brach jeder verfluchte letzte Widerstand in mir. Ich keuchte, hielt mich mit einer Hand am Bettrahmen fest und stöhnte im nächsten Moment frustriert auf, als Louisa sich zurückzog, nur um mich im nächsten Augenblick noch tiefer in sich aufzunehmen. Ihre Zunge kreiste in einem hungrigen Tempo um mich, ihre Lippen so weich und fest und ihre Hände dabei eine Spur aus Feuer auf meiner Haut. Auf und ab, ein beständiger Rhythmus, der mich alles vergessen ließ, außer sie und mich in diesem Zimmer. Immer schneller, immer fordernder. Hitze schoss durch meinen Körper. Und das Bett knarzte gefährlich, als ich mich mit einem tiefen und rauen Schrei noch fester an dem Holz festhielt. Jeder Muskel meines Körpers war zum Zerreißen gespannt. Ich gehörte ihr. In diesem Moment wurde mir bewusst: Ich würde verdammt noch mal *alles* für dieses Mädchen tun.

Langsam öffnete Louisa die Augen. Ihre Wimpern warfen einen Schatten auf ihre Wangen. Sie hob den Kopf, suchte meinen Blick, und als Louisa ihn traf, explodierte etwas in mir. Wie sie mich ansah, so wild und frei und voller Verlangen. Sie blickte mich an mit dieser Intensität, ließ mich nicht aus den Augen, während ihre Bewegungen immer schneller wurden. Auf und ab mit diesen vollen Lippen, die so fest und weich und so verdammt perfekt um mich lagen. Immer schneller und schneller. Ihre Zunge, die das Spiel quälend auf die Spitze trieb.

»O Gott, Louisa«, knurrte ich und krallte meine Hand in ihre Locken. »Das ist so gut, Baby!« Ich umfasste ihren Hinterkopf, hätte ihre Bewegungen am liebsten dirigiert. Doch ich überließ ihr die Führung, weil sie sich das nehmen sollte, was sie brauchte. Auf die Art und Weise, wie sie es brauchte. Denn das hier war Louisa, die nackt und wunderschön zwischen meinen Beinen kniete. Mein Feuermädchen. Nicht irgendjemand.

Ich war so kurz vor dem Abgrund, musste nur noch endgültig loslassen. Nur noch sie und ich auf der Welt, die Berührung ihrer Hände, Fingernägel, die über meine Haut kratzten, ihre heiße Zunge, und bei jedem Auf und Ab das Kitzeln ihrer Locken an meinem Becken. Es machte mich so verflucht an, zu sehen, wie sehr ihr das gefiel, wie sehr sie das genoss. Und als ihr ein leises Stöhnen entwich, flatterten ihre Augenlider.

»Sieh mich an!«, verlangte ich. Ich war selbst überrascht, wie animalisch und dunkel diese drei Wörter aus meinem Mund klangen. Und ich war so nah dran. So kurz davor, den letzten Rest Kontrolle zu verlieren. Ich bäumte mich auf, drängte mich ihrem warmen Mund entgegen. Ihre Hände auf mein Becken gestützt, ihre Lippen so fest und fordernd um mich. Rhythmisch hielten sie mich umfangen, trieben mich in einem stetigen Auf und Ab in den Wahnsinn. Schneller, härter, tiefer. Ein letztes Mal ließ Louisa mich in ihren Mund gleiten, fing meinen Blick dabei mit der lodernden Hitze in ihren blauen Augen auf.

Und dann explodierte alles um mich herum. Tausend Teile, und doch nur diese eine Sache, die ich sah: Louisa, wie sie mir den verdammten Rest gab. Meine Hände um ihren Hinterkopf, meine Finger in ihren Locken vergraben. Und ich fiel, begann dann zu fliegen. Mit einem letzten lauten Ton, der irgendwo tief aus meiner Brust zu kommen schien. Und mit ihrem Namen auf meinen Lippen.

Es brauchte mehrere Atemzüge, um den Weg zurück in die Wirklichkeit zu finden. Schwer und schnell hob und senkte sich meine Brust. Ich zog Louisa sanft zu mir nach oben, nahm sie in meine Arme, fest und eng, Haut an Haut. Plötzlich Stille und nur schnelles Atmen und zwei laut pochende Herzen.

Zärtlich strich ich ihr eine Locke aus ihrem erhitzten Gesicht, fuhr mit dem Daumen über ihre geschwollenen Lippen. Und ich sagte diese eine Sache, von der mir wichtig war, dass sie sie wusste: »Du hättest das nicht tun müssen, Baby. Deshalb hab ich das in der Küche nicht gemacht!«

Louisa sah mich fest an, ein einzelner Blick auf den Grund ihrer Seele. »Ich weiß, Paul. Aber ich wollte es tun«, sagte sie, während ihre Fingerspitzen den Linien meiner Löwentätowierung folgten. »Für meinen Freund«, fügte sie etwas leiser hinzu. Die tiefen Ozeane ihrer Augen waren Antwort und Frage zugleich.

Sanft, aber bestimmt umfasste ich ihr Kinn, zog sie näher an mich heran und küsste erst das Muttermal an ihrem rechten Mundwinkel, dann sie.

»Dann kann ich mich wohl verdammt glücklich schätzen, eine so talentierte Freundin zu haben!« Und das glückliche Grinsen stahl sich aus Tausenden von Gründen auf meine Lippen.

28. KAPITEL

Louisa

Wir redeten nicht viel, zumindest nicht mit Worten. Aber die Blicke aus Pauls dunklen Augen waren voller Subtext, und ich kam nicht umhin, ihn immer wieder erstaunt anzusehen. Er war ein Traum bei vollem Bewusstsein, mein *Winternachtstraum.*

Paul lag auf dem Rücken, einen Arm entspannt hinter den Kopf gelegt, den anderen fest um meine Taille geschlungen. Haut an Haut und Herz an Herz.

Niemals hätte ich gedacht, dass es sich *so* anfühlen könnte, seine Zunge zwischen meinen Beinen zu spüren. O Gott, in mir war etwas zersprungen, dann explodiert. Sex war für mich immer etwas rein Körperliches gewesen. Und jetzt merkte ich plötzlich, wie tief berührt und bewegt ich war – auf eine emotionale Art.

Jahrelang hatten wir beide keine Nähe zugelassen, unsere Gefühle hinter allen möglichen Dingen versteckt, jeder auf seine ganz eigene Art. Aber das, was wir gerade miteinander geteilt hatten, hatte sich nicht nur wahnsinnig gut angefühlt und für immer in mein Gedächtnis eingebrannt, sondern Paul hatte mir auch gezeigt, was ich ihm bedeutete. Auf seine ganz eigene Art. Und auch wenn er es nicht sagte: Dass er so lange damit gewartet hatte, mich ihn endlich spüren zu lassen, zeigte nur, wie wichtig ihm das war.

Als ich ihn erneut ansah, zuckten seine Mundwinkel. Er presste mich noch enger an sich und begann an meinem Ohrläppchen zu knabbern. Ein angenehmer Schauer lief über meine Haut. Zum ersten Mal hatte ich das Gefühl, dass er trotz des Sturms in seinen Augen völlig offen vor mir lag. Als wären nicht nur wir beide nackt und verletzlich, sondern auch unsere Seelen.

»Woran denkst du?«, raunte er direkt an meinem Ohr und sandte damit ein Kribbeln durch meinen ganzen Körper.

Ein Lächeln stahl sich auf meine Lippen. »Vielleicht ist es ein Geheimnis«, flüsterte ich in die Stille meines Zimmers.

Die Lichterketten an der Decke, die wie jeden Abend automatisch angegangen waren, tauchten Pauls verführerisches Lächeln in ein sanftes, warmes Licht. »Du solltest keine Geheimnisse vor mir haben, Feuermädchen«, sagte er und packte mich am Handgelenk, zog mich auf sich.

Herausfordernd lächelte ich ihn an und ließ meine Finger dabei an ihm herabgleiten. »Sonst was?«

Plötzlich war da ein Rumpeln. Ein Fluchen.

»Ähm Leute…«, wehte Aidens Stimme gedämpft durch die Wohnung. »Wieso liegen eure Klamotten überall auf dem Küchenboden?« Das Geräusch der ins Schloss fallenden Wohnungstür, Schritte, und dann etwas leiser: »Denkst du, die beiden haben es vorher noch in Lous Zimmer geschafft, oder ist es direkt auf dem Tisch passiert?« Ich hörte das Grinsen in Trishs Stimme.

Mit einem leisen Lachen vergrub ich den Kopf in Pauls Armbeuge. Er zog mich noch enger an sich, spielte unablässig mit meinen Locken, fuhr mit seinen Fingern in trägen Kreisen über meine Rippen.

Ich hörte Aiden in der Küche laut fluchen. »Das ist unser Küchentisch, Trish! Wir essen hier, verdammt!«

»Es ist auch dein Küchentisch«, kommentierte Paul das Gehörte leise. »Du kannst darauf machen, was immer du willst.«

Schritte, die hin und her gingen, das Rascheln von Papier. Wahrscheinlich hatten Aiden und Trish auf dem Weg hierher noch etwas zu essen mitgenommen und packten die Sachen jetzt aus. Dann Trishs helle Stimme: »Okay, wow.« Ein Pfeifen. »Wenn Lou immer diese halb durchsichtige Unterwäsche trägt, kann ich komplett verstehen, dass Paul direkt hier über sie hergefallen ist!«

Paul hob mein Kinn mit seinen Fingern an, sah mich mit dieser schwindelerregenden, bedrohlichen Intensität an. »Da hat sie recht. Ich hatte absolut keine Chance, Baby!« Dann biss er mir auf die Unterlippe, fest und sanft zugleich. Küsste mich lang und tief. Ein leises Seufzen glitt mir über die Lippen, als er seine Hand dabei in meinen Nacken legte und mich damit noch fester an sich zog. Sein Daumen folgte dabei zärtlich dem Ansatz meiner Haare.

»Es ist trotzdem unser Küchentisch«, brummte Aiden in der Küche.

»Du willst mir allen Ernstes erzählen, dass du noch nie Sex auf *diesem* Tisch hier hattest?«, ertönte da wieder Trishs Stimme.

Dann Stille. Schweigen. Eine schuldig gebliebene Antwort.

»Ha!«, schrie Trish zufrieden auf. »Ich wusste es! Ich. Wusste. Es. Wer war es?«

»Siehst du, Baby«, sagte Paul. Und ich kuschelte mich an ihn, unsere Beine ineinander verschlungen, während draußen eine wilde Diskussion entbrannte, mit wem genau Aiden auf dem Küchentisch Sex gehabt hatte. Paul hielt mich so unendlich fest, ich spürte das Vibrieren seines Lachens überall in meinem Körper.

»Wir müssen da jetzt raus, oder?«, fragte ich irgendwann, während meine Fingerspitzen dem tätowierten Schriftzug unter seinem linken Brustmuskel folgten. Noch waren die Linien nicht komplett verheilt, und meine Finger erfühlten jede kleine Unebenheit.

»Ich befürchte, ja!«, sagte Paul sanft. Und dieses warme Gefühl in mir war so groß und übermächtig – ich wollte es festhalten, mich ewig daran erinnern, den Augenblick so lang wie nur möglich ausdehnen. Ich fühlte mich gleichzeitig angenehm leer und vollkommen ganz.

»Kann ich dich irgendwie dazu überreden, mit mir hier liegen zu bleiben?«

»Ich bin mir sogar sicher, dass du einen Weg finden würdest«, sagte Paul zärtlich.

Ich biss mir auf die Unterlippe bei dem Gedanken daran, wie gut er sich in meinem Mund angefühlt hatte. Wie berauschend es gewesen war zu sehen, dass Paul meinetwegen dermaßen die Kontrolle verloren hatte. Dass dieser Augenblick mir gehört hatte.

Langsam setzte er sich auf, zog mich dabei aber auf seinen Schoß. Ich schlang die Arme um seinen Hals, berührte mit meinen Fingerspitzen die Grübchen, die ich so liebte, fuhr dann durch seinen Bart. Ich lehnte mich mit meiner Stirn an seine, Nasenspitze an Nasenspitze. Und ertrank in den Bernsteinaugen und noch mehr in diesem Mann.

»Wenn du willst, dann bleib ich heute Nacht bei dir«, sagte er ernst und traf mich mit diesem Satz direkt in mein Herz. »Aber wir sollten da echt raus. So wie ich Trish kenne, steht sie nämlich sonst gleich hier im Zimmer. Und, ganz ehrlich«, das träge Lächeln breitete sich wieder auf seinen Lippen aus, während er mich ausgiebig betrachtete, »diesen Anblick gönne ich wirklich absolut niemandem.«

Ein letzter Kuss, dann hob Paul mich von seinem Schoß, fischte seine Boxershorts von einer Ecke des Bettes, zog sie über und ging rüber in die Küche, um unsere Klamotten vom Boden aufzusammeln. Irgendwie fand ich es heiß, wie selbstverständlich und selbstsicher er sich durch diese Wohnung bewegte, Aiden und Trish in der Küche sogar noch nach ihrem Tag fragte, bevor er wieder in mein Zimmer kam.

Es war beinahe schon beängstigend, wie verrückt ich nach diesem Mann war. Ich hatte gedacht, es wäre eine fiktive Idee aus Liebesromanen, dass zwei Menschen zufällig übereinanderstolpern, und von der ersten Sekunde an ist da ein Funken, der innerhalb kürzester Zeit zu brennen beginnt. Doch ich hatte mich geirrt.

Genau in diesem Moment sah Paul mir in die Augen. Und ich dachte: Er und ich, wir sind das Feuer.

Den ganzen Abend lang suchte Paul meine Nähe. Seine Hand lag auf meinem Oberschenkel, als wir zu viert in der Küche saßen und Pizza vom Luigi's aßen, die Aiden mitgebracht hatte. Seine Arme schlangen sich von hinten um mich, als ich mir etwas zu trinken aus dem Kühlschrank nehmen wollte. Die Lippen lagen an dieser empfindlichen Stelle hinter dem Ohr. Seine rauen Finger waren in meinen Haaren, die ganze Zeit. Ein fester Klaps auf meinen Po, als ich mich vorbeugte, um das dreckige Besteck in der Spülmaschine zu verstauen. Wir allein in der Küche und er so gefährlich nah. Gleichzeitig schaffte Paul es, mich zu berühren, ohne mich anzufassen. Mit jedem einzelnen ehrlichen, entwaffnenden Lachen.

Nach dem Essen sahen wir uns auf dem Sofa in Aidens Zimmer *Fight Club* an, und Paul und Aiden sprachen mit verstellten Stimmen die Dialoge mit. Egal, wie sehr Trish und ich protestierten, die beiden waren davon nicht abzubringen. Ihr Kopf lag auf einem Kissen in meinem Schoß, die blonden Haare fächerförmig um ihr Gesicht verteilt. Und ich ignorierte das eindeutige Grinsen, mit dem Trish immer wieder zu mir hinaufsah.

Als mein Handy eine halbe Stunde später aufleuchtete, verdrehte ich die Augen. Eine Nachricht von ihr. Mit einem leisen Lachen schüttelte ich den Kopf, und meine Locken wirbelten durch Pauls Finger. Ganz sicher würde ich Trish jetzt keine Nachricht mit allen Details zu dem schicken, was er mit mir gemacht hatte. Diese Momente gehörten uns allein.

Als sie nach Ende des Films in der Küche war, um für *American Psycho* neues Popcorn zu machen, lehnte Paul sich betont lässig zurück, die Arme vor der Brust verschränkt, und grinste Aiden von der Seite an.

Der sah ihn fragend an, ein skeptisches Blitzen in den hellen Augen.

»Ich glaube, du schuldest Lou noch eine Antwort, Cassel. Denkst du nicht, dass deine Mitbewohnerin ein Recht darauf hat, zu wissen, wen du auf eurem Küchentisch gevögelt hast?«, sagte Paul.

»Gib es auf«, meinte Trish seufzend, während sie sich mit der Schüssel Popcorn in den Händen wieder neben mich auf das Sofa fallen ließ. »Ich hab echt alles versucht. Und du weißt, wie penetrant ich sein kann, Berger!« Ein zustimmendes Murmeln.

Seufzend lehnte ich mich gegen Paul. Ich hatte diese drei Menschen so gern, wie sie verrückt und nervig und wunderbar waren.

Aiden brummte. »Schauen wir jetzt den Film, oder was?«

29. KAPITEL

Louisa

Es waren nur noch wenige Tage bis Weihnachten, und im Firefly hing neben dem Duft von gerösteten Bohnen und Schokolade momentan auch der Geruch nach Zimt und Nelken in der Luft. Sobald es draußen dunkel wurde, spiegelten sich die unzähligen Lichterketten an der Fensterfront zusammen mit den Kerzen als warmes Licht in den Scheiben. Von Weitem sahen sie aus wie Glühwürmchen in der Nacht. Auch der restliche Campus erstrahlte in bunten Lichtern, von denen vereinzelte sogar in den Bäumen vor der Bibliothek hingen.

Die Midterms waren geschrieben, die vorlesungsfreien Tage damit zum Greifen nah. Die Stimmung auf dem Campus war wahnsinnig ausgelassen und friedlich. Viele hatten ihre Sachen direkt nach der letzten Prüfung zusammengepackt und sich auf den Weg nach Hause gemacht. Paul, Trish, Bowie, Aiden und ich gehörten jedoch zu den Leuten, die noch da waren. Landon hatte uns zu einer Weihnachtsparty bei sich in der WG eingeladen, was dieses Jahr wahrscheinlich die letzte Gelegenheit sein würde, um uns zu sehen und Zeit miteinander zu verbringen.

»Diese Party heute Abend haben wir uns wirklich verdient, Süße«, meinte Trish erleichtert, als sie in meinem Zimmer über die Kommode mit den bunten Griffen gebeugt dastand. Ein Kleidungsstück nach dem nächsten zog sie aus den dunklen Holzschubladen. Ich seufzte zustimmend. In den Tagen nach unserem gemeinsamen Filmabend und in der vergangenen Woche waren wir alle entweder bei der Arbeit oder zum Lernen in der Bibliothek gewesen. Und als wir alle dachten, dass absolut nichts mehr in unsere Köpfe passen würde, hatten wir endlich die Midterms hinter uns gebracht. Wie zu erwarten, hatte ich bei dem Test in *Probability Theory* ein wirklich schlechtes Gefühl gehabt. Inzwischen war ich aber einfach froh, dass die Prüfungen endlich vorbei waren.

Weil Trish und ich uns nur bei unseren wenigen, gemeinsamen Schichten gesehen hatten, beschlossen wir, den Tag zusammen zu verbringen – wir kauften Weihnachtsgeschenke und stöberten im The Book Nook stundenlang nach neuen Büchern. Für Paul kaufte ich ein dunkelblaues Sketch Book, weil mir aufgefallen war, dass der Phönix an meinem Geburtstag nicht seine einzige Zeichnung gewesen war. Immer wieder hatte ich ihn innerhalb der letzten Wochen dabei beobachtet, wie er in geschwungenen Linien Dinge skizzierte. Egal, worauf – eine Serviette im Firefly, eine leere Seite in meinem Notizbuch, die Ränder seiner Mitschriften. Und jedes einzelne, schnelle Bild hatte wunderschön ausgesehen.

Anschließend trafen wir uns mit Aiden im Firefly und tranken einen Cappuccino nach dem anderen. Er kam gerade von einer seiner Proben mit *Goodbye April* und erzählte uns gut gelaunt von den neuen Songs, an denen sie arbeiteten. Zurück in der WG, blockierten wir eine Ewigkeit lang das Badezimmer, weil Trish mir den Ansatz nachfärbte und mir aufwendig die Haare glättete, während wir uns eine unserer Lieblingsfolgen von *Queer Eye* ansahen. Mit den Haaren, die mir jetzt weich und glatt bis zu den Schlüsselbeinen fielen, sah ich älter aus.

Trish stand immer noch seufzend über meine Kommode gebeugt da, zog kopfschüttelnd ein Teil nach dem nächsten aus den Schubladen.

»Wie war eigentlich dein Date mit Bowie gestern?«, wollte ich wissen.

Trish hatte schon vor Monaten mit Aiden ausgehandelt, dass sie von ihm die Schlüssel für das Luigi's bekommen würde, um dort ihren Jahrestag mit Bowie zu feiern. Giovanni hatte für die beiden sogar extra noch Pizza gemacht, die Trish nur noch einmal hatte aufwärmen müssen, und frisches Pannacotta und Tiramisu in den Kühlschrank in der Küche gestellt.

Mit geröteten Wangen drehte Trish sich zu mir um, ein verträumtes Funkeln in den grauen Augen. »Gott, es war *so* romantisch, Lou«, fing sie an zu erzählen, »Bowie hat wirklich überhaupt nicht damit gerechnet und hatte bis zum Schluss keine Ahnung, wo wir hingehen würden. Wir waren komplett allein, im Hintergrund lief ein Album von Half Moon Run, das Essen war himmlisch, und Bowie sah wirklich unfassbar schön aus in diesem dunkelblauen, langen Kleid, das sie getragen hat. Als wir mit dem Essen fertig waren, haben wir zusammen getanzt. Überall Kerzen, die Musik und nur wir beide.« Trish spielte an dem Ring in ihrer Nase und seufzte. »Das klingt jetzt wahnsinnig kitschig, oder?«

Ich lächelte. »Nein, ich finde, das klingt richtig schön«, sagte ich ehrlich. »Der perfekte Stoff für einen Liebesroman.«

»Als wir uns vor über einem Jahr kennengelernt haben, hätte ich einfach niemals gedacht, dass das mit uns jemals so sein würde«, sagte Trish nachdenklich. »Ich meine, Bowie Thompson war nicht unbedingt die Frau, auf die man sich einlassen sollte«, fügte sie lachend hinzu. »Auf jeden Fall war das eine sehr lange Nacht gestern.« Ein Augenzwinkern. Eindeutig zweideutig. Dann widmete sie sich erneut meiner Kommode. »Was hältst du von dem hier?«, fragte sie mich und hielt triumphierend einen kurzen, schwarzen Rock in die Höhe.

Amüsiert zog ich eine Augenbraue nach oben. »Ähm ... das ist deiner, Trish.« Ich verschränkte die Arme vor der Brust. »Wieso versuchst du gerade mir deine Klamotten unterzuschieben?«

»Weil du so heiß darin aussiehst!«, sagte sie mit einem strahlenden Lächeln.

Ich hob eine Hand, und Trish warf mir den Rock zu. »Aber das Oberteil suche ich aus«, ermahnte ich sie, »und ich trage Sneaker dazu, keine hohen Schuhe!«

Sie schob schmollend die Unterlippe vor.

Schon im Treppenhaus von dem Wohnheim, in dem Landon wohnte, wummerten die Bässe aus seiner WG durch die Decke. Musik drang durch die Wände. Schnelle Beats, die immer lauter wurden, je weiter Aiden, Trish und ich den Flur entlangliefen. Ein Typ mit einem Rentier-Haarreif in den dunklen Haaren kam uns schwankend aus der Wohnung entgegen, zog an der Hand ungeduldig einen weitaus nüchterner aussehenden Kerl hinter sich her. An der gegenüberliegenden Wand entschieden die beiden sich scheinbar um und fingen an Ort und Stelle an, miteinander herumzuknutschen.

Die Hände in den Taschen seines Redstone-Lions-Hoodies vergraben, lehnte Landon an der Tür, um uns hereinzulassen. »Hey, Mann!« Seine und Aidens Fäuste trafen sich kurz.

Laut und bebend drang Musik und Gelächter durch die offene Tür. Wir gingen rein. Landon fragte, ob er mir ein Bier aus der Küche holen sollte. Freundlich lehnte ich ab. Ich hatte keine Lust, mich schon wieder rechtfertigen zu müssen, weil ich keinen Alkohol trinken wollte. Aus dem Augenwinkel bemerkte ich, wie Paul zu uns herübersah. Und unter seinem Blick spürte ich sofort dieses Kribbeln auf meiner Haut. Obwohl wir uns fast jeden Tag zumindest zum Lernen oder Laufen sehen, merkte ich, dass ich ihn vermisst hatte. Es war wie Magnetismus. Unaufhaltsam.

Seine Hand war sofort an meiner Taille, als er plötzlich neben mir stand. Das dunkle Haar, das ihm verwegen in die Stirn fiel, das unverschämte Grinsen auf den Lippen. »Hey, Baby«, sagte er. Laut genug, dass Landon es trotz der Musik definitiv hören konnte.

Der nickte ihm kurz zu, verschwand dann in der Menge.

»Meintest du nicht mal zu mir, dass die bösen Jungs nicht eifersüchtig sind?«, fragte ich, als wir uns durch die tanzenden Leute zu schieben begannen.

Paul sah mich mit einem langen Blick an. »Manche Dinge ändern sich, Louisa. Außerdem gefällt es mir nicht, wie dieser Kerl dich ansieht.«

Seine Hand lag in meiner, als wir die Ecke mit dem breiten Sofa ansteuerten. Der Tisch war übersät mit roten Bechern, manche davon noch voll. Flimmerndes Licht, das sich fast im Takt der Musik zu bewegen schien. Alles war Licht, alles bebender Bass. Bowie drückte Paul einen Joint in die Hand, beugte sich auf dem Sofa anschließend zu Trish rüber und blies ihr den Rauch in den Mund. *Santa saw your Instagram Pictures. You're getting Clothes & a Bible for Christmas*, stand auf Bowies eng anliegendem, bauchfreiem Shirt.

Aiden ging los und holte uns etwas zu trinken, während Paul sich neben den beiden auf das Sofa fallen ließ. Ich saß auf seinem Schoß. Er und Bowie erzählten, dass Luke sich vorhin auf den kleinen Tisch in der Küche gestellt und angefangen hatte, die Leute, die sich bloß etwas zu trinken holen wollten, mit einem Striptease zu beglücken. So lange, bis Landon es irgendwann geschafft hatte, ihn da runterzuholen, und ihm ein Wasser in die Hand gedrückt hatte. Trish lachte am lautesten und löcherte Paul mit Fragen, was wir sonst noch alles verpasst hatten.

Als Aiden mit unseren Getränken zurück war, zog ich ihn und Bowie nach vorn zum Tanzen. Bewegte mich im Rhythmus der Musik und genoss diesen in Stroboskop getauchten Moment. Aiden, der schon nach den ersten Songs wieder verschwand, weil ihn jemand zum Beer-Pong spielen wegzog. Bowie, die blieb und sich mit mir ausgelassen zu den lauten Beats bewegte. Während wir tanzten, spielten wir ein Spiel. Wir schlossen Wetten ab, wer heute Nacht noch zusammen verschwinden würde. Pro Treffer bekam man einen Punkt. Wahrscheinlich lag ich nur in Führung, weil der Verlierer dem Sieger einen Kaffee ausgeben musste.

»Ich kann immer noch gewinnen!«, brüllte Bowie über die Musik hinweg, als die große Blondine und der schlanke Typ neben ihr, auf die ich erst vor wenigen Minuten getippt hatte, förmlich aus der Wohnung rannten. Ihre kinnlangen, schwarzen Haare flogen durch die Luft. Siegesgewiss schüttelte ich den Kopf. Ich lachte …

Paul

…und der Anblick traf mich direkt ins Herz. Ich war verrückt nach Louisas Locken, aber mit den Haaren, die ihr heute so weich und glatt über die Schultern fielen, sah sie wirklich wahnsinnig heiß aus. Und schön auf diese ganz spezielle Art. Als würden ihre strahlenden Augen und vollen Lippen dadurch noch mehr zur Geltung kommen. Es fiel mir wirklich schwer, mich von diesem Anblick loszureißen.

»Gott, ich werde euch alle so vermissen, Berger«, sagte Trish, die meinem Blick gefolgt war und an ihrem Becher nippte.

»Es sind doch echt nur ein paar Tage!«

»Na und?« Der blonde Zwerg lehnte seinen Kopf an meine Schulter, und ich reichte den Joint zurück. »Ich hab euch alle so lieb, und zu Hause ist es garantiert niemals so witzig wie hier. Außerdem«, sie hielt kurz inne und nahm einen Zug, »fahren wir doch morgen schon.«

Ich nickte. Aiden wollte schon am nächsten Nachmittag nach New Forreston fahren und dort dann Trish bei ihren Eltern absetzen. Bowie würde sie begleiten und erst am Dreiundzwanzigsten von dort nach Hause fliegen. Isaac und Taylor hatten beide heute ihre letzte Prüfung geschrieben und würden wahrscheinlich auch am nächsten Tag aufbrechen. Wie Lukes Pläne aussahen, wusste ich nicht. Louisa würde bis zum Vierundzwanzigsten auf dem Campus bleiben und Weihnachten dann bei Mel feiern. Nur ich selbst hatte immer noch absolut keine Ahnung, was ich dieses Jahr machen sollte. Ich würde aber hierbleiben, bis Louisa fuhr. Die Vorstellung der nächsten Tage ganz allein mit ihr gefiel mir. Und dann? Wahrscheinlich würde ich zu Aiden oder Trish fahren. Die beiden waren meine besten Freunde, und trotzdem fühlte es sich falsch an, an den Feiertagen immer auf der Suche zu sein. Und es war furchtbar anstrengend.

Die nächsten Stunden waren in flackerndes Licht und den benebelnden Geruch von Gras getaucht. Ich achtete darauf, nicht zu viel zu trinken – ich wollte nicht, dass Louisa sich in meiner Gegenwart irgendwie unwohl fühlte. Auch wenn es mir wahnsinnig schwerfiel, nicht einen Drink nach dem nächsten herunterzukippen, als jemand unter lautem Grölen eine Christmas Playlist anmachte.

Louisa setzte sich zu mir auf die Stufen vor dem Wohnheim, als ich zum Rauchen nach draußen ging. Ihr Kopf lehnte an meiner Schulter. Wir redeten nicht viel, lauschten gemeinsam der leisen Musik und dem Stimmengewirr, das durch ein geöffnetes Fenster nach unten drang. Der große, schwarze Himmel über uns und wir darunter, die gemeinsam schwiegen.

Dann durchbrach Louisa doch die Stille, als wir aufstanden und wieder reingehen wollten. Sie stand vor mir und sah mich mit einem Blick an, als hätte sie in den letzten Minuten nichts anderes getan, als über das nachzudenken, was sie mir gleich sagen würde.

»Möchtest du an Weihnachten mit zu mir kommen? Ich weiß, wie es ist, wenn man nicht so wirklich weiß, wohin«, sagte sie.

Meine Hand strich durch ihre glänzenden, orangefarbenen Haare. Für einen Moment war ich verflucht sprachlos.

»Ich verstehe natürlich auch, wenn dir das zu viel ist. Das mit uns …« Sie zögerte. »Wir sind noch nicht lange … zusammen.« Ihre helle Stimme war nach oben gegangen, und das letzte Wort hatte sich beinahe angehört wie eine Frage.

Louisa schaffte es Stück für Stück, mich glauben zu lassen, dass ich nicht zu verkorkst und sie nicht zu gut für mich war. Und genauso wollte ich es schaffen, dass sie mir glaubte, dass ich nicht verschwinden würde, nur weil ich sah, dass sie Narben mit sich trug. Dass ich bei ihr sein und sie nicht verlassen würde.

»Die Zeit spielt keine Rolle«, sagte ich deshalb ruhig.

Sie senkte den Blick. Ihre langen Wimpern warfen kleine Schatten auf ihr von Sommersprossen übersätes Gesicht.

Ich lächelte. Manchmal wunderte ich mich, wie Louisa in meiner

Gegenwart einerseits so fordernd und frech, dann wieder so schüchtern sein konnte. Und mir war nur zu bewusst, dass ich genauso war. Weil dieses Mädchen mich aus dem Konzept brachte, unter mein Lachen und meine Tattoos blickte, weil sie meine weiche Seite traf. Und das alles nur mit einem einzigen Blick.

Ich lehnte mich zu ihr rüber und sagte: »Wenn das für Mel klargeht, dann komme ich gerne mit zu euch!«

Weihnachten war so ein Familiending. Und bei dem Gedanken daran, wie meine Eltern, Luca und ich uns an diesem Tag gegenseitig vorspielten, wir wären eine glückliche Familie, während hinter den Masken so viel Verborgenes brodelte, kroch wieder diese scheiß Wut in mir hoch. Bei Aiden und Trish hätte ich eine schöne Zeit. Ich meine, ich kannte die beiden mein halbes Leben, sie waren meine besten Freunde, aber – ich war mir immer dessen bewusst, dass ich nicht *wirklich* Teil dieser Familien war. Bei Louisa wäre das anders. Weil sie in so vielen Dingen mein Spiegel war und mich verstand. Und als ich meine Worte ausgesprochen hatte, merkte ich, wie wahr sie tatsächlich waren. Ja, ich würde gerne mitkommen. Die Vorstellung von Louisa und mir an Weihnachten gefiel mir. Verdammt gut sogar.

Louisas Mundwinkel zuckten, dann verzogen sich ihre vollen Lippen zu einem Lächeln. »Oh, das wird so cool, Paul!« Das tiefe Blau ihrer Augen funkelte, als sie zu mir nach oben sah.

»Ach ja?«

»Ja.« Sie nickte, und der Wind wehte ihre grellen Haare für einen Moment durch die Nacht.

Ich legte den Arm um sie, meine Hand an ihrem unteren Rücken, als wir zurückliefen. »Was genau wird denn so cool, Baby?«, wollte ich wissen.

»Das ist eine echt lange Liste«, behauptete Louisa.

»Wir haben mindestens noch drei Minuten. Also genug Zeit, um anzufangen.«

Anam Cara

30. KAPITEL

Paul

»Ich vermisse Plätzchen so sehr!«, sagte ich wehmütig, während der Abspann von *Tatsächlich Liebe* über den Fernseher flimmerte. Ich hatte absolut keine Ahnung, wie ich mich dazu hatte überreden lassen, mir mit Louisa ausgerechnet diesen Film anzusehen. Als sie von einem Weihnachtsfilm gesprochen hatte, hatte ich definitiv etwas anderes im Sinn gehabt. Ich war mir nicht einmal sicher, was ich mir vorgestellt hatte, aber mit Sicherheit nicht ... das.

Doch Louisa hatte die ganze Zeit neben mir auf dem abgewetzten WG-Sofa gelegen, mit ihrem Kopf auf meinem Schoß und meinen Händen in ihren Locken. Zu sehen, wie sie ganz still dalag, vollkommen in die parallel erzählten Geschichten versunken, obwohl ich mir ziemlich sicher war, dass sie jeden Dialog hätte mitsprechen können ... Plötzlich war es nicht mehr wichtig gewesen, was genau wir uns überhaupt ansahen, weil ich sowieso nur sie ansah. Und die vielen kleinen Seufzer, die ihr während der zwei Stunden Film an ihren Lieblingsstellen immer wieder über die Lippen gekommen waren, fand ich das schönste Geräusch überhaupt.

Louisa drehte sich auf den Rücken, um zu mir hinaufsehen zu können. »Ich glaube, bei uns in der WG steht noch eine Dose. Ich kann schnell rüberlaufen und sie holen.«

»O Gott, doch nicht diese komischen amerikanischen Weihnachtskekse.« Grinsend schüttelte ich den Kopf. »Ich meine richtige deutsche Plätzchen. Vanillekipferl, Spekulatius, Zimtsterne ...«

»Ich hab keine Ahnung, wo da der Unterschied sein soll«, sagte Louisa mit einem hellen Lachen, »aber die Wörter klingen lustig!« Mit ihren Fingerspitzen begann sie die Linien des inzwischen fast komplett verheilten Waldtattoos an meinem Unterarm nachzuzeichnen. Ein konzentrierter Ausdruck lag in ihren Augen. Ich liebte es, wenn sie das tat. Als wäre die Tinte auf meiner Haut eine Geschichte, die sie auswendig lernen wollte, um sie nie wieder zu vergessen. Um *mich* niemals zu vergessen.

»Okay, eigentlich sind es schon Kekse«, sagte ich und riss mich von dem Anblick ihrer Hand auf meiner Haut los. »Aber es gibt ganz viele verschiedene Sorten, und es gibt sie immer nur an Weihnachten und in der Zeit davor. Eigentlich kann man das auch gar nicht richtig erklären, das muss man einfach gegessen haben«, erklärte ich. »Meine Grandma hat zusammen mit Luca und mir in der Woche vor Weihnachten immer Plätzchen gebacken, weil ihr im Gegensatz zu Dad immer wichtig gewesen ist, dass Luca und ich unsere Wurzeln nicht vergessen.«

»Dann lass uns welche kaufen gehen«, schlug Louisa vor, ein Funkeln in den tiefen Seen ihrer Augen.

Ich schüttelte den Kopf, ein Lachen kam tief aus meiner Brust. »Nein. Die muss man selbst machen, sonst sind es keine richtigen Plätzchen. Die kann man unmöglich einfach kaufen gehen, Louisa. Und dazu muss man peinliche Weihnachtslieder hören, rohen Teig essen, bis einem schlecht wird... Und wenn man am Ende nicht voller Mehl ist, hat man sowieso irgendetwas falsch gemacht.«

Verträumt blickte sie zu mir hinauf. »Ich finde, das klingt richtig schön!« Einen Augenblick lang betrachtete ich sie noch, die Locken, die wegen mir auf diese ganz spezielle Art zerzaust waren. Dann schnappte ich mir ihre Hand und zog sie nach oben. »Komm!«, sagte ich.

Verwirrt blickte sie mich an, während ich mir schon meine Jacke schnappte. »Wohin denn?«

Ich grinste und gab ihr einen Klaps auf diesen süßen, runden Hintern, als sie an mir vorbeilief. Sie schrie erschrocken auf und nannte mich einen *elenden Lüstling*. Und ich musste laut lachen, weil es so dermaßen niedlich war, wenn Louisa so ungewöhnliche Wörter benutzte. Als würde ein Teil von ihr immer in ihren Liebesromanen leben.

Mit verschränkten Armen stellte sie sich vor mich, streckte mir das Kinn kampflustig entgegen, obwohl sie mir nicht einmal bis zur Nasenspitze reichte. »Also, was hast du vor?«

»Wir gehen jetzt einkaufen, Baby. Und dann zeige ich dir, wie man *richtige* Plätzchen backt!«

Während wir nebeneinander durch die Gänge bei *Target* liefen, erzählte ich Louisa von typischen deutschen Weihnachtstraditionen. Von Geschenken, die bereits am Heiligabend ausgepackt wurden, und dem Christkind, das die Geschenke brachte. Und bei jedem meiner Worte hing sie mit vor Begeisterung geweiteten Augen an meinen Lippen. Ich erzählte ihr sogar von Grandma und Grandpa und der Zeit, als meine Familie sich tatsächlich noch nach einer angefühlt hatte.

Louisa vertraute mir an, wie sie Mel jahrelang gezwungen hatte, nachts mit ihr wach zu bleiben, um den Moment abzupassen, in dem der Weihnachtsmann durch den Kamin stieg. Sie hatte ihn unbedingt fragen wollen, ob es auch eine Weihnachtsfrau gab.

Zurück in meiner WG bestand Louisa mit ernstem Ausdruck in den Augen darauf, die Plätzchen *richtig* zu backen, während sie sich ihre grellen Locken zu einem Knoten zusammenband. Also hörten wir auf Spotify eine Playlist mit albernen Weihnachtsliedern, und ich jagte Louisa mit Mehl-verschmierten Händen durch die Küche und das Wohnzimmer, bis sie nach Luft japsend aufgab und ich sie an mich ziehen konnte. Nebeneinander auf der Küchenzeile sitzend, aßen wir rohen Teig aus der Schüssel zwischen uns. Später holte ich meine Polaroidkamera und machte ein Bild von Louisa, wie sie mit genießerisch geschlossenen Augen ihr erstes Vanillekipferl aß, pinnte es schließlich zu den anderen quadratischen Erinnerungen an die Wand zwischen Taylors und meinem Zimmer.

»Paul Berger«, seufzte Louisa, als sie einen Zimtstern probierte, »du steckst wirklich voller geheimer Talente!«

»Und du, Louisa Davis, siehst gerade wunderschön aus«, sagte ich, als ich das letzte Blech mit Plätzchen aus dem Ofen holte und auf den Herd stellte. Vereinzelte Locken hatten sich aus dem Knoten in ihrem Nacken gelöst und umrahmten ihr Gesicht mit den geröteten Wangen. Mittendrin das tiefe Blau ihrer Augen.

Zufrieden biss sie von einem Zimtstern ab und summte die Melodie von *Last Christmas* mit. Ihre Beine, die von der Küchenzeile baumelten, bewegten sich im Takt der Musik. Und sie sah so unfassbar süß aus. So glücklich. Nie hatte sie ihre Narben mehr wie Flügel getragen als in diesem Augenblick.

Ich machte den Ofen aus und trat langsam zu ihr, stellte mich zwischen ihre Beine und strich ihr eine der Locken sanft aus dem Gesicht. »Du hast da was«, log ich. Überrascht blickte sie mich an. Ich hob ihr Kinn sanft mit den Fingern an, küsste ihre Mundwinkel, das Muttermal an der rechten Seite, glitt mit der Zunge über ihre vollen Lippen, bis Louisa an meinem Mund seufzte.

»Ich hatte da gar nichts, oder?«, flüsterte sie mit diesen großen blauen Augen.

Und ich grinste. »Nein, hattest du nicht.« Dann nahm ich ihr Gesicht zwischen meine Hände und küsste sie. Ihre weichen Lippen schmeckten nach Zimt, ihr warmer Mund nach Vanille und Marmelade. Nach Weihnachten und endlich ankommen. Und nach Louisa, einfach nach Louisa.

Weiß Gott, sie hatte absolut Ahnung, was sie heute für mich getan hatte. Sie hatte mir etwas geschenkt, was ich lange verloren geglaubt hatte: Das Gefühl von Zuhausesein. Den ganzen Tag lang hatte sie mit mir Plätzchen gebacken, einfach weil sie wusste, dass es mir etwas bedeutete, auch wenn ich es nicht so deutlich ausgesprochen hatte.

Louisa nahm mich, wie ich war. Mit all meinen Dämonen, meinen hellsten Tagen und dunkelsten Nächten. Sie stellte keine Fragen, die ich nicht beantworten wollte oder konnte. Und aus irgendeinem unerfindlichen Grund glaubte sie an das Gute in mir. Sie ließ mich diese eine beschissene Nacht vergessen, ließ mich glauben, dass ich trotz all dem Kaputten in mir der richtige Mann für sie sein konnte.

Erstaunt blickte ich dieses Mädchen mit den Feuerlocken an. Und die Erkenntnis, dass ich etwas gefunden hatte, was ich gar nicht gesucht hatte, tat auf die gleiche Art weh, wie sie mich glücklich machte.

Louisa legte langsam den Kopf schief, musterte mich aufmerksam, bevor sie etwas sagte. »Woran denkst du, Paul?« Sie schien dabei gar nicht zu bemerken, wie sie sich nachdenklich auf die Lippen biss.

Schwer schluckte ich. Atmete tief ein und aus. Und dann sagte ich die Wahrheit, während Adrenalin durch meinen Körper zu schießen begann. Meine Stimme klang rau und kratzig dabei. »Ich denke daran, dass ich dich gleich hochheben und in mein Zimmer tragen werde. Daran, dass ich dich dort weiterküssen werde. Verdammt, ich denke daran, wie ich heute Nacht mit dir schlafen werde, weil ich es keine Sekunde länger aushalte. Ich stelle mir vor, wie es sein wird, endlich in dir zu sein. Ich denke daran, dass ich mir dabei alle Zeit der Welt lassen werde. Daran, wie sehr ich dich will, Feuermädchen.« Ich strich erst mit meinem Daumen, dann mit meinen Lippen über ihre, versank in den Tiefen ihres Blicks.

Louisa sah mich wortlos an, und ihre Hände auf meiner Brust bebten. Ich hatte genau bemerkt, wie es von ausgesprochenem Wort zu ausgesprochenem Wort stärker geworden war – ich hoffte, weil sie auch nicht mehr länger warten konnte.

Mein Blick fiel auf ihre Zungenspitze, die vorwitzig ihre Zähne berührte. Mit meinen Lippen strich ich über ihren Kiefer, ihren Hals, knabberte an ihrem Ohrläppchen und presste meinen Mund anschließend an die Stelle unterhalb ihres Ohrläppchens, die sie immer zum Seufzen brachte. Meine Hand lag fest in ihrem Nacken. Das leichte Zittern ihrer

Hände auf meiner Brust spürte ich im ganzen Körper. Und ich hielt Louisa fest, genauso wie den Blick ihrer geweiteten Augen, dessen Blau schlagartig einen dunkleren Farbton annahm. Ein leuchtendes Meer und eine verdammte Strömung, die mich unaufhaltsam mit sich riss.

»Ich tue nichts, was du nicht willst, Baby«, raunte ich. »Aber wenn du jetzt nicht Nein sagst, dann werde ich dich rübertragen und –«

»Ich will dich auch«, ein Wispern an meinem Mund und sie, die ihre Beine um meine Hüften schlang. »Jetzt trag mich endlich in dein Zimmer, Paul.«

Es gab nichts, was ich lieber tat. Meine Hände fest an ihrem Hintern, meine Lippen an ihrem Hals. Und mein abgefucktes Herz irgendwo dazwischen.

Louisa

Ganz am Anfang hatte Paul mich einmal gefragt, ob ich an Schicksal glauben würde. Nein, hatte ich gesagt. Doch meine Meinung hatte sich geändert, erst still und leise, dann auf einen Schlag. Weil ich mir inzwischen sicher war, dass *er* mein Schicksal war.

Und obwohl ich mich bei ihm so sicher fühlte wie sonst nirgends auf der Welt, breitete sich doch ein nervöses Flattern in mir aus, als er mich in seinem Zimmer langsam auf den Boden gleiten ließ, um die Tür hinter mir zu schließen. Das hier war nicht wie an Thanksgiving oder bei mir in der Küche, sondern ruhiger, bedachter. Kein Impuls, sondern eine bewusste Entscheidung. Mein Herz pochte aufgeregt, weil das die letzte Grenze war, die wir überschreiten konnten. Weil er dann alles von mir hätte, jede Faser meines Herzens, jede Faser meines Körpers.

Hinter mir hörte ich das Geräusch der ins Schloss fallenden Tür, das Klicken der Lampe, und einen Wimpernschlag später tauchte sie den Raum in ein weiches, gedämpftes Licht. Paul trat langsam hinter mich.

Zwar berührte er mich nicht, doch die Luft zwischen uns war wie geladen. Ich der Minuspol und er der Pluspol. Und die Zeit, die allein zwischen uns gestanden und sich aufgelöst hatte.

Meine Haut war elektrisiert, weil ich mich so sehr nach der Berührung seiner Hände sehnte, doch keiner von uns rührte sich, und ich wusste nicht, worauf wir beide warteten. Worauf *er* wartete. Sein warmer Atem strich federleicht über meinen Nacken, ein sanftes Kribbeln breitete sich überall auf meiner Haut aus. Für die Unendlichkeit eines Moments schien die Welt komplett stillzustehen, nur wir zwei in diesem Zimmer. Der Augenblick war aufgeladen mit ihm, mit mir. Mit uns. Und dem, was heute Nacht passieren würde.

Und dann schloss Paul wortlos den Abstand zwischen uns, beide Hände fest und schwer an meinen Hüften. Er küsste eine unsichtbare Linie von meinem Hals bis zum Schlüsselbein hinunter und wieder hinauf. Unendlich langsam und sanft. Seine warme Zunge zog feine Linien über meine Haut. Mit einem leisen Seufzen presste ich mich gegen ihn und sog scharf Luft ein, als da das Gefühl seiner Erektion an meinem Rücken war. Ich wollte mich zu ihm umdrehen, wollte meine Finger unter sein Shirt und in seine Hose gleiten lassen. Doch ich spürte Pauls tiefes, sexy Lachen an meinem Hals, seine Hände, die plötzlich fest um meine Handgelenke lagen. Und schließlich fanden seine Lippen ihren Weg an mein Ohr. »Sei nicht so ungeduldig, Feuermädchen.« Ein Raunen. »Gott, ich habe so lange auf das hier gewartet, und ich habe dir gesagt, ich werde mir alle Zeit der Welt lassen.«

Quälend langsam schoben seine Hände sich unter mein Top, berührten die erhitzte Haut darunter. Spuren aus Feuer, die seine Finger zogen. Ich war gefangen zwischen den Berührungen seiner Hände und den Muskeln in meinem Rücken. Schwerelose Küsse in sanften Linien auf meiner Haut. Das Gefühl seines heißen Atems in meinem Nacken. Und schließlich ließ ich mich mit geschlossenen Augen und einem Seufzen gegen ihn sinken. Ich vertraute Paul. So sehr, wie ich noch nie einem

Menschen vertraut hatte. Und inzwischen wusste ich: Das zwischen uns, das war echt. Das war real. Das war alles, wonach ich mich sehnte. Wir beide mochten auf unsere eigene Art kaputt und getrieben sein, doch zusammen waren wir etwas anderes. Nichts spielte eine Rolle außer dem, was ich für diesen Mann empfand. Und dass wir zusammen auf gewisse Weise ganz waren.

Es hatte etwas wahnsinnig Sinnliches an sich, Paul nicht wirklich ansehen zu können. Und es machte mich an, dass er mir nicht erlaubte, mich zu ihm umzudrehen oder ihn zu berühren. Ich konnte nur fühlen, nur spüren: Das Kratzen seines Bartes an meiner Haut, als ich den Kopf mit einem leisen Seufzen in den Nacken legte. Wie er seine Zunge über meine empfindliche Haut gleiten ließ und an meinem Hals saugte, bis ich aufkeuchte. Seine rauen Hände, die unter meinem Shirt träge Kreise zogen, quälend langsam über meine Seiten wanderten, sich unter den Stoff meines BHs schoben und meine Brüste fest umfassten, meine Nippel mit den Fingern umkreisten. Sein tiefes Aufstöhnen dicht an meinem Ohr. Und mein eigenes. Sanfter Druck auf elektrisierter Haut. Und ich keuchte auf, weil das hier die Ruhe vor dem Sturm war. Weil ich wusste, wie hemmungslos Paul sein konnte. Dass er mich so sanft und bedacht berührte, obwohl ich seine Erektion so deutlich in meinem Rücken spüren konnte, trieb mich in den Wahnsinn. »Paul«, seufzte ich fast schon gequält. Und er murmelte meinen Namen, der Klang seiner Stimme tief und elektrisierend.

Langsam zog er mir das Top über den Kopf, und seine Hände strichen anschließend meine Arme entlang, meine Taille, mein Bauch, fuhren über meinen Hintern, fanden ihren Weg schließlich in heißen Spuren zum Saum meiner Leggins. Im nächsten Moment schob er sie mir mit meiner Hilfe von den Beinen. Ein raschelndes Geräusch auf dem Boden.

Dann nahm Paul plötzlich meine Hand, drehte mich herum, sodass ich gegen seine Brust stolperte und ihn ansehen konnte. Endlich.

Der Blick in seinen dunklen Augen löschte jeden klaren Gedanken in mir aus. Ich ertrank in deren Hitze, verlor mich in diesem lodernden Verlangen, das in mir mindestens genauso brannte. Wir beide für eine atemlose Sekunde in dem Subtext, den wir in den Augen des anderen sahen. Zwei zu schnell schlagende Herzen.

Wir sahen einander immer noch an, als Paul langsam seine Hand hob und das Band aus meinen Haaren zog. Locken kitzelten mich plötzlich an meinen nackten Schultern, und Paul vergrub mit einem trägen, zufriedenen Lächeln seine großen Hände in ihnen. »Gott, ich liebe diesen Anblick ...«

Ich stellte mich auf die Zehenspitzen und küsste ihn. Mit Zunge und mit allem, was ich hatte. Allem, was ich war und fühlte.

»Ich will dich so sehr, Louisa!«, knurrte er fast schon verzweifelt. Und er packte mich, drängte sich stürmisch gegen mich. In einer fließenden Bewegung öffnete er den Verschluss meines BHs, keuchte an meinen Lippen, als dieser mit einem leisen Geräusch zu Boden fiel. Sein auskostender Blick auf meinen Brüsten und meine Hände unter seinem Shirt, auf seiner erhitzten Haut. Seine Muskeln warm und hart unter meinen Fingern.

»Du hast zu viel an!«, murmelte ich zwischen zwei Küssen. Und ich wieder auf Zehenspitzen, als ich ihm das Shirt auszog. Das Gefühl meiner nackten Brüste an seiner Haut war nicht genug. Nichts war genug. Ich wollte mehr, so viel mehr.

Gemeinsam stolperten wir in Richtung des Betts. Paul ließ mich auf die Kissen sinken und streifte mir mein Höschen von den Beinen. Vollkommen nackt lag ich vor ihm, nackt auf jede nur mögliche Art. Und der auskostende Blick, mit dem er jeden Zentimeter meines Körpers bedachte, jagte Hitze durch meine Venen. Der Hunger in seinen Augen ließ mein Herz einen Schlag aussetzen.

Paul blickte mit einem selbstvergessenen Ausdruck in den Augen auf mich hinunter. Diese breiten Schultern und starken Arme, die mich jederzeit auffangen würden. Die definierten Muskeln, die mich jederzeit festhalten würden. Die schwarze Tinte, die mir mindestens so viel über ihn erzählte wie seine Worte. Und diese Bernsteinaugen, deren Wärme der größte Kontrast zu all dem Düsteren an ihm war.

Pauls Brust hob und senkte sich zu schnell. Meinetwegen. Und diese Tatsache steigerte das Kribbeln auf meinem ganzen Körper und schließlich das zwischen meinen Beinen ins Unermessliche. Ich musste ihn spüren, so dringend. »Zieh dich aus«, forderte ich Paul deshalb heiser auf.

Ein verführerisches Lächeln umspielte seine Lippen. Ohne mich aus den Augen zu lassen, öffnete er quälend langsam erst den Knopf seiner Jeans, dann den Reißverschluss, streifte sie sich von den Beinen. Die schwarze Boxershorts folgte. Und dann stand er nackt vor mir, groß und männlich in diesem warmen, gedimmten Licht. Bei dem Gedanken, dass er mir gehörte, biss ich mir unwillkürlich auf die Unterlippe. Langsam streckte ich die Hand nach ihm aus, zog ihn zu mir auf das Bett. Ich wollte diesem Mann nah sein, auf jede nur erdenkliche Art. Ich wollte all seine tiefsinnigen Gedanken ergründen und jeden Zentimeter seiner warmen, erhitzten Haut. Ich wollte ihm auf diese Art zeigen, was er mir bedeutete.

Langsam setzte ich mich auf seinen Schoß. Er schob eine Hand in meinen Nacken, zog mich zu sich heran. Instinktiv öffnete ich meine Lippen, als er mit seinen quälend langsam über meine strich. Und dann war da seine Zunge an meiner. Ein wilder, schwindelerregender Tanz. Stürmisch. Hungrig. Und das Kribbeln zwischen meinen Beinen wurde beständig stärker. Paul, da war immer nur Paul. Er war all das, was ich wollte. Und während er mich mit einer Hand festhielt, wanderte die andere in sanften Kreisen zwischen meine Beine. »Louisa!« Mein Name nur ein dunkles Flüstern an meiner Haut. Meine Lider flatterten, und Hitze schoss durch meinen ganzen Körper, als er mich berührte, mit seinen rauen Fingern genau den richtigen Punkt traf. Ich bog den Rücken durch, stöhnte unter seinen Bewegungen lang und tief auf.

»Ich will dich«, keuchte ich beinahe schon verzweifelt, bewegte mich auf seinen Fingern und seinem Schoß. »Ich will dich richtig.« Ich sah ihn einfach nur an. Mit all meinem Verlangen und all dem, was ich für ihn empfand. »Bitte«, fügte ich leise hinzu. »Jetzt.«

Ein tiefes Knurren. Dann wirbelte Paul mich herum, drückte mich in die weichen Kissen. Ich auf dem Rücken und er, der sich über mich schob. Das leise Knistern von Folie, das Kondom, das er sich überrollte.

Und dann drang er tief in meinen Körper und noch viel tiefer in meine Seele ein. Ich keuchte auf, krallte eine Hand mit geschlossenen Augen in die Haut seiner Arme, weil die Welt plötzlich in Flammen stand und wir das Feuer waren. Zitternd rang ich nach Luft, weil das Gefühl in mir so groß und überwältigend war.

»Alles okay?«, fragte er. Stille. Schnelles Atmen. Sein schnell schlagendes Herz unter meiner anderen Hand.

Bei dem dunklen Klang seiner Stimme schlug ich die Augen langsam wieder auf, und bei der Art, wie er mich lustverhangen und gleichzeitig mit dieser Wärme im Blick ansah, explodierte etwas in mir in tausend Teile. Ich nickte. Pauls Fingerspitzen für einen Moment an meiner Wange.

Unendlich langsam zog er sich aus mir zurück, nur um im nächsten Moment wieder zuzustoßen. Und ich schrie auf. Der Blick in seinen Augen war das Einzige, was ich sah. Ich vergrub meine Hände in seinem dunklen Haar, schlang ein Bein um seine Hüfte, zog ihn so enger an mich. In mich. »Louisa«, stöhnte Paul dicht an meinem Ohr, als er begann sich mit langsamen Stößen in mir zu bewegen. Mit einem festen Griff umfasste er das Bein, das ich um ihn geschlungen hatte, bewegte sich mit mir im selben unnachgiebigen Rhythmus.

Paul sah mich an, intensiv und tief, krallte eine Hand in meine Locken. Und ich drängte mich ihm und seinen Bewegungen entgegen, ich wollte mehr, bäumte mich unter ihm auf. Ich wollte sehen, wie er losließ. Wie er die Kontrolle verlor. Meinetwegen. Ich wollte, dass wir zusammen fielen, irgendwo am Rande des Abgrunds, um dann zusammen zu fliegen. Ich wollte alles. Alles, was er mir geben konnte.

»Ich bin nicht aus Glas, Paul«, wisperte ich an seinen Lippen. »Nimm mich richtig!« Und ich schlang auch das andere Bein um seine Hüfte, zog ihn keuchend näher an mich.

Ein Blick aus den Bernsteinaugen, der mich alles andere vergessen ließ, ein roher, animalischer Laut, der tief aus seiner Brust zu kommen schien. Und es war, als hätte er nur darauf gewartet, mich das sagen zu hören. »Gott, Louisa ...«

Ich sah es in seinen Augen: Die Sekunde, in der er beschloss, sich vollkommen gehen zu lassen. Und in diesem Augenblick ertrank ich nicht in der Hitze seines dunklen Blicks, nein, ich stürzte kopfüber hinein.

Dieses Mal stieß Paul endlich richtig zu. Schneller. Härter. Tiefer. So viel tiefer. Ich drängte mich ihm entgegen, ließ seinen Blick dabei aber kein einziges Mal los. Wir bewegten uns im selben treibenden Rhythmus, wir beide Haut an Haut und Herz an Herz.

Gott, ich liebte es, dass Pauls Berührungen waren wie er selbst: so wild und intensiv. Und er stieß in mich, immer und immer wieder, und mit jeder einzelnen Bewegung traf er mein Herz. Er trieb mich weiter und weiter, immer höher, immer näher an den Rand des Abgrunds.

»Verdammt, Baby, ich will dich kommen sehen!«, keuchte er voller Verlangen.

Ich blickte ihn an, sein Gesicht so unendlich nah vor meinem. Langsam ließ ich eine Hand zwischen meine Beine gleiten, während jeder seiner rauen Stöße wie Feuer durch meinen Körper loderte. Rieb über diesen einen Punkt, der mich so viel schneller dahin brachte, wo Paul mich haben wollte. Und seine dunklen Augen weiteten sich, als er sah, was ich tat. Der Griff in meine Locken wurde noch viel fester.

»Du bringst mich um«, stöhnte er dunkel.

Zu sehen, wie sehr es ihm gefiel, dass ich mich vor seinen Augen selbst berührte, ließ meinen eigenen Körper erbeben. Meine Beine begannen unkontrolliert zu zittern, seine Stöße wurden roher, animalischer. Immer wieder stieß sein Becken gegen meines. Das Lodern steigerte sich zu größer werdenden Flammen. Er und ich, weil das alles war, was zählte.

Und dann explodierte plötzlich alles um mich herum. Und während Welle über Welle über mir hereinbrach, sah Paul mir in die Augen. Der Ausdruck darin gab mir endgültig den Rest. Er blickte mich an, als wäre das hier, als wäre ich alles, was er jemals gewollt hatte. Die Welt brannte, wir mit ihr, und ich schrie seinen Namen, immer und immer wieder.

Ein letztes Mal drang er mit einem tief aus der Brust kommenden, animalischen Laut in mich ein, und mein Name lag dabei trotzdem so unendlich liebevoll auf seinen Lippen.

Und dann fiel er, nur wenige Sekunden nach mir. Ein dunkler Schrei, ein rohes Stöhnen. Sein ganzer Körper erbebte auf mir, und sein Mund zog eine Spur winziger Küsse an meinem Kiefer entlang, sein Mund, der sich zärtlich auf den Phönix an meinem Handgelenk presste.

»Louisa«, flüsterte er.

31. KAPITEL

Louisa

Der Geruch von Paul war das Erste, was ich wahrnahm, als ich am nächsten Tag aufwachte – der Duft nach Wald und etwas Holzigem, etwas Vertrautem.

Ich seufzte in mein Kissen hinein, als ich merkte, dass er mich scheinbar die ganze Nacht nicht losgelassen hatte: seine Bauchmuskeln an meinem Rücken, seine Arme fest um mich geschlungen, unsere Beine miteinander verknotet. Haut an Haut. In meinem Bauch flatterte es jedes Mal, wenn Pauls warmer, regelmäßiger Atem über meinen Nacken strich. Und als er im Schlaf seufzte und mich noch enger an sich zog, schlichen sich die Erinnerungen an letzte Nacht Stück für Stück in meine Gedanken. Ich glaube, ich hatte ein neues Lieblingswort: Es war der dunkle Klang meines Namens aus seinem Mund gewesen, als er mir in die Augen gesehen hatte und dabei gekommen war – und all das, was darin mitschwang.

Mitten in der Nacht war ich aufgewacht und in die Küche gegangen, um mir ein Glas Wasser zu holen, nackt und erschöpft auf diese gute Art. Nur wenige Minuten später war Paul hinter mir aufgetaucht und hatte mich wortlos zurück in sein Bett getragen. Als er mich wieder in die weichen Kissen hatte sinken lassen, hatte ich mich auf ihn gesetzt und ihn tief in mir aufgenommen. Während ich angefangen hatte, mich auf ihm zu bewegen, hatte der Mond hell durch die Fenster geschienen, Pauls markante Gesichtszüge plötzlich weich in dem schimmernden Licht. Auf und ab und ein treibender Rhythmus, seine Hände dabei überall auf mir, meinen Seiten, meiner Taille, meinen Brüsten. Irgendwann hatte er mich an den Hüften gepackt, mir gezeigt, was er von mir brauchte. Wie er es brauchte. Die Bewegung seines Beckens unter mir. Es war anders gewesen, intimer, langsamer, zärtlicher. Und wie jedes Mal emotional auf eine Art und Weise, von der ich gar nicht gewusst hatte, dass Sex so sein konnte. Wir hatten einander in die Augen gesehen und waren beinahe gleichzeitig gekommen. Das Gefühl dieses Mannes in mir, als er meinen Namen in die Stille der Nacht gerufen hatte. Sein Blick aus warmen, dunklen Augen. Und fast hätte ich Paul in diesem Moment gesagt, dass ich ihn liebte.

Vorsichtig und ohne ihn zu wecken, krabbelte ich aus dem Bett, fischte mein Höschen vom Boden und zog aus seinem Schrank eines seiner Shirts. Einfach, weil ich etwas tragen wollte, das nach ihm roch. In der Küche schnappte ich mir eine Tasse aus einem der Hängeschränke und ließ mir einen Kaffee aus der Maschine ein.

Und dann stand ich dort am Fenster, betrachtete die Berge in der Ferne, den Campus unter mir und dachte, dass ich niemals damit gerechnet hätte, dass mein Umzug nach Redstone bedeuten würde, jemanden wie Paul in mein Herz zu lassen, wo es doch voller Narben war: den Bad Boy. Den Herzensbrecher. Den Player. Den Typen mit der dunklen Vergangenheit. Aber das war nur ein Teil von ihm, und inzwischen wusste ich, dass hinter diesem Sturm in seinen Augen so viel mehr verborgen lag. Der echte Paul Berger mit diesem großen Herzen, das voller Leidenschaft war. Für das, was er liebte, für seine Fotografien, den Wunsch, die Welt zu einem besseren Ort zu machen, für die Menschen, die ihm wichtig waren. In ihm war so viel Gutes. Und ich sah jeden einzelnen Aspekt davon.

Erst hörte ich leise Schritte auf dem Holzboden im Wohnzimmer, dann sah ich Paul durch die Spiegelung des Fensters hinter mir im Türrahmen lehnen. Bei dem Anblick seiner Muskeln und der feinen Härchen, die wie eine Einladung im Bund seiner Jogginghose verschwanden, biss ich mir unwillkürlich auf die Unterlippe. Seine dunklen Haare waren zerzaust und fielen ihm wirr in die Stirn. Die Wärme in seinem Blick brachte mein Herz zum Rasen. Genauso wie das sanfte Lächeln mit den Grübchen, das seine Lippen in diesem Moment umspielte.

Ich bemerkte, wie Paul seinen Blick über mich gleiten ließ, in dem Glauben, ich hätte ihn nicht bemerkt. Grinsend überkreuzte ich also langsam meine Beine, bis das Shirt an meinem Hintern ein Stückchen nach oben rutschte, sodass nur noch nackte Haut und die Spitze meines Höschens zu sehen waren.

Es dauerte nur Sekunden. Ein tiefes Knurren, und er war bei mir, gab mir einen Klaps auf den Hintern, den ich mit einem leisen Lachen kommentierte, und schlang seine Arme von hinten fest um mich. »Verdammt, hör auf mit deinen Spielchen, Feuermädchen«, wisperte er in mein Ohr, »ich bin schon verrückt genug nach dir!«

»Wie lang wolltest du mich denn noch anstarren?«, fragte ich betont unschuldig und ließ mich mit geschlossenen Augen gegen ihn sinken.

Er zog mich noch enger an sich und küsste mich auf den Ansatz meiner Haare, während er seine rauen Hände unter das Shirt schob und meine Seiten hinauffuhr. Ich erschauderte, als er sanft meine Brüste berührte, ich die Augen wieder öffnete und in der Reflexion des Fensters seinen Blick auffing. »Ich werde dich immer ansehen wollen, Louisa.« Da war eine schwindelerregende Intensität, obwohl ich sein Gesicht nur als Spiegelung im Fenster sah.

»Manche würden sagen, es ist gruselig, von einem Kerl so angestarrt zu werden«, erwiderte ich und versuchte dabei möglichst ernst auszusehen.

»Wenn ein Mann seine Freundin und ihren perfekten Arsch nicht mehr anstarren darf, dann läuft eindeutig irgendetwas verdammt falsch auf dieser Welt, Baby!«

Ein letzter Kuss auf meine Locken, dann ließ Paul mich los und stellte sich an den Herd. So selbstverständlich. Er holte eine Pfanne aus einem der Schränke, Eier und Speck aus dem Kühlschrank, und nur wenige Minuten später erfüllte ein unwiderstehlicher Duft die Küche. Ich setzte mich auf die Küchenzeile, so wie am Tag zuvor. Die Beine nach unten baumelnd. Dieses weiche Shirt von Paul um meinen Körper, genauso wie sein markanter Geruch. Die Kaffeetasse heiß zwischen meinen Fingern. Und mit einem Flattern in mir sah ich ihm einfach nur zu, wie er mit routinierten Bewegungen Frühstück für uns machte. Rührei und Speck schließlich auf zwei Tellern verteilte und beides ins Wohnzimmer trug. Wir beide auf dem Sofa gegenüber, Haut an Haut, meine nackten Beine auf seinem Schoß.

Nach dem Essen zog Paul mich in die Dusche, massierte mir in langsamen, kreisenden Bewegungen das Shampoo in die Haare ein, während er vor mir stand und ich zu ihm hinaufsah, meine Hände auf den harten Muskeln an seinem Bauch. Er ließ meine Locken durch seine Finger gleiten, als er es wieder ausspülte, immer und immer wieder. Das Wasser prasselte heiß und dampfend auf unsere nackte Haut. Plötzlich waren seine Hände nicht mehr in meinen Haaren, sondern packten meinen Hintern, hoben mich hoch und pressten mich fest gegen die Fliesen. Ein fragender Blick aus tosenden Bernsteinaugen. Und dann meine Beine um seine Hüften und er in mir. Heiser flüsterte ich seinen Namen, als ich zitternd in seinen Armen kam.

Als es draußen zu schneien begann, trocknete er jeden Zentimeter meiner Haut mit einem Handtuch ab. Und auf dem Sofa kuschelte ich mich in seine Arme, saß zwischen seinen Beinen mit seinen warmen Händen auf meinem Bauch, während ich ihm davon erzählte, wie ich mit sieben Jahren überzeugt davon gewesen war, eines Tages den Nobelpreis für Literatur zu bekommen. Ich hatte mit Buntstiften die Cover meiner imaginären Bücher gemalt, *Louisa Davis* auf jedem einzelnen in riesigen und krakeligen Buchstaben ganz oben.

Paul lachte leise, ein Kitzeln an meiner Haut. Und er erzählte mir, dass er sich, als er Astronaut werden wollte, Namen für all die Planeten ausgedacht hatte, die er eines Tages entdecken würde: Argik, Zeranoo,

Leraja, Sumanya, Duhram. Ich holte mein Notizbuch aus seinem Zimmer und fing eine neue Liste an, dachte mir mit Paul schöne Namen für neue Planeten aus. Grinsend nahm er mir den Stift aus der Hand, schrieb Tatooine in eine neue Zeile. Seine geschwungene Schrift unter meiner mit all den Ecken und Kanten.

Amüsiert zog ich eine Augenbraue nach oben. »Du schummelst!«, beschwerte ich mich.

»Wie kommst du darauf?«, fragte er betont unschuldig, »Eifersüchtig, weil ich so viel kreativer bin als du, Feuermädchen?«

»Tatooine ist der Wüstenplanet, auf dem die Skywalkers zu Hause sind. Wenn du mich reinlegen willst, dann mach es doch nicht so auffällig und nimm einen Planeten, der bei Star Wars weniger bekannt ist.«

Dagobah schrieb Paul in die nächste Zeile. Buchstabe für Buchstabe. Und ich liebte den Anblick seiner großen Hände, wie sie in mein Notizbuch schrieben.

»Dort treffen Luke Skywalker und Yoda das erste Mal aufeinander«, murmelte ich.

Dann: Mustafar.

»Das lang ersehnte Duell zwischen Obi-Wan Kenobi und Anakin Skywalker in der dritten Episode«, sagte ich mit einem Seufzen und drehte meinen Kopf, um ihn ansehen zu können. Kniff die Augen zusammen. »Du bist langweilig, Paul Berger!«

Plötzlich klingelte mein Handy, signalisierte den Eingang einer neuen Nachricht. Eine Nummer, die ich längst gelöscht hatte, und doch wusste ich jede einzelne Ziffer auswendig.

Und dann war da wieder dieses enge Band um meine Brust, das ich schon seit Wochen nicht mehr gespürt hatte. Luft, die ihren Weg nicht richtig in meine Lungen fand, sich auf halbem Weg in eben diese aufzulösen schien. Ich rang nach Atem.

»Louisa?«, fragte Paul leise und dicht an meinem Ohr. »Ist alles okay?« Er klang besorgt und plötzlich so unendlich weit weg.

»Meine Mom«, flüsterte ich mit einer Stimme, die in meinen eigenen Ohren fremd klang. Mit zitternden Fingern öffnete ich die Nachricht und begann zu lesen, auch wenn alles in mir danach schrie, das Handy einfach wieder zur Seite zu legen. Zu ignorieren, dass sie mir geschrieben hatte.

Louisa, du hast auf meine letzten Nachrichten nicht geantwortet, und ich bezweifle, dass du auf diese hier reagieren wirst. Ich versuche es trotzdem. Melody hat mir erzählt, dass du die kommenden Tage bei ihr verbringen wirst, und ich wollte dir jetzt schon einmal frohe Weihnachten wünschen. Und dich fragen, ob wir uns im neuen Jahr vielleicht sehen können? Ich glaube, es gibt vieles, über das wir sprechen müssen. Ich vermisse dich.
Mom

Meine Finger an dem Handy bebten, und mein Kopf war schlagartig leer. Kein einziges Wort darin. Seit weit mehr als einem Jahr hatten wir nicht mehr miteinander gesprochen, und jetzt fing diese Nachricht mit dem Vorwurf an, dass ich auf ihre letzten nicht geantwortet hatte? Bei ihr klang das so, als hätte sie sich Monat für Monat um diesen Kontakt bemüht. Zitternd holte ich Luft. Erinnerungen wirbelten brutal und schmerzhaft durch meine Gedanken.

Paul

Louisa zitterte unter meinen Händen. Und, Scheiße, ich wusste nicht, was ich tun sollte, was ich sagen sollte. In mir war einfach nur dieser unbändige Wunsch, sie zu beschützen.

Ich wusste, wie schrecklich diese Erinnerungen an ihre Vergangenheit für sie waren. Ich wusste, wie lange sie gebraucht hatte, bis ihr von dem bloßen Geruch von Alkohol nicht mehr schlecht geworden war. Ich wusste, dass sie sich für einen schlechten Menschen hielt, weil sie im September nicht zu ihrer Mutter ins Krankenhaus gefahren war – aus

Angst, dass noch mehr in ihr zerbrechen würde, sollte sie ihr gegenüberstehen. Ich wusste all diese Dinge, weil Louisa sie mir in den Nächten erzählt hatte, in denen ich ihr gebeichtet hatte, dass ich meinen Vater wirklich hasste. Und wie sehr ich mich schämte, dieses Gefühl in mir zu tragen. Ich kannte ihre Gedanken und Ängste und hatte trotzdem keine Ahnung, wie ich ihr helfen konnte.

Vorsichtig löste ich die Hände von Louisa, stand auf und setzte mich auf den Boden vor das Sofa. So, dass ich ihre Hände in meine nehmen und sie gleichzeitig ansehen konnte. Ihr Blick traf meinen. Mattes Blau.

»Louisa«, sagte ich leise, sprach ihren Namen so sanft aus, wie ich nur konnte. »Ich ... Verdammt, ich weiß nicht, was ich tun soll. Aber ich bin für dich da, okay?« Ihre Hände fest in meinen und ich, der immer und immer wieder darüberstrich.

Ich merkte, wie Louisa sich unter dem sanften Druck entspannte. Stück für Stück.

»Ich bin hier bei dir und werde nirgendwo anders hingehen«, raunte ich, weil ich wusste, dass das Verlassenwerden in diesen Momenten eine ihrer größten Ängste war.

Louisa blickte mich an. Atmete tief ein und aus. Ein entschlossener Ausdruck huschte über ihr Gesicht, dann griff sie nach ihrem Handy, begann zu tippen. Nur wenige Wörter, dann legte sie es wieder zur Seite. Weiter weg dieses Mal.

Erstaunt sah ich sie an.

»Sie hat gefragt, ob wir uns sehen können. Und ich habe ihr geschrieben, dass ich darüber nachdenken werde«, flüsterte sie.

In mir machte sich ein großes, warmes Gefühl breit, als ich Louisa ansah. Die Entschlossenheit in ihren Wahnsinnsaugen und tief darunter ihre Verletzlichkeit. Dieses verfluchte Gefühl in meiner Brust wurde größer, dehnte sich aus, und da merkte ich, was es war: Stolz. Ich war wahnsinnig stolz auf mein Feuermädchen, das so mutig war und nach vorn sah. Das über seiner eigenen Schatten sprang.

Und dann rutschte sie vom Sofa, direkt auf meinen Schoß. Die Arme fest um meinen Hals geschlungen, den Kopf an der Kuhle an meinem Hals vergraben. Wir beide plötzlich auf dem Boden. Ich strich über ihre Locken, eine Hand fest an ihrem Rücken, hielt sie ganz fest.

»Danke«, flüsterte sie an meiner Haut. Und mit meinem Mund ganz dicht an ihrem Ohr, erzählte ich ihr von dem warmen Gefühl in mir.

Dann zog ich sie nach oben, setzte mich mit ihr wieder auf das Sofa und schmiss ihr einen der beiden Controller zu, die auf dem kleinen Holztisch davor lagen. Ich würde ihr eines meiner Lieblingsspiele zeigen, das ich immer zusammen mit Taylor zockte.

Louisa sah mich zwar erst überrascht an, ließ sich dann von mir aber alle wichtigen Hintergrundinformationen für das Game erklären. Und ich seufzte erleichtert auf, als mein Plan eine halbe Stunde später aufging: Louisa hatte den Kopf in den Nacken gelegt, und ihr schönes Lachen wirbelte durch das Wohnzimmer und durch mich. Sie hatte mich wirklich abgezogen, was eigentlich ein Ding der Unmöglichkeit war, weil ich erstens eigentlich scheiße gut in diesem Spiel war und sie es zweitens zum ersten Mal gespielt hatte. Aber das war egal.

Gott, war sie schön: der Schwung ihrer Wangen, die Sommersprossen auf ihrer hellen Haut, der Controller in ihren Händen und schließlich dieses Funkeln in ihren Augen. Wie beim allerersten Mal dachte ich an die Tiefe von Ozeanen und Seen, nur dass ich inzwischen fast bis auf den Grund blicken konnte. Verdammt, ich sah, *wer* Louisa war, sie hatte ihre Geheimnisse mit mir geteilt, ihre Träume und Sehnsüchte, ihre Stärke, von der sie so viel hatte, und ihre Verletzlichkeit. In manchen Momenten zog sie sich immer noch in sich selbst zurück – aber darum ging es nicht. Viel wichtiger war, dass sie sich bei mir sicher fühlte, dass ich sie beschützen konnte, wenn es darauf ankam. Dass ich ihr Fels in der Brandung sein konnte.

Und dann traf es mich wie ein Blitz. Es musste jetzt sein, weil es perfekte Momente manchmal nicht gab. Weil ich das schon länger fühlte und manche Dinge keinen Aufschub duldeten. Tief atmete ich ein und aus. »Ich muss dir etwas sagen, Baby.«

Langsam drehte Louisa sich zu mir um, einen fragenden Blick und etwas dahinter, das ich nicht verstand. Leicht legte sie den Kopf schief, musterte mich und strich sich bedacht eine ihrer Locken hinters Ohr. Eine kleine Geste, die mir inzwischen so vertraut erschien.

»Ich liebe dich, Paul«, sagte sie leise und gleichzeitig fest.

Stille. Nur unterbrochen von meinem verdammten Herzschlag. Und im Hintergrund von den Geräuschen des neuen Spiels, das Louisa gerade gestartet hatte. Ihr Blick ein tiefblaues Meer an Gefühlen.

»Ich ...«, begann ich, als sie den Controller fallen ließ und auf meinen Schoß kletterte. »Das wollte ich auch gerade sagen.«

»Dann sag es!«, forderte sie mich auf, ihr süßes Lächeln eine einzige Herausforderung.

Ich sah sie einfach nur an, ertrank in diesen unfassbaren Ozeanen ihrer Augen.

Und dann spürte ich ein breites Grinsen, das sich auf meine Lippen stahl. »Ich liebe dich, Louisa.«

Louisa

Anam Cara, schrieb ich in mein ledernes Notizbuch, als Paul neben mir schon längst schlief und ich Plätzchen aß, die ich mir leise aus der Küche geholt hatte. Ich liebte den weichen Klang des keltischen Begriffs. Und die Bedeutung dahinter: *Anam Cara* – jemand, mit dem man seine tiefsten Gedanken teilen kann, seine Gefühle und Träume.

Feuersturm

32. KAPITEL

Louisa

»Meine Mom hat Bowie gestern doch tatsächlich gefragt, wann wir beide heiraten werden«, sagte Trish statt einer Begrüßung.

Das Handy zwischen Ohr und Schulter geklemmt, kniete ich in der Mitte meines Zimmers. Die Schubladen meiner Kommode waren weit aufgerissen, Klamotten überall auf dem Boden verteilt, die halb gepackte Tasche stand auf dem Bett. Irgendwo dazwischen lagen meine Lieblingsausgaben von *Die Frau des Zeitreisenden* und *Drei Schritte zu dir*, die Geschichte von Stella und Will, die ich mir von Trish ausgeliehen hatte. Auf keinen Fall durfte ich die beiden Bücher am Ende vergessen einzupacken. Sie waren meine Fluchtmöglichkeiten vor der Welt. Wenn ich die nicht hatte, ohne einen einzigen Roman für Notfälle aus dem Haus ging, machte sich dieses nervöse Kribbeln in mir breit. Als würde irgendetwas fehlen.

»O Gott.« Ich lachte und legte das Shirt, das Bowie mir zum Geburtstag geschenkt hatte, zu den anderen Sachen in die Tasche. »Und was hat Bowie geantwortet?«

Ich hörte ein leises Rascheln, ganz so, als würde Trish sich auf ihrem Bett unruhig hin und her bewegen. Ein Zögern, das ich so gar nicht von ihr kannte. »Sie hat gesagt: nach unserem Abschluss«, flüsterte sie. Sie klang ungläubig, und fast glaubte ich vor mir zu sehen, wie sie nervös mit dem Ring in ihrer Nase herumspielte.

»Wieso flüsterst du?«, wisperte ich ebenso leise in den Hörer, hielt für einen Moment in meinen Bewegungen inne.

»Ich weiß es nicht«, erwiderte Trish immer noch im Flüsterton. »Bowie hat keine Ahnung, dass ich das gehört habe. Meine Mom und sie saßen zusammen in der Küche, als ich früher aus der Mall zurückgekommen bin, und ich war so ... überrascht, dass ich die Haustür noch einmal laut auf und zu gemacht und so getan habe, als wäre ich gerade erst nach Hause gekommen.« Trish zögerte. »Und weißt du was, Lou? Bowie ... sie klang so ernst und entschlossen dabei. Als wäre das selbstverständlich für sie. Als wäre das ihr Plan und schon längst beschlossene Sache.« Geräuschvoll holte Trish Luft, nur ihr Ein- und Ausatmen war am anderen Ende der Leitung zu hören.

»Würdest du denn Ja sagen, wenn Bowie dich fragt?«, stellte ich die einzig wichtige Frage.

»Du meinst, obwohl sie und die Tatsache, so jung zu heiraten, absolut verrückt sind?« Trish lachte, und ich hörte die Wärme in ihrem Lachen, dann senkte sie wieder nachdenklich die Stimme. »Ja, ich würde definitiv Ja sagen. Auf der Stelle. Das ist absoluter Wahnsinn, oder?«

»Nein«, sagte ich ehrlich und stellte das Handy auf Lautsprecher. Legte es vor mir auf den Boden und stopfte die restlichen Sachen in die Tasche, die beiden Bücher, mein Notizbuch, Pauls roten Redstone-College-Hoodie, den ich heute Morgen noch getragen hatte und der immer noch nach ihm roch. »Okay, vielleicht ist es ein bisschen Wahnsinn«, gab ich zu und fuhr mir für einen kurzen, gedankenverlorenen Moment durch die Locken. »Aber Wahnsinn im absolut positiven Sinn. So wie ihr zwei.« Ich lächelte. »Und wenn es das ist, was ihr wollt, dann finde ich es wunderschön«, sagte ich aus vollem Herzen und zog den Reißverschluss der Tasche zu. »Ihr seid wie Carrie und Big«, begann ich aufzuzählen, »Simon und Blue, Han Solo und Leia, Jack und Rose, Cheryl und Toni, wie Baby und Johnny, Gimli und Legolas, wie ...«

»Ähm, Süße, du weißt schon, dass Gimli und Legolas kein Liebespaar sind?«, unterbrach Trish mich lachend.

Ich ließ mich zusammen mit dem Handy grinsend auf mein Bett fallen, verschränkte die Arme hinter dem Kopf. »Ja, natürlich, aber ich *liebe* die beiden zusammen. Was wären die Gefährten bitte ohne Gimli und Legolas? Ihre Dialoge und ihren Konkurrenzkampf? Außerdem bin ich mir ziemlich sicher, dass es da draußen irgendwo eine Fanfiction gibt, in der die zwei sehr wohl ein Paar sind.«

»Na ja, wären Gimli und Legolas nicht Teil der Gefährten, würde dir immer noch Aragorn bleiben. Aiden hat mir erzählt, wie dir wegen ihm jedes Mal fast die Augen aus dem Kopf fallen, wenn ihr zusammen *Herr der Ringe* schaut.«

Ich biss mir auf die Unterlippe, seufzte dann. »Aragorn ist ein äußerst vielschichtiger Charakter«, verteidigte ich mich, während ich mich tiefer in die Kissen sinken ließ. »Und erinnere mich daran, Aiden umzubringen, sobald er wieder einen Fuß in diese Wohnung setzt.«

Ein leises Lachen erklang am Ende der anderen Leitung. Ich hörte wieder etwas Rascheln, so als würde Trish sich aufsetzen. »Apropos heiße Kerle«, sagte sie gedehnt, »wann wolltest du mir eigentlich erzählen, dass du die letzten Tage mit gigantischem, heißem Sex verbracht hast?«, fragte sie plötzlich.

Abrupt setzte ich mich in meinem Bett auf. Ich wusste nicht, was ich sagen sollte.

»Ha! Dein Schweigen sagt alles, Süße! Ihr hattet so was von Sex!«, kreischte Trish so laut, dass ich zusammenzuckte. »Also, ich hoffe, es war mit Paul. Sonst muss ich dir leider wehtun!, fügte sie etwas leiser hinzu.

»Wie…«, stammelte ich verwirrt und wahnsinnig irritiert.

»Deine Stimme klingt schon die ganze Zeit so… na ja, eben so, als hättest du Sex gehabt«, erklärte sie lachend. »Und wie war es, Lou? Ich meine, dass Paul gut ausgestattet ist, wissen wir spätestens seit Thanksgiving alle, aber… war es denn gut?«

»O Gott, Trish. Manchmal bist du wirklich furchtbar nervig!«, stöhnte ich auf. Gleichzeitig stahl sich dieses leise Lächeln auf meine Lippen, wenn ich daran dachte, wie Paul mich vorhin angesehen hatte, als wir uns an meiner Wohnungstür verabschiedet hatten, bevor er nach

New Forreston losgefahren war. Seine Hände hatten an meinen Wangen gelegen, und er hatte einen sanften Ausdruck in seinen Sturmaugen gehabt, als er mich an sich gezogen und geküsst hatte.

Ich bin für dich da, okay? Ich bin hier bei dir und werde nirgendwo anders hingehen. Ich liebe dich, Louisa.

Er hatte mich angesehen und meine Hände gehalten, und ganz plötzlich, nach diesem langen Jahr, hatte ich das Gefühl gehabt, mich Mom stellen zu können. Nicht komplett, dafür war es zu früh, aber zumindest in diesem kleinen Schritt. Nicht nur war ich stärker geworden, ich hatte jemanden, der mich auffangen würde, sollte ich fallen.

»Komm schon, Süße, gönn deiner besten Freundin ein bisschen Girlstalk.« Trish seufzte. »Seit Bowie heute Morgen zu ihren Eltern gefahren ist, sind die Themen hier ... nun ja, eben nicht sehr spannend. Und meine Tante wirft mir durchgehend böse Blicke zu, wenn ich irgendetwas sage, das man ihrer Meinung nach nicht vor Kindern sagen sollte.«

»Es war wunderschön«, sagte ich schließlich ehrlich. »Mit Paul ist es so ... Irgendwie schafft er es, wahnsinnig heiß und impulsiv und gleichzeitig so ... sanft zu sein.«

Trish sagte gar nichts, keinen blöden Witz, keinen zweideutigen Kommentar.

»Mehr werde ich dazu nicht sagen, das überlasse ich dann deiner blühenden Fantasie, die du ja definitiv hast«, fügte ich grinsend hinzu. Es gab Dinge, die sollten nur Paul und mir allein gehören. »Trish?«

»Ja?«

»Ich liebe ihn.«

»Das weiß ich schon längst, Süße«, meinte sie sanft. »Wahrscheinlich schon tausend Mal länger, als es dir selbst klar ist!«

Ich lachte. Und erinnerte mich an den Moment, als wir auf dem Badezimmerboden gesessen hatten, während sie meinen Ansatz nachgefärbt hatte. Wie ich meine Gefühle für Paul nicht hatte einordnen können und so verzweifelt auf der Suche nach Antworten gewesen war, obwohl ich die Frage nicht einmal wirklich gekannt hatte. Das lag inzwischen fast drei Monate zurück. Seitdem hatten die Welt und mein Leben sich gefühlt um 180 Grad gedreht.

»Da hast du wahrscheinlich recht.«

»Ich finde euch zusammen so süß. Und ich habe Paul wirklich noch nie so glücklich gesehen. In den letzten Jahren war er selbstzerstörerisch, so getrieben. Und seit er dich kennt ... Ich meine, was kann ich mir mehr wünschen, als dass zwei von meinen Lieblingsmenschen ein Paar sind?«

Eine Stunde nachdem Trish und ich aufgelegt hatten, holte Mel mich zusammen mit Mary auf dem Campus ab. Die Kleine saß in einem süßen Christmas Sweater in ihrem Kindersitz auf der Rückbank, mit zwei blonden abstehenden Zöpfchen mit dazu passenden roten Haargummis. Sie lachte mich mit ihren grünen Kulleraugen an, nachdem ich ihr einen Kuss auf die Wange gedrückt hatte. Ihre kleine Hand lag für einen kurzen Moment an meinem Gesicht. Dann zog Mel mich in eine Umarmung, und ich atmete den typischen Geruch nach Pfirsich tief ein.

»Du hattest so was von Sex!«, sagte sie statt einer Begrüßung, als ich mich von ihr löste und einstieg. Sie wackelte mit den Augenbrauen, ein amüsiertes Funkeln in den blaugrauen Augen. »Solange ihr Mary nicht weckt ... tut euch die nächsten Tage keinen Zwang an«, fügte sie hinzu, während sie den Wagen Richtung Redstone lenkte.

Ich schüttelte seufzend den Kopf. So langsam verstand ich Luca, der weder mit seinem großen Bruder noch mit Trish über Katie und ihren ersten Kuss hatte reden wollen. Das war das gleiche Prinzip wie das Sammeln von schönen Momenten in Marmeladengläsern – manche Dinge fühlten sich echter und schöner an, wenn man sie für sich behielt, sodass sie einem allein gehörten.

Im Rückspiegel sah ich Mary, die wie gebannt aus dem Fenster blickte, den kleinen Mund leicht geöffnet. Mel neben mir, die das Radio lauter drehte, als *Driving Home for Christmas* aus den Lautsprechern drang. Gleichzeitig fingen wir an mitzusingen, auch wenn wir den Text beide nicht wirklich konnten.

Ich dachte an Aiden, Trish und Bowie, die ich nach den Feiertagen wiedersehen würde. An meine WG, die für mich ein Zuhause geworden war. An Robbie, der bestimmt schon mit heißer Schokolade auf uns wartete und mich in eine seiner Bärenumarmungen ziehen würde. An einen Mann mit Bernsteinaugen und einem unverschämten Grinsen, mit dem ich die kommenden Tage verbringen würde.

Das erste Mal seit einer gefühlten und einer tatsächlichen Ewigkeit freute ich mich auf Weihnachten.

Paul

Mit einem tiefen Ein- und Ausatmen warf ich einen letzten Blick auf das imposante Gebäude hinter dem schmiedeeisernen Tor. Strubbelte mir mit der Hand seufzend durch die Haare und gab schließlich den vierstelligen Code neben dem Tor ein. Luca schrieb mir regelmäßig die neuen Zahlen – für den Fall der Fälle.

Sekunden später öffnete sich das Tor. Unendlich langsam, als könnte ich damit tatsächlich Zeit schinden, fuhr ich die Auffahrt hinauf, in einer Kurve vorbei an dem Springbrunnen in der Mitte. Mein dunkelgrüner Pick-up mit dem abblätternden Lack und dem feinen Rost darunter schien hier mindestens so fehl am Platz zu sein wie ich.

Doch, verdammt, Louisas gefasste Reaktion auf die Nachricht ihrer Mom gestern hatte etwas in mir bewegt, auch wenn sie für diesen einen Moment verloren gewirkt hatte. Ich war so stolz auf sie! Auf ihre Stärke, darauf, dass sie über sich selbst hinauswuchs. Wenn sie es schaffen konnte, so gelassen mit dieser Nachricht umzugehen, nach allem, was sie hatte erleben müssen, dann konnte ich Luca sein Geschenk auch zu

Hause geben – und meinen Eltern gegenübertreten. Ich würde ihnen Frohe Weihnachten wünschen und dann zurück nach Redstone fahren, auf direktem Weg zu Mel und Louisa. Ich würde das hier hinter mich bringen, und dann würde ich mein Feuermädchen endlich wieder in meine Arme schließen können.

Vor einem beschissenen halben Jahr noch war ich der Meinung gewesen, keine Nähe zulassen zu können, weil die Dunkelheit in mir einfach zu groß war. Ich war der Meinung gewesen, dass es sowohl für meine Mitmenschen als auch für mich selbst besser wäre, sich nicht zu sehr auf mich einzulassen. Und dann war Louisa in mein Leben gestolpert mit diesen grellen Locken, dem ironischen Zug um ihre Lippen und dem brennenden Feuer in ihr, hatte mir gezeigt, wie falsch ich damit gelegen hatte, obwohl ich sie am Anfang immer wieder von mir gestoßen hatte. Sie hatte mir gezeigt, wie man kaputt sein und trotzdem lieben konnte.

Die Tür öffnete sich, und eine junge Frau, die ich nicht kannte, stand vor mir. Ihr blonder Pferdeschwanz wippte mit, als sie den Kopf leicht neigte. »Wen darf ich anmelden?«, fragte sie mit einem höflich-distanzierten Lächeln, als ich eintrat.

Alles war wie immer: die riesige Eingangshalle, die Marmorfliesen, die geschwungenen Treppen, die an beiden Seiten nach oben zu den Schlafzimmern führten. Über allem hing dieser lächerliche Kronleuchter, der den Raum selbst um diese Uhrzeit in ein sanftes Licht tauchte.

Das hier war das Haus meiner Eltern. Eigentlich mein Zuhause. Und ich wurde allen Ernstes gefragt, wer ich war? Das war so eine kranke Scheiße, auf so viele Arten! Doch ich schluckte die unablässig brodelnde Wut hinunter, denn deshalb war ich nicht hier. Ich hatte dieses Haus betreten, um einen ersten Schritt zu gehen, auch wenn ich mir nicht genau im Klaren darüber war, in welche Richtung. Aussöhnung? Ein Waffenstillstand? Frieden? Seufzend rieb ich mir über den Bart und schluckte schwer.

Gerade wollte ich erklären, wer ich war, da kam Luca zum Glück schon die breite Treppe hinuntergerannt, landete schlitternd auf den Marmorfliesen. Mit seinem frechen Funkeln in den grünen Augen kam er schließlich vor mir zum Stehen. Schnell atmend. »Paul«, rief er, nahm meine Hand und machte Anstalten, mich mit sich zu ziehen.

»Hey, Kleiner«, sagte ich und wuschelte ihm durch die abstehenden, dunkelblonden Haare.

»Lass das«, beschwerte er sich grimmig, »und zwar beides!« Dann sah er mich verwirrt an. »Moment. Was machst du hier?« Seine grünen Augen wirkten riesig.

»Ich hab doch gesagt, dass ich dir dein Geschenk noch vorbeibringe«, erklärte ich.

»Ich dachte du würdest mir schreiben, wenn du da bist und ich rauskommen soll?«

Ich zuckte mit den Schultern, hatte definitiv keine Lust, vor den Angestellten meiner Eltern über meine Gefühle und Beweggründe zu sprechen. Ich kramte in meinem Rucksack nach der grünen Schachtel mit der Schleife darum und drückte sie ihm in die Hand, nahm ihn kurz in den Arm. »Frohe Weihnachten, Bruderherz«, sagte ich.

»Danke.« Luca schüttelte die Schachtel und legte den Kopf nachdenklich schief. Und allein wegen des freudigen Blitzens in seinen Augen hatte es sich schon gelohnt hierher zu fahren.

Plötzlich hallte das Klackern von Absätzen durch die Halle. Schnelle Schritte kamen immer näher, bis meine Mutter schließlich am Fuß der Treppe innehielt. Sie sah aus wie immer: das perfekt sitzende Kostüm, das blonde, in Wellen gelegte Haar, der ernste Ausdruck in ihrem Gesicht mit den hohen Wangenknochen. Für den Bruchteil einer Sekunde glaubte ich Überraschung darüberhuschen zu sehen. Doch im nächsten Moment schien sie sich wieder gefasst zu haben, zupfte an ihrer Frisur, bevor sie auf Luca und mich zukam und schließlich wenige Meter vor mir stehen blieb.

»Paul«, sagte sie, »was machst du hier?« Meine Mutter zog eine ihrer perfekt gezupften Augenbrauen in die Höhe, die manikürten Hände übereinandergelegt.

Ich sah in ihre grünen Augen, die denen von Luca so ähnelten, doch ich hatte absolut keine Ahnung, was sie dachte. Konnte absolut nichts darin erkennen. Sie war genau wie dieses beschissene Haus, sah so verflucht makellos aus, nur ahnte niemand, was sich im Inneren tatsächlich abspielte. Sie mochte es vielleicht nicht zeigen, aber sie war in diesem riesigen Haus mindestens so unglücklich, wie ich es jahrelang gewesen war.

Tief atmete ich ein und aus, ignorierte die leise Stimme in meinem Kopf, die mich ermahnte, so schnell wie nur irgend möglich zu verschwinden, weil das hier eine wahrscheinlich wirklich schlechte Idee war. Ich schluckte all die Gründe, wieso ich so wütend auf meine Eltern war, hinunter. Fing an zu sprechen: »Ich wollte Luca sein Weihnachtsgeschenk vorbeibringen und«, ich zögerte, »euch persönlich frohe Weihnachten wünschen, weil ... weil Weihnachten ist.«

Sie blinzelte, sah mich an und sagte kein einziges Wort. Strich sich in einer fahrigen Bewegung nicht vorhandenen Staub von ihrem hellen Kostüm.

»Ist das nicht cool, Mom?«, murmelte Luca dazwischen, warf mir anschließend einen ratlosen Blick zu.

Ich trat von einem Bein auf das andere. Mein Fluchtinstinkt meldete sich immer lauter zu Wort. So eine riesige Scheiße! Wieso musste das hier so steif sein? So verflucht kalt?

Gerade noch ließ ich meinen Blick über die Gemälde an den Wänden gleiten, als meine Mutter einen Schritt auf mich zukam. Und sie traf mich völlig unvorbereitet, als sie mich in ihre Arme schloss. Automatisch ballte ich meine Hände zu Fäusten, meine Arme lagen steif an meinem Körper. Ihr übertuertes, süßes Parfüm stieg mir in die Nase. Doch irgendwo dahinter roch sie immer noch nach Mom.

Langsam löste sie sich von mir, blickte zu mir hinauf. Und ich schluckte schwer, als ich sah, dass in dem hellen Grün ihrer Augen Tränen glänzten. Zögernd nahm sie mein Gesicht in ihre Hände, und obwohl ich sie um mindestens einen Kopf überragte, fühlte ich mich plötzlich wie der kleine Junge, der sich nichts mehr gewünscht hatte, als von seinen Eltern geliebt zu werden. Bedingungslos. So, wie ich war. Mit meinen eigenen Träumen und Wünschen, die mich in eine andere Richtung trieben, als mein Vater es sich für seinen ältesten Sohn und Erben vorgestellt hatte.

»Ich ...«, fing ich an, brach dann jedoch ab. Unbeholfen hob ich eine Hand, legte sie Mom auf den Rücken und rieb mehrmals auf und ab.

»Ich bin so froh, dich zu sehen, Paul«, flüsterte sie, ihre Hände immer noch an meinem Gesicht. »Geht es dir gut?«

Ich nickte. Und ich dachte an diesen Term, in dem sich für mich so viel geändert hatte. Meine Schatten und Dämonen begleiteten mich auf Schritt und Tritt, doch es wurde leichter, mit ihnen fertigzuwerden.

»Gut«, sagte sie und nickte ebenfalls. »Das freut mich zu hören, Paul. Wirklich. Ich ... ich vermisse dich.« Ein feines Lächeln umspielte ihre Lippen, das mich an früher erinnerte. »*Wir* vermissen dich«, fügte sie etwas leiser hinzu und löste die Hände von meinem Gesicht.

Im nächsten Moment fasste sie sich wieder. Die Maske schob sich vor das Gesicht aus meinen Kindertagen, zurück an Ort und Stelle. Sie strich sich ihr faltenloses Kostüm glatt und legte die Hände übereinander.

»Kann ich dir etwas zum Trinken anbieten, Paul?«, fragte Mom höflich. Zu höflich. Luca stand neben uns, die dunkelgrüne Schachtel in seinen Händen, starrte mit gerunzelter Stirn vor sich hin.

»Lorena«, polterte eine tiefe Stimme von der Galerie herab, begleitet von schweren Schritten auf der Treppe, »ich dachte, wir erwarten erst heute Abend Be...«

Als der Blick meines Vaters auf mich fiel, hörte er abrupt auf zu sprechen. Kam mit schweren Schritten auf mich zu, im dunklen Anzug und mit noch dunkleren, stechenden Augen. Der Mund in dem kantigen Gesicht war zu einem geraden Strich gezogen.

Es war Weihnachten, und hier standen zwei Eltern mit ihren beiden Söhnen zusammen. Wieder vereint. Eine Familie. Das waren Fakten, das war die objektive Wahrheit. Doch das, was ich empfand, war etwas komplett anderes. Es fühlte sich falsch an und ich mich so verflucht unwohl. Schwer schluckte ich. Ich hatte an dieser Tür geklingelt, ich würde das jetzt auch durchziehen.

»Hallo, mein Sohn«, sagte mein Vater auf Deutsch, als er vor mir zum Stehen kam. Und er klang dabei so scheiß emotionslos, dass mein ganzer Körper sich sofort anspannte.

»Was verschafft uns die Ehre deines Besuches?«, fragte er kalt. »Ist dir doch das Geld ausgegangen?« Seine Worte troffen vor Spott. Ein harter Schlag in den Magen.

»Richard!«, sagte meine Mutter mahnend und schüttelte den Kopf. Es sollte mich nicht überraschen, dass er sofort das Schlechteste von mir dachte, doch es schmerzte trotzdem.

Ich merkte, wie sich die Wut Stück für Stück weiter an die Oberfläche kämpfte. Brodelnd und heiß. »Ich wollte euch nur frohe Weihnachten wünschen«, sagte ich ehrlich und möglichst ruhig. »Ich dachte, es wäre an der Zeit, das wieder persönlich zu machen.«

Im Gegensatz zu meinem Vater redete ich weiterhin Englisch. Meine Mutter konnte zwar Deutsch, doch wenn mein Vater aufgebracht war und anfing schneller zu sprechen, verlor sie den Faden. Und ich war schließlich hierhergekommen, um mit meiner Familie zu sprechen, nicht, um mich mit meinem Vater zu streiten.

»Wirst du dein Hauptfach ändern, um deinen Platz bei Berger Industries einzunehmen?«, fragte er gefährlich ruhig und ignorierte sowohl das, was ich gesagt hatte, als auch die Tatsache, welche Sprache ich gerade nutzte.

»Nein«, sagte ich fest und bestimmt, wich seinem harten Blick dabei nicht aus, »ich werde meinen Abschluss wie geplant in Philosophie machen.«

Ein freudloses Lachen, und Luca, der verunsichert zwischen uns hin und her sah. Verdammt, ich wollte nicht, dass er das mitbekam. Nichts wollte ich mehr, als meinen kleinen Bruder aus all dem herauszuhalten und ihn zu beschützen.

»Habe ich dir nicht gesagt, dass du erst zurückkommen sollst, wenn du endlich Vernunft angenommen hast?«

Stille. Meine Mutter, die leise aufkeuchte: »Richard, ich bitte dich. Es ist Weihnachten.«

Und ich wusste gar nicht mehr, was ich sagen sollte. Natürlich war mir klar gewesen, dass diese Begegnung alles andere als schön werden würde. Aber ... hätte ich jetzt den Mund aufgemacht, hätte ich nur angefangen, ihn anzuschreien und ihm gesagt, für was für ein riesiges und feiges Arschloch ich ihn hielt.

»Halt dich da raus, Lorena!«, donnerte es durch die Halle, und sie wich vor ihm zurück, als hätte er sie geohrfeigt. Dann wandte er sich mit diesen kalten Augen wieder mir zu. »Solange du nicht begreifst, wo dein Platz in dieser Familie ist, brauchst du nicht mehr in dieses Haus zu kommen. Das habe ich dir schon einmal gesagt, Paul! Es interessiert mich nicht, ob Weihnachten ist oder irgendein anderer Tag im Jahr. Dein Großvater war viel zu nachsichtig mit dir, aber diesen Fehler werde ich mit Sicherheit nicht wiederholen.« Mit diesen Worten drehte er sich um und ging in Richtung des Wohnzimmers davon. »Solltest du deine Meinung ändern«, sagte er, als er sich noch einmal kurz umdrehte, »du hast die Nummer von meinem Büro. Miss Bennett wird dir einen Termin geben, wenn es so weit ist.«

Ein noch heftigerer Schlag in den Magen. Fassungslos blickte ich meinem Vater hinterher. Mit zu Fäusten geballten Händen. Und, fuck, ich hätte in dem Moment nichts lieber getan, als auf irgendetwas einzuschlagen, wollte irgendetwas zertrümmern. Mein Herz, das mir zu schnell gegen die Rippen pochte, eine Unendlichkeit an Wut, die durch meine Venen floss. Irgendwo dahinter tiefe, maßlose Enttäuschung. Die Erkenntnis, dass es scheißegal war, was ich auch tat. Er hasste mich dafür, dass ich meinen eigenen Weg gehen wollte, verweigerte mir deshalb meine Familie.

Mit einem erzwungenen Lächeln sah ich Luca an, murmelte, dass es mir leidtun würde, fuhr ihm durch das zerzauste Haar. Und machte auf dem Absatz kehrt, sah zu, dass ich hier so schnell wie nur möglich wegkam. Ich stürmte aus diesem beschissenen Haus mit diesen Menschen, denen ihr Herz abhandengekommen war.

»Paul, warte!«, hörte ich meine Mutter noch rufen.

Doch da saß ich schon in meinem Pick-up, steckte den Schlüssel mit vor Zorn bebenden Händen in das Zündschloss. Quietschende Reifen auf Kies, dieses affige Tor, das ich beinahe noch mitnahm.

Ich versuchte mich zu beruhigen, während ich den Wagen aus New Forreston raus Richtung Highway lenkte. Gab mir Mühe, regelmäßig zu atmen. Doch es fühlte sich an, als würde ich nur durch einen winzigen Strohhalm Luft bekommen. *Louisa*, schoss es mir durch den Kopf. Ich musste sie anrufen. Scheiß drauf, dass ich gerade sowieso zum Haus ihrer Schwester fuhr und sie in spätestens zwei Stunden sehen würde. Mein Feuermädchen, sie würde das Richtige sagen. Sie würde mir sagen, dass diese ganze Scheiße nicht an mir lag, und ich würde ihr glauben, weil sie nie etwas sagte, das sie nicht auch so meinte. Sie würde auf ihre bedachte Art die richtigen Worte finden, weil sie das immer tat. Weil genau das Louisas Magie war.

Den Blick auf die Straße vor mir gerichtet, fischte ich das Handy aus meinem Rucksack. Klopfendes Herz und bebende Finger. Und ich dachte nur an sie. Sie war das Einzige, was mich jetzt irgendwie runterholen konnte. Ein Blick zur Seite, um durch meine Kontakte zu scrollen, und als ich das Foto sah, das über ihrem Namen aufleuchtete, spürte ich, wie die Wut ein winziges bisschen abebbte. Ihr Lächeln und dieser

Orkan an Gefühlen wirbelte weniger stark um mich herum. Wieder ein kurzer Blick auf den Highway, eine Hand am Lenkrad, und ich sah nach unten, mein Daumen über dem Anrufsymbol.

Und als ich wieder nach oben blickte, sah ich nur, wie ein Auto auf mich zuraste. Aus dem verdammten Nichts.

33. KAPITEL

Paul

Eine Sekunde ist nicht nur der sechzigste Teil einer Minute. Das ging mir durch den Kopf, als ich in Trance Sekunden als Stunden wahrnahm. Das Handy rutschte mir aus der Hand, flog durchs Auto. Nie hätte ich geahnt, wie viele Gedanken in so einem kurzen Moment Platz in meinem Kopf finden würden. Und die Erinnerungen rieselten wie Sand durch meine Finger.

Heather, die ich vor nicht einmal einer Stunde geküsst habe. Und jetzt balle ich die Hände zu Fäusten, weiß nicht, wohin mit meiner verdammten Wut. Wut, die mich daran denken lässt, dass ich auf etwas einschlagen will. Wir haben Pläne gehabt. Und ich habe gedacht, wir wären eines dieser wenigen Paare, die nach der Highschool zusammenbleiben würden. Ich habe gedacht, dass es egal ist, dass wir beide erst siebzehn sind. Dass wir das trotzdem schaffen würden: Das gleiche College oder zumindest eins, das in der Nähe des anderen liegt.

Die Reifen quietschten, als der Pick-up über den Asphalt rutschte. Und während Erinnerungen durch meine Gedanken wirbelten, Bilder meines Lebens, war mein Körper wie auf Autopilot. Zuerst versuchten meine Hände, das Lenkrad herumzureißen, doch dann gab irgendetwas in mir auf. Lichter kamen immer näher und mit ihnen das Wissen, dass ich keine Chance hatte. Dass das gleich das Ende sein würde, ganz egal, wie sehr ich mich an das Leben klammerte.

Weil ich Heather liebe, fahre ich mit ihr nach Sacramento, um die California State University anzuschauen. Es ist zu weit, zu viele Meilen, die nach dem Abschluss zwischen uns liegen würden. Aber ich tue es für sie.

Denke, dass wir einen Roadtrip daraus machen können. Dass wir es vielleicht doch schaffen können. Auf dem Rückweg, während ihre langen blonden Haare im Wind des geöffneten Fensters wehen, eröffnet mir ihr kirschroter Mund, dass sie erwartet, dass ich mitkomme. Dass sie keine Fernbeziehung führen will. Ich erkläre ihr, dass ich Luca unmöglich alleinlassen kann. Er ist schließlich erst zehn Jahre alt, meinen Eltern hilflos ausgeliefert. Er braucht eine Familie. Er braucht mich. Sie sieht mich an, sagt, dass ich damit ja meine Entscheidung getroffen habe. Offensichtlich ist es eine reine Entweder-oder-Sache. Ich denke mir, das kann doch nicht das Ende sein. Ein ganzes gemeinsames Jahr! Und ich werde ungerecht, sage furchtbare Dinge zu ihr. Ich schreie Heather an, bis ihr Tränen über die Wangen laufen. Selbst dann höre ich nicht damit auf, das Auto mit meinen gebrüllten Worten zu füllen. Weil sie mich nie richtig geliebt hat, wenn sie so schnell aufgibt.

Ein letzter Versuch, das Lenkrad des Pick-ups herumzureißen, doch es war zu spät. Vor wenigen Sekunden noch hatten meine Gedanken sich überschlagen, jetzt hielt die Welt ihren Atem an, weil die Zeit mit einem lauten Krachen außer Kraft gesetzt worden war.

Ich bin wie erstarrt, während Heather meinen Namen schreit und das Auto über den nassen Highway schlittert. Meine Hand immer noch in das Lenkrad gekrallt, obwohl sie es ist, die fährt. Habe ich vor wenigen Sekunden die richtige Entscheidung getroffen, als ich es herumgerissen habe? Habe ich überhaupt eine Wahl gehabt, als sie begann, die Kontrolle über den Wagen zu verlieren? Oder ist das hier meine Schuld, und ich habe die Situation völlig falsch eingeschätzt? Während um mich herum alles in quälender Langsamkeit vergeht, stolpern meine eigenen Gedanken übereinander. Das Auto fliegt davon, langsam und schnell zugleich, und ich bin mir überdeutlich dessen bewusst, dass es innerhalb der nächsten Sekunden krachen wird. Regen trommelt auf das Dach, die Scheibenwischer bewegen sich wie verrückt im Takt meines pochenden Herzens von links nach rechts. Bäume bewegen sich im Wind hin und her. Ich stelle mir vor, wir wären am Grund des Meeres. Ich höre sowieso nichts anderes als Wasser, und Heathers Weinen blende ich aus. Ich frage mich, ob der nasse Boden draußen nur mein bleiches Gesicht reflektieren wird oder auch das Entsetzen. Das einzige Gefühl, das gerade noch in mir ist. Die beiden grellen Lichter kommen immer näher, sind zwei glänzende Fische, die um die Wette schwimmen. Ganz klar, wir sind ja auch am Grund des Meeres. Die Fische haben es eilig in der dunklen See, wollen als Erste da sein. Und als sie dann endlich ihr Ziel finden, halten Heather und ich uns an den Händen. Die Augen weit geöffnet.

Ich war gefangen zwischen Zeit und Raum, wartete auf die Bilder, die nicht kommen wollten. Ich versuchte mich zu konzentrieren, aber mir wollte nicht einfallen, was die *wirklich* wichtigen Dinge in meinem Leben gewesen waren. Und dann sah ich Louisa vor mir, *mein* Mädchen. Das Funkeln in ihren tiefblauen Augen, wie sie für mich lachte, obwohl ich nie gut genug für sie gewesen war. Es niemals sein würde. Trotzdem hielt sie an dem Guten in mir fest.

Vielleicht war heute tatsächlich der Tag, an dem ich sterben musste. Vielleicht war das die Strafe für die Fehler, die ich gemacht hatte. Vielleicht war es Schicksal, dass ich auf dieselbe Art sterben sollte wie der Mensch, den ich auf dem Gewissen hatte.

Trotzdem klammerte ich mich an das Leben. Wegen ihr. Nur noch einmal wollte ich Louisa in meinen Armen halten und ihr sagen, dass ich sie liebte, dass sie mir alles auf dieser Welt bedeutete. Louisa war mein Stern in der dunkelsten Nacht, dachte ich noch. Und plötzlich war ich mir nicht mehr sicher, ob ich ihr das jemals gesagt hatte. Ich musste ihr das unbedingt sagen, ich musste …

Dann krachte es. Splitterndes Glas.

Das Rauschen meines Blutes in den Ohren. Ein Keuchen. Dann ein lauter Schrei, der aus meinem eigenen Mund zu kommen scheint. Regen und Herz trommeln im selben wilden Takt, und als ich merke, dass es brennt, kommt die Panik. Man könnte sagen, Feuer hat keinen Geruch, doch das stimmt nicht. Es riecht nach einer Mischung aus Asche und Gefahr. Es riecht nach dem Ablaufen von Zeit und einem Ende. Nach Vergänglichkeit und Tod. Ich spüre etwas Nasses auf meinem Gesicht. Atme. Hyperventiliere. Keuche. Atme. Schnappe nach Luft. Sauge sie begierig ein. Und huste, weil die Welt verbrennt und wir gleich mit ihr. Der verdammte Rauch macht mich blind, aber ich weiß, wir müssen hier raus. Ich taste umher, ringe nach Luft, weil der Gurt um meine Brust sie mir nimmt. Heather und ich müssen hier raus, bevor das Feuer sich zu uns frisst. Wir müssen zu dem anderen Auto, das sich in der Luft überschlagen hat. Heather stöhnt, wir sehen uns an, geweitete Augen. Dann kriechen wir aus dem Auto. Der Sturm zerrt an den Bäumen, und der starke Regen benebelt meine Sicht. Ich renne zu dem anderen Auto, sehe Feuerflammen. Ich rufe. Schreie. Stolpere und stehe wieder auf. Ich renne und habe Angst. Ich reiße die Beifahrertür auf. Ein Mädchen schreit und weint und rüttelt an den Schultern eines Mannes, dem Blut aus der Nase läuft. Überall ist verdammtes Blut. Rot und grell. Blut, Blut, Blut. Daddy, brüllt sie. Als ich seine leeren, leblosen Augen sehe, übergebe ich mich. Und ich kann gar nicht mehr damit aufhören. Etwas hinter uns knackt. Feuer, das sich durch das Auto frisst. Und ich denke nur noch, dass dieses Mädchen hier rausmuss. Wenigstens sie muss ich retten. Zitternd nehme ich ihre Hand. Doch sie schreit, stemmt sich gegen mich. Ich will ihr nicht sagen, dass ihr Dad tot ist. Aber sie muss hier raus, Blut in dunklen Locken. Auf der hellen Haut mit Sommersprossen. Und riesige tiefblaue Augen voller Tränen, die mich entsetzt ansehen, als ich noch einmal an ihrer Hand ziehe und es schaffe, sie aus dem Wagen zu holen. Plötzlich schreit sie nicht mehr, sondern sackt gegen mich. Sieht mich an. Und ich denke an die bodenlose Tiefe von Seen und Ozeanen.

Louisa.

Ich schrie auf, als die Erkenntnis mich traf.

Louisa.

Die Luft wich aus meinen Lungen.

Louisa.

Ich spürte, wie etwas in mir zerbrach.
Louisa.
Ich fühlte, wie etwas in mir endgültig starb.
Louisa.
Mein Feuermädchen.
Und dann, irgendwo zwischen Leben und Tod, änderte ich meine Meinung: Vielleicht war Sterben doch die bessere Option.

LIEBE LESER*INNEN,

ich möchte euch danken, denn was wäre *Wir sind das Feuer*, wenn ihr es nicht gekauft und jetzt in den Händen halten würdet? Danke für eure Begeisterung für Louisa und Pauls Geschichte, die ihr mir schon vor der Veröffentlichung dieses Buches auf Instagram gezeigt habt. Danke für all die lieben Nachrichten, die Kommentare und die motivierenden Worte. Ich danke euch von ganzem Herzen für eure Vorfreude und euren Glauben an mein Debüt.

Als ich sechs Jahre alt war, hatte ich einen schweren Autounfall, den ich zum Glück überlebt habe und der mir die Möglichkeit geschenkt hat, das Leben voll auszukosten. Die Narben, die mich so viele Jahre später immer noch an diesen Tag erinnern, nehme ich daher sehr gerne in Kauf. Mit achtzehn Jahren hatte ich erneut einen Autounfall. Und der Moment, in dem der andere Wagen unaufhaltsam auf mich zukam, schien ewig zu dauern, obwohl es lediglich ein paar Sekunden gewesen sein können.

Als Louisa, Paul und ihre Liebe, die einfach nicht sein kann, plötzlich in meinen Gedanken waren und ich ihre Geschichte erzählen wollte, habe ich mich an diesen Moment in meinem Leben erinnert – und plötzlich ist etwas eingerastet. Das war die Art, wie ich *Wir sind das Feuer* erzählen wollte, eine Liebesgeschichte, deren Geheimnis sich auf diese wenigen Sekunden, die sich wie Stunden anfühlen können, bezieht. Und die Frage, was dieses vergessene Geheimnis mit zwei Menschen macht.

Zuerst war da also dieser Moment, dann erst Louisa und Paul – am

Anfang lediglich zwei Namen und ein verschwommenes Bild, ein Mann und eine Frau, die ich selbst noch kennenlernen musste. #Paulisa

Ich wollte von zwei Menschen erzählen, die traumatisiert sind – jeweils auf ihre ganz eigene Art. Wie sind diese Menschen, wenn sie nach Jahren immer noch von schmerzhaften Erinnerungen heimgesucht werden? Wie verändert sich eine Persönlichkeit dadurch? Welche Auswirkungen hat all das auf ihre Beziehungen, Freundschaften und natürlich die Liebe?

Das alles sind Fragen, die ich mir gestellt habe. Und plötzlich, als ich aufgehört habe, nach diesen beiden Menschen zu suchen, waren Louisa und Paul da, so greifbar, echt und in Farbe.

Ihr könnt euch gar nicht vorstellen, wie unendlich leid es mir trotzdem tut, was ich nicht nur meinen Protagonisten, sondern auch euch mit dem Ende dieses Buches zumute. Mit dieser Liebe, die Schicksal ist, Vorherbestimmung und so unausweichlich. Und die so sehr schmerzt, wie sie erst zu heilen scheint.

Doch die Geschichte von Louisa und Paul geht weiter in *Wir sind der Sturm*. Für die Zeit des Wartens kann ich euch nur eines von Louisas Lieblingswörtern mit auf den Weg geben: *Hoffnungsschimmer*. Vielleicht macht es das ein bisschen besser.

#WirsindRedstone

DANKSAGUNG

Louisa und ich, wir sind nicht ein und dieselbe Person, und doch haben wir vieles gemeinsam: am meisten wohl unsere unendliche Liebe zu der Magie von Sprache und zu der Kraft wunderschöner Wörter. Deshalb kamen mir so viele andere Wörter in den Sinn, die diesem Text und dem, was ich sagen will, gerechter werden als eine bloße *Danksagung*. Wie wäre es mit einer Liebessagung oder einer Begeisterungssagung? Einer Danke-für-euren-Glauben-an-mich-Sagung oder einer Ich-will-euch-alle-knutschen-Sagung? Ihr wunderbaren Menschen habt *Wir sind das Feuer* mit eurem Herzblut zu dem gemacht, was es heute ist:

Ich danke meiner Agentin Andrea Wildgruber und der Agence Hoffman, die mich bei sich aufgenommen haben und mir jederzeit mit Rat und Tat zur Seite stehen.

Ein riesiges Dankeschön geht an Brigitte Riebe, die wunderbare historische Romane schreibt. Du warst die erste Person, die mich nicht belächelt hat, als ich vor Jahren felsenfest davon überzeugt war, eines Tages Schriftstellerin zu werden – einfach weil etwas anderes niemals für mich infrage gekommen wäre. Danke, dass du als Erste meinen Text gelesen hast, genau an den richtigen Stellen behutsam oder, wenn nötig, hart gewesen bist. Ohne dich wäre ich nicht da, wo ich heute bin.

Ich danke dem gesamten Team von Heyne, ich hätte mir wirklich kein besseres Zuhause für meine Redstone-Bücher aussuchen können. Ihr seid alle der Wahnsinn! Allen voran danke ich Anke Göbel, die von der ersten Sekunde an Louisa und Paul geglaubt hat. Meiner ehemaligen Lektorin Duygu Maus, von mir immer nur Mausi genannt, die nach

Augsburg gekommen ist, um mich kennenzulernen und sofort voller Begeisterung für meine Geschichte war. Danke für das ein oder andere abendliche Telefonat mit Weinschörlchen und Mails, die teilweise nur aus Hashtags bestanden #BrokenBadBoy #SexyPaul #HotasFuck. Ich danke meiner jetzigen Lektorin Janina Dyballa, die Mausis Platz eingenommen hat und mich mit mindestens genauso viel Begeisterung unterstützt und mir auch auf Mails antwortet, die ich spät nachts oder zu früh am Morgen schreibe und die mich selbst hochgradig verwirren. Danke, dass du es immer wieder schaffst, meine Gedanken zu ordnen. Außerdem danke ich Steffi Korda für ihre wertvollen Kommentare zu meinem Text.

Ich danke Irmi Keis von der Agentur Ehrlich & Anders. Danke für deine Begeisterung, deine Leidenschaft und ein traumhaftes Juli-Wochenende. Du bist ein ganz wunderbar herzlicher Mensch, und ich hätte nicht glücklicher darüber sein können, dass du diese gigantische Kampagne auf die Beine stellst, die meine Bücher begleitet.

Tausend Dank und unendlich viele Umarmungen an meine drei Bloggerinnen Josi (@neomiscrazyworld), Miri (@miris.momente) und Laura (@zeilenverliebt). Ich glaube, niemand von uns vieren hat damit gerechnet, dass aus diesem Projekt Freundschaften entstehen #JOMILAPHIE. Ich bin dankbar, dass unsere Wege sich gekreuzt haben. Danke für eure Unterstützung, eure Freundschaft und eure Begeisterung für Louisa und Pauls Geschichte. Ich liebe euch, Bebis.

Vor allem dir, Josi, danke ich für deine Freundschaft. Danke für ein unvergessliches Schreibwochenende in Würzburg, Telefondates, zu denen wir zeitgleich Essen bestellt haben, und natürlich die Nacktbilder von Kit Harrington, die du mir an den Tagen geschickt hast, an denen ich meine Motivation so gar nicht finden konnte.

Wenn wir schon bei dem Austausch über Bücher und das Schreiben sind, möchte ich mich noch bei den wunderbaren Autorinnen bedanken, die ich während des Schreibens von *Wir sind das Feuer* kennen- und auch lieben gelernt habe. Ja, manchmal ist das Schreiben eine sehr einsame Sache, aber nicht, wenn es euch und WhatsApp gibt: Sarah Heine, ich liebe jedes Treffen, jedes Gespräch und jedes Schreibdate mit dir. Danke an Nena Tramountani, die das Tragen von Hosen beim Schreiben genauso überbewertet und das Trinken von Wein genauso notwendig findet wie ich. Kyra Groh, ich danke dir für deine ewig langen Sprachnachrichten, die ich mir alle so gerne anhöre, wenn die Verrücktheiten des Autorenlebens mir wieder über den Kopf wachsen. Und dann ist da noch Kathinka Engel mit dem fantastischen Musikgeschmack, die ich innerhalb kurzer Zeit wirklich lieb gewonnen habe. Never stop writing!

Ein gigantisches Danke geht an die beste Testleserin Juliana aka Schüljanna (@storylines.blog), die so gut wie jedes Wort von *Wir sind das Feuer* kennt. Jedes einzelne, rohe und jedes geschliffene, endgültige. Ohne dich, deine grenzenlose Liebe zu meinen Figuren und das abendliche Plotten mit Vino wäre dieses Buch vielleicht nie fertig geworden. Ich verspreche dir, dass du Aidens Geschichte bekommen wirst!

Ich danke Larry, die keine New-Adult-Romane liest, weil der Plot ihres eigenen Lebens wie einer ist (Same here, Girl!). Danke für dein offenes Ohr und die Tatsache, dass du in meinen verrückten antisozialen Schreibphasen mit meinen Lieblingskeksen vorbeigekommen bist. Wäre unsere Freundschaft ein Kinderbuch, hieße es *Die Abenteuer von Lama und Maulwurf*.

Danke an meine verrückte Beethoven-Crew und Anhang. Danke für all die Abenteuer, magischen Nächte, all das, was meine Zwanziger zu einem so bunten Feuerwerk macht.

Danke an meinen wunderbaren Großvater, dem dieses Buch gewidmet ist. Egal, wo du gerade bist: Dieser erste Roman ist für dich, weil du immer an mich geglaubt und mir gezeigt hast, was für ein wunderbarer Ort die Welt der Literatur ist.

Dann ist da die Familie, die ich mir aussuchen konnte: Die Riederinios: Karola, Erwin, Tobi, Domi, Nicole, Karl und Xaver.

Und ganz zum Schluss bleibt da nur noch mein Lieblingsriederinio: Christian, der Mann mit dem Aussehen von Jon Snow und dem Herzen von Khal Drogo. Danke, dass du Teil meines Lebens bist und immer an mich glaubst. Wenn du das hier liest, dann nimm mein Gesicht in deine Hände und küsse mich – weil ich dabei immer noch diese Funken spüre. Yer shekh ma shieraki anni!

LOUISAS LIEBLINGSBÜCHER

All das Licht, das wir nicht sehen von Anthony Doerr · *Die Frau des Zeitreisenden* von Audrey Niffenegger · *Der große Gatsby* von F. Scott Fitzgerald · *Zwei an einem Tag* von David Nicholls
Nächstes Jahr am selben Tag von Colleen Hoover · *Madame Bovary* von Gustave Flaubert · *Ein wenig Leben* von Hanya Yanagihara
Ein ganzes halbes Jahr von Jojo Moyes · *Der Fänger im Roggen* von J. D. Salinger · *Feuer und Stein* von Diana Gabaldon
Wie ein einziger Tag von Nicholas Sparks · *Das Schicksal ist ein mieser Verräter* von John Green · *PS: Ich liebe Dich* von Cecelia Ahern · *Wasser für die Elefanten* von Francis Lawrence
Das Bildnis des Dorian Gray von Oscar Wilde
Solange du da bist von Marc Levy